中国社会科学院重点学科外国文学理论
中国社会科学院创新工程中期成果

跨文化的文学理论研究

第5辑

周启超　主编

中国社会科学院外国文学研究所理论室　著

图书在版编目(CIP)数据

跨文化的文学理论研究.第5辑/周启超主编.—北京:北京大学出版社,2013.7

ISBN 978-7-301-22706-0

Ⅰ.①跨…　Ⅱ.①周…　Ⅲ.①比较文学—文学理论—文集　Ⅳ.①I0-03

中国版本图书馆CIP数据核字(2013)第139513号

书　　名:**跨文化的文学理论研究·第5辑**

著作责任者:周启超　主编

组稿编辑:黄瑞明

责任编辑:刘　虹

标准书号:ISBN 978-7-301-22706-0/I·2644

出版发行:北京大学出版社

地　　址:北京市海淀区成府路205号　100871

网　　址:http://www.pup.cn　　新浪官方微博:@北京大学出版社

电子信箱:zpup@pup.cn

电　　话:邮购部 62752015　发行部 62750672　编辑部 62754382

出版部 62754962

印　刷　者:三河市北燕印装有限公司

经　销　者:新华书店

650毫米×980毫米　16开本　19.25印张　290千字

2013年7月第1版　2013年7月第1次印刷

定　　价:42.00元

卷首语

周启超

这些年来，随着文论界学者向文化批评、文化研究或文化学的大举拓展，文学理论在日益扩张中大有走向无边无涯而无所不包之势。相对于以意识形态批评为己任而“替天行道”的“大文论”的风行，以作家作品读者为基本对象的“文学本位”研究似乎走到了尽头。于是，“理论终结”或“文论死亡”之“新说”应运而生。甚至于有急先锋向“文学理论”这一学科本身发难：质疑它作为一门人文学科存在的合法性，怀疑它的身份。于是，“文学理论的边界”、“文论研究的空间”成为文论界同行十分关心、热烈争鸣的一个话题。文学理论是否真的已经死亡？文论研究是否真的已然终结？

在对这个问题加以讨论之际，我们仍然有必要冷静地放眼世界。这并不是要迎合“全球化”大潮，与洋人“接轨”——经济的“全球化”并不能也不应该导致文化上的“一体化”；这也不是为了什么“走向世界”——我们本来就在这世界上。问题是，在这个世界上，不同民族、不同国别、不同文化圈里的文学的发育运行在差异中还有没有相通之处？在不同民族、不同国别、不同文化圈里发育运行的文学理论在差异中还有没有相通之处？

事实上，今天的文学理论已然在跨文化。

今天的文学理论研究也应当具有“跨文化”的视界。

以“跨文化”的视界来检阅现代国外文论，就应当看到其差异性与多形态性、其互动性与共通性。所谓国外文论，就不仅仅是“西方文论”。所谓“西方文论”，也不等于“欧美文论”；所谓“欧美文论”，也并不是铁板一块，而应有“欧陆文论”、“英美文论”“斯拉夫文论”或“西欧文论、东欧文论、北美文论”之分别。跨文化的文学理论研究要求我们应努力面对理论的“复数”形态，应尽力倾听理论的“多声部”奏鸣，应极力取得“多方位”参照。多方位的借鉴，多元素的吸纳，才有可能避免“偏食”与“偏执”。这对我们的文学理论学科建设与深化，尤为需要。

新世纪伊始，中国社会科学院外国文学研究所文艺理论研究室及“外国文艺理论学科”同仁就积极面对当代国外文论发育的多声部性与多形态性，积极面对当下国内文论发育的生态失衡——我们在国外文论的研究上往往驻足于思潮的“跟踪”、时尚的“接轨”、在国外文论的借鉴上时不时地就失之于“偏食”甚至“偏执”——这一理论生态失衡的现状，而以其对国外文学理论展开多语种检阅与跨文化研究的视界，以其多方位参照深度开采吸纳精华的宗旨，启动“比较诗学研究”及“跨文化的文学理论”这两个项目。前者为国家社科基金“十五”规划重点项目，由周启超主持，由刘象愚、史忠义、周启超、金惠敏承担；后者由周启超、郭宏安主持，由郭宏安、史忠义、董小英、周启超、吴晓都、程巍、任昕承担。

我们的基本理念是：现代文学理论是在“跨文化”的状态中发育起来的，而具有“跨文化”的品格；今日文学理论研究也应当自觉地具有“跨文化”的视界。“跨文化”的文学理论研究，不仅是一种可能，而且也是一种必要；文学理论研究要突破单一国别甚或单一区域的局限。在不同国别甚至不同文化之间的文学理论比较，将有助于“理论诗学”的建构。

“跨文化的文学理论”研究落点还是文学理论。

比较以跨文化视界来进行，还是要落实到文学理论本身。

观照视野的开阔，是为了文论研究的深化。要恪守“文学/文论本位”。不能将这种比较泛化成“跨文学/跨文论的文化研究”。诚然，今日的文学/文论其内涵其界面已大大拓展，非昔日所能比，但核心命题并未消失。作家、作品、读者仍然是从“文学性”到“文学场”的种种文论研究难以迴避的基本话题。比较要考虑“可比性”。分子水平上的“比较”，也许可以保障这种“可比性”。驻足于各种思潮的更迭各种主义的较量，很难进入深层的、有可能以互证互识而达致“会通”的比较，很难进入彼此并无影响可言也谈不上什么平行但却有精神理念上契合会通的“类型学”比较。对于一个比较学者而言，最具有诱惑力最具有价值的，也许正是这种比较，这种有可能去发现“隐于针锋粟颗，放而成山河大地”的诗学“通律”的比较。自然，最具有诱惑力的，也是最具有挑战性的。

比较并不是理由。比较诗学本身也并不是研究目标。为比较而比较没有多大学术价值。比较诗学应当是一种路径。通过它，可以走向理论诗学的深化；理论诗学建设可以、也必须在比较诗学中进行。世界文学的多元格局与互动机制，决定了理论诗学的建构可以也必须在不同的诗学思想体系的对话与会通之中展开。

所谓理论诗学，就是以比较开阔的文化视界，就文学发育本身的基本环节上的理论展开理论性反思，以文学作品的结构肌理神韵、作家与读者的主体能量审美姿态创造机制接受方式、文学性与文学场的生成机理与互动形态这样一些诗学的核心命题上的理论积累，作为批判性审视的对象，对各种范式的文论所关注的基本课题加以清理，在理论抽象的层面上，来寻求客观存在着的各民族文学所内在的共通的“诗心”与“文心”。

这样的研究，是面对“大文论”的冲击而守护文学本位，而坚持文学本体研究；又是针对“小文论”的封闭而开拓理论空间，而开放理论视野，探索突破时间、地域、语言、文化之局限的文学理论，探索超越单个文化体系之上而具有一种世界性普遍解释力的文学理论。

在“反本质主义者”看来，这样的构想也许不过又是一种“乌托邦”。但我们以为，文学园地的耕耘，还是需要有“乌托邦”情怀，需要一批有所开放而又有所恪守，有所解构而又有所建构的“乌托邦主义者”。

目 录

理论的记忆

学会剪影

当代外国文论核心话语之反思

——跨文化的文学理论研究的一个新课题*

周启超

(一)

1966年10月,在约翰·霍布金斯大学人文中心的那次国际研讨会上,德里达作了《人文学科话语中的结构、符号与游戏》的报告;1970年,福柯在法兰西学院任"思想体系史"教授所作的就职演说——《话语的秩序》。46年过去了,"话语"已成为人文学科中一个使用率甚高但其涵义最难解释清楚的术语之一。不知即将出炉的最新版《现代汉语词典》是否将"话语"也收入其中?但我们要面对的事实是:话语在本维尼斯特的"话语语言学"(《普通语言学》1966年)、奥斯汀的"语用学"(《言语行为哲学》)、巴赫金的"话语诗学"、福柯的"知识考古学"中,已然成为今日文学研究乃至整个人文学科的一个核心概念。

近二十年来,"话语"(法文 discours,英文 discourse ,俄文 дискурс)已经被泛化到所有人文学科。据北京大学新闻与传播学院的陈汝东在《论话语研究的现状与趋势》[①]一文中披露,对中国期刊网1979年以来的文献进行检索,以"话语"为题目的文献有七千余条;在日常生活中,我们耳边总是听到这是政治话语,那是经济话语,这是医学话语,那是女性话语;在学术交流中,我们也总是遇到这是"法学话语"、那是"经济学话语",这是"后现代话语",那是"后殖民主义话语"等等。话语类型、话语模式、话语定式、话语结构、话语功能、话语分

---

* 本文系作者在中国中外文艺理论学会济南年会(2012年8月8日—10日)大会上的发言基础上完成的论文。

① 陈汝东:《论话语研究的现状与趋势》,载《浙江大学学报(人文社会科学版)》2008年第6期。

析、话语主体、话语权力、话语能力、话语生产、话语建构、话语解构、话语增值、话语的生成机制、传播机制与消费机制等等已然成为当代人文学科研究的前沿课题。就汉语语境中当代外国文论研究而言，从翻译热拉尔·热奈特的《叙事话语· 新叙事话语》(1990)，编译让-克劳德·高概的《话语符号学》(1997)、翻译于尔根·哈贝马斯的《现代性的哲学话语》(2005)，到解读米哈伊尔·巴赫金的话语理论(话语的对话性，文学是一门话语艺术)，阐释路易斯·阿尔都塞的话语理论，介绍米歇尔·佩舍的话语理论，诠释米歇尔·福柯的话语理论(知识型式与权力)，阐发爱德华·萨义德的话语理论(东方主义话语)，今日的文学研究、文学理论研究实际上可以被看成是一种话语实践。

所谓"话语实践"，其基本的内涵是指：其一，从思维的语言性这一学说出发，人们的活动可以归结为"言语的"活动，即话语实践；其二，每一个学科都拥有自己的话语，——以该学科专有的"知识型式"——具有在词汇库里互相关联的一套概念——的形态而呈现的话语。其三，话语实践是一种构建，这种构建能通过对这一或那一具体历史时代的普遍"知识型式"之意识形态的"校对"和"校订"，来保障"占据统治性地位的意识形态"的权力。

(二)

当代外国文论各家各派——马克思主义文论、结构主义文论、后结构主义文论，接受美学的文论、符号学文论、解释学文论、女性主义文论、新历史主义文论、后殖民主义文论等等，无不具有自己的一套话语。面对流脉纷呈学派林立名家辈出的当代外国文论的"话语森林"，我们如何进入其中而不至于迷失？如何寻得穿越其中而探得要领的路径？我们以为，有必要重点考量一些"核心话语"，着力反思一些"核心话语"。

在当代中国的文学研究话语实践中，某些外国文论大家的一些"核心话语"已然留下了深深的痕迹。清理这些"核心话语"的原点意义，反思这些"核心话语"在当代中国的旅行轨迹，既有助于审视外国文学理论本身的嬗变历程而具有学术史价值，更有助于审视当代中国文学研究话语实践中的现实问题而具有思想史意义。如今，在我们已然经历几十年的改革开放之后，清理反思这些外国文论的"核心话语"不仅必要，而且可行。

国内虽然有过多种以“外国文论在中国”（在高校，多半是“西方文论在中国”）的接受为主题的研究，但从“核心话语”这一深层来切入，追求两个维度上的深化——既对外国文论“核心话语”之原点内涵原初语境加以深度清理，又对这些外来的学说思想在当代中国文学研究话语实践中的正负效应与现实问题加以深度反思——这样一种跨文化的文学理论研究，尚有空间。

有必要继续直面今日文学理论已然在跨文化这一现实，而坚持在“跨文化的文学理论研究”这一路向上持续稳健扎实地推进。

有必要继续面对国外文学研究与国内文学研究这两种话语实践之现实：既要有大胸襟大眼界而善于开放，多方位地放眼国外文论的多种形态，又要有责任心有使命感而敢于担当，执着地立足国内文论的当下生态，有针对性地反思关键性核心问题，有开创性地构筑有现实需求的平台，有引领性地守护良好的问学风气，以期积极有效地介入当代中国的文学研究，参与当代中国的文学理论建设，投身当代中国的人文建设。

外国文论的“核心话语”，堪称积淀着丰富的文学理论生命信息的大分子。对一些核心话语的深度清理与反思，有可能使我们超越多年来的研究实践中已然习惯了的以思潮更替为模板、唯主义新旧是瞻的思维定式，而聚焦于牵一发便动全身的核心问题，而有可能抵达文学理论研究基本视界之考量，甚或进入文学理论主要范式之探究。

当前尤其有必要瞄定在当代中国文学研究话语实践中已经发生较大影响、已然留下较深印迹，但由于种种缘故国内学界对之依然是“若明若暗”的若干位外国文学理论大家（譬如，苏联的巴赫金、法国的巴尔特、英国的伊格尔顿、德国的伊瑟尔、美国的詹姆逊、意大利的埃科）的核心话语（譬如，“对话”、“狂欢”、“作品”、“文本”、“作为意识形态话语生产的文学”、“作为文化政治实践的批评”、“文学作品的艺术极与审美极”、“文本的召唤结构”、“辩证批评”、“政治无意识”、“开放的作品”、“过度诠释”，等等）展开比较精细而到位的清理，针对当代中国学界对这些大家名说的解读与接受过程中的实绩与问题，展开比较精准而有深度的反思。

当前尤其有必要以多方位而开阔的观照视野，聚焦于以挑战性与批判激情著称、以原创性与问题意识名世、思想理论含量大的个案之开掘，而勘探潜隐在深层的但又是文学理论建设中基础性与前沿性的问题。从核心话语的清理入手，深入到基本视界的考量，而力求达到主要范式的探析。有必要立足于所要重点研究的外国文论大家之理论文本原著的精读，在精选并依据源语种翻译该理论家的文选或研究性读本之基础上，撰写材料扎实而有创见的研究著作。

有必要实现两个维度上的把握与发声。所谓“双重把握”，指的是既要对所研究对象、所探讨的论题本身的精髓内涵有比较充分的把握，又要对其核心话语在域外尤其是在当代中国的旅行轨迹正负效应有比较全面的把握。所谓“双重发声”，指的是既要进入对象世界而在对象问题本身的清理上发现问题，又要走出对象世界而在对象的域外旅程中勘探问题。要有正本清源的追求，而致力于廓清某一核心话语之原点的学理性辨析与探究，又要有审时度势的追求，而致力于某一核心话语之嬗变的批判性调查与历史性反思。

（三）

苏联学者米哈伊尔·巴赫金（1895—1975）的文论著作在俄罗斯广受关注已有半个世纪之久（始自1963年）。巴赫金的文论学说之走向欧陆与美英，已有四十五载（始自1967年）。巴赫金在新中国的登陆与旅行，或者说，我国学者对巴赫金这位外国学者理论学说的“拿来”与接受，已然走过四十个春秋（始自1982年）。巴赫金文论的一些核心话语，诸如“复调”、“对话”、“狂欢化”、“多声部”、“参与性”、“外位性”等等，也已经成为当代中国文学研究乃至人文研究的基本话语。

巴赫金的思想与学说，在极大地开拓我们的文学研究乃至整个人文研究的理论视野与思维空间，在积极地推动我国文论界的思想解放与变革创新。巴赫金文论的中国之旅，其跨语种跨学科跨文化而形成的覆盖面之大，其文学理论建构与文学批评实践相结合而达致的可操作性之强，其既能与当代国外各种文论思潮学派理论资源相对接，又能与中国当下文论建设的现实需求相应合而生成的极富有弹性的参与性与极富有潜能的生产力，是外国文论中国化的一个思想十分活跃、成绩十分可观、信息十分丰富、空间十分开阔的平台与案例：它生动地映射着我们对国外文论的拿来与借鉴的曲折印迹，也相当典型地折射着文学理论跨文化旅行中被吸纳也被重塑、被传播也被化用的复杂境遇。

然而，在巴赫金文论核心话语的研究上，尚有不小的空间。对于“复调”、“对话”、“狂欢”这一类术语概念范畴之随意套用与随处滥用而"简化"或"泛化"的现象，也频频见之于世。譬如，将巴赫金的"对话"套用到中小学课堂教学活动中的问答；譬如，将巴赫金的"复调"简化为小说故事的多重结构、多重情节等等。尤其是在无所不及的文化研究中，将巴赫金的"狂欢"肆意泛化，对巴赫金的狂欢化理论的普遍套用，与巴赫金的"狂欢"本原内涵已经相去甚远。在影视研究、传媒研究、时尚研究、流行音乐研究、通俗文学研究中，巴赫金的"狂欢"思想尤其受到偏爱。许多文章被冠以"狂欢"之名，许多言说涌动着"狂欢"话语。甚至有文章用巴赫金狂欢化理论来分析美式摔跤中身体的狂欢，有专著用巴赫金狂欢化理论来解读中国的"春晚"。这样的一些肤浅的误读或庸俗的挪用之所以产生，自然有多种原因。其中，对于巴赫金文论之核心话语的丰富内涵与外延之了解得不透，对于"复调说"、"对话说"、"狂欢说"之生成语境之把握得不准，乃是造成这种对巴赫金学术思想"若明若暗"的接受图像之很重要的症结所在。

面对当代中国文学研究话语实践中的这一现实，有必要也有可能正本清源——针对"对话"与"狂欢"这样的巴赫金文论之核心话语进行有深度的清理：将其置于它们于其中生成的那个原生语境之中，来梳理出它们原有的多层内涵与外延；继而，参照文学理论跨文化旅行的机理，来对这些核心话语在当代中国的译介、传播、接受与化用实践中的正面与负面的效果——成绩与问题——加以批判性的反思。

且看"狂化说"。"狂欢"概念——这是巴赫金《拉伯雷的创作与中世纪和文艺复兴时期的民间文化》这部著作的一个中心概念，一个得到最为充分的建构的概念。巴赫金是在两个意义上谈论狂欢的：一是"狭义的"，一是"广义的"。狭义的"狂欢"——大斋前的一个节日。广义的"狂欢"，这是一个"思想—形象"系统，[①]其基础是一种独特的生活感与历史感。原本意义上的"狂欢节"这一节庆生活，它的整体、它的整个存在，它所涉及的种种关联与关系——上帝与人，空间与时间，身体与心灵，吃与喝，笑谑与严肃等等，乃是"狂欢"所要意指的那种生活感、那种"思想—形象"之原初的形式。

多年潜心研究巴赫金论拉伯雷这部名著的俄罗斯学者伊·波波娃对巴赫金的"狂欢"观念的孕育已做出思想史意义上的梳理。她在勘察"《拉伯雷》的基本术语：起源与意义"时指出：

---

① 巴赫金征引K.布尔达赫的著作《改革，文艺复兴，人文主义》(1918)而使用"思想—形象"这一概念。

“对广义的‘狂欢’的界说，贯穿于巴赫金《论拉伯雷》这部著作的整个创作史：自20世纪30年代所写的草稿直至1965年该书出版。不仅如此，恰恰是‘狂欢’这一术语在巴赫金的笔记本里的出现，标志着这部书之写作的开始，而将那些为这部书而做的准备性札记，同在长篇小说理论与历史的语境中(《长篇小说中的话语》、《长篇小说的时间形式与时空体形式》、《教育小说》等等)对拉伯雷的小说进行的研究区分开来。”

“‘狂欢’这一术语在巴赫金的笔记中的确定是发生在20世纪30年代，其基本的涵义也并没有经历实质性的变化，狂欢理论在《论拉伯雷》一书写作的历史过程中还是有发展有深化，它的一些基本概念，其中包括‘狂欢’概念，获得了更为精致的细微差别。”

“对于‘狂欢’这一术语的涵义，一如上文所说，巴赫金是在《狂欢的思想》草稿中加以界说的，这篇草稿围绕着歌德的《意大利之旅》中的1787年罗马狂欢节之描写提纲而构成”。

工作札记的结构直观地展示，巴赫金是如何由歌德的‘狂欢哲学’转向他自己将要写的那部书之基本的论旨。诚然，已说出的这一切并不是意味着，歌德的文本就是狂欢学说基本的甚至是唯一的源头。不言而喻，巴赫金在这里是在将那些早就深思熟虑的——基于文学上的、科学上的与哲学上的不可轻视的传统——论题，给确切简练地表达出来，可是，对于理解研究者的入思逻辑，这一语境具有特别的意义：我们要再次重申，在这里可以看出，20世纪30年代里巴赫金的两个构思——论歌德(教育小说)与论拉伯雷——彼此之间是相关联着的，‘狂欢思想’成为凝聚性的与框架性的。”

“‘狂欢’这一概念的语义，在这里得到极为广泛的界说；它既涵盖语言，或者说作家的‘文体风格面貌’(作为‘词语狂欢’的拉伯雷的文体风格面貌)，也涵盖对于现实主义特征的界说，巴赫金起初称之为‘哥特式的’，后来则称之为‘怪诞式的’——‘狂欢的现实主义’思想。恰恰是这种狂欢的乌托邦的现实主义，乃是文艺复兴时代(薄伽丘、莎士比亚、塞万提斯、拉伯雷)十分典型的思想内容。”

“在《论拉伯雷》最初的手稿中，‘狂欢’这一概念，已经得到细致的构建，它拥有‘储备’——不论是在1940年的版本里，还是在1965年的版本里，这都并没有得到全部彻底的呈现。在这里，这一概念尚充盈着意义上细微的差异，不论是在其自身的容量上，还是在那些派生的概念的容量上，都得到了清晰的划定：'狂欢的广场'，'狂欢的自由'，'狂欢的放纵'，'狂欢的身体'与'世界之狂欢的肉身化'，'对时间之狂欢的接受'，'狂欢的乌托邦主义'，'狂欢的节庆形象'，'形象建构上的狂欢型'与'形象的狂欢细节'，'狂欢的怪诞'与'狂欢—怪诞的形象'，'原初的狂欢般—童话的直觉'（'霍夫曼的世界'之直觉与狄更斯的直觉），'宏大的狂欢风格'，'狂欢般的节庆形式'，'狂欢般的乌托邦的原生力'，作为'正在更替的时代与世界观之相遇'的狂欢，'对世界之狂欢性的反思（被运用于对历史进程的感知）'，'对历史之狂欢性的反思'（'对历史之新年般的感知'）。不过，在这里，巴赫金不倦地提醒原本意义上的术语具有'假定性'：我们的术语——'怪诞'与'狂欢'之假定性[《巴赫金文集》第四卷(I)，第 675 页]。"

"在'狂欢'这一术语及其派生的术语构建上，具有根本性意义的下一步，是在《论拉伯雷》第二版——1949—1950 年间准备的那一版——里迈出的。为了界说狂欢情结对于日常意识与文学意识的影响，对于艺术形象与文学语言的影响，巴赫金引入'狂欢化'这一概念，后来，他将该概念保存在 1965 年版，并将它纳入《陀思妥耶夫斯基诗学》一书被修订的第四章。在《论拉伯雷》第二版里，'狂欢化'这一术语被用于：对第四章的补充（'意识之狂欢化'），第七章里——在对"擦拭用纸"的情节分析之后（'世界、思想与话语之狂欢化'），作为对地狱形象特征界说的一种补充（对于官方的基督教的那些地狱观念之狂欢化，也就是对于地狱、炼狱、天堂的狂欢化），作为对于 kokalan 文体分析的一种补充（"这也是一种言语的狂欢，将它从官方世界观之充满敌意的阴沉的严肃性中解放出来，也将它从那些流行的真理与寻常的视角中解放出来"）；在第八章里，作为对于 16 世纪语言特点与拉伯雷语言特点之界说的一种补充（'在这里，在语言领域里，——也发生了那样的意识的狂欢化'）；在结尾（'意识的狂欢化乃是通向新的科学的严肃性——摆脱了恐惧与虚伪的景仰之严肃性——之形式而必需的台阶'）。"①

① И.Л. 波波娃：《М.М. 巴赫金论弗朗索瓦·拉伯雷一书与其对于文学理论的意义》，莫斯科：俄罗斯科学院世界文学研究所，2009 年，第 134—143 页。

可见,巴赫金笔下的“狂欢”,既可以指生活中可见的“狂欢节”景观,也可以指意识中潜隐的“狂欢情结”,更可以指思想上同世界进行对话的一种“狂欢式姿态”;巴赫金笔下的“狂欢化”,既可以指一种生活方式,也可以指一种艺术样态,既可以指一种文学表现方式,更可以指一种话语表述方式,一种生存状态。正是基于“狂欢”与“狂欢化”之如此丰厚的内涵,才有“狂欢化的形象”、“狂欢化的氛围”、“狂欢化的意识”、“狂欢化的话语”、“狂欢化的世界”、“狂欢化的存在”之类的表述。“狂欢”与“狂欢化”由一种民间文化现象向文学创作机制、文化发育生态绵延。对于“狂化”与“狂欢化”的勘察与考量,便由民间文学研究向世界文学研究、向人类文化研究辐射;进而,有关“狂欢”与“狂欢化”的言说谈论,便由民间文艺学向文学学、文化学、人类学穿越。

巴赫金文论,就是这样在语言学、文学学、符号学、阐释学、美学、哲学等诸多人文学科之间穿行,可谓博大精深。其博大,在于巴赫金文论的核心命题具有丰厚的内涵。其精深,在于巴赫金文论的核心范畴具有多重的意指。面对这样的博大与精深,我们不妨就从一些关涉核心命题的核心话语切入。巴赫金文论话语中的“复调”、“对话”、“狂欢化”、“外位性”便是这样的核心话语。它们凝聚着巴赫金的学术理念,饱含着巴赫金的思想激情,而深为巴赫金所钟爱。

这里再来看看巴赫金文论的另一个核心话语——“复调”。

在巴赫金笔下,“复调”具有多重涵义。在不同的界面它有不同的所指。在文学理论中,“复调”指的是小说结构上的一种特征,因此而有“复调型长篇小说”;在美学理论中,“复调”指的是艺术观照上的一种视界,因此而有“复调型艺术思维”;在哲学理论中,“复调”指的是拥有独立个性的不同主体之间“既不相融合也不相分割”而共同建构真理的一种状态,因此而有“复调性关系”;在文化理论中,“复调”指的是拥有主体权利的不同个性以各自独立的声音平等对话,在互证互识互动互补之中共存共生的一种境界,或者说“和而不同”的一种理念,因此而有“复调性意识”。

然而,在巴赫金笔下,“复调”首先是一个隐喻,是巴赫金从音乐理论中移植到文学理论中的一个术语。“复调”这一术语的意义涵纳,实际上是经历了从音乐形式到小说结构再到艺术思维范式直至文化哲学理念这样一种“垂向变奏”,一种滚雪球式的扩展与绵延。在“复调”的诸多所指构成的一环套一环的“意义链”上,“小说体裁”这一环显然是巴赫金“复调说”的思想原点。巴赫金首先用“复调”来建构他的小说体裁理论，用它来指称长篇小说的一种类型，具体说，就是指陀思妥耶夫斯基的长篇小说。巴赫金是在将陀思妥耶夫斯基首先看成一位语言艺术家，而对其叙事艺术形式加以深入解读这一过程中，发现陀思妥耶夫斯基是“复调型长篇小说”的首创者，进而提出其新人耳目的“复调小说理论”的。那么，“复调小说理论”的基本要点是什么呢？让我们先听听巴赫金本人对他所钟爱的陀思妥耶夫斯基这位大作家的艺术世界的解读，为此就要打开巴赫金的成名作——从《陀思妥耶夫斯基的诗学问题》谈起。

细读这部著作，可以看出：

以巴赫金之见，陀思妥耶夫斯基的小说中，人物的主体意识世界是那么丰富多彩，人物的声音充满着矛盾两重性与内在对话性，其关联其结构，恰似一种多声部。

巴赫金看到，陀思妥耶夫斯基小说中多种形态的对话，无论是发生于不同人物的主体意识之间的公开对话，还是展开于某一人物的主体意识内部的内心对话，抑或是作者与人物之间的对话，最终都体现于小说话语的结构，落实于人物言语的“双声语”结构。巴赫金指出，在陀思妥耶夫斯基的人物言语中，

> “明显占着优势的，是不同指向的双声语，尤其是形成内心对话关系的折射出来的他人言语，即暗辩体、带辩论色彩的自白体、隐蔽的对话体。”①

“双声语”，既针对一般话语的言语对象，又针对别人的话语即他人言语而发。具有双重指向的双声语，使陀思妥耶夫斯基小说的对话对位艺术植根于小说话语这一层面。

可见，巴赫金是由人物的主体性来谈论其独立性，是由意识的流动性来谈论其多重性，是由话语的双向性来谈论其对话性，如此一层一层地论证了陀思妥耶夫斯基小说艺术在结构上与复调音乐的对应。

后来，在《关于陀思妥耶夫斯基一书的修订》这篇提纲中，巴赫金以更为明晰的语言重申陀思妥耶夫斯基的小说是复调小说这一定论。巴赫金强调，作为杰出的语言艺术家，陀思妥耶夫斯基有三大发现或三方面的艺术创新。其一是“ 创作（确切地说是‘再造’）出独立于自

---

① 米·巴赫金 著：《陀思妥耶夫斯基诗学问题》第五章，《巴赫金全集·诗学与访谈卷》。

身之外的有生命的东西，他与这些再造的东西处于平等的地位。作者无力完成它们，因为他揭示了是什么使个人区别于一切非个人的东西”；其二是发现了“如何描绘（确切地说是‘再现’）自我发展的思想（与个人不可分割的思想）。思想成为艺术描绘的对象。思想不是从体系方面（哲学体系、科学体系），而是从人间事件方面揭示出来”。其三是发现了“在地位平等、价值相当的不同意识之间，对话性是它们相互作用的一种特殊形式”。[①]这三种创新，是复调这一现象的不同侧面。这三大发现，均可以“复调性”来概括。

巴赫金的“复调性”的核心语义乃是“对话性”。巴赫金所谓的“复调”，可以说，就是与“独白性”针锋相对的“对话性”艺术思维的别称。“对话性”作为一种新的艺术思维方式，在全面地革新作者的艺术立场、人物的艺术功能与作品的结构范式。这种确认笔下人物也具有主体性而恪守“外位性”的作者立场，这种获得内在自由具有独立意识因而能与他人（作者与其他人物）平等“对话”的人物功能，这种以作者与人物、人物与人物这些不同主体之间不同声音的并列“对位”而建构的作品范式，充分体现了“复调性”对“独白性”艺术思维方式的突破与超越。巴赫金十分推重这一突破与超越，甚至把艺术思维的这一变革比喻为“小规模的哥白尼式的转折”。

当巴赫金将“复调性”艺术思维对“独白性”艺术思维的突破，与哥白尼的“日心说”宇宙观对“地心说”宇宙观的突破相提并论时，“复调性”这个概念的所指便升级了：“复调性”不仅指称一种艺术思维方式，更是指称一种哲学理念乃至一种人文精神。“日心说”使地球移出其宇宙中心的“定位”，天文学家由此而得以进入宇宙复杂的交流互动实况的重新观察；“复调性”使作者迁出其在作品世界话语中心的“定位”，文学家由此而得以进入对生活本相、对“内在于若干各自独立但彼此对立的意识或声音之对话关系中互动共生的统一体”作生动逼真的艺术描写；“复调性”更可以引导思想家由此而得以进入对自我意识如何运作于文学世界以外的人际交往活动的重新理解，对主体间的交往机制乃至真理的建构机制、意义的生成机制等一系列关涉哲学、社会学、美学、伦理学、语言学、符号学、人类学、文化学等重大命题的重新思考。“复调性”作为一种哲学理念乃至一种人文精神，在现代人文

① 米·巴赫金：《关于陀思妥耶夫斯基一书的修订》，《巴赫金全集·诗学与访谈卷》第374页。

学科诸领域引发的变革，用“小规模的哥白尼式的转折”来比喻，实不为过。尊重他人的主体性，确认交流中的多声部性，倡导彼此平等的对位对话与共存共生，这些“复调性”的基本元素的思想原子能量，确实难以估量。

“复调性”作为哲学理念，其精髓乃是“不同主体间意识互动互识的对话性”，其根源乃是“人类生活本身的对话性”。巴赫金从“复调性”与“对话性”出发，考察作为主体的人相互依存的方式，考察两个个体的相互交往关系，进入他那独具一格的哲学人类学建构。他谈的是文学学问题，实际上阐发的却是哲学思想。巴赫金的文学理论已然溢出其传统的界面。譬如说，“复调性”艺术思维要求不同的意识保持对位状态，巴赫金便以此为思想原点，论述人的存在问题。当人物与作者平起平坐，人物的意识与作者的意识并列对位，就构成存在的事件，就形成一种交往。“存在就意味着进行对话性的交往”，“两个声音才是生命的最低条件，生存的最低条件……”。巴赫金的文论也不仅仅向美学延伸，譬如说，他论述两个不同主体各自独立的意识“既不相融合也不相分割”，才构成审美事件；两种意识一旦重合，就会成为伦理事件；一个主体意识面对一个客体时，只能构成认识事件；而当另一个意识是包容一切的上帝意识的时候，便出现了宗教事件。在这个意义上，就可以理解巴赫金本人用来描述他一生的活动领域所用的并不是“文学理论”，而是“哲学人类学”。在这个意义上，就可以理解虽然一生以文学教学与研究为日常的职业，巴赫金却要人家注意到他“不是文学学家”，而是“哲学家”。

巴赫金的文学理论，的确是以深厚的哲学思想为底蕴为支点。艺术思维方式上的“复调性”与“对话性”，是建立在巴赫金关于真理的建构机制、意义的生成机制等伦理哲学与语言哲学之上的。巴赫金文论中的“对话性”，植根于他的伦理哲学的本体论。巴赫金认为，真理并不存在于那外在于主体的客体，也不存在于那失落了个性的思想之中。真理不在我手中，不在你手中，也不在我们之外。真理在我们之间。它是作为我们对话性的接触所释放的火花而诞生的。巴赫金甚至坚持，创作过程即主体间对话过程，意义只能在对话中产生。在这个意义上，可以说，小说结构与艺术思维中的“复调性”，乃源生于巴赫金的“大对话哲学”。对于“大对话哲学”，“复调说”只不过是一种局部的、应用性的变体。

然而，追根究底，巴赫金的“大对话哲学”所高扬的“对话性”，乃植根于“话语”的“对话性”。巴赫金的话语理论，与福柯的话语理论一样，为我们从新的视界理解文学创作、文学批评、文学研究乃至整个人文学科这样的话语实践，开辟了新的空间，开拓出新的路径。围绕着巴赫金的“话语理论”，我们至少可以追问：

“话语”的“对话性”具有哪些特征？

“话语”何以具有“对话性”？

所有类型的话语都具有“对话性”吗？抑或只是“诗性话语”、“文学话语”、“审美话语”、“人文话语”才具有“对话性”？

从“文学是一门语言艺术”到“文学是一门话语艺术”这样的变化意味着什么？

由文学话语的“对话性”出发，从“主体间性”到“文本间性”（互文性）这样的转换，是如何发生的？

文学话语的“双声性”或“多声性”是何以产生的？

人文话语何以具有“应答性”与“开放性”？

这些关涉到当代文学理论乃至人文研究之基本的同时又是前沿的问题，需要给予专题性的有深度的讨论。

巴赫金的话语理论与人文科学方法论

凌建侯

话语是一个非常常用也非常实用的概念。说常用，是因为有人在2010年"西方过刊全文数据库"(JSTOR)键入"话语"(discourse)一词，发现有272028个词条[①]，前几天我在"中国期刊网全文数据库"(CNKI)也查找了"话语"一词，发现有72538个词条；说实用，是因为我还发现，汉语里的话语一词，其组词搭配能力超强，譬如性别话语、启蒙话语、某某主义话语、《人民日报》话语、某某人话语等等，还有话语秩序、话语机制、话语实践、话语力量、话语重建、话语转型、话语框架等等，五花八门，看得人眼晕，给我的总体感觉是"只有你想不到的，没有它搭配不了的"。那么话语究竟是指什么？各家各派都在使用它，但从各家各派的用法上看，其所指又各有不同。让人感到比较不适应的是，除了语言学者谈到话语时有较为明确的定义外，其他人文社科学家大都只顾使用，不涉及定义。

国内有一个共识，那就是话语成为热门范畴，与福柯的学理被引介到中国密切相关，但法国学者本人从未对话语做出清晰明了的定义。有人认为，如果追问"话语到底是什么"的问题，就落入了本质主义还原论的窠臼，而本质主义是后结构主义批评家所竭力避免、抵制的，也就是说，试图解释清楚话语的含义，在后结构主义学理逻辑上将出现矛盾，所以只能去探讨话语产生的方式、传播的途径、作用，以及它和其他诸如"真理"、"权势"、"公共机构"等概念的相互关系。[②] 还好，这里讲的是不可以给福柯的话语下定义，和巴赫金无关。不过，据赵一凡考察，两者关系还是有关系的，而且关系还不小，因为正是在巴赫金哲学—语言学思想的基础上，派生出了高低不等的两个话语研究

---

① 肖锦龙：《福柯理论视野中的话语——从〈知识考古学〉谈起》，载《文艺理论研究》2010年第5期。

② 详见张宽：《话语(discourse)》，载《读书》1995年第4期。

分支，高层一支叫话语理论，注重探究语言与意识、知识，意义、权力、机构、行为、仪式和文明制度之间的互动关系；较低一层统称话语分析，它提倡务实的应用操作，并同电脑技术结合，展现出大范围统计分析的实用科学前景。[①] 学术在发展，赵老师多年前说的这两种话语研究现在正在走向融合，因为有西方学者如诺曼·费尔克拉夫试图将语言分析和社会理论结合起来，提出了话语分析具有三个向度的观点：任何话语"事件"(即任何话语的实例)都应同时被看作是一个文本、一个话语实践的实例以及一个社会实践的实例，这里的"文本"向度关注文本的语言分析，"话语实践"向度说明的是文本生产过程和解释过程的性质，"社会实践"向度关注社会分析方面的问题，如话语事件的机构和组织环境、话语事件如何构成话语实践的本质和如何构成话语的建设性或建构性效果等等。[②] 费尔克拉夫融合的结果究竟怎样，我在这里不予置评。我只说一点，在费尔克拉夫的著作中，许多地方都让我联想到巴赫金关于话语对话性、言语体裁(文类)和杂语(众声喧哗)的见解，让我看到了都有巴赫金的影子，然而他对巴赫金的有限的解读令人十分生疑，因为他是把巴赫金放置在巴黎符号学家的背景中来解读巴赫金的，尽管他列举的两部巴赫金文献都是巴赫金原著的英译本，如："巴赫金对克里斯蒂瓦所称之互文性的水平向度和垂直向度的东西做了区分。"[③]巴黎符号学派在这里变成了一张网漏，巴赫金的理论经过了这张网漏过滤之后才被费尔克拉夫所接受，个中原因何在？让我们先了解一下巴赫金的话语理论，然后来讨论一下为什么要过滤、为什么要用互文性替代对话性的原因。

在20世纪20年代初的《论行为哲学》中，巴赫金就使用过"话语"这个概念，当时他只是附带论及，意在说明：人的具体的话语是他的独一无二的行为。对巴赫金早期哲学而言，存在意味着积极负责地做出自己的行为，所以存在构成了事件。在《文学作品中的内容、材料与形式问题》中，他考察作品的布局形式时，提出了"产生出的话语，必是它肉体和精神的统一"(第1卷第363页[④])这里"肉体"指言语形式，"精

① 详见赵一凡：《话语理论的诞生》，载《读书》1993年第5期。

② 详见诺曼·费尔克拉夫：《话语与社会变迁》，殷晓蓉译，北京：华夏出版社，2003，第4页。

③ 同上书：第95页。

④ 钱中文主编：《巴赫金全集》，第1卷，石家庄：河北教育出版社，1998，第363页。以下征引巴赫金只随文注明卷次与页码，不再另注。

神”指具有某种立场的表意积极性。在1927年的《弗洛伊德主义：批判纲要》中作者认为，“任何具体的话语总是反映出它直接从中产生的那个与己关系最为密切的小小的社会事件——人们之间的交往、谈话。”（第1卷第463页）《生活话语与艺术话语》一文以及《陀思妥耶夫斯基诗学问题》与《马克思主义与语言哲学》两书，则开始把话语当做核心范畴之一加以使用，特别是后一部书，作者在批判索绪尔和洪堡特的语言理论的基础上，初步建立了自己的话语理论。在以后的长篇小说、言语体裁、文化与人文科学方法论的研究中，巴赫金发展了这个理论，使“话语”同“对话”一样，处于显要的甚至中心的地位。

在巴赫金的俄文原著中，“话语”这个概念有好几种表达法，我一共找到了五种（слово、высказывание、текст、речь、говорение），在中文版《巴赫金全集》中译者为了区别它们的细微含义，把它们分别译为话语、表述、文本、言语、言说。其实，它们作为术语，指向的是同一个文化现象，这在俄罗斯学术界已得到了公认[①]，巴赫金本人也多次侧面做过说明：

> 表述（言语作品）的超语言学性质。（第4卷第318页）
>
> 文学作品（长篇小说）的作者创造统一而完整的言语作品（表述）。但他是用性质各异的、仿佛是他人的各种表述创造它（指“统一而完整的言语作品”——本书作者注）的。即使是作者的直接话语，也充满着可被意识到的各种他人的词语[②]。非直接话语，就是把自己的语言看作是可能有的各种语言之一（而不是惟一可能有的和无条件的语言）。（第4卷第319页）
>
> 表述（作为言语整体）不可算做是语言结构最后一个、最高一个层次（在句法之上）的单位。（第4卷第334页）
>
> 表述（言语作品）作为不可重复的、属于个人而历史上惟一的整体。（第4卷第337页）
>
> 我所理解的他人话语（表述、言语作品）……是指任何非我的

① 如费奥多罗夫：《论话语（высказывание）问题》，载《语境’1984：文学与理论研究》，莫斯科：科学出版社，1986年，第86页；巴赫金：《文学创作的美学》，莫斯科：文学出版社，1986年，第2版，第422页，《文本问题》题注；鲍涅茨卡娅：《巴赫金生平及其哲学思想》。

② 这里的“词语”原文为слово的复数形式。作为巴赫金特有术语的слово只能用单数表示，用如复数时它是一个普通名词，意思是“单词”、“词语”，在巴赫金为回应当时语言学界而写的《言语体裁问题》一文中，出现频率很高的слово一词是以“单词”的意义使用的。在巴赫金的这些术语中只有высказывание（表述）可以单数和复数两种形式使用。

话语。从这个意义上说,所有话语(表述、言语作品和文学作品)除了我本人的话语之外,都是他人话语。(第4卷第407页)。

为什么在不同的语境中要采用不同的表达法?巴赫金曾解释说,“我针对一个现象使用变通的多样的术语,采用多种角度。不指明中间环节而遥相呼应”(第4卷第424页),究其原因,是话语这个现象与事物的不同方面相关联,在不同的语境中有不同的侧重。текст(文本、本文)旨在突出话语具有精神文化的特征,высказывание(表述,英译“utterance”—“言谈”)在于强调话语的语言学属性,其直义首先是“言说”,其次是“表达”,从动词渊源看与говорение(“言讲”)有着极为紧密的亲属关系,但говорение在巴赫金的论著中使用频率相对不高,它着重说明的是日常交谈中口头表述的话语。至于作为术语的слово一词,在巴赫金论著的英文版中通译为“discourse”,有人在特定的地方也直接译成“word”,中国学者沿用“discourse”的通行译法,将它称作“话语”。

在上述几个概念中,слово最为复杂。《约翰福音》开篇讲的“太初有道,道与神同在,道就是神”里的“道”,希腊原文是“逻各斯”,英语文本《圣经》译为“Word”,俄语文本中就是用“Слово”一词来表示的。巴赫金对слово这个概念情有独钟,晚年曾提出“话语哲学”这个范畴,并用古希腊的逻各斯学说、约翰、语言、言语、言语交际、表述、说话人、言语体裁和作者形式等,说明了“话语哲学”的主要内容。所以слово的内涵极为深刻和庞杂,它最能体现出巴赫金学术研究的综合与交叉的视角。白春仁老师用“边缘上的”来修饰巴赫金的“话语”范畴,简洁却又意蕴丰富地揭示了这位俄国思想家的研究视角。然而,话语的边缘性,也给巴赫金带来了诸多的不便,特别是在具体的上下文中需要强调某个方面的时候,就不得不使用另外的术语,这当然给读者的理解造成了不小的困难。

应该说,слово包含了其他几个术语的所有内涵,不论强调和突出哪一个方面,话语这个现象都是指言语交际的现实单位,具体的人的言语成品,说话者(作者)的独一无二的行为,说者/作者的更替是话语的边界,它体现出话语作(说)者独特的思想意识和价值、情感、立场,并且处于与其他相关话语的对话之中。

话语及其对话本质,这是巴赫金思想中的一个基本命题,它几乎贯穿了巴赫金的整个学术遗产——从行为哲学经由美学、文艺学、语言学、心理学、符号学、文化学等，到人文科学的方法论。从巴赫金早年的哲学论著看，话语是个人参与自己生活的行为。从语言学的角度说，话语小可指具体个人说出的一个感叹词、一句话，写的一张便条、一封信、一篇文章、一部书，大可指某个人、团体或流派的一些或全部的语言文字成品，表现为某个民族的或历史时期的形诸语言或文字的文化现象。从心理学、价值论和符号学的视角考察，那么话语在巴赫金眼里代表具体主体独特的思想意识，是与众不同的观点、见解和立场的表现，体现出意识形态的特征，具有独一无二的社会性价值。话语也是语言艺术创作的基本手段和内容，创作者总是从社会性杂语中采撷各种言语体裁的话语，将它们组织成统一而有序的言语整体。

从巴赫金晚年的一些片段式笔记小文来看，他主要是把人的存在、语言、文化这三个方面结合起来考察了人文科学的方法论。他在早期哲学—美学论著中使用的人格论方法在这里演变成了对话论的方法。人格论的核心在于不把个性当客体，而是承认每个人都是价值十足的主体。从巴赫金语言哲学的角度看，人格论的最大作用在于把文本（话语）视为体现作者个性的声音，而不是客体、无声之物。所谓人文话语，指的是哲学、美学、符号学、文艺学、语言学、历史学等人文学科的话语，兼容文辞和言辞两种形式，是人文科学领域的学术论著和讲话，包含着著者的个性、精神与人格魅力，一句话，是作者独特的“声音”。

人文科学研究的是人和人的个性、思想和精神方面，人要表达自己作为人的特质，舍去话语便无从依赖，如果越过他人话语（作品、典籍、文献），离开了它们所表现的作者的态度和立场，研究者很难触摸到他的精神实质。

人文话语作为精神产品是客观世界在人脑中的反映，研究它就是对“初反映”的“再反映”，对“思想”的“再思考”，对“认识”的“再认识”，对“解读”的“再解读”，所以话语中至少包含两个主体、两种声音，即至少包含研究者与他人话语这两种意向。

学术上的新建树依赖于同他人话语的交际，思想只是在与他人思想的交流中才逐渐明晰并最终形成的，只有在对他人讲话、向他人表白（腹稿也具有潜在的言说对象）的过程中才能成为现实的思想。

对话型认识强调认识主体对客观世界的多种情态类型，一种“姿态”能达到的认识只是对象的一个方面，所以千姿百态的世界不可能只用“普遍”、“惟一”等来囊括。用人文的情怀加上物理学家玻尔开创的"补充原则",来说明巴赫金的对话型认识,是最恰当不过的了。

从人格论到对话论,再把对话论应用于人文科学方法论,这是巴赫金哲学思考的一条线索,由此他倡导的人文科学方法论特别强调人文话语具有对话性。巴赫金认为话语具有普遍的对话性,这看上去是把对话泛化了。但其实不然,这里有一个隐含的前提,即人是涵义、自由的声音,而不是客体,不是可以随便被"捏拿"、呵斥、奴役的对象,不是其生命、声音被掌握在了别人手中的"死囚"式的人。人与人之间社会地位千差万别不要紧,要紧的是人格上的相互尊重,彼此可以争论、争吵甚至打断对方说话,但只要彼此不剥夺对方的言说的权利,哪怕某个时段内言说的权利,话语对话性的显现就成为了可能。然而,即使有了这样的可能,也并不是一个话语可以与其他别的任何话语发生对话关系了,对话性的显现还需要有一个接触点,这样的接触点的最直接的表现,便是话语的指物内容即话题。

对人文科学而言,相同或相关的话题应该说是人文科学研究者之间相互交锋、碰撞和对话的"场所"。但人文话语的完整(成)性同文学作品相比,发生了一定的变化。文学作品中的世界是一个虚拟却独立的世界,是对过去的现实生活进行隔离、孤立而获得的,一经作者的艺术建构,就会成为原则上完成了的整体,自足而实有的艺术世界①。文学话语的这种完整(成)性不只是表面的、言语方面的,而且也是本质上、主题上的。人文话语的作者尽管在主题上不能实现真正的完成,(也有例外的情况,如黑格尔的哲学体系,就希望达到认识领域内的这种主题上的完成,但这只有基于存在着现实的上帝——即已经可以达到绝对真理——这种类似的宗教理念才可能产生。)还是可以力求在形式上来达到完整(成)性,这种完成是言语形式上的、表面的、相对的完成。有时话语的完成还包含着作者的完成的意志:"我说完了,现在轮到你说了"。绝大多数人文著述不像日常生活话语那样具有你来我

---

① 当然也有例外。因为只要作者活着,他就可以一次次地与已经发表了的作品打交道,对作品进行修改、补充与删节,也可以使新作迎合以前的创作主旨,使新作和旧作成为系列作品,构成一个整体。最有说服力的例子是巴尔扎克,他写出《高利贷者》、《欧也妮·葛朗台》等一系列脍炙人口的小说之后,于1833年左右萌生了一个庞大的计划,打算用一个统一的标题把各个独立的作品联为一体,1841年定下了全部作品的总称《人间喜剧》。把自己创作的各个独立的作品收在一个集子里或一个标题下,并不是一件十分困难的事情,难就难在要使这些作品之间有某种内在的联系,以使它们构成一个统一体。这种特例不是本书要讨论的问题。

往的语轮形式，但它作为作者的话语，总是有所指向，总是因对人而发而充满了对他人话语抱有的态度与立场。这意思就是：关于主题内容的问题虽未穷尽，但在现阶段“我”对这个问题以及同样论及此类问题的他人话语的看法，“我”在整个学术环境中能起的作用，可以暂时告一段落，可以相对地结束了，现在来听听其他人的高见吧。从这个角度看，作者的出发点在于：任何思想见解的正确性都处于发展中，并且作者把他人话语及其思想放到了一个与己平等的地位，可能应答着前人与同时代人，同时又期待着后人做出回应。

上面我们简单地讲了讲巴赫金的话语和人文话语的对话性，现在我们做个归纳，并对巴黎符号学派过滤巴赫金思想做出解释，解释不一定正确，请大家指正。

巴赫金提出的话语，包含三层意思，一是每个话语都有自己的主题，也就是指物述事的内容，二是每个话语都包含说者或作者的言语意图与对所述事物的评价态度，三是每个话语的说者或作者都会对听者或读者以及论述相关事物的他人话语抱有积极评价的立场。第三层意思是巴赫金的创见，也是话语对话性或对话关系产生的主因，所以巴赫金意义上的话语对话关系，不是某种抽象的意义关系和比喻关系，后者是抽掉了话语背后具体的说话人和听话人、作者与读者，把话语当成了无主体的或把主体客体化了的抽象物。对话关系只存在于人与人之间在用语言来表达思想、情感、立场时发生的关系之中，也就是话语领域之中，而具有意识形态特性的语言符号，则为对话交际提供了物质上的保证，为话语对话关系的实现提供了物质可能性。当然也可以把对话隐喻化，使之成为类似于物与物、人与物、抽象的无主体的意义之间的关系①。总之，“文中有人”或者“话中有人”，是对话语对话性的最简洁的概括。我认为，克里斯特瓦把巴赫金的对话性改造成自己的互文性，有其内在的学理逻辑，那就是巴黎结构主义/后结构主义符号学派的学术思维倾向与《波尔特・罗雅尔(Port Royal)语法》、索绪尔的语言学研究一脉相承，我指的是都带有唯理主义的倾向，都追求客观性、排除主体或者把主体客观化、物化甚至忽略不计的哲学思维倾向，正是在这一点上费尔克拉夫把巴黎符号学派引为同道，这也可以从他对“话语”一词的态度中看出来，因为他使用“话语”一词的

---

① 滕守尧：《文化的边缘》，北京：作家出版社，1997年。

时候，是把语言使用当做社会实践的一种形式，而不是一个纯粹的个体行为或情景变量的一个折射，[①]也就是说，他关注的是话语与社会实践的关系，至于谁是话语的主体并不重要。巴赫金与巴黎符号学派代表着两种相互排斥又彼此补充、对话的话语研究方法，一者把文本（话语）理解为无声的客体，即把主体抽象化、客体化，另一者理解为作者的声音，即把文本人格化。若把文本主体抽象化，那么就会出现“作者消失了”的这个结果，若把文本人格化，那么围绕文本所产生的事件总是在两个意识、两个主体的碰撞中展开的，表现为两个文本的交锋，其中一个是现成的，另一个是潜在的。

巴赫金立足于语言的现实存在状态（即杂语世界），揭示出语言在社会运用中的单位——话语、它的形式及其主体间的对话关系。这些见解首先丰富了语言哲学的研究内容，开拓了透过语言研究哲学与文化的新视角，同时也拓展了文化学、文艺学、心理学、社会研究的视野。最后，我想讲补充几句：现代语言学研究方法的确立，使语音、词汇、句法及其修辞等各语言层面的特征得到了精细的解析，但远远不能满足对语言交际的认识，原因在于，日常生活的、审美的、人文文化的语言交际，都建立在被社会认同的、相对稳定的话语形式（言语体裁）的基础上，即言语交际单位的形式的基础上，这些形式同语言单位的形式一样，也牢固地印记在语言集团成员们的意识中，也就是说，在人类的言语交际生活中，每个人都同时遵循两种规则，一种是语言形式的规则，即语法，另一种是话语形式的规则，即言语体裁的规则，恰恰是后者超出了语言研究的范围，进入了费尔克拉夫所说的社会实践的领域，我认为正是言语体裁这个课题应该成为赵一凡所说的两种层次话语研究的结合点，而这是另文探讨的话题了。

① 详见诺曼·费尔克拉夫：《话语与社会变迁》，第59页。

穆卡若夫斯基诗学述略*

杜常婧

结构主义思想自诞生之日起，便在语言学，文学，心理学，人类学等诸多学科落地生根。20 世纪的斯拉夫诗学流派，俄罗斯的形式主义，捷克、斯洛伐克、波兰的结构主义，在文学研究方面均获得出色进展。布拉格学派早在 1934 年，就曾对结构主义的理论建构作过一番颇有抱负的尝试。而作为布拉格学派的领军人物，扬·穆卡若夫斯基(Jan Mukařovský，1891—1975)思想的萌发、拓展和成形，为诸门艺术、学术研究，以及当时各种倾向的一个如实反映。① 穆氏的工作决定了结构主义理论之捷克支脉研究的广度和深度，决定了其理论定位的细致严格，以及学派的总体水平。②迈入新时代以来，穆卡若夫斯基以及另外一些捷克学者，在西方已享有较高的声望，这是远比他们当初艰辛求索那几十年，在结构主义运动的青春时期要高得多的声誉。穆氏的学说，昭示着文学理论和美学方面诸多有益的思辨，如今在欧洲国家似乎比过去更受瞩目，甚至在日本都更为受到垂青。本文从文学理论的视角切入探察，谨就穆氏思想的核心概念进行梳理，以期勾勒出其诗学体系的大略概貌。

一

结构主义者以描述整体系统的结构为己任。在《语言的牢笼》(1972)一书末尾，詹姆逊幻想了一种未来批评实践的可能，一种结构

---

* 该文系笔者于“现代斯拉夫文论与比较诗学”国际学术研讨会暨外国文论与比较诗学研究会第 4 届年会(北京：2012 年 5 月 25—28 日)发言的基础上整理而成。

① 参见雷纳·韦勒克：《近代文学批评史》(第七卷)，杨自伍译，上海：上海译文出版社，2009 年，第 718—719 页。

② Felix Vodička, Tvřrčí proces v díle Mukařovského“, *Studie z estetiky*, Praha: Odeon, 1966, pp. 10—11.

主义的继承物。这种批评将使“结构分析从结构本身的神话”中解放出来，将分析实践“视为时间上的运作”，使历史意识复原到语言与文本的分析内。[1] 然而，詹姆逊未能在书中明确道出的理论与批评方法，恰恰位于布拉格学派的文学实验，及其后来的艺术分析之中，正是这些实验给出“结构主义”这一术语。

1920年，罗曼·雅各布森移居布拉格，尽管他力图传播并延续俄国形式主义的学说，布拉格学派很快发展起自身截然不同的术语词汇表，比如开创出著名的术语“突显”(aktualizace)，此“突显”概念不同于什克洛夫斯基的“陌生化”概念，因为“突显”被理解为系统的结构主义术语；比起其他“社会事实”，他们则更为关注文学的体裁与结构。[2]布拉格学派亦主张以“结构主义”取代“形式主义”，认为这一新的术语能更好地反映使一个文学作品最终成形的多种多样的力和影响。其结构主义观念并未将这些复杂的结构设想为永久的或暂时固定的形态，而明确称其为历时的，或“历史的结构”。20世纪30—40年代，穆卡若夫斯基认真思考结构的开放性，道出结构乃充满活力的动态整体的观念。结构内部的成分处于恒久的重组状态中，整体(结构)以其单一元素的关联作为基础：

> 依照我们的观念，可以仅只将结构看作如此这般的成分集合，它的内在平衡屡屡遭致破坏，又再形成，于是它的统一向我们表现为辩证对立面的集合。延续下来的，唯有时代进程中结构的同一性，而它的内在成分，其成分的相互关联，持续转变。[3]

经由对意义一致的材料的重大整合，一门学科达致**结构**的认识。作为意义的统一体，结构比单纯叠加的部分的总和要大得多，结构的整体包含自身的每一个部分，与此相反，这每一个部分刚好符合这一整体，而非其他整体，此为结构的整体性。结构的另外两个本质属性为它的能量特性和动态特性。结构的能量性在于，每一个单一要素在共同统一体中都具有一定的功能，这一功能使要素位列结构的整体当中，将其捆缚到整体之上。结构整体的动态性则为，这些单一功能及

---

① Frederic Jameson, *Prison House of Language: A Critical Account of Structrualism and Russian Formalism*, Princeton: Princeton UP, 1972, p. 216.

② Anne Jamison, "History in Your Formalism: Why the Prague School Matters", in *Western Humanities Review*, 1(2009), p. 44.

③ Jan Mukařovský, O strukturalismu" (1946), *Studie z estetiky*, p. 109.

其相互间的关系，由于持续的变化，构成自身能量特性的基础。具体而言，一个文学文本自身便意味着结构。穆卡若夫斯基的结构观念，可用于称谓一个文学文本的所有部分，其关注的重心不仅局限于单个文本的结构，也注重研究文本的整体形态和内在完整性，而环环相扣的单一结构则构成文学的总体系统。当我们察看各个文本嵌于文学体系中的关联性时，单一的结构呈现为运动，彼此相互作用。比方说，不仅先驱在影响后来者，相反的例子也不罕见，资历浅近者的创作以自身的结构，对当前的创作前辈施以影响。文学体系的内在辩证关系，于整体中展现为文本结构的个性，代系，流派等不同因素，与文学传统及当下的艺术惯例戚戚相关。

穆氏的结构观念不仅在于微观分析，在宏观比较上也具有举足轻重的意义。布鲁姆于 1973 年阐发传统的影响所带来的焦虑感，认为经典树立起一个不可企及的高度。穆卡若夫斯基则是怀抱积极的心态来正视传统，尤其是外来文学对于捷克民族文学的影响的。捷克民族由于历来在世界格局中处于相对弱小的地位，饱受外扰的铁蹄践踏，一度视德意志民族等勍邻马首是瞻，导致其在民族文学领域也表现出一种深切的不自信。某些捷克文学史家不免自轻自弃，在处理斯拉夫文学对其的影响方面，流露出卑微的态度，似乎因了民族的孱弱，文学定然也是低人一头的，从而断然判定本国文学的发展承受着时而来自这一面，时而来自那一面的影响造成的偶然冲击的操纵。穆卡若夫斯基以结构的观念直斥这种观点，指出不仅单一的文学文本，也不仅作为整体的艺术每一种样式的发展，就连艺术门类之间的相互关系，均具有结构特征。外来影响应该是这样被接受的，本土的条件必然准备就绪，由它来决定这一影响将获得何种意义，将在哪个方向发生效用。在任何情形下，影响都不会扰乱本土的发展形势，不仅是文学先前发展的遗留，还有社会意识先前的发展和现状。在影响的发生上，单一民族的文学是在平等的基础上遇合的，而非在受到影响的文学对施加影响的文学彻底臣服的基础之上。外来影响的整个序列，不仅其中的每一个影响与当前接受影响的民族文学存在关系，诸影响本身相互间也存在关联。影响并非单一民族文化本质的优越性和从属性的展示；其基本形态乃为互惠性，根植于民族相互间的平等，及其文化的平等声誉。[①]

事实确然如此,域外文学/理论的传播和影响离不开接受方的译介和研究,而从事这一工作的主体是具有倾向性的。五四时期,中国现代文学的先驱鲁迅和茅盾,竭力倡导和实践对弱势民族文学的译介,兀自出于一种惺惺相惜的热忱——“捷克文艺复兴在二十年前出产了好几个大天才,但是欧洲人对于他们却很冷淡,原因一半在捷克文学的难懂,一半在捷克人势力薄弱,尚为人奴,大半欧洲人的见解却谓为人奴的文学不会有光荣的文学的。”[②]。而建国以后我国对域外文学理论的引进,大都以欧美国家为主,则是基于振作抖擞,奋起直追的壮志雄心。后来的学者或提出“文学场”(布尔迪厄)的概念,或确立“文化语境”[③]的范畴,或以实证材料证明影响存在于时代、作家、流派等各个方面,[④]实际都是在从客观的立场,论说文学的更替与演进之中,各个民族文学彼此间的作用:影响绝非一种消极被动的接受所产生的结果。

捷克的结构主义是结构主义思想史上的一个重要环节,显示出对于结构的重视。它将文学整体作为系统来考察,研究具体文学文本的对立与统一关系,乃至承继和转换关系。任何关于文学总体与局部关系的讨论,关于局部与局部关系的讨论,都无法撇开研究的基本单位,由此自然而然涉及结构问题。结构为穆氏诗学的根本架构,穆卡若夫斯基确信,单一文学文本均具有多重易变的性质。结构的观念是在两个层面上生效的。一方面,它作为准则、规范、趋势的集合,影响并左右着当下的文学创作;另一方面,它作为单一文本的结构,虽然在规范的压制下诞生,却有可能借由新的元素和构造手法,与之形成对抗。在穆氏的理念中,结构完全不是固定的,即使在一个特定的文学文本内,也极易受到时间和变化着的条件的制约,这种结构更像是一只不断重组,瞬息变幻的魔方。

---

① J. Mukařovský, O strukturalismu“, *Studie z estetiky*, pp. 115—116.

② 沈雁冰:《海外文坛消息》,载《小说月报》1922年第13卷第6号。

③ 严绍璗先生在《比较文学与文化“变异体”研究》(复旦大学,2011年)一书中,从发生学的视角,阐明文化语境的三个层面,指出在这样的文化语境中解析文本,便有可能揭示文本中通过情节、人物、故事等而内含着的虚构、象征、隐喻等的真实意义。

④ 参见陈思和:《20世纪中外文学关系研究中的“世界性因素”的几点思考》,载《跨文化研究:什么是比较文学》,北京:北京大学出版社,2007年,第139—159页。

二

穆氏诗学对于现代文学研究的贡献，是从根本上改变了文学研究的历史公式。传统的文学理论将作品分割为内容与形式的对立，内容是作品的内在本质，形式是表达内容的手段总和。形式包裹内容的既有外形，如同衣服接纳身体的轮廓。然而穆卡若夫斯基言明，内容与形式之间的界限总是不确定的。一方面，将内容元素引入文本（互相关联的内容、动机）的手法或多或少是形式上的；另一方面，在语言元素中又含有一些非艺术形式的成分，因为语言元素只是艺术形式的基础。形式和内容相互之间的关系，并不总是形式要服从于内容。也会发生相反的情形，即形式支配内容，形式迫使内容与之相适应。文本的内容时而会由于结构的需要，即由于形式而产生。比如，内容正是通过改变形式，成为诗歌的合理成分，融入诗歌文本的语境。穆卡若夫斯基从审美的角度，提出一个与之前不同的二元论：前者是能够引起审美功效的文本的特征，其总和可称为**形式**（手法）。后者是形式赖以实现的基础，可谓之为**材料**。文学的材料首先为语言元素，另外便是主题元素，即作品中包含的思想、感情和想象。[①]

结构主义诗学的理论与模式，是以描述，表现，阐释文学结构为特定目的的一种体系。布拉格学派诗学的发展，始终在扩容关于文学理论的讨论范畴，其开端即由穆卡若夫斯基的著作《论马哈的〈五月〉》(1928)为代表，因而他的诗学概念可作为布拉格学派概念体系的一个典型样本进行考量。穆氏诗学与其他现代流派共享着一个前提：文学乃特殊的语言现象。结构主义理论与诗性语言的符号学概念密不可分，符号学概念令布拉格学派界定了文学研究的适当范围，为其提供一个具有充分依据的方法论。文学的符号学，要求采用与语言学本质上相同的研究方法：在文学系统内部找寻文学演变的规律，而不忽视文学与其他社会现实为数众多的交叉点。因而，语言理论的术语必然成为穆氏诗学语言分析的组成部分。语言学与诗学相重叠的区域，无疑为**诗性语言**研究。

依照雅各布森和穆卡若夫斯基的观点，结构主义文学理论的最初

---

① J. Mukařovský, O současné poetice“ (1929), *Cestami poetiky a estetiky*, Praha: Československý spisovatel, 1971, pp. 100—107.

任务,乃区分诗性语言与标准语言(实用语言)。[①] 从相同的视角,俄国形式主义创立文学语言与日常语言之间的一种基本对立。普通语言是实用的、指示的,通过指示与外部世界发生联系;诗性语言直接作用于语言符号本身,而非语言之外的现实。诗性语言利用各种手段,突出陈述本身,远离日常话语,并且将对外部指示对象的关注,转向手法的结构。一个文学文本的分析,重点在于论证其组成部分的突显程度。然而,理解一部单一的文艺作品,不可脱离潜在的规范界说。诗性语言是受制于两套规则的:当下的语言标准,以及时所盛行的文学传统。唯有反复违背惯例,对标准语言的规范进行系统地干预,方可令文学艺术成为可能。穆卡若夫斯基在系统的研究中,对语言学与诗学的联系作出过假定:现代语言学对于诗学的主要影响在于,语言学不仅为文学文本的语言方面,而且为整个文本提供了结构主义的分析模式。关键问题是,语言学所提供的模式,仅仅是特殊的语言模式,抑或更为普遍的模式,可为文学研究及其他**符号**现象兼收并蓄。穆卡若夫斯基所设想的模式,属于后者。

布拉格学派的语言学构建了分层模式,将语言作为具有互相联系的层次——音位学,形态学,词汇,句法——的整体结构来研究。穆卡若夫斯基用于描述文学诗性结构的模式,也具备这些层次。从一开始,布拉格的结构主义诗学就以两个区别于语言模式的基本特性为特征:1) 包含主题层次(主题结构);2) 在材料与形式的审美模式之上建立分层模式。一部文学作品中,在审美方面无关紧要的成分,称之为"材料";成分获得审美效果的方式,称之为"形式"。审美模式的引入,意味着将这一分层模式的全部术语分为两个不同的词库——材料元素词库和形式手段词库。

穆卡若夫斯基认为,在材料元素一组内,必须划分为语言和主题两部分,与此相应,材料元素的词库也应划分为语言元素词库,以及主题、母题元素词库。这么一来,便将主题结构的非语言层次引入体系。穆卡若夫斯基曾多次展示过语言与主题之间的关系,并且指出,在文学文本内,主题元素总是经由语言元素得以表达。与俄国形式主义者存在共识的是,穆卡若夫斯基将形式定义为两个步骤的联合,变形与组织——艺术手法造成材料的扭曲或变形,变形的目的在于打破文字

---

① F. W. Galan, "Literary System and Systemic Change: The Prague School Theory of Literary History, 1928—1948", in *PMLA*, Vol. 94, No. 2 (Mar., 1979), p. 277.

运用与阅读上的“自动化”，使文字得到“突显”；组织又包含着两个相似的形式手段库。从审美的视角出发，变形必须与组织联系在一起，而组织自身由两个程序构成：a）通过系统路径实现的变形，从而产生形式手段；b）植入相互关联中，各种不同层次的形式手段，达到相互一致的作用。这些手法必须通过一种系统的方式来应用，加以组织，必须彼此和谐，方能体现一部文学作品的总体性：文本的结构。道莱冉奥[①]依此将穆卡若夫斯基模式的整体结构整理如下：

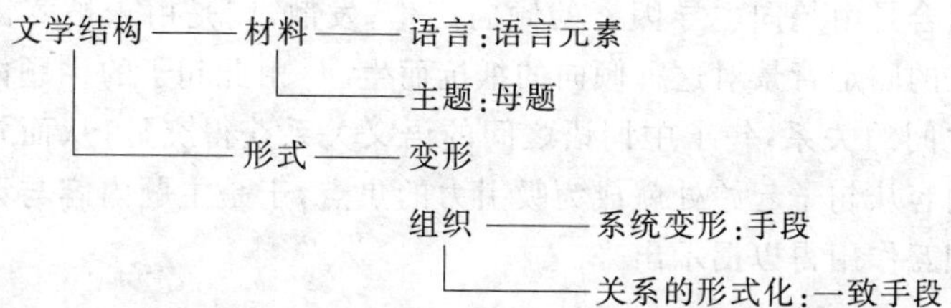

亦即，审美结构 ＝ 语言手段 ＋ 主题手段 ＋ 一致手段。至为重要的是，语言学术语本身并不进入穆氏诗学之语言分析的核心，仅只按名称归入上述审美结构图表的相应位置。然而，穆氏的模式从语言学术语（表现为语言元素）中演绎出审美术语（表现为形式手段及其相一致的手段）。穆卡若夫斯基掌握着由布拉格学派的语言学发展而来的语言描述体系，这一理论武装，将他与一般语言观较为浮泛的文学批评作了显著的区分。事实上，首先是穆卡若夫斯基与雅各布森一道，展示出该学派建立在语言学知识基础上之诗学的独创性与敏锐性。[②] 现代结构主义诗学中不可或缺的语言学术语，如音位，语段（结构段），句子的语义结构，句子的语调等，均在穆氏的论著里有所体现。在研究中，穆卡若夫斯基根据需要，丰富了语言学的术语和概念，比如他用于词汇、句子的符号学描述，对话与独白的研究，以及区分语言功能的细微的语言分析，等等。

谈到穆卡若夫斯基对于语言学词汇的贡献，不可忽视这样一个事实，其诗学的主要成就在于发展了诗歌手法的分析语言。诗性语言在于突出文学文本的一贯性和统一性。无论在文学抑或交流语言中，总

---

① 卢鲍米尔·道莱冉奥（1922—），捷克语言家，文学理论家，主要致力于文体学、叙事学和小说理论的研究。

② Lubomír Doležel, Pojmový systém poetiky Pražské školy: Mukařovský a Vodička“, *Studie z*české literatury a poetiky, *Praha*: *Torst*, 2008, *pp*. 121—123.

是存在语调与意义，语调与句法、词序的潜在关系，总是存在作为语义单位的词语与一篇文本的语音结构，与文本中的词汇选择的关系，以及在此语境中同一句子和其他句子之间的关系。通过这些形形色色的内在关联，每一项言语构成都以某种方式，直接或间接地同所有的构成形成联系。哪一种联系更为突出，则取决于**主导**(dominanta)因素。主导因素给文本带来统一，在美学中，通常称为"多样性的统一"。于此能动的统一之中，可以同时发现和谐与不和谐，聚合与发散的状况。聚合是由趋向主导因素的倾向产生；发散，则是由未被突出的因素构成的固定背景对这种倾向的抵抗而生。① 由此句子的主题内容和词语之间的关系，句子中词语之间的语义关系获得突显，从而句子的主题内容从句子起始处就成为吸引力的焦点，于是主题内容与词语之间的相互作用得以揭示出来。

三

穆卡若夫斯基并非将孤立的文本作为唯一关注的对象。他的理论前提与英加登一致，即承认围绕文学文本，作者与读者必然产生意识的关联与对接。文学中的个性问题是显而易见的。穆卡若夫斯基建立起动态的个体观，将**个性**视为不断引起文学运动发展的外部动因以及合力。"一切的外部影响都是藉由个性进入作品的。"②穆卡若夫斯基进而提出文学创作中的**意向性**和**非意向性**问题。文学作品显然是一种典型的意向性创造，作者的个性是历史事实，由文本触发的读者的精神状态亦是如此，文本的结构则随时间的流逝而发生变化。不过结构并不纯粹依赖于作者的意志，而主要由结构自身特有的发展，随时间推移的创作连贯序列(传统，惯例)来注定。创造文本和引起心理活动的意向的起止点，在穆氏诗学中退居其次，居于首位的是意向性本身。在文学文本内，涵义的统一性极其重要，意向性即是将各个部分联合在一起，并赋予文本以一致意义的一种力量。意向性于文本内部执行功能的使命，力求克服文本各个部分和要素之间的矛盾与张力，将每一个要素纳入与其他要素的相互关联内。于是在文学中，意

---

① J. Mukařovský, Jazyk spisovný a jazyk básnický" (1932), *Cestami poetiky a estetiky*, pp. 120—122.

② J. Mukařovský, Individuum a literární vývoj" (1943—1945), *Studie z estetiky*, p. 230.

向性体现为**语义化**[①](sémantické gesto)。唯有从读者的角度来看待意向性,才有可能充分理解文本的一致性涵义。

依凭语义化,作者选择创作元素,使之融合为一个意义整体。如若将文学文本看作符号,它一方面是代表意义的外部符号,即"能指";另一方面是所代表的意义,即"所指"。换言之,与"能指"相对应的是文学文本,与"所指"相对应的是"美感对象"。结构主义诗学的典型特征之一即为"它对符号和意义的定位"[②]。文学文本的每一个成分皆承载一部分意义,这些意义排列成不断递进的单元,即作为繁复语义整体的文本。符号和语义特色在文学文本的局部以及整体内表现得都相当明朗,只要读者的感知尚未完结,文本的构造还未作为一个整体呈现于接受者的意识中,接受者就无法全然把握其各个部分的含义和意义。以结构主义的文学观看来,文学文本中的一切,及其与周边的关系,由此表现为符号和意义。穆卡若夫斯基需要给自己发展的结构寻求一个理想的落脚点,它必须在任何物质产品之外,在具体的文本之外,因为它亦是有形的。他认为文学文本只是一种符号表征,其真正的意义与形象是在读者的意识中具体化,而后形成的艺术形象或美感对象。于是他利用读者这一媒介,将发展的结构安置于**集体意识**中。集体意识乃是价值存在的场所。价值是主体与客体之间的联结,受集体觉悟的操控。[③]审美对象并非艺术作品(能指),而是"审美客体"(所指),是文学文本在感知者的意识中互相关联的体现。

论及文学的本质,穆卡若夫斯基提出**功能,规范,价值**的问题。功能被我们理解为事物与目的之间的积极关系,事物因目的而被使用。价值是基于这一目的之对象的效用。而规范是某一种类、某一价值类别的控制领域中,一个准则或一套准则。此三者戮力同心,休戚与共。从本质而言,这些都是言之成理的构想。穆氏诗学以**审美**为本位,将文学之"美"等同于文本的整体艺术价值——审美价值是文本不可或缺的价值。文学文本作为艺术品的相应功能表现为审美功能,除此以

---

① 周启超先生在《现代斯拉夫文论导引》(河南大学出版社,2011 年)一书中,就"文学性"的生成机制而论,将雅各布森的"形式化",穆卡若夫斯基的"语义化",以及英加登的"意向化"进行平行观照,谓之为现代斯拉夫文论中"文学性"学说发育史上的三个里程碑。

② J. Mukařovský, Strukturalismus v estetice a ve vědě o literatuře" (1940), *Kapitoly z české poetiky I.*, *Praha*: *Melantrich*, 1941, *p*. 19.

③ J. Mukařovský, Problémy estetické hodnoty" (1935—1936), *Cestami poetiky a estetiky*, p. 17.

外，文本也会获得许多其他的，审美以外的功能，例如认知功能，伦理功能，宗教功能等。非审美功能其实并非诗学问题，而属于文学艺术的社会学；唯有指向可以附着于同类文本内部，成为其构造元素的一定功能，方才隶属于诗学问题，此为穆卡若夫斯基对其诗学范畴的明晰界定。

穆卡若夫斯基表明，文学作品必须具有审美功能，否则便不能成为艺术作品。通过审美分析，可以推敲出它的真正实质。审美分析的目的，在于发掘文本中可以引起审美体验的那些特点，即说明文本被运用何种手法构造，以产生美感。文本分析的基本要求为，分析不得在任何一处逾越文本本身的界限，但凡在文本内部找不到依据，便不得预先将文本的任何特点用作阐释。使文本与其他一系列现象隔离开来，是由于假如我们运用文本的某个特点进行阐释，比如社会影响、创作者的个性等等，那么研究势必会丧失审美分析的性质，文本便沦为一份纯粹的文件，成为社会学、心理学等浩瀚材料里的组成部分。文学文本不是作为文件（创作者个性的表达、现代社会的写照等等）被构造的，因为文学的本质——“文学性”——乃它是具有美感的艺术作品。

审美规范的特征在于，比起被遵守，它更倾向于受到违反。审美规范更可说是一个参照点，用以感受在新的趋势下艺术传统的变形程度。对于艺术惯例的逆反，在审美规范中是常有的情形。如果从这一视角出发来看待一部文学作品，它将会在我们面前展现出规范的复杂的纠结：充斥着内部的和谐与分歧，构成部分被肯定地运用，部分被否定地运用的异质规范的动态平衡。这种平衡在它的独特性上是无法模仿的。[①] 文学文本的结构包含哪些规范呢？穆氏将其划分为四个类别。文学的材料是以系统的规范为特征的语言，那么第一类即为语言规范。语言规范本身与审美规范并没有任何共同之处，但它在艺术中运用的方式提供了审美规范的效果。文学中的第二类规范类型可称之为“技术规范”，即文学传统，艺术惯例。第三种规范类型是实用规范（与“审美规范”相对），比如道德规范，政治规范，宗教规范，社会规范等。它们是通过主题进入作品的。第四种也是最后一种规范，为审美规范，与前面那些规范的不同之处在于，它在本质上属于审美领域。

---

① J. Mukařovský, Estetická norma“ (1937), *Studie I*, Brno: Host, 2007, p. 152.

因而，一部文学作品所包含的规范的多样性，为形成文本结构的不甚稳固的平衡提供了广泛的可能性。所有作为艺术手法的工具而产生功能的规范，相互间的关系是非常复杂，并且不断转化的，以便文本的正面价值可以表现为共同完满地遵循文本中显现出来的所有规范。

从集体意识的角度而言，文学在社会中的传播，有的时期，渗透多个社会环境和阶层，为大量社会成员所接受；另外一些时期，却仅仅局限在相对十分狭窄的读者群内。文学这种数量有限的接受情况，时而被归咎于全体文学作品，被解读为它的危机。假如我们意识到文学传播与在社会中施加影响的功能之间的联系，便会豁然开朗，文学接受范围的广泛或狭窄，同它自身的艺术本质并无关联，而受其非审美功能强调多寡的制约，毕竟同样的艺术作品不可能在所有相同的时期内都得到社会传播。能够充分接受文学作品的环境，从它的审美功能理解之，终究是非常狭窄的。穆卡若夫斯基以诗歌为例，在《作为价值集合的诗歌作品》(1932)一文中写道，

> [……]诗歌同其他艺术一样，一旦仅只关乎其审美效用，这种特殊接受环境的边界是可以延伸的。某些艺术每一次真正广泛的扩散，都伴随它某些非审美功能的着力强调。因而不可在读者数量缩小的情况下论及诗歌的危机，只能谈论其功能领域的转移。①

因此，有必要厘清非审美价值在文学艺术，在社会意识中的发展，以及其在社会生活实践之间的转换。文学文本中的非审美价值嵌入其艺术构造之中，遵循它的发展规律。穆卡若夫斯基之文学发展的研究主要源于文本艺术构造的主张，他非但不否认研究作品内部及外部非审美价值的必要性，而且申明应将非审美价值计入文本的结构分析，以便社会学研究反过来勘察文学内部的艺术构造，勘察其中包含的非审美价值的发展，以及它与生活实践中主导价值的发展之间的相互关联。

结构、系统、部分、整体、功能、价值等概念居于穆氏思想的核心地位。贯穿整个20世纪，这些概念在诸多学科，以多种形态构筑着西方的哲学、理论、方法论的观念和思潮。相形穆卡若夫斯基著述的那个

---

① J. Mukařovský, Básnické dílo jako soubor hodnot“, *Kapitoly z č* eské poetiky I, *pp*. 269—270.

年代,今日的社会、经济、政治、文化局面已迴然不同,而文学理论的研究历经激烈的变迁,发生一轮又一轮的颠覆,这是穆卡若夫斯基本人也无法可想的吧。在捷克,"结构主义时代"并未真正终结,结构主义思想在文学,心理学,认知学等学科的研究中始终在场,并且具有相当程度的代表性。捷克的理论家依然在思索"后结构主义之后的捷克结构主义"[①]将何去何从的疑虑,更加注重对穆卡若夫斯基以及捷克结构主义文化遗产的评判与重建,亦在期许世界从历史的语境下,以另一种目光重新审视穆卡若夫斯基,乃至整个布拉格学派的理论,继而兴起全新的阐发。

穆氏诗学具有动态的发展的观念,它分为两个互为关联的理论领域:其一为结构问题,首先在1926年得到讨论。自从20世纪30年代初,穆卡若夫斯基明确文学发展的结构主义观念起,他便将注意力聚焦于文学结构变化的内在成因。从发展的角度来看,文学文本的价值取决于它与当下文学结构态势的关联。单一文本成为发展的积极动因,它与时下的规范相背离的成分,促其持续变化。对于结构主义的文学理论而言,结构语言学不仅仅是其激发理论灵感的动力和源泉,还是一种将结构主义原本各行其是的种种设想统一起来的方法论模式。其二为文学的符号观,于1934年提出。从30年代后期起,穆卡若夫斯基与语言学和符号学两门理论渐行渐远。《艺术中的意向性与非意向性》(1943)一文,完善了符号的概念,将意向性同非意向性联系起来。意向性指的是作品涵义的统一,亦即文本的自主性,因而,文学文本的主体既非创作者,也非欣赏者,然而作者的个性及读者的个性均能投射于其上,艺术作品从而成为自足的符号;非意向性指的是文本内一切破坏涵义统一的成分。于是一部艺术作品与现实没有直接的关系。文学文本的文字,并不具备文献资料的价值,仅仅为集体(体验文学文本的社会)成员之间的媒介。一旦创作完成之时,便可将文学文本独立出来进行考察,因为一切语义构造过程存在于文本自身,那么必然要在文本内部进行勘察,从而外缘研究(文学史或传记批评)的意义是微乎其微的。文本的一致涵义于读者的接受过程中得以实现,从这一意义着眼,文本是永无完形的。处理文学文本远非消极的解码,而是接受者对来自创作者之信息的积极再生。

---

① Ondřej Sládek, Náš poststrukturální strukturalismus", Český strukturalismus po poststrukturalismu, *Brno*: *Host*, 2006, *p*. 53.

穆卡若夫斯基将文学视作一个系统，其内的所有组成成分都在传达意义，参与文本的语义建构，使文本自身与文本之外的世界建立关联。穆氏诗学针对文本意义的生成，而非意义本身的研究。他将“审美”引入诗学范畴，其学理基础是文学的本质具有审美性。用于文学艺术的符号、指示等符号学术语仅仅为一种辅助方法，并非穆氏思想的全部内涵，但他亦提升了符号学思想在艺术理论中的优越性。考虑到符号在艺术中的审美特质，理论家可不再仅只将文学文本视作形式构造，作家心理倾向的直接镜像，某种真实的信息，意识形态、经济、社会抑或其他文化方面的再现。穆氏诗学致力于捕捉文学文本的读解随时光的流转，随社会语境的变化而映射出的多样性，其功能说的提出在文学研究领域不啻为独树一帜的一举。

当代俄苏学界对穆卡若夫斯基文论的接受*

朱　涛

布拉格学派(原称布拉格语言学小组,又称捷克结构主义)是20世纪语言学史上的一个重要流派,该派发展出的结构——功能语言学、音位学对现代语言学的发展做出了重要贡献。然而,鲜为人知的是,它同样也是20世纪文学批评史中的一个重要流派,在这方面其成员有扬·穆卡若夫斯基(Jan Mukařovský)和菲·沃迪奇卡(Felix Vodicka)等著名文艺理论家,享有世界声誉的著名学者勒内·韦勒克、罗曼·雅各布森也曾是该派的成员。

遗憾的是,由于种种原因,布拉格学派在文学理论和美学研究上的建树至今未能引起学界的充分重视,这在我国表现得尤为明显:纵观国内当下的西方文艺理论教材,在介绍20世纪30—40年代的文论时,多以英美新批评为对象,而在介绍结构主义文论时,也多以俄国形式主义和法国结构主义为对象,殊不知,与英美新批评同时期的布拉格学派也是结构主义文论中的重要组成部分(布洛克曼称其为20世纪结构主义三镇之一)。当前,国内学界对布拉格学派文论的认识存在不小的误区:我们习惯于简单地将其视为俄国形式主义文论的后裔和模仿者,想当然地以为其结构主义研究理念落后于法国结构主义,这些误解和误读极大地限制了我们对其研究的兴趣。相比之下,国外学界对布拉格学派文论的解读要中肯许多,因此对他们的研究进行系统介绍就显得尤为必要。

总体来看,欧美学界对布拉格学派文论的关注最早,这与韦勒克、雅各布森等人的大力推介密不可分。截至目前,他们对其的译介与研

---

* 该文系笔者在"现代斯拉夫文论与比较诗学"国际学术研讨会暨外国文论与比较诗学研究会第4届年会(北京:2012年5月25—28日)上的发言基础上整理而成。

究已大致历经四个阶段，已较为成熟。[1] 然而，除欧美外，同样值得我们关注的还有过去的苏联，如今的俄罗斯学界。虽然，比起欧美学界来，他们的研究上起步较晚，但在布拉格学派文论的研究上却有着得天独厚的优势，因而不容小觑。这不仅因为作为一个文论大国的俄罗斯有着悠久的文论研究传统，更深层次的原因在于俄国文艺学与布拉格学派之间在历史、学理上有着千丝万缕的联系：布拉格学派的建立、发展深受俄罗斯形式论学派的影响，及至后来的成熟期，它又反过来对俄罗斯文艺学，特别是对以尤里·洛特曼（Ю. Лотман）为首的塔尔图-莫斯科符号学派产生了重要影响，这些都决定了我们必须高度重视俄苏学界的布拉格学派文论研究。

那么，究竟俄苏学界对布拉格学派文论进行了哪些研究？这些研究比起欧美学界存在哪些优势和不足？它们对我们当下的布拉格学派文论研究又有哪些值得借鉴的地方？本文拟对这些问题做出解答。

一、俄苏学界的布拉格学派文论译介历程

总体来看，到目前为止，俄苏学界对布拉格学派文论的译介历经了这样几个阶段：

译介之初——20世纪60—70年代。这一时期开始出现一些单篇译文。从笔者所搜集到的相关材料来看，最早一篇穆卡若夫斯基文章的俄文译文刊于《布拉格语言学小组文选》（*Пражский Лингвистический Кружок. Сборник статей*，1967）。该文选首次注意到穆卡若夫斯基，并收录了其《标准语与诗歌语》一文，但遗憾的是，它仅收录了穆卡若夫斯基的一篇文章，且此文偏重于语言学研究，并不具有代表性，穆卡若夫斯基本人后来在编订文选时也没有收录这篇文章。[2] 该文属于他早期的文章，当时他受俄罗斯形式论学派影响很大，在研究方法上还有较明显地模仿前者的痕迹。同时期，穆卡若夫

---

① 有关欧美学界对以穆卡若夫斯基为首的布拉格学派文论研究历史及现状，请参见拙文：《结构主义文论家扬·穆卡若夫斯基研究综述》（《外国文学动态》2009年第5期）第34—37页。

② J. 韦尔特鲁斯基曾指出："穆卡若夫斯基本人对前推概念逐渐感到不满。1940年，当他着手出版自己的文学研究论文集时，决定不收录他八年前所写的那篇关于标准语言和诗歌语言的重要论文。"——参见J. 韦尔特鲁斯基：《扬·穆卡若夫斯基的结构诗学与美学》载《今日诗学》第二期，1980—1981年，第117—157页。

斯基文章的译文还可参见另外一部文选:《结构主义:"赞成"与"反对"》[①](*Структурализм*: *"За" и "Против". Сборник статей*,1975)该文收录了穆卡若夫斯基的两篇文章:《什克洛夫斯基〈散文论〉捷译本序言》与《艺术的意向性和非意向性》。这两篇穆卡若夫斯基的文章较具有代表性,前篇论述了其结构主义研究理念,后者阐述了其文艺符号学思想。此外,该文选的一大亮点在于其注释部分还收录了一篇由学者伊利英(И. Ильин)撰写的一篇题为"关于扬·穆卡若夫斯基的著作"的论文。该文详细介绍了穆卡若夫斯基的生平及研究,从宏观角度对其理论探索进行分期,并对每一阶段的基本概念、主要观点、核心旨趣进行了介绍,此文无疑为苏联学界进一步清理、发掘穆卡若夫斯基文论遗产提供了重要参考。

深化阶段——20世纪80—90年代。在这一时期,苏联学界对以穆卡若夫斯基为代表的布拉格学派文论的译介与研究进入了一个新阶段,其标志为一套两卷本俄文版穆卡若夫斯基文选的问世:第一卷:《扬·穆卡若夫斯基——美学与艺术理论研究》(*Ян Мукаржовский*: *исследования по эстетике и теории искусства*,1994);第二卷:《扬·穆卡若夫斯基——结构诗学》(*Ян Мукаржовский*: *структуральная поэтика*,1996)。这套文选由著名学者洛特曼和马列维奇(О. Малевич)编选、注释,由卡缅斯基(В. Каменский)翻译,它是迄今为止俄苏学界第一部,也是唯一一部系统的穆卡若夫斯基文选,它的问世极大地推动了苏联学界对布拉格学派文论的兴趣。同时期,值得我们关注的,还有学者格利亚卡洛夫(А. Грякалов)的一部述评性著作:《美学中的结构主义》(*Структурализм в эстетике* (*критический анализ*),1989)。这是俄苏学界最早一部系统论述结构主义美学的专著。作者立意高远,视野开阔,他聚焦于美学中的结构主义,追溯了其从俄国形式主义到捷克结构主义,再到法国结构主义、后结构主义乃至解构主义的整个发展历程。格里亚卡洛夫在该书中专辟一章,冠以"从结构概念到结构主义美学(1930—1940)"的标题,系统介绍并评述了穆卡若夫斯基在结构主义美学方面所取得的成就,他的研究为我们揭示了穆卡若夫斯基作为美学家的一面。

新时期——2000年至今。新一代俄罗斯学者继承了前辈们在布

---

① 此书已有中文版,改名为《结构——符号学文艺学——方法论体系和论争》,佟景韩译,北京:文化艺术出版社,1994年。

拉格学派文论研究上的优良传统，并继续推进深化这方面的研究。曾就读于俄罗斯科学院斯拉夫研究所的秋林娜（А. Тюрина），以“扬・穆卡若夫斯基与捷克结构主义之特征”（Ян Мукаржовский и специфика чешского структурализма）为题，撰写了副博士学位论文。这是新时期以来涌现的有关穆卡若夫斯基研究的一篇力作，也是俄罗斯国内第一篇以穆卡若夫斯基文论为题撰写的学位论文，它将布拉格学派文论研究推至一个新的高度。

以上这些研究是俄苏学界在穆卡若夫斯基研究上颇具代表性的成果，但这并不是全部，此外还有一些单篇研究论文。如布达科娃（Л. Будагова）曾在专著《维杰斯拉夫・奈兹瓦尔——生活与创作一瞥》中阐释了穆卡若夫斯基的奈兹瓦尔超现实主义作品研究意义；伊万诺夫（В. Иванов）在“斯拉夫国家人文科学中结构方法的形成及其至1939年的发展”一文中也曾提及穆卡若夫斯基，称其不仅将结构方法应用于艺术文本，也应用于整体艺术；以及秋林娜的论文“捷克文艺学结构主义与扬・穆卡若夫斯基的美学观”等等。

二、尤・洛特曼的穆卡若夫斯基研究

从以上的介绍，我们不难发现，俄苏学界在布拉格学派文论研究上的一大特色为编译了一系列文选，在这方面，塔尔图-莫斯科符号学派的领军人尤里・洛特曼扮演着的角色尤其突出。正是在他的倡议并编选下，一套两卷本的俄文穆卡若夫斯基文选得以问世，它是迄今为止俄苏学界第一部，也是最为系统的一部文选。然而，鲜为人知的是，当初这套文选从酝酿、翻译再到出版的过程并非一帆风顺，而是几经波折。[①] 纵观这套俄文版穆卡若夫斯基文选，其编选之精当，翻译之

---

① 据 O. 马列维奇回忆，1966 年，随着穆卡若夫斯基《美学研究》的问世，他与洛特曼萌生了将这位捷克学者的文章编译为俄文的想法。于是，两人一起向莫斯科进步出版社递交了编译一卷本穆卡若夫斯基文选的申请，但该出版社没有及时采纳这一计划。后来，1969 年，洛特曼又向莫斯科艺术出版社谈妥了出版两卷本穆卡若夫斯基文选的事宜。1969—1970 年间，这两卷本已由 B. 卡缅斯基译出。在编辑选集时，马列维奇经常征求洛特曼的意见，穆卡若夫斯基本人也对该选集完全信任。1970 年夏，洛特曼阅读已完成的译文并进行校对，秋天，与马列维奇一起为译文加注。然而，后来事情又出现波折。1971 年，出版社据当时捷克斯洛伐克意识形态的准则撤销了已待出版的文稿，其理由为该选集“不仅没有谈到这位杰出的捷克学者从结构主义向马克思主义的演进，恰恰相反，给我们的整个印象是，穆卡若夫斯基是位文学学和艺术学中形式倾向的狂热分子”，而洛特曼的那篇导读则（转下页）

精准,注释之详尽,完全可以与英文版穆卡若夫斯基文选[①]相媲美,甚至在很多方面更胜后者一筹。总体来看,该文选具有以下几点特色:

编译的文章精当且代表性强。笔者对俄文版与英文版的穆卡若夫斯基文选进行了比较,得出以下几组数据:首先,从篇幅来看。俄文文选共收录53篇文章,英文文选收录25篇文章,前者的篇幅比后者整整多出一倍,凡英文文选所收录的穆卡若夫斯基文章基本上都被俄文文选所收录;其次,从收录文章的体裁类型来看。俄文文选体裁多样,不仅收录了穆卡若夫斯基公开发表的文章、讲座11篇和报告3篇,也收录了其他一些特别体裁的文章,如他为他人著述撰写的序2篇:《功能世界中的人》(1946)、《什克洛夫斯基〈散文论〉捷译序》(1934),媒体采访1篇:《通往艺术与现实的辩证之路》(1971),公开发言1篇:《先锋戏剧中的舞台语言》(1937)。英文文选在这方面明显不及俄文文选,其收录的体裁多以穆卡若夫斯基公开发表的文章为主,仅有为数不多的几篇讲座、报告;再次,从编译的经典文献方面看,俄文文选收录了更多的穆卡若夫斯基的经典名篇。

编译的文章涵盖面广,展现出一个博学多才的穆卡若夫斯基。英文版穆卡若夫斯基文选主要围绕"美学与一般艺术理论"、"电影、戏剧及视觉艺术理论"和"诗歌语言理论"这三个主题进行编选。俄文文选的编选原则稍有不同,按照"一般性艺术问题"、"艺术理论"和"诗学理论"对文章进行分类。俄文文选突出了艺术理论类,即除文学外其他艺术类型相关的理论研究文章19篇。此外,俄文文选突出了诗歌语言理论类文章19篇。俄文文选除收录了穆卡若夫斯基的理论类文章外,还收录了一些文学批评类的文章,即穆卡若夫斯基对捷克诗歌的

(接上页)"包含了对符号学观念的公开辩护。"(出版社社长B.谢瓦斯季亚诺夫于1971年11月1日写给洛特曼和马列维奇的信)后来,两卷本穆卡若夫斯基文选的第一卷直到1994年才在这家出版社印刷(当时洛特曼已经去世),而第二卷则换为另一家出版社,直到1996年才出版。后来,马列维奇在穆卡若夫斯基文选第二卷《结构诗学》的后序中,不无遗憾地写道:"1990年,洛特曼还能通读并部分修改自己的那篇序,但遗憾的是,已经没有办法对译文的注释重新修正了。"——参见O.马列维奇:《文学进程及对其之理解——罗曼·雅各布森、扬·穆卡若夫斯基、尤里·洛特曼》载《学术札记》(第四辑),第159页。

① 英文版《扬·穆卡若夫斯基文选》由彼得·斯坦纳(P. Steiner),约翰·布尔班克(J. Burbank)编译,韦勒克作序,第一卷:《词与语词艺术——扬·穆卡若夫斯基文选》(*The Word and Verbal Art*:*Selected Essays by Jan Mukařovský*)纽海文、伦敦,1977年;第二卷:《结构、符号及功能——扬·穆卡若夫斯基文选》(Structure, Sign, and Function: Selected Essays by Jan Mukařovský)纽海文、伦敦,1978年。

一些具体研究个案 4 篇:《对一位演员个性的结构分析——〈大城市的灯火〉中的卓别林》、《扬·齐扎维画作中的诗》、《对一首诗的语义分析——奈兹瓦尔的〈掘墓人〉》、《卡雷尔·恰佩克史诗作品的意义构成及结构基础》,英文版则几乎为零。这类文章的收录,行之有效地避免了对穆卡若夫斯基接受那种纯理论的空洞感,有助于更直观地把握作为一个文学批评家的穆卡若夫斯基。

注释精当且具有较高的学术价值。洛特曼对穆卡若夫斯基的许多具有代表性的文章都添加了注释,注释本身成为俄文版穆卡若夫斯基文选的一大亮点。这些注释或对文章的写作背景进行介绍,或对某些关键概念[①]进行解释,抑或对某些理论热点问题[②]进行有深度地阐发,英文版穆卡若夫斯基文选在这方面明显逊色于俄文版。

三、从译介走向反思

随着穆卡若夫斯基越来越多的文章被译为俄文,对他的研究与反思也在悄然兴起。洛特曼那篇激情洋溢的序言"艺术理论家——扬·穆卡若夫斯基"[③]可谓首开先河,堪称典范。该序言不仅是一篇详实的

---

① 以洛特曼对"主导功能"概念的注释为例,他指出:"此概念出自 Ю. 蒂尼亚诺夫(参见《拟古者与创新者》,1929),指结构系列形成一种等级,在其中一些要素主导其他要素。结构主导这一思想与将整体视为一种局部机械总和的思想对立,赋予结构概念一种动态的品质。"——参见 Ю. 洛特曼、O. 马列维奇编选,B. 卡缅斯基译《扬·穆卡若夫斯基——美学与艺术理论研究》,艺术出版社,1994 年,第 585 页。

② 举一例:"受索绪尔启发,穆卡若夫斯基也在语言中区分了系统要素、结构(langue)及其在具体语言行为中的变体(parole)。由于后者在此被视为一种破坏(与黑格尔的这一思想不无关系:系统通过一种非实现的方式,即通过大量偏离,来实现自己),审美功能被归于言语。虽然这类区分具有本质意义,但应当承认,认为审美能仅为言语所固有,在一定程度上是轻率的。试比较雅各布森论语法的诗性功能文章中对这一问题更为中肯的阐述,(参见《语法之诗与诗之语法》,华沙,1982)同样也可参见穆卡若夫斯基本人的这一论断:"对规范的破坏本身也形成一种规范,在这一背景下旧规范的实现表现为对其破坏。'语言'和'言语'层产生艺术功能的过程可以被视为视点的不断转换:为某一系统所实现的艺术作品表现为'言语'。然而,将自己屈服于读者的品味,并产生未来的艺术期待,艺术作品提升至'语言'水平。然而,与此同时,为了进一步或僵死,或成为历史财富,或重新复苏,它们又降至言语水平。'语言'层和'言语'层以不同的方式实现着审美功能,因为在可能出现偏离处,这种偏离之缺席可能会产生艺术信息。"——参见 Ю. 洛特曼、O. 马列维奇编选,B. 卡缅斯基译《扬·穆卡若夫斯基——结构诗学》,俄罗斯语言文化出版社,1996 年,第 448—449 页。

③ 此文为洛特曼为俄文穆卡若夫斯基文选所作之序,后来被他收入《论艺术》,圣彼得堡:艺术出版社,2000 年。

导读文章，有助于读者管窥穆卡若夫斯基一生理论发展的全貌，更是一篇有深度的研究论文，有助于专业研究者深入把握穆卡若夫斯基文论中一些核心概念、范畴。在此序中，洛特曼详尽地介绍了穆卡若夫斯基的生平与创作，对其一生理论的发展轨迹进行了回顾。他不仅从时间顺序描述了穆卡若夫斯基理论探索的发展阶段，更从理论范式角度对每一阶段的旨趣进行了深度解析。除介绍了穆卡若夫斯基已为人熟悉的文学、美学、艺术理论研究外，洛特曼还介绍了其在电影及诗歌语言等领域的研究，这无疑为那些想深入了解穆卡若夫斯基文论的读者提供了十分有益的参考。

总体来看洛特曼的穆卡若夫斯基研究，其最鲜明的特色在于，他并不是简单地为介绍而介绍，而是结合了当时世界文论发展的最新动向，对文论中的一些核心、前沿问题加入了很多自己的思考。在着手编译穆卡若夫斯基文选的20世纪70—80年代，也是洛特曼本人思想发展的重要阶段。当时结构主义如日中天，符号学日益成为一门显学，身处其中的洛特曼不可能不受影响。与任何具有原创性的思想家一样，洛特曼对结构主义、符号学有着自己独到的认识。因此，穆卡若夫斯基文论中那些对结构主义的反思及超越的篇章引起了他的浓厚兴趣。使洛特曼感到惊异的是，穆卡若夫斯基的这些文章虽写于20世纪30—40年代，但其中的思想在当时仍显得分外新颖和迫切，他这样高度评价穆卡若夫斯基理论的敏锐性和前瞻性：

> "他的文章不属于那类，即现代理论家在研究'问题史'时随便翻翻，然后便可心安理得地将其丢至一旁，再不过问的文章。穆卡若夫斯基的著作不仅包含了科学的迫切性，被认为是现代的、引人注目的研究，它甚至也没有丧失那种引发争论、激起争鸣的特点，而正是这一特点最好地将如今的科学与过去的科学区别开来。"①

深入比较穆卡若夫斯基与洛特曼二人的理论，我们不难发现他们在许多方面有着惊人的一致：都致力于对索绪尔结构主义语言学理念之局限的克服；关注符号问题；都高度重视文本及其意义生产的机制；

---

① Ю. М. Лотман, "Ян Мукаржовский——теоретик искусства", Ю. М. Лотман и О. М. Малевич. ред. *Ян Мукаржовский: Структуральная поэтика*, школа《Язык Русской Культуры》, Москва, 1996, С. 7.

主张从文化的整体视角来研究文学;重视文化的多语性和类比性。洛特曼用了大量篇幅着重对穆卡若夫斯基的结构主义美学思想进行介绍,尤其对其三个核心范畴“审美功能”、“审美规范”以及“审美价值”进行了相当深刻地阐发。首先,与俄罗斯形式论学派那种面向客体、单功能的功能观不同,穆卡若夫斯基提出一种从主体出发、多功能的功能观,洛特曼对穆卡若夫斯基的这一功能观予以高度评价:“穆卡若夫斯基在 20 世纪 30 年代前半期所发展出的这种功能理论,至今听起来仍非常新颖。作者找到了那一支点,从这点出发现代符号学由一门解码文本的科学变成一门文化的科学——一种关于人类社会信息之产生、保存及运作的一般理论”。[①] 诚然,功能视角不仅使比较不同的自然语言成为可能,而且使比较不同类型的文化成为可能;其次,洛特曼高度评价穆卡若夫斯基所提出的审美规范的原创性:“规范概念的引入为‘语言’系统及其‘言语’(索绪尔之术语)提供了第三种要素,带来了重大的革新……这一美学范畴的引入使得对艺术运作机制的认识向前跨越了一大步”。[②] 借助这一范畴,穆卡若夫斯基揭示了文学文本(第二模拟系统)与自然语言文本(第一模拟系统)不同的意义生成机制:自然语言文本总是严格要求遵循规范,而文学文本则总是部分地符合规范,部分地与其背离,正是这点保证了文学文本的意义既可以被理解,又可以日久弥新。由于“规范”在文学中与文学外显示自身方式的这种差异,穆卡若夫斯基对其进行重新诠释,将其定义为“一种动力调节机制”;再次,在洛特曼看来,穆卡若夫斯基的审美价值研究,旨在尝试将艺术作品的内在结构纳入社会现实之总体结构。穆卡若夫斯基一改探索审美价值问题的传统视角,将其视为一个过程,认为它一方面由艺术结构内在的发展所决定,而另一方面由社会结构的运动和变化所规定,“虽然穆卡若夫斯基早在信息论产生之前就进行了这一有趣的研究,但他的思想显然是超前的”。[③] 除集中阐述了穆卡若夫斯基的结构主义美学思想外,洛特曼还对其文论中的其他一些核心问题,如文本与外文本、文学发展的规律性与偶然性、文化的可预见性

---

① Ю. М. Лотман,“Ян Мукаржовский——теоретик искусства”,Ю. М. Лотман и О. М. Малевич. ред. *Ян Мукаржовский: Структуральная поэтика*, школа 〈〈Язык Русской Культуры〉〉,Москва,1996,С. 7,第 15 页。

② 同上书,第 18 页。

③ 同上书,第 20 页。

与不可预见性，以及艺术的意向性与非意向性等进行了深入思考。正是得益于对这些问题的反思，洛特曼后来建立了自己别具一格的文化符号学。

得益于洛特曼对穆卡若夫斯基的大力推介，俄苏学界开始涌现出一批在这方面研究卓有建树的学者。2008年，曾就读于俄罗斯科学院斯拉夫研究所的秋林娜，以“扬·穆卡若夫斯基与捷克结构主义之特征”为题，撰写了副博士学位论文。她继承了前辈学者在布拉格学派文论研究上的优良传统，并继续推进了这一研究。她的这篇学位论文除导言和结论外共分为三章：第一章为“捷克结构主义诞生的欧洲及本国前提”，第二章为“布拉格语言学小组的理论探索与扬·穆卡若夫斯基的美学观”，第三章为“诗歌语言理论与结构分析实践”。从论文章节的设置，我们不难发现，此文与以往的穆卡若夫斯基研究有很大不同，这主要体现在以下几个方面：首先，定位公允。以往的研究不是将捷克结构主义视为俄国形式主义的后裔，就是认为其方法理念落后于法国结构主义，结果，捷克结构主义自身的原创性被严重忽视。而秋林娜在论文中自始至终自觉地将捷克结构主义与俄罗斯形式论学派及法国结构主义进行比较，以此来突显其自身的原创性；其次，结构合理。与以往从纯理论视角来把握穆卡若夫斯基的思想不同，秋林娜专辟一章介绍穆卡若夫斯基的文学批评实践，详细介绍和评点了穆卡若夫斯基对20世纪初捷克先锋派诗人、作家，如卡雷尔·恰佩克、维杰斯拉夫·奈兹瓦尔和弗拉季斯拉夫·万丘拉等作品的研究，这有助于我们更直观地把握穆卡若夫斯基研究方法的特色；再次，资料详实。以往的研究特别强调索绪尔结构主义语言学和俄罗斯形式论学派对布拉格学派文论的影响，在很大程度上忽视了捷克自身悠久的形式美学传统。由于精通捷克文，秋林娜深入考察了捷克结构主义与捷克本土的赫尔巴特形式美学之间的渊源，她系统介绍了捷克形式主义美学从赫尔巴特到约瑟夫·杜尔迪克、奥托卡尔·霍斯汀斯基，再到奥托卡尔·齐切的发展历程，客观地揭示了这一美学传统对捷克结构主义美学所产生的影响。总体来看，秋林娜的这篇学位论文具有诸多开拓性价值，它是俄国学界迄今为止第一篇以穆卡若夫斯基文论为题撰写的学位论文，无疑将俄国学界的布拉格学派文论研究提升至一个新的高度。不过，这篇论文也存在一些美中不足之处，如她仅用一章的篇幅介绍了穆卡若夫斯基的美学观，这与穆卡若夫斯基将整个研究重心聚焦于美学的事实，多少有些不符。

除秋林娜外，值得一提的，还有学者格利亚卡洛夫的穆卡若夫斯基研究。他长期以来一直致力于布拉格学派文论与美学思想的研究，继上世纪八十年代末出版专著《美学中的结构主义》后，他又出版了新著《书写与事件——现代性之审美地形学》(2004)，以及一些单篇论文："米哈伊尔·巴赫金与扬·穆卡若夫斯基——通往人的符号之路"[①]，以及新作"扬·穆卡若夫斯基美学：结构——符号——人"[②](2012)等。格利亚卡洛夫是位名副其实的结构主义美学专家，他从哲学、美学的高度出发，不仅将捷克结构主义美学置入20世纪结构主义美学发展史中进行考察，还将其置于价值哲学、对话哲学、存在哲学、文化人类学中进行多方位地探索，为我们揭示了作为一位哲学家的穆卡若夫斯基。总体来看，格利亚卡洛夫研究的一大特色在于，他聚焦于以往穆卡若夫斯基研究中被阐发得不够的功能主义和文化人类学思想，对其美学中的一些核心命题，如主体在艺术中的角色及本质，审美态度在人对世界其他态度中的独特性，基于对审美功能、规范及价值分析之上的美的本质研究，作品及创作的本质，审美在人与现实总体关系中的角色等，进行了深入思考。

四、结　语

随着俄苏学界对布拉格学派文论的译介与研究走向深入，我们不难发现穆卡若夫斯基的形象经历了一个不断变化的过程：从起初被轻视、忽视，到后来受到高度重视；从形象单一——作为语言学家的穆卡若夫斯基，到后来变得多元——作为文艺学家、美学家和符号学家的穆卡若夫斯基。总体来看，这一变化的走向与俄苏学界对布拉格学派文论认识上的变化是一致的，它从一个被动的模仿者逐渐转变成一个主动的创新者：起初，布拉格学派文论被视为俄罗斯形式论学派文论在捷克语境的翻版，后来，它对苏联文艺学，尤其对以洛特曼为首的塔尔图-莫斯科符号学派的重要影响得到了认可。

布拉格学派文论从借鉴、模仿俄罗斯形式论学派，到对法国结构

---

① 此文的中译文收录于《俄罗斯学者论巴赫金》，周启超编选，即将由南京大学出版社出版。

② 此文为格利亚卡洛夫应我国《外国美学》杂志之邀，专门撰写的论文，已于近日译成中文，即将刊出。

主义、德国接受美学，乃至苏联结构主义符号学产生重大影响，这一发展历程是当代文论跨文化旅行的一个真实且典型的个案，值得深入进行开采。当然，不可否认，俄苏学界在布拉格学派文论的译介与研究上也存在一些不足，诚如秋林娜所言："在我国，至今仍没有一部关于扬·穆卡若夫斯基及捷克结构主义的专著问世。"[①]但这并不意味着俄苏学界在这方面的研究水平及质量上要低于欧美，事实上，他们对布拉格学派文论的重视程度呈不断上升的趋势，在许多方面甚至后来居上。俄苏学界的研究对我国当下布拉格学派文论研究有着重要的借鉴和启示作用。当前，我们对布拉格文论的重视程度还远远不够，在译介与研究上还较为薄弱，总体规模及水平与欧美、俄罗斯相比还有很大差距。这一现状要求我们奋起直追，予以布拉格学派文论更多的关注。

① Т. Андреевна,"Ян Мукаржовский и специфика чешского структурализма",2008,С. 6

福柯论现代“本体论”文学观的诞生

——以《词与物》为例

张　锦

福柯在1966年出版的著作《词与物》中论及过很多值得我们不断思考的问题。我们对现代知识、语言、文学、人文科学甚至政治学、经济学、生物学的反思都可以不断地求助于《词与物》一书。与德里达的智慧不同，福柯是个非常勤奋的学者，在他的著作中所体现出的阅读困难绝不会是来自思辨，而是知识的储备。《词与物》一书中他所论及的各种思考都是以阅读和档案为基础的，因而我们可以从那些不断出现的生命与生物科学、经济或者劳动理论以及语言学的人名来判断他思考的方向。这本书中所出现的话语如知识型、人之死等我们都在敬而远之中耳熟能详。当然对他的命题的误解在国内外学界比比皆是，就他的“人之死”而言，他是从解剖医学对生命真相的展示，从“人之死”对“人之生”的奥秘的揭示，从“人”的时空限定性作为构建现代知识的界限的知识型意义上言及的。它不仅不是对人的解构，而是对人的尊严的捍卫。然而比“人之死”命题的误解更糟糕的是，福柯在同一著作中所论及的“文学的诞生”命题几乎不为学界所关注，事实上，这一命题对我们把握现代文学概念、书写方式和运作方式极为重要。也对我们思考审美现代性，思考文学的反抗性，思考文学与民族国家认同的关系极为重要，尽管后一点与现代文学的孪生姐妹语文学关系密切。本文将对福柯的“文学的诞生”命题进行细读和细绎，以期在具体而非抽象的意义上打开此一命题的阐释空间。需要说明的是，本文所说的现代“本体论”文学观(文学自律、文学不及物、文学自我指向这种文学观)的诞生就是指福柯所说的“文学的诞生”，福柯的表述更为诗意，但其所言就是指现代意义上“文学”的含义、功能和此种含义的产生过程。

一、语言的对象化和客观化：语言成为认识的对象

对福柯而言，语文学的诞生是西方文化中十分重要的问题，但是这个重要的问题在西方却没有得到足够的重视："语文学的诞生在西方意识中要比生物学和政治经济学的诞生①并不引人注目得多。虽然语文学是同一个考古学剧变的组成部分。虽然语文学的结果可能在我们的文化中、至少在贯穿和支撑着该文化的那些地下层面中仍伸展得非常遥远。"②福柯曾用四个理论片断描述了语文学作为一种现代经验，它的实证性"在19世纪初，即它在施莱格尔的论文《印度人的语言和哲学》(1808年)、格里姆的《德语语法》(1818年)和博普的著作《梵文的动词变位体系》(1816年)那个时代的构成。"③这四个理论片断分别涉及语言确立自身特征和自身差异的方式即语法的重要性，涉及人们对口头文学、民间叙事和口头方言的新兴趣，涉及"动词"对活动、过程、欲望、意志的指称和民族精神的想象、激活与认同，还涉及语言的历史化问题。

总而言之，19世纪语文学的诞生"将解除语法学家为定义一种内在的历史而在语言与外在的历史之间确立起来的种种关系。一种内在的历史，一旦在其客观性中被确保，就将能用作指导线索，为了严格意义上的大写的历史而去重构诸多跌落在任何人类记忆之外的事件。"④即19世纪随着知识型从16世纪的相似性、17世纪古典时代的"表象"(*representation*)性，现在向语言的内在性、独立性和人的限定性转向。⑤ 所以，语言开始重构历史和记忆，语言成为确立历史的基础，历史不会在语言的外部建立，历史将在语言的内部寻找一切可被

---

① 福柯在《词与物》一书中主要围绕生物学、经济学与语言学这三个现代经验学科的形成过程来思考文艺复兴以来生命、劳动与财富和语言在知识领域定义、功能的变化。

② [法]米歇尔·福柯：《词与物》，莫伟民译，上海：上海三联书店，2001年，第367页。

③ 福柯：《词与物》，第368页。

④ 同上书，第384页。

⑤ 福柯在《词与物》中将文艺复兴时期的知识型定义为"相似性"的寻找，17世纪古典时代的知识型定义为"表象"性即语言对物的命名，19世纪以来的现代知识型定义为"人之死"或者"人"的限定性对知识的重构，这些知识型之间构成一种差异轮回的关系，比如19世纪的知识型就是对文艺复兴时期大写的"相似性"的差异回归，而19世纪、20世纪现代知识型之后的知识型也许正是索绪尔所努力尝试的对符号三元性的解除，对17世纪语言"表象"关系的回复。关于语言的二元和三元的存在方式，福柯曾说道："自从斯多葛主义以来，西方世界中的符号体系一直是三元的，因为人们从中发现了能指、所指和'关连'。相反，从17世纪以来，符号的排列成了二元的，因为它在波—鲁瓦亚勒中被定义为能指和所指的(转下页)

表述的记忆并进一步拓展这种记忆而思考历史和传统。"大写的历史"[①]因而成为19世纪的知识主题，[②]人们试图在一种语言的确定性内部对外在的时间和空间做记忆内的回忆和整理，某种意义上说，这种历史注定是主体的意志，因为语言的基础是行动的主体的意愿。语文学确立了，词与物在语文学的空间内展开构造知识的活动。福柯说："众所周知，索绪尔只是通过回复语言与表象的关系才能避免语文学的这个历时使命，哪怕重构一种'符号学'也在所不惜，这个符号学，以与普通语法相同的方式，通过两个观念之间的关联定义了符号。因此，同一个考古学事件以局部不同的方式而向自然史和语言显现出来。"[③]索绪尔对语文学的解除是通过向17世纪古典"表象"时代的差异回归来实现的，这也说明了语言与历史所构成的独特关系，即语文学是19世纪知识型的一种表征。

语文学的诞生使得对语言做内在分析成为可能，当然二者互为基础。这种对语言的内在分析使得语言可以成为一个自主的结构，"切断了语言与判断、归属和断言之间的联系。曾由动词'是'在讲话与思考之间确保的本体论过渡中断了；语言一下子获得了自己的存在。正是这个存在才拥有支配自身的种种法则。"[④]19世纪以来语言并不因为与"是"的连接而表象或命名物才有意义，语言自身可以独立的存在，可以成为分析的直接对象。在这个意义上，语文学诞生的考古学产生了这样一个对我们非常重要的结果：即无论是就语言自身还是就其他用语言书写自己的学科和知识而言，语言变成了认识的对象，变

(接上页)联系。在文艺复兴时期，……它是三元的，因为它需要确切的标记领域，由这些标记指称的内容，以及把这些标记与被这些标记指称的事物联系起来的相似性"(《词与物》，第57页)。也就是说语言根据其是分成能指、所指和关连还是分成能指和所指，无"关连"项而分成三元和二元的存在方式。索绪尔的语言学模式就与古典时代的二元存在相似，由于"关连"项的缺失，语言的任意关系使得"表象"、"代表"的合理性和合法性成为现代知识和政治的一个根本问题。

① 这里"大写的历史"指一种历史的情结和知识方式，指时间进入到知识中，同时，它不是指具体的历史内容，而是指人们书写历史的意志。"大写的历史"可以具体化为各种不同的历史，但是不同的具体历史只能是对"大写的历史"的追寻，而不是实现。所以"大写的历史"类似于福柯所说的文艺复兴时期人们所追求的终极"相似性"，或者类似于历史的"理念"。

② 福柯在《其他的空间》一文的开始就说："诚如我们所知，19世纪非常迷恋的是历史"(福柯：《其他的空间》，载《激进的美学锋芒》，周宪译，北京：中国人民大学出版社，2003年，第19页)。

③ 福柯：《词与物》，第384页。

④ 同上书，第386页。

成分析的直接对象，没有不经语言而产生的知识和学科了。语言不再是对于思想和观念而言缺席的在场，而是直接和唯一的在场，认识必须通过分析它才能获得知识。在古典时代语言本身就是知识和认识，因为它表象了物，所以语言的出现和组合就是一种话语，即关于物所说出的话和所做的命名与认知。那时语言对于认识而言处在一种"就是"的地位上，因为人们只有通过语言才能说出物，才能表象物，才能命名物，而这本身就是关于物的知识，就是对世界之物的认识。所以福柯说"古典认识根深蒂固地是唯名论的"[①]。然而，"从19世纪开始，语言开始自身反省，获得了自身的深度，展开了只属于自己的一种历史、种种法则和一种客观性。语言变成了一个认识对象，就像其他认识对象一样：语言在生物旁边，在财富和价值旁边，在事件和人类的历史旁边存在着。"[②]现在语言不是一种普遍的认识和唯名论的知识了，而是一种存在，它不是表象事物的普遍性工具，而是拥有自身起源、历史、语法和内在构成要素的一种存在，就像生物、财富一样，语言与它们，与人类的历史并置。语言这种普遍表象价值的取消使得语言成为一种存在，一种有自身深度的存在，展开了只属于自己而不是属于所有知识和认识表象的历史、法则和客观性，尽管它会介入到其他学科的历史，但是它不再是透明的，而是一个需要认识关注才能获得信息的对象。所以，语言也就变成了一个认识对象，像其他需要认识的对象一样。而要认识语言，尽可能地靠近认识本身是不行的，而应该"把一般的知识方式应用于一个特殊的客观性领域。"[③]即将一种知识或认识论方式应用到语言的分析中，语言与认识的关系裂开了，变成了认识的客体，变成了需要认识加以认识的对象。语言相对于认识说出的不再是话语和真相，而是言语，是需要分析的言语。那种曾经——曾经语言就是认识本身、是认识的结果、认识的话语，只要一个事物被给予语言、被命名，也就被认识了的古典时代——已经远去。

二、语言对象化的三种补偿

福柯说语言虽然对象化了，语文学作为对象化语言的学科诞生

---

① 福柯：《词与物》，第386页。

② 同上。

③ 同上书，第387页。

了,但是,这种语言的纯粹对象地位却以三种方式得到了补偿。第一个补偿是:"通过一个事实,即语言是任何想如同话语那样表现自己的科学认识所必需的一个中介。"[①]这一点产生了19世纪的两个关切,一是科学语言与语言的关系问题,这就是实证主义的语言梦想,即使语言与人们所知相平齐,通过语言的中介实现对事物的科学认识,获得关于事物的话语,亦即科学通过借助语言与自然的距离而实现确切的认识与反思。二是逻辑学问题:"在考古学层面上,非语词逻辑的可能性条件与历史语言的可能性条件是相同的。他们的实证性土壤是相等同的。"[②]

福柯认为语言被对象化,出现在对象化地位后,所产生的第二个补偿:"就是人们归于语言研究的批判价值。"[③]因为语言现在是一种获得了自身厚度的历史实在,因而对它的分析和批判也就是对一种历史的分析和批判,这种语言历史的获得构成了"自我"确认的传统,自我必须在语言如法语、英语、德语等的传统和历史中想象自己与文化的关系,想象自我的身份,因而这种语言的历史与民族的传统和记忆一起构成了19世纪一个重要的话题。人们需要在语言中确立语言、自我和民族的历史记忆和身份认同。这也是为什么浪漫主义以来文学被封闭在想象性的空间,却能指向一种民族身份宗教般想象的原因。对此伊格尔顿在《二十世纪西方文学理论》的导言《文学是什么》和第一章《英国文学的兴起》中做过详细的论述。[④] 然而这里的问题和陷阱是"一种语言的语法排列就是有关能在其中被陈述出来的东西的先天知识。"[⑤]即人们在语言中寻求对自己思想的言说,但是当人们以为自己的言语服从自己时,根本不知道自己也在服从这些言语背后语言规则的要求,也就是说服从语法的先天规定。或者说人们不知道语言在言说自我和历史。这样,话语所能说出的真理其实是被语文学过滤过的,是被语文学设置了陷阱的,"由此,就必须从见解、哲学、甚至也许科学一直追溯到一种其活力尚未陷于语法罗网中的思想。"[⑥]也就是说

---

① 福柯:《词与物》,第387页。

② 同上书,第388页。

③ 同上书,第388—389页。

④ 参见[英]特雷·伊格尔顿:《二十世纪西方文学理论》,伍晓明译,北京:北京大学出版社,2007年。

⑤ 福柯:《词与物》,第389页。

⑥ 同上。

对语言的批判性反思必须深入到语言言说"自我"之前,深入到自我和言说尚未进入语法的暴力中之前。福柯认为这就是为什么所有诠释技术在19世纪出现了明显的复兴。这种复兴是对文艺复兴时期语言谜一般的厚度的回归。但是,这种诠释技术的复兴,这种对语言厚度的重获,不是要去发现"初始话语"和"大写的相似性",而是去批判与反思,"去骚扰我们所谈论的词,揭示我们的观念的语法皱痕,消除那些激发我们的词的神话,使得当任何话语被陈述时自身都带有的那份沉默重又变得喧闹和听得见。"①由于语言成为一个独立存在的领域,它不必然就是思想和认识,它的存在将使得思想和认识与对象之间多了一层对语言介入关系的反思,也使得某种大写的神秘和背后的声音得以被思考,即那种迫使我们如此说的力量的声音。那些迫使语言如此说出这些话,迫使我们如此接受某种观念的没有出场的神话学基础和声音是什么?这种声音也许就是新的信仰和新的意识形态的诞生,即取代宗教共同体的民族国家的诞生以及为之而讲话的人。福柯曾说到语文学的出现导致的语言定义和功能的变化产生了两个结果:第一个结果是"在语文学通过发现纯粹语法的一个维度而被构建时,人们重新把深刻的表述力量归于语言……这不是就语言模仿和重复了事物而言的,而是就语言表明和译解讲话者的基本意愿而言的。"②这说明了语言虽然都是在进行表述,但是古典时代语言表述的是对事物的模仿和表象,而现在语言表述的是讲话者的基本意愿,在这个意义上语言不可以被还原,那种讲话者的意志和意愿是不可被还原的,但它却构成了语言的发起动因,语言的批判正是要寻找这个真正给予语言意志和意愿的"讲话者"。而语言分析的第二个结果是关系到文明和民族国家的建立问题的:"语言与文明相联系不再通过由文明达到的认识水准(表象网络的精细,能在要素之间确立起来的多重关联),而是通过使文明产生、激活文明并能在其中被辨认的民族精神。"③这就是说各语种的语言以及它们的整个语法结构都使得一种民族意志得以诞生,福柯说"语言及其整个语法结构使得这样一个基本意志变得可见,即这个意志维持了民族的生命并赋予它讲一种只属于它的语

---

① 福柯:《词与物》,第389页。

② 同上书,第378—379页。

③ 同上书,第379页。

言的能力。"[①]这样语言的历史性条件全然改变了，语言不再是一个要素或一个产物，不是一种复制表象的功能性存在，不是一种被忽视的存在，语言不是"像洪堡所说的一个功(*ergon*)——而是一个连续不停的活动，即一种能(*une energeïa*)。在一种语言中，讲着话的人，并且不停地在人们所不能听见但任何光芒都源于此的低语中讲着话的人，就是民族。格里姆曾认为自己是在倾听《德国民歌大师艺术》的时候，雷努阿尔相信自己在纪录《行吟诗人的独创诗歌》时，突然发现这样的低语的。"[②]语言开始与一种对民族的同源确认和重构相联系，语言试图回忆一种属于特殊民族身份的人的存在。我们的语言是"我们"而不是"他们"的历史，是我们的遗产，是我们的根。语言从此与人的自由相联系。由此可见，民族主义的情结并不是从来如此，语言与历史、民族、精神、自由的结合也不是必然如此的。这种特殊的语言情结只是一种历史的产物："在我们定义语法的内在法则时，我们就在语言与人的自由命运之间结成了一种深刻的同源关系。在整个 19 世纪，语文学都将具有深刻的政治反响。"[③]整个 19 世纪，语文学也是因为民族国家和民族历史的问题而与政治紧密联系。

在解释完语言对象化后的陷阱后，我们继续回到第二个补偿所涉及的批判与诠释的理论问题。福柯说："《资本论》第一卷是对'价值'所作的一种诠释；尼采的所有著作都是对几个希腊词的一种诠释；弗洛伊德的著作则是对所有这样一些沉默语句的诠释，这些语句既支撑着并且同时又挖掘我们明显的话语、我们的幻想、我们的梦想和我们的肉体。语文学，作为对在话语深处的表述所作的分析，已变成了现代形式的批判。"[④]语文学构造了一种空间，它自己既是批判的对象，又是批判的工具和可能。从语文学出发，某种诠释、反思、批判工作得以可能。某种对观念、思想与物连接的方式所进行的思考得以可能。所以马克思对"价值"做了分析、批判、诠释和反思得以确立资本主义运行的基础，尼采对几个希腊词的诠释使得一种新的对语言、知识和认识的质疑成为可能，弗洛伊德则通过对支撑我们显在话语的沉默话语的分析和诠释来重构人的意识和肉体领域。这些伟大的发现和批判

---

① 福柯：《词与物》，第 379 页。

② 同上。

③ 同上书，第 379—380 页。

④ 同上书，第 389 页。

性思考都是通过对语言陷阱的思考，对语言背后的声音，对突破我们的现有语法暴力体系外的东西的引入而实现的。而且，这些诠释注定是像文艺复兴时期对大写的相似的诠释一样是无尽的。我们的世界不是由上帝决定的，而是由一种语文学的构造决定的，"也许，上帝与其说是知识的彼岸，还不如说是某个处于我们语句内的东西；如果说西方人离不开上帝，这并不是通过一种要跨越经验边界的不可战胜的嗜好，而是因为西方人的语言不停地在自己的法则的阴影中策动着上帝：'我很担心我们永远都摆脱不了上帝，因为我们仍相信语法'"[①]。所以尼采的"上帝之死"就是策动对统治我们的语法和价值的全面反击。总之，在16世纪，阐释过程是从既是物又是文本的世界进到在这个世界中需要被辨认的《圣经》，而现在，这个秩序不同了："即无论如何在19世纪形成的阐释，则是从人类、上帝、认识或幻想进到使得这一切成为可能的词的；并且，由阐释发现的，并不是一种初始话语的至高无上性，而是一个事实，即早在我们讲出哪怕一点点言语之前，我们就已经受语言的统治和封冻。这是现代批判所致力于的奇特的注解：因为它不是从存在有语言这样的观察进到对语言所想说的一切的发掘，而是从明显的话语的展开进到对于原始存在中的语言的阐明。"[②]即与16世纪秩序相反，现在的阐释是对语言存在的批判和反思，语言为何能使得人类、上帝、认识或幻想进到词中，这一切可能性的条件是什么就是现代批判所致力的主题。现代知识就是在语言的这种魅惑性的存在中成为可能，这使得语言不仅是对象，而且有着奇特的批判和反思功能，开启了新的批判方式和空间。而依据福柯所言，罗素与弗洛伊德，形式化研究和无意识分析，结构主义与现象学都是在这样的语言学重组中成为可能的：

> 阐释和形式化已成了我们时代两个重大的分析形式……语言的批判拔高（它曾弥补了语言在对象中的拉平），隐含了语言既接近一种不含任何言语的认识活动，又接近那不能在我们的每一个话语中被认识的东西。必须或者使语言对种种认识形式而言是透明的，或者语言深埋于无意识的内容中。这就恰当地说明了19世纪向思想的形式主义和向无意识的发现——向罗素和向弗

---

① 福柯：《词与物》，第389—390页。
② 同上书，第390页。

洛伊德的双重迈进。这也说明了人们的种种愿望,即使其中一个进程转向另一个进程并使两个方向相互交织在一起:例如,想阐明纯形式的尝试,这些纯形式早在任何内容之前就强加在我们的无意识上面;或者是使经验的基础、存在的意义、所有我们的认识的实际的境遇全都直抵我们的话语的努力。结构主义和现象学,在此凭其特有的排列,发现了能确定其公共场所(*lieu commun*)的一般空间。[①]

最后,语言对象化的第三个补偿就是文学的出现。

三、文学的诞生

福柯认为文学的出现、文学的诞生是语言对象化和成为对象的语言最重要也是最意想不到的补偿。在这个意义上审美现代性成为可能,即无论是尼采还是法兰克福学派对现代性的批判都可以在审美的领域寻找灵感。那么"文学的出现"、"文学的诞生"是指什么呢?是不是我们称之为"文学"的古典作品就不是文学了呢?福柯界定了他所说的"文学"的诞生:"就是这样的文学的出现,因为自但丁以来,自荷马以来,在西方世界中确确实实存在着我们其他人称之为'文学'的一种语言形式。但'文学'这个词的诞生期是新近的,恰如在我们的文化中,一种其特有的样态将是'文学的'特殊语言的分离是新近的一样。"[②]这里有三个层面的信息需要注意。首先福柯承认西方世界自荷马、但丁以来存在着"文学"的语言形式或者说存在着我们现在称之为"文学"的东西。但这种"文学"与福柯所说的"文学"不同,福柯所说的"文学"首先是指"文学"这个词的诞生是新近的,就如他所说的"性经验"这个词的诞生是新近的一样,他总是质疑和分析现代概念的形成问题而不是以现代概念为基础综述和回忆历史。确实在西方"文学"一词的诞生要到了19世纪,而在大学里开设文学学科也是19世纪以后的事情了。另外,与新诞生的"文学"一词相关的是一种特殊语言的产生。所以"文学"一词和作为特殊语言的"文学"的同时出现产生了福柯意义上的"文学"。某种意义上,这也是现代文学本体论诞生的基

---

① 福柯:《词与物》,第390—391页。

② 同上书,第391—392页。

础和含义。

那么"文学"涉及一种什么样的语言？它和语文学是什么关系呢？福柯说："这是因为在19世纪初，在语言深埋于其对象深处并任凭被知识所贯穿的时期，这种特殊语言是在别处被重新构建的，是以独立的、难以接近的、反省其诞生之谜，并且完全参照纯粹的写作活动这样一种形式而被重建的。文学，就是语文学的争议(然而，文学又是语文学的孪生形式)：文学把语言从语法带向赤裸裸的言谈力量，并且正是在那里，文学才遭遇到了词之野蛮的和专横的存在。"[①]前文我们已经说到语文学如何使得语言成为一个知识和认识的对象。而在这个语文学为知识所贯穿的对象时期，文学的特殊语言却在别处被重构，重构的方式是参照写作活动，重构的目的是恢复语言独立的、难以接近的、反省其自身诞生的谜一般的状态。语文学以自身的对象化而实现了一种历史的存在，并且开始了对语言内在各个要素以及语言的内在分析，而文学却因为语言独立地位的产生而反思语言存在的谜，即向语言这种存在本身靠近，这种靠近不是像语文学或者其他学科那样靠近对语言各因素的内在分析，而是以书写活动穷尽语言存在的极端空间，也就是在语文学或者语言之外而非其所述的对象和其本身要素内接近语言的真相。所以，如果没有语文学，文学就不会产生，他们二者是孪生的，当语文学在思考对象时，文学在思考语文学和语言本身。但是，他们二者不仅有孪生的亲密关系，而在上文所论及的我们已然处在语法的暴力[②]中的问题上，我们发现文学又是语文学的争议，是现代性的争议。正是文学不是在语言内部，而是在语言自身存在的外在空间中将语言推向极致，将语法的言说暴力揭示出来，告诉我们"存在有"，告诉我们，不是我们在说，而是词在说，而是讲话者的意志和愿望在说。在语言的内部这一问题无法得到反思，因为我们不断就范语法的暴力和语法为我们规定的先天秩序，而我们却无法思考这种"先天"是否真的是"先天"，它是谁的"先天"。然而文学不一样，所以福柯说正是在语言体现暴力，规定言说的那里，在文学对语言反思的极限处，文学遭遇了词之野蛮和专横的存在，并将之野蛮与专横展示给我们

---

① 福柯:《词与物》，第392页。

② 这里的"暴力"都可以做语言学以外的引申义讲，即与19世纪政治经济相联系的一切。而文学的反思也不仅是对语文学的补偿，对语法暴力的展示，同时也是对所有政治经济以及现代性问题的展示、批判与抗议。

看,这既是词的暴力,也是词的拥有者和讲出者的暴力,更是现代性的设计者的暴力,也许只有文学才能揭示和阅读这些未被言说却已然在那里的暴力。福柯说:"从对一种自己的仪式中墨守成规的话语所作的浪漫主义的反抗,直到马拉美发现处于无能状态中的词,我们都清楚地看到在19世纪相关于语言之现代存在样式的文学的功能是什么。"[①]现代文学存在的功能从浪漫主义到马拉美都是要在一种对词的反抗中揭示语言、语文学和词的真谛,它们为语法所保障的暴力,同时也在揭示着现代性的暴力,实现审美的现代性展示和批判。马拉美那本"大写的书"、"漂亮的书"之所以无法完成,就是因为他无法越过"词"的界限定义文学和文学的语言。更重要的是,在这个文学向语言的自身进行"元"反思和抗议的时候,也在这个基础上产生了现代文学的存在形态,这种形态是:

> 文学愈来愈与观念的话语区分开来,并自我封闭在一种彻底的不及物性中;文学摆脱了所有在古典时代使它能传播的价值(趣味、快乐、自然、真实),并且在自己的空间中使得所有那些能确保有关这些价值之游戏性否认的东西(丑闻、丑恶和不可能的事)得以诞生;文学中断了与有关"体裁"(体裁是作为符合表象秩序的形式)的任何定义的关系,并成了对一种语言的单纯表现,这种语言的法则只是去断言——与所有其他话语相反——文学的直上直下的存在;文学所要做的,只是在一个永恒的自我回归中折返,似乎文学的话语所能具有的内容就只是去说出其特有的形式:或者它求教于作为写作主体性的自我,或者设法在使它得以诞生的运动中重新把握全部文学的本质;这样,它的所有线索都汇向了那个最精细的尖点:虽然特殊、瞬时,但又完全普遍——汇向那个简单的写作活动。在语言像流传的言语那样成为认识对象时,会以一种严格对立的样态重新出现:词默默地和小心谨慎地在纸张的空白处排列开来,在这个空白处,词既不能拥有声音,也不能具有对话者,在那里,词所要讲述的只是自身,词所要做的只是在自己的存在中闪烁。[②]

福柯所说的"文学"正是指这种特殊的文学语言的诞生,是指这种

① 福柯:《词与物》,第392页。

② 同上书,第392—393页。

对纯粹的写作活动的重复,是指不及物的写作。此时文学和语言脱离了涵义理论,也脱离了意指模式,文学不再指向他处而是向自我不断折回,向语言不断折回。体裁、修辞和辞格变得不再重要,文学说出的话语也不再重要,重要的是书写要不断达到对语言界限的接近和跨越,对成为极限的"词"的突破。马拉美、布朗肖等所有福柯所欣赏的作家就是在这个新的空间冒险而标志了"文学"的诞生和作为文学诞生定义的全部本质。语言即语文学的语言虽然成为了认识的对象,但它却促成了它的孪生姐妹文学的诞生,这种诞生抗议了语文学对象化的语言,它表明了认识在对象内部所无法企及的极限,这个极限就是词已然存在并自我闪现,而认识永远可能是被语法和词征服和规定了的具体操作。我们现在所谓的文学不及物性、文学的自反、元小说甚至所有的现代形式的文学实验都应该在这个意义获得新的理解和阐释。文学不及物因为它摆脱了向自身之外的指向,而直指构成它的语言和词。文学反思语文学留给它的那个狭小的却深远的空间,一切关于"畏、无、死亡、梦"的现代文学书写都可以在福柯这里找到理解的灵感。在这个意义上,也只在这个意义上,文学变得不再是一种内容的话语,甚至不再指向任何外在信息,它在一种封闭的空间中思考一种纯形式的对语言的接近,主体自我的写作活动正是实现内在诉求的形式。但是文学的这种自我接近,这种对词的反抗实现的却是对现代语言背后的力量,对现代性、社会、历史和意识形态暴政的纯粹展示和抗议。

"随着文学的出现,注释的返回和形式化的关切,语文学的构成,简言之,随着语言以各种复杂的形式而出现,古典思想的秩序从现在起可以消失了。"①古典主义与现代性之间的界限也已被明确地跨越了,词、语言不再与表象相交织,也不再自发地对物之认识作区分和分类管理,词现在重新发现了其古老而神秘莫测的厚度,但词也不再与物相混合。福柯说:"语言从此以后直到我们今天就只以散布的方式而存在:对于文学家来说,词类似由历史构建和沉淀的如此众多的客体;对那些想要形式化的人来说,语言必须脱去其具体内容并只让那些普遍有效的话语形式出现;如果我们想要阐释的话,那么,词就成了一个将被砸碎的文本,以便我们能看到隐藏在其中的其他意义完全清楚地呈现出来;最后,语言有时会为了自己的缘故而在一种只指明自

① 福柯:《词与物》,第395页。

身的书写活动中产生。"[①]语言散布开来了，对文学家来说词是历史的客体，承载着历史的信息；而对形式主义者来说，要去掉词与语言的内容才能恢复语言的纯粹形式和构建我们思想的先天性；对于现象学与阐释学而言，语言就成了文本，必须将之砸碎才能让意义澄明；而语言唯一现身的时候是在文学语言中，文学语言就是语言为了指明自身而存在的一种书写活动，文学因而获得一种本体论意义上的存在。由于词是不可接近的，语言的单元是不可修复的，词是暴力的，所以福柯说这也是为什么长期以来哲学反思远离语言而试图用已有的认识和知识思考生命、劳动等，只有到了 19 世纪末，也就是我们所谓的语言学转向的时候"语言才直接而主动地进入思想领域。我们甚至可以说，只是到了 20 世纪，语文学家尼采——在这个领域中，他是如此聪明，他知晓得如此多，他撰写了这么好的书——才第一个把哲学任务与语言之根本反思联系起来。"[②]所以在福柯那里尼采是语言反思和语言转向的第一人，这种反思和转向当然是指有意识地将哲学与语言的反思联系起来，将哲学与语言放置在一起进行思考。正是在尼采所打开的哲学—语文学空间内，一本"大写的书"的问题可以被理解和思考：

> 有关所有话语形式全被吸收进一个单一的词、所有的书本全被吸收进一页纸、整个世界全被吸收进一本书的论题。马拉美(*Mallarmé*)毕生为之献身的那个重大任务现在控制着我们……马拉美的这个设想基本上是对尼采为哲学规定的问题的回答。对尼采来说，当有人说善神(*Agathos*)表示自己而说恶神(*Deilos*)来表示他人时，问题并不是知晓善恶本身是什么，而是要知道谁被表示了，更精确地说，是要知道**谁在讲话**。……通过指出：就其孤独、脆弱的颤抖、虚无而言，正在谈论的是词本身，而非词的意义，而是词的神秘而不确定的存在；马拉美回答了并且不停地回复尼采的问题："谁在讲话？"尼采把自己的问题"谁在讲话"一直坚持到最后，尽管最终冒险进入那个提问内部本身，以便把它建立在作为讲话和提问主体的他本人的基础上：瞧！这个人！而马拉美本人则不停地从他自己的语言那儿消失，达到了这样的程度，即除了作为**书本**(*le Livre*)的纯仪式的执行者以外(话语在这

① 福柯：《词与物》，第 396—397 页。

② 同上书，第 397 页。

书本中组合自己),他不想被语言包括。很可能,我们的好奇心现在碰到的所有这些问题【什么是语言? ……不说什么、从未沉默并被称为"文学"的这一语言是什么呢?】——很可能,在今天,所有这些问题都存在于尼采的问题与马拉美的答复之间从未被填补的距离内。[①]

文学的语言要回答的就是"谁在讲话?",当尼采在《论道德的谱系》等著作中以善恶的话语权力形式判定是话语持有者在讲话,在判定善恶时,马拉美以"书"表明词在讲话。他们二者之间构成的间距即话语的主体和词之间的间距就是现在文学存在的本体论空间。当语文学家尼采在思考谁在讲话,谁在判断,而将说话者归于话语权的持有者时,文学家马拉美以词在讲话,"存在有"不断从另一极回应尼采。他们二者从权力话语和词的两端为现代文学设置了空间。但是当话语律脱离了"表象",当语言存在本身变得分散和破碎,当尼采和马拉美将思想的问题带回到语言本身粗暴的存在中时,必然会出现一些新的问题如"什么是语言,为了让它本身出现并且完全出现,我们怎样勾勒它?"[②]也就是说暴力制造者"语言"究竟应该被如何处理,当一切基于语言的认识论问题返归到语言的层面上时应该怎样理解。对此福柯说自己也不知道该如何回答,但是显然尼采提供了一些新的思考路径:"当尼采在其语言的内在性中同时杀死了人和上帝,并据此应诺诸神之多种多样和重新闪烁的光线会返回(*le Retour*)时,难道上面提到的研究不就是尼采所准备的吗?"[③]虽然对于语言本身的问题除了尼采在杀死人和上帝,使多样性和超人诞生的方式没有更多方式和路径去思考,然而,福柯却能够说明这样的实证性:"但是我现在还是知道,为什么我像其他人一样能问这些问题——并且我今天不能不问这些问题。我在居维埃、博普和李嘉图获知的东西要比在康德或黑格尔那里明显得多,只有那些不能阅读的人才会对之感到惊奇。"[④]这就是福柯对文学、文学的诞生、文学对语言的反思和对语文学的补偿所进行的一系列思考,也是文学诞生本身的考古学基础和文学诞生所引起的知识与思想的重置情况,文学从此不仅与哲学话语天然混合,不仅在经

① 福柯:《词与物》,第398—399页。

② 同上书,第399页。

③ 同上书,第400页。

④ 同上书,第400—401页。

验的层面上奠定了现代哲学的体验基础，而且在根本上表明了哲学和语言思考从此密不可分的关系，同时，也只有在文学中这种思考才变得可能和清晰，这也是为什么当代哲学家都关注文学和文学语言。文学这种极限的对语言自身的思考成为语文学和现代知识型的“异托邦”[①]，不断折射出现代思想的逻辑和界限。当然这不是说文学要臣服于哲学，用哲学来解释文学，而是说文学本身就实现了对哲学的思考，古廷在其著作中引用梅洛-庞蒂和巴塔耶的话对此做了很好的说明：“正如梅洛-庞蒂在对西蒙·德·波伏娃的第一部小说——《女宾》(L'invitée)一书的评论中所说的那样：‘当一个现象学的或存在的哲学指定给它自己的任务不是解释世界或发现其‘可能性的条件’，而是阐述关于这一世界的经验、与这一先于关于世界的所有思想的世界进行接触的时候，所有事物都发生了变化……从现在起，文学和哲学的任务再不相互分离了。’……在阅读了海德格尔的著作之后，巴塔耶宣布：凭借着‘直接向生活敞开自己的大门，哲学可最终简化为文学’。”[②]

---

① “异托邦”是一种关于“界限”和“反思”的学问，这种反思涉及词与物结合的关系，也涉及“呈现、反映、反抗甚至颠倒”社会常规空间和体制运作方式逻辑的权力关系。详见福柯：《词与物》前言，第5页；Michel Foucault, “Of Other Spaces”, in *Heterotopia and the City: Public space in a postcivil society*, Edited by Michiel Dehaene & Lieven De Cauter, Routledge, London and New York, 2008, P. 17。“异托邦”在这里指文学成为现代知识真实却异质的空间，既可以呈现和反映现代语文学和语言以及社会运作的逻辑，又可以批判和反思这种逻辑产生的暴力。

② 转引自[美]加里·古廷：《20世纪法国哲学》，辛岩译，江苏：江苏人民出版社，2005年，第149—150页。

论文化批判理论对文化改革的警示与反思意义

——阿多诺与鲍德里亚视角下对文化改革发展的一些忧思

王　涛

2011年10月18日，中国共产党第十七届中共委员会第六次全体会议通过了《中共中央关于深化文化体制改革推动社会主义文化大发展大繁荣若干重大问题的决定》（以下简称《决定》）。虽然我党始终将文化建设放在党和国家全局工作重要战略地位，坚持物质文明和精神文明两手抓，我国的文化建设固然也因此不断取得新的成就，但实事求是地讲，在实际的助推过程中，我们在科技力量、传统经济增长等物质文明建设方面的投入力度和强度，还是明显优于精神文明建设的，这从国家发展的实用角度而言，倒也是不能苛责的——《决定》再一次强调要充分认识、推进文化改革发展的重要性和紧迫性，同时坦诚"文化发展同经济社会发展和人民日益增长的精神文化需求还不完全适应"[①]，其实也从另一个侧面印证了这种不足。但是，一个民族国家想要增强综合国力，得到更为长足深远的发展，想要实现民族的"伟大复兴"，就不得不重视、推动文化的发展和繁荣，这种充分的认识已经体现在了《决定》的字里行间之中。

如果说传统工（产）业大多情况还只和普通民众生活的某一部分直接相关的话，文化产业的影响则无疑会将渗入到现代日常生活的各种细节当中。某种意义上说，欧洲自20世纪40年代（尤其是二战后）至20世纪60—70年代的社会发展状况，与我国自改革开放至今存在着很多相似之处——大学的逐步扩张、拥有高等学历的民众迅速增加，由此引发的具有一个人数更为众多、文化水平均匀提升的新群体

---

① 《中共中央关于深化文化体制改革推动社会主义文化大发展大繁荣若干重大问题的决定》（以下简称《决定》），北京：人民出版社，2011年10月，第6页。

出现，文化出版物的价格愈发低廉，大众文化日益盛行等等。而 20 世纪 40 年代至 20 世纪 60—70 年代，正是西方马克思主义理论家阿多诺（*Theodor W. Adorno*）、鲍德里亚（*Jean Baudrillard*）等人的理论先后成熟的时期，他们的"文化工业"（*Culture Industry*）及"消费社会"（*Consumer Society*）理论尽管是特定历史语境下的产物，但从这些相似性看来，这些批判理论对于我们用文化产业推动社会主义文化大发展大繁荣的文化体制改革之路，应当仍然是具有现实的警示和反思意义的，尤其是在我们即将逐步把文化产业发展为"国民经济支柱性产业"，并将"扩大文化消费"作为重要举措的今天。[①]

一、文化产品：从同一性意识形态载体到消费社会的符号

事实上，《决定》中现已被普遍使用的"文化产业"（*culture industry*）术语，其源头其实正是在霍克海默与阿多诺合著的《启蒙辩证法》一书中最早出现的"文化工业"。

2003 年 9 月，我国文化部在《关于支持和促进文化产业发展的若干意见》中将文化产业界定为："从事文化产品生产和提供文化服务的经营性行业……文化产业是社会生产力发展的必然产物，是随着中国社会主义市场经济的逐步完善和现代生产方式的不断进步而发展起来的新兴产业。"在我国的界定当中，文化产业更像是一种文化娱乐的集合，而有别于具有意识形态性的另一概念——"文化事业"。而意识形态性问题，也许正是阿多诺的"文化工业"与我们的"文化产业"提法的最大区别所在。但是，这种去意识形态性的定义，便一定能够消除阿多诺所批判的种种问题么？

阿多诺的文化批判，实质上是一种建立在启蒙理性批判之上的同一性意识形态批判。他指出，在对启蒙理性"救赎叙事"的坚信下，受 18 世纪自然科学方法的影响，数字化成为了启蒙的规则，任何不符合计算与实用规则的东西都被认为可能导致人们走向谬误和堕落，破坏体系和谐性的异质性存在，从而必须加以拒绝。[②] 为此，启蒙理性用抽

---

① 《决定》，第 9、31 页。

② 霍克海默、阿多诺：《启蒙辩证法》，渠敬东、曹卫东译，上海：上海人民出版社，2003 年，第 4 页。

象的标准取代事物的丰富性和多样性，并将一切不等的质都归结和转化为抽象的量，以使不等的东西变成可以比较和计算的东西，最终只突出事物的同一性，使对象完全屈从于总体性体系。[①]

在阿多诺看来，启蒙理性的这种工具化操作体现在具体实践中，就必然要求以制度的形式对体系内部加以监管和控制，相应的也就会产生管理者和被管理者，以及纪律和惩戒。由此，阿多诺提出，在这种工具理性建构的现代社会中，真正拥有最终决定权的，实际已不再是某个特定的阶级或阶层，即具体的个体或群体，而是获得一种匿名的、无所不在的控制权的同一性意识形态，整个世界也便成了在这种意识形态统领下的"被管理的世界"。[②]

在这种世界中，管理不会考虑具体客体的质，不会搀杂任何主观情感和个人意志，而必然呈现为一般对于特殊的压制，将一些从普遍性抽象出来的标准和范式强加给后者。管理成为了一种通过适当的对应部门协调来解决问题的科学，众多与人相关的重要问题都被简化成为一种操作标准。从而，能否有效管理，而不是人，逐渐变成了核心问题。难怪阿多诺要感叹："管理科学，实际上是管理东西的科学，而不是人的科学。"[③]

阿多诺的批判理论很大层面上就是致力于在现实层面上批判同一性意识形态不透明的暴力性，而"文化工业"正是他在后工业社会的现实中所选择的主攻标靶。

阿多诺使用"文化工业"这一术语，目的就在于将它与"大众文化"相区别，强调那些特意为大众消费生产，并在很大程度上决定了消费性质的文化产品，或多或少都是按照计划炮制出来的。在这个机器复制的时代，艺术品早已丧失了本雅明所说的独一无二的"灵韵"，文化产品的制造采用了和商品同样的标准化原则。而文化工业的各个分支，在结构上是相似的，或至少能彼此适应，并由此组合成了一个天衣无缝的系统。就文化工业中同类的文化产品而言，"所有细节都是早就被制定好了的陈词滥调，可以用来安插在任何地方"[④]。差异只不过

---

① 霍克海默、阿多诺：《启蒙辩证法》，第94页。

② Theodor W. Adorno, *The Culture Industry: Selected Essays on Mass Culture*, London: Routledge, 2001, p. 130.

③ Theodor W. Adorno, *The Positivist Dispute in German Sociology*, trans., Glyn Adey and Daid Frisby, London: Hernemann Educational Books, 1976, p. 78.

④ 霍克海默、阿多诺：《启蒙辩证法》，第140页。

是一个既定模式的适当调整；而不同的产品，即使表面上看起来毫无共同之处，它们在形式的结构和含义上也体现了惊人的类似，因为文化工业已发展为一个水乳交融的体系，它不会被局限在小说、音乐之类的分类上。[①] 文化工业甚至将“分离了数千年的高雅艺术与低俗艺术的领域强行聚合在一起”[②]，并使这两种不可调和的文化因素都服务于自己的总体性目标，于是，看似不同的文化产品共同制度化为心理控制的手段，用不断地重复、同一的方式致使人的反应自动化，并削弱个体的力量，文化工业也就更多变成了一种控制人们内心生活的意识形态。

同时，在阿多诺看来，以电视为主的媒介也在无意识的层面上引导了观众的反应，以此使观众产生符合总体性统治需要的依赖、崇拜及盲从，从而使人们屈从于文化工业的总体性要求。[③] 大众传媒私人生活场景当做表现对象，使一切私人化空间都可能被公众化，逐渐消解了私人领域和公共领域之间的界限[④]——这在 *Twitter*、微博、*Facebook* 盛行的今时今日更加明显。

由此，在日常生活这个私人领域中，愈发形成和呈现出了一种意识形态性的力量，它常常以流行时尚、公众舆论等被海德格尔(*Heidergger*)称为“常人”(*das Man*)意志的东西为表现形式。这种“常人”意志，使原本因种种差异性而可能意见冲突的人们达成了一种共识，并为瞬息万变的都市生活提供了一个良好的行为准则和社会道德范本，使人们总能在一种无差异的“平均状态”下为自己找到一个恰当得体的正确位置。但实际上，这种标准并非属于某个具体个人，因为这些常人“不是确定的他人……任何一个他人又都能代表这些他人”[⑤]。这样，人也就逐渐从“本真的此在”，沉沦为受“常人”意志支配的玩偶，逐步丧失了批判意识和抵抗能力，从而也就消除了一切革命的企图和异己存在的可能性，并使所有社会成员都自觉地以否弃自身差异的方式，认同和融入这个总体性社会体系。从实际显像层面来说，就是让人们在被构建的需要基础上，经过诱导，在“自由选择”的假

---

① Theodor W. Adorno, *The Culture Industry*, p. 160.

② Ibid., pp. 98—99.

③ Ibid., pp. 169—176.

④ 参见霍克海默、阿多诺:《启蒙辩证法》,第 186 页。

⑤ 海德格尔:《存在与时间》,陈嘉映、王庆节译,北京:三联书店,2000 年版,第 147 页。

象之下，消费各种在本质上一致的文化产品。

在这里，文化产品的生产，指向的是被“消费”。对于马克思而言，生产是资本的运动过程，而消费是资本生产体系的必然结果与逻辑延伸，所以在他看来，“无论我们把生产和消费看作一个主体的活动或者许多个人的活动，它们总是表现为一个过程的两个要素”，所以消费仍是“生产活动的一个内在要素”[①]。不过依照马克思的逻辑，随着经济社会的发展，消费也必将逐渐摆脱自然经济时代的自发过程，成为资本主义社会生产的驱动力。

事实上，正是从《启蒙辩证法》出版的20世纪40年代开始，西方生活开始从生产时代向消费时代过渡，[②]对于这种从生产向消费的转向，在阿多诺对文化工业的批判中只有从交换角度的分析中才初现端倪——在他看来，同一性的现实社会基础是商品经济的交换原则，它“把人类劳动还原为社会平均劳动时间的抽象的、一般概念，因而从根本上类似于同一化原则”，“正是通过交换，不同一的个性和成果成了可通约的同一，使整个世界成为同一的总体”。[③] 然而，由于交换规律不能直观，只能由某种中介性的东西呈现出来，交换价值作为中介概念就担当起了这种重要作用。随着现代社会的市场化，一切产品的出现都是为了被交换（消费），获取交换价值以创造利润，而生产者的创造性贡献乃至商品本身的使用价值反而渐渐被忽略了。就这样，能指逐渐代替作为所指的使用价值成为被推崇的对象，[④]交换价值这种能指也就变成了它自身的所指物，被符号化的一切“商品”除去为转换和交流的目的存在，实际上不再具有任何别的用途，整个文化工业也就成为一个意指其自身的符号系统。[⑤]

尽管在这里，我们已看到了一种具有符号学意识的批判，但阿多诺基本上还是从生产体系出发的。也许是因为消费本身在当时尚未蜕变成生产体系的替代，也许是法国学者更多受到结构语言学的影响，将批判的立足点更多的基于对大众文化进行符号学式的解码，更

---

① 马克思：《〈1857～1958年经济学手稿〉导言》，载于《马克思恩格斯全集》第46卷上，1979年版，第31页。

② 大卫·里斯曼：《孤独的人群》，王崑、朱虹译，南京：南京大学出版社，2002年版，第6页。

③ 霍克海默、阿多诺：《启蒙辩证法》，第143页。

④ 同上书，第176页。

⑤ Theodor W. Adorno, *The Culture Industry*, p. 82.

好的弥补了阿多诺甚至法兰克福学派在消费问题上没有深入分析的“不足”的，正是鲍德里亚。对于他而言，随着商品经济的发展，“消费”本身已不是一种主动地追求满足需要的活动，而是转化为一种为生产的目的而采取的被动行为，甚至已取代生产，成为维持一切社会活动运转的先决条件及社会运行结构的核心。

在消费的这种转变背后，其实是物与人之间关系的改变。在鲍德里亚所谓的“风格盛行”的“古典时期”，即早期商品社会当中，消费是直接与物的本质相关联的，消费更重视物的使用价值，目的也通常在于满足基本的需要，而这种针对物的有用性进行的消费本身也因与物欲的关联，在资本原始积累的背景下，是被倾向节制欲望的社会普遍意识所抑制的。同时，作为商品的物品也常常被人们投注以私人感情，以及道德、权威等象征意义。此时人与物的关系是：人拥有物，物则更像是人的镜像存在。具体到文化层面，也就有相应高雅文化产品和民众文化产品的分野。

而随着现代社会愈发向功能性世界发展，消费对象的物质性，已逐渐被广告等各种媒介创造出的意象性所取代，消费逐渐变成了对于意象，以及被意象激发的需要的消费，真实的消费也就逐渐向幻觉的消费让渡。更多的情况下，物品成为商品不再是为了被使用，而是为了被消费——文化产品尤其如此。甚至，消费品也就不再仅仅限于物品，更包括人的身体、观念乃至自然性欲，“所有的欲望、计划、要求、所有的激情和所有的关系”，都可以抽象化为商品，以便被购买和消费。①

从而，物品，或者说包括文化产品在内的消费品，已经剥离了人私人感情以及象征意义，它们的指涉变成了一种类似于语言结构的关系结构，也就是鲍德里亚所谓的“物体系”（*System of Objects*），消费品此时也转化成为一种“符号—物”。正如鲍德里亚所说，“如果消费这个字眼要有意义，那么它便是一种符号的系统化操控活动，因此，要成为消费的对象，物品就必须成为（物体系中的）符号，也就是外在于一个它只是作为意义指涉的关系”②。

因而，成为消费对象的物品，也就必须是物体系中的物品，呈现为系列的存在。汽车、手机会不停地依照某个序列推陈出新，文化产品如影视作品也会以续集（前传）、衍生、同类以及各种相关的周边产品

---

① 尚·布希亚：《物体系》，林志明译，上海：上海人民出版社，2001年版，第224页。

② 同上书，第223页。

不断推出,像《星球大战》就可以绵延几十年。只要选择消费其中一种产品,系列中的其他产品便会形成一串相互暗示的诱惑之链,刺激、构造着人们继续消费的需求和欲望。正如鲍德里亚所说,"一旦人们进行消费,那就绝不是孤立的行动,人们就进入了一个全面的编码价值生产交换系统中"①。

如此一来,消费也就成了对物体系的消费。消费的行为也就越来越接近一种对物的系列的"收藏"(*Collecting*),总是努力倾向于该系列的完满性,以使自身获得一种私人世界扩张、填充的价值和意义感,但这种热情的投入注定将是一条永无止境的路,因为系列永远都不可能真正完满,收藏式的消费行为也只有"至死方休"。从而,这里这种作为驱动力的,已不再是个人的真实需要,而是物体系自身的冲动,消费的主体也不再是真实的人,而是符号的秩序。② 这种消费活动不会给消费/收藏者带来真正的满足或快感,系列的恒定不完整性只会犹如达摩克利斯之剑一样高悬头上,令人感到焦虑,愈发在追逐中疲于奔命。此时,人便逐渐变为被物背后的符号体系所构建的意象和幻觉驱使。

物品也因这种从属于系列的处境变化,不再像以往那样经久耐用,甚至成为代代相传之物,而是无可逃脱地沦落到"朝生暮死和随波逐流的命运"中,被人为地创造为有技术缺陷或未完成的(对于文化产品而言,最直接的例子就是那些影视作品结尾处故意留下的"悬念"),甚至被人为地缩短寿命,被预设为"简短的共时状态",③以便能够使系列中的其他产品能够尽快得到继续消费。

由此,凭借着以广告为主的媒介手段,消费逐渐取代了被阿多诺等法兰克福学派学者批判的技术,成为了消费时代权力控制的手段,消费"只身取代一切意识形态,并同时只身担负起整个社会的一体化"④的重任。阿多诺所批判的同一性意识形态已随之转化成了消费意识形态。

而就像鲍德里亚强调的那样,"消费的真相在于它并非一种享受

---

① 让·鲍德里亚:《消费社会》,刘成富、全志钢译,南京:南京大学出版社,2001年版,第70页。

② 同上书,第226页。

③ 尚·布希亚:《物体系》,第168页。

④ 让·鲍德里亚:《消费社会》,第90页。

功能,而是一种生产功能”,在资本运作的逻辑中,消费也就成为了新的生产方式,甚至成为了对新教伦理的别样承继,成为新的伦理和义务。[①] 正是这种义务的履行促进了经济的发展,巩固了总体性的地位,成为了一种与总体性社会保持关系的方式。那些不追逐欲望的满足,不去进行消费的人,那些追求自律性、高尚理想的人才是“不道德”的,才是消费社会的大敌。相应的,在西方社会中,大工业时代“生产主人公的传奇也已让位于消费(及创造消费)的主人公”。[②] 也许,以经典文学作品为依托,从文史田野的角度考究这种变迁,同时对比我国相应的变化,将是一项十分有趣且有意义的研究。

反观自身,正如《决定》当中指出的那样,我国的文化产业仍存在“规模不大、结构不合理”的问题,“束缚文化生产力发展的体制机制问题尚未根本解决”,[③]而从“构建结构合理、门类齐全、科技含量高、富有创意、竞争力强的现代文化产业体系”[④]的解决思路上看,在实际操作上很容易便会将西方成熟的文化产业体系作为借鉴参照,而从国民经济支柱产业这种宏观、功用的目标角度出发,也极易落入精于算计的工具理性窠臼。从消费角度讲,在网络盗版资源无比丰厚的情况下,2011至2012年的国产电影,尽管很多品质和评价都非上乘,却已将票房过亿视作平常,这一现象本身就说明了我国民众已经开始形成了较为牢固的文化消费习惯。有鉴于此,扩大文化消费的举措,就更应避免经济增长至上或消费至上的观念,避免人民群众的真实需求逐渐被消费符号体系构建出来的虚假需求所取代。

二、人:从社会原子到个性化消费主体的幻象

尽管前文的论述大多是从物—文化产品的角度出发,但实际上也涉及到了主体—消费者的问题。

回到阿多诺对同一性意识形态下人否弃自身差异,以融入总体性的分析,这种越来越倾向于“把自己设定为一个物,一种统计因素或是

---

① 让·鲍德里亚:《消费社会》,第66,69页。

② 同上书,第28页。

③ 《决定》,第6页。

④ 同上书,第28页。

一种成败……的行为模式”[①]，在他看来会使得社会生活中的个体愈发成为“按抽象的分类概念即行政管理概念组织起来”的“社会原子”(*the social atom*)[②]，变成了一个经由总体性秩序的逻辑归类划分的可替代存在。而在鲍德里亚的物体系和消费社会早期理论分析中，作为真实存在的人的消费主体，也不过是一种幻象。文化工业和消费社会许下的种种承诺，也就无疑成为了谎言，在对人们的抚慰和催眠中隐匿、转换了人们为总体性劳作的方式。

以阿多诺对“闲暇时间”的讨论为例。在工业社会中，劳作是造成人们压抑的主因之一，因而当文明进步到后工业社会时，体现自由的最佳方式之一，就是缩短劳动时间，增加闲暇时间。而闲暇时间的支配必然涉及到一个业余爱好的问题。在阿多诺看来，人们常被问之的“你有什么业余爱好”这类问题实际上暗藏着这样一种假定：人必须有一种甚至一系列不同的业余爱好。以至于这逐渐固化为一种社会观念，如果一个人没有什么业余爱好，那就会被耻笑为缺少品味或是不懂生活。[③] 为满足人们的这些业余爱好，文化工业已将娱乐渗透到了政治、教育、新闻、信息和日常生活等各个领域中，于是“一个人只要有了闲暇时间，就不得不接受文化制造商提供给他的产品”[④]。在这一过程中，闲暇时间也就因此成为劳动时间的一种隐蔽性的延续，[⑤]正如消费是生产的延伸一样。

而随着商品经济社会发展到“消费社会”的阶段，闲暇时间就更是刺激人们消费的绝佳时机，不但已有的节假日、休闲时间会被充分利用，有意刺激消费的政府还会人为制造更为丰厚的节假日时间。“黄金周”、“长假”的假日消费逻辑便在当下势不可挡地激发、构造着中国消费者的心理需求——《决定》中特别提到应当“积极发展”的文化旅游[⑥]，正是促进假日文化消费的主攻方向之一。但当原本有深层文化、风俗、历史含义的节日逐渐变成了拉动消费的闲暇时间时，可能就会与鲍德里亚有关“节日消失”的讨论有契合之处了。而正如张一兵教授在研究鲍德里亚的专著中所表示的那样，文化批判领域对这种消费

---

① 霍克海默、阿多诺：《启蒙辩证法》，第 25 页。

② Theodor W. Adorno, *The Positivist Dispute in German Sociology*, p. 74.

③ Theodor W. Adorno, *The Culture Industry*, p. 190.

④ 霍克海默、阿多诺：《启蒙辩证法》，第 139 页。

⑤ Theodor W. Adorno, *The Culture Industry*, p. 189, 194.

⑥ 《决定》，第 31 页。

"异化"批判的近乎整体性缺席,[①]的确是令人深忧的。

诚然,我们的文化发展有着"坚持为人民服务、为社会主义服务"的"二为"方向,而发展文化产业在《决定》中也被强调为是"社会主义市场经济条件下满足人民多样化精神文化需求的重要途径"[②],但良好的初衷和正确的方向设定并不能保证实施过程便毫无偏差。既然我们的文化产业发展将人民的多样化精神文化需求当作的满足的目标,就不应当认为阿多诺、鲍德里亚对于文化产品消费者的分析过于危言耸听,而放弃应有的审慎,丧失批判的纬度。

阿多诺及鲍德里亚的上述批判,也许与当代人惯常的认知会有很大的出入。在大多数人眼中,在现代性社会中,由于"主体"意识的明确构建,个体的个性较之以往,应当是得到了充分重视及张扬才对。而大众文化的平民化特征,更是使得文化产品不再像以往的古典、高雅艺术一样,只是少数精英分子的阳春白雪,而是以其多样性"平等地"照顾着不同阶层、文化程度的人的各自需要。

而这也正是在阿多诺看来,文化工业的真正高明之处:向人们提供伪个体性。这些采用了和商品一样的标准化原则制造的文化产品,常被赋予一种虚假的个性光环,"与众不同"便成为它们宣传自己的共同口号,[③]个性成为这个时代最大的流行和商品。可那些被文化产品用来证明自己个性化的差异,不过是共性在细节上的偶然烙印。因此,阿多诺断言:"在文化工业中,个性只是一种幻象。"[④]

对于阿多诺的这一断言,鲍德里亚恰好从消费的角度进行了更好的补充。在后者看来,如果说物化意识对人的统治还能够被觉察的话,那么消费社会当中取得统治权,恰恰是被我们认为是自己心灵外在投射的意象。物体系之所以呈现为带有差异的系列,正是要与现代社会人们对于"个性化"要求相匹配——因为人们往往会认为展现不同个性的方式,便是消费不同于他人的消费品。从而,在对物体系中的消费品进行收藏时,人们真正追求的,也就不再是自我的真实形象,而是被构造的个性,以及由符号体系构建的自恋式"主体幻象"。自我

---

① 张一兵:《反鲍德里亚——一个后现代学术神话的祛序》,北京:商务印书馆,2009年版,第36页。

② 《决定》,第28页。

③ Theodor W. Adorno, *The Culture Industry*, p. 80.

④ 霍克海默、阿多诺:《启蒙辩证法》,第140页。

认同也就变成了自觉自愿地对符号体系的认同，这也愈发证明了这种符号体系，正是“一个透过物品和信念的‘个性化’，想要更佳地整合个人的社会的基本意识形态概念”[①]。

而消费社会让人们竞相入瓮的制胜法宝，就是无所不在的广告。在鲍德里亚看来，“个性化、强迫的差异化和非基要部分的繁衍、技术体制在生产和消费体制中的堕落、功能失调……都在广告中得到自主和完整的发展”[②]。在广告中，“我们被它的关怀所攻陷、它向我们说话，给我们东西看，照顾着我们”[③]，在一种伪情景的设置之中，这种“体贴入微”的母性关照似乎是在针对着每一个具体的个人，使我们很容易消除戒备，从而相信按照广告的方式就能具有某种个性。同时，它又以匿名的方式表现着共同体的愿望，通过本质上是“常人”的他者，对你耳语着：别人都在按照广告的方式行事。如果说电视广告还能够让人心生提防，甚至是反感的话，如今以各种方式植入到影视、文化作品当中的广告，以及利用公众的积极性和人际网络通过网络上的“口碑传播”进行的“病毒式营销”，恐怕就更加令人防不胜防了。

人们常常有意无意地选择消费某一特定系列（比如某种商品品牌，某一明星主演的电影，某种曲风的流行歌曲等）中的文化产品，作为其社会地位、文化品味，生活水准高下的差异标识，而既然差异导致的消费，正是人们被自觉地整合进消费罗网的原因所在，人们对物体系的消费，实际上也就是在对各自认同的社会身份与文化差异的消费。因此，虽然所有人都在努力地避免一种大众品味，期望与众不同，实际上却与群体中相当一部分人都极其相似。从而，追求独一无二的过程，不过是不断地融入一个缩小了的大众中去的过程，消费在这里也体现出使“集团、阶级、种姓（及个体）的形式自主化”，亦即以符号—物的标识分化阶层，让消费者认为加入某一理想团体的机制。[④] 于是，在“作为使用价值的物品面前”似乎“人人平等”，但实际上“在作为符号和差异的那些深刻等级化了的物品面前没有丝毫平等可言”，对于鲍德里亚而言，“个性化的逻辑”正是在取消人们之间真实的差别同时，使人和产品同质化，同时“开启区分鉴别统治”以便于“工业垄断性

---

① 尚·布希亚：《物体系》，第163页。

② 让·鲍德里亚：《消费社会》，第186页。

③ 尚·布希亚：《物体系》，第192页。

④ 参见让·鲍德里亚：《消费社会》，第48，151页。

集中”的制造。[①] 换言之,差异性符号的消费就是要制造生存等级,而这种等级“制造”的效果在遇到本就因贫富差距的存在而产生阶层分化倾向时,只会愈发显著——前不久的反日浪潮中出现的打、砸“日系车”的极端案例,除去民族主义情绪以及政治因素外,不难看出中国的民众已经开始熟悉用物的系列反过来标识人的思维方式,隐含于其后的,也有着被物体系放大了的等级意识,即绝对有违和谐的所谓“仇富心态”。

但在鲍德里亚看来,那些我们愈发看重的差异,不过是服从于某种微妙等级制度的“边缘”,在本质上不过是无关风格、品味的同一性符号了。为追求个性而进行的差异消费,也就演变为不断地弥平、消灭真正的差异的行为,“对差异的崇拜”也就在“差别丧失的基础上”日益直冲云霄。[②]

如此看来,在同一性魅影笼罩下的后工业社会中,个人的独立选择自由实际上比想象中要有限的多。因为人类自由程度的决定性因素,不是先于个人选择预定的范围,而是个人能够选择的和实际选择的是什么;而文化工业/消费社会给予人们的却是一个事先预设、不断通过广告等媒介形式推行的强制性选择范围,人们实际上根本没有多少其他选择。这样,一种既定的可供选择的东西已经成为了一种他治,“自由选择也就变成了选择同一种意识形态的自由。”[③]选择的自由便不再意味着真正的自由,而只能证明控制的有效性。

这种控制的整合能力甚至不仅限于传统观念中对立高雅与通俗,更包括了所有的先锋文化及艺术,甚至就连对对于这种幻象统治的反思、不满乃至反抗,也最终在消费意识形态的强大整合之下,成为更深意义上的幻觉。

正如阿多诺对爵士乐所做的分析那样,尽管爵士乐在他所处的时代,以一种解放、颠覆、拒斥异化的反秩序姿态出现,但由于它本身仍具有一套既定的规则模式,所谓的即兴演奏也不过是既定规则模式的调整;而且,它的反抗姿态伴随的往往是听众盲目地跟从、膜拜,它体现出的狂热带给人们的也仅仅是用集体代替个人的、幻想中的解放。因而在阿多诺看来,爵士乐和其他文化产品一样,都是彻头彻尾的商

---

① 参见让·鲍德里亚:《消费社会》,第 83,85 页。

② 同上书,第 83—84 页。

③ 霍克海默、阿多诺:《启蒙辩证法》,第 186 页。

品、技巧的产物，它的主要社会功能恰恰是缩短个人与同一性文化之间的心理差距，让人们在自由的幻觉中忽视寻找真正的反抗途径。[①]

在这里，阿多诺确实指出了文化工业最令人生畏的能力，那就是能够吸收和消除这些甚至是最不妥协的对手：那些以边缘化、反秩序的面貌出现的艺术品、理论，都可能会被文化工业打上“个性”的标签加以贩卖。以这种观点审视当下，尽管后现代理论的思潮一路走来，颠覆传统也好，改变了人们的思维方式也好，无论是喧嚣骚动还是锐意革新，都已经慢慢地被商业化的文化产业纳入到自身的娱乐话语之中，逐渐泛滥成灾。我们不得不承认，不管后现代主义思想的理论初衷有多么的令人折服，阿多诺从对爵士乐进行批判时就在深深担忧的情形，也终于不幸在与后现代主义思潮相关的文化产品之上一一应验了。在芸芸大众忘情地追求自我个性，不加批判的沉浸在多元化及解构之狂欢之中时，也许真正大行其道的，会是人类思想的解放，而恰恰是消费意识形态的狂欢，是借助着全球经济一体化而纵横天下、畅通无阻的“跨国资本”，以及跨国资本背后的价值利益观。[②]

反观我国的文化产业现状，创新远远不够，山寨、低水平克隆国外文化产品的现象仍屡见不鲜，而在通过影视等文化产品构建我们自身的核心价值观念方面，方式也委实过于老旧，票房常常要靠赠票，甚至还发生过用买一赠一的方式变相偷取好莱坞商业大片票房的闹剧。用这种方式，我们连文化工业/消费社会的伪个性化幻象都不可能营造，又何来真正满足人民群众多元化的精神文化需求？面对国外商业巨制的“船坚炮利”，我们输掉的将不仅仅是票房，也许还有在核心价值塑造上的溃败。当价值观都变成相对的，是非观都变成模糊的，除了一些表面化的个性自由之外，没有任何事物值得再去坚守时，我们收获的绝不会是真正的个性自由，而是民族灵魂的逐渐消散。

三、结　语

阿多诺和鲍德里亚的批判理论，从不同的侧重，揭示了现代性商品社会的高度发展中，人类可能面临的尴尬困境：一方面是消费型社

---

① 参见马丁·杰伊：《法兰克福学派史》，单世联译，广州：广东人民出版社，1996年版，第214页。

② 参见陈众议：《跨国资本主义时代的文学观》，《渤海大学学报》2008年第4期。

会在表面上表现的物质丰盈，思想上的多元自由发展；一方面却是经验的匮乏和想象力的逐渐枯竭，众声喧哗背后可能隐藏着的惊人趋同与一致。如此一来，充盈和匮乏形成了悖论般的矛盾，看似丰富的文化产品其实并不能弥补这种经验的匮乏。而在符号的无限膨胀，以及种种幻象的喧嚣过后，留给人们的，也许只是普遍无意义感的痛苦，或者说，幸福感的普遍缺失。这不禁让人联想到前段时间央视有关“你幸福吗”的调查，竟然会得到如此之多的“神回复”，以及不乏反讽的热议。而解决这一问题的方式，绝非仅仅是不假思索地推动文化产业的建设，盲目地扩大文化消费。

当然，阿多诺和鲍德里亚的理论绝非济世仙丹之意，两者的批判对于处在相似历史语境下，但又有着更多复杂具体差异的我们，不过是提供了一种警醒的沉思。况且，由于二者学术背景及学理上的极大差异，他们对于各自批判提供的“解答”也是各不相同的——阿多诺毕竟还是设定了一种超越的主体性，所以他仍对“同一性当中的非同一性”寄予厚望，向往着一种带有鲜明犹太印迹的审美乌托邦；但在将一切还原至符号体系的鲍德里亚那里，却显然没有此类的乌托邦情节，他随后的理论发展，就是符号政治经济学批判，是拟象理论，是真相的死亡与真实的荒漠——这些显然都不是我们所会去期望的解答。

因此，如何避开两位理论家批判当中指出的那些文化产业及消费社会发展的陷阱，真正走出有中国特色的文化发展道路，满足人民群众真正的多样化需求而非被构造的需求，对于我们每一个人而言，也许都将是一道需要殚精竭虑、不断履践的思考题。

美国个人主义在爱默生思想中的形成

任　昕

美国个人主义[①]概念的正式形成和提出虽不是自爱默生开始，但作为美国文化价值的核心内容和民族精神的基本特性，个人主义以思想和文化的方式形成、提出和得以总结，却应归功于爱默生。虽然爱默生提出的个人主义思想并未以"个人主义"正式命名，但在内涵上无疑是纯正而最具美国特色的个人主义思想。

一

1841年，爱默生发表了散文《论自助》(*Self-Reliance*)，这篇文章集中体现了爱默生的个人主义思想，其中所蕴含的内容为美国个人主义提供了最基本和最具美国特色的种种元素，这篇文章也因此堪称美国个人主义的"独立宣言"。综合散见于其他著述中的论述，爱默生的个人主义思想大致表达了如下内容：首先，他认为宇宙是一个大的灵魂，万物从"超灵"[②]中产生，处于宇宙之中的每一个人便成为"超灵"的一部分。"超灵"弥漫整个宇宙，人通过"超灵"与宇宙相通，与万物相通，合而为一。个人是世界万物的一份子，是上帝和宇宙的一部分，与宇宙和上帝融为一体，人性与神性是相通的。其次，个人是独一无二

---

① 个人主义一词最早出现于欧洲，但当个人主义传入美国时，却在北美殖民地时期、美利坚民族形成时期以及美国建国初始阶段，在新的社会条件下获得了新的发展。美国个人主义在形成初期出现了许多有别于欧洲个人主义的具有本土特征和民族特征的积极因素，这使得个人主义在美国获得了有别于其最初意义的正面价值，个人主义也因美国个人主义而有了新发展。这其中爱默生对"个人"精神力量和价值的强调、对自我的赞美，不仅从文学上，也从哲学和文化的高度对个人主义思想进行了提倡，给予了个人主义思想以新的美国式的诠释。

② "超灵"(Over-Soul)是爱默生超验主义思想中的核心概念。他认为世界源出于超灵，灵魂是宇宙万物的本质。超灵弥漫于整个宇宙，万物通过超灵合而为一。

的存在，具有神圣的不容侵犯的独立意志，生命的力量欢欣向上并与宇宙自然的生生不息的力量联结在一起。第三，个人应该成为独一无二的自我，要承认、尊重和保持个人的独特性，而不要违背自己的天性。第四，依靠自我力量来实现自我，即个人的自助，强调自信，鼓励积极进取。这是美国个人主义的一个重要特征。第五，在个性与共性、个人与社会之间，往往突出个人意志，个性在共性之上。第六，在群体和社会之间寻求平衡，主张合理的利己和利他，与集权型社会结构相比，主张采取社团自治的管理模式。

爱默生个人主义思想远非一种个人现象，非倾一人之力、一人之功所能成就，甚至也并非简单地是一种观念的表达，而是无数大小历史事件在时间中共同作用的结果，只是在适当的时期，以一个人的思想的方式道说出来。应该说，美国独特的历史、民族性格、时代机缘和文化共同蕴育了爱默生，而爱默生的思想则体现了美国民族的精神。也正因如此，林肯称他为“美国的孔子”。许多重要的美国文学家在其作品中总是或多或少、或隐或显地接受着爱默生的影响，从那时至今的一百多年里，美国民族的精神和文化特征一直在印证和围绕着爱默生的思想行进。

这也说明爱默生所传达的思想和观念在很大程度上体现出的实际上是一种美国民族的思想和观念。它既是美国民族形成和国家建立后一两百年间所积淀下来的美利坚观念，再往前追溯，则又有欧洲母体文化元素和宗教的最初动因。美国个人主义思想是来自欧洲并在美洲大陆新的地理、历史和人文条件下形成的独特的美国文化，它携带着美国民族精神的基本特质，构成了美国价值观念的基本内容。理清爱默生思想中的这些构成元素，可以更准确地理解美国个人主义发展的脉络和特质，以及它为美国和人类社会发展带来的种种影响。

爱默生的个人主义思想来源于以下几个方面：

首先，个人主义思想源出于欧洲文化。

19 世纪 30 年代，托克维尔在美国进行考察时，个人主义还是个刚刚出现的新概念。他在《美国的民主》里这样写道：“个人主义(*Individualisme*)是一种新的观念创造出来的一个新词。我们的祖先只知道利己主义(*Egoisme*)。”[①]但是他却敏锐地捕捉到了一个新的现

① 托克维尔：《论美国的民主》下卷，董果良译，北京：商务印书馆，2010 年，第 625 页。

象，即个人主义在美国出现了新的含义。

个人主义的出现与资本主义和现代市民社会息息相关，同时它也是西方文化所孕育出的必然产物。有人认为古希腊智者学派的普罗泰戈拉的思想包含了个人主义的最初萌芽。他说“人是万物的尺度，是存在的事物存在的尺度，也是不存在的事物不存在的尺度”。普罗泰戈拉把个人放在万物之首，认为人可以依据自己的经验或意志来判断事物。这种观点对后世的哲学家产生了很大影响。古希腊文化在关于个人、理性、公民社会、民主制等方面的观念和实践已经构成了对个体生命的最初认识、对个体生命的尊重、对人与社会关系的思考。至文艺复兴时代，人性挣脱了神权的束缚获得前所未有的大解放，市民阶层蓬勃兴起，人的地位骤然提升，极大地促进了个人主义的发展。人性本身的伟大和世俗的一面同时被激发出来。宗教改革则为个人在宗教上摆脱教会控制和思想的独立开辟了可能。宗教改革的贡献在于认为人可以凭借自身与上帝沟通，而不必通过教会的中介，这样就把宗教信仰设为人的内心对上帝的信仰，从而将个人判断置于罗马教会之上，教会的绝对权威被否定了，宗教信仰中也体现出个人权利和意志的萌芽。18世纪的一系列资产阶级革命使对神圣权威的挑战从宗教转向世俗。英国的光荣革命以宪法的方式限制了王权。美国独立战争建立起人类历史上第一个共和制国家，而它所依据的正是在《独立宣言》中被明确下来的“人人生而平等”的思想。法国大革命是对君主制和贵族制的一次大革命，它所产生的震荡的余波久久回旋在欧洲近代以来的历史中。如果说文艺复兴是从人性的角度、在人的整体上将人的地位大大提升，那么随着资本主义的发展，个人则从整体中逐渐凸显出来，人的权利、尊严、价值、利益不是与神权相较而生，而更多意指个人的权利、尊严、价值和利益。以个人利益为标准形成的新的价值体系构成了现代资本主义社会的价值观的基础，它既与现代资本主义社会打破封建等级制、为个人提供更为平等的机会有关，又与物质主义、商业主义和资本运作的一整套机制密切相连。个人主义本是资本主义特有的文化现象。西方个人主义经历了一个人从自然中分离、人从神权中分离以及人从群体中分离的过程。

其次，宗教是美国个人主义形成的最初动因。

欧洲殖民拓荒者进入美洲大陆后，欧洲宗教改革和文化也随之被带入这片新大陆。我们也许很难想象，美国个人主义的萌芽最初源于宗教并得益于宗教，宗教是美国个人主义形成的最初动因。准确地说，是欧洲宗教改革促成了个人主义在美国的生成。不仅是个人主义，美国民族和国家的缔造以及美国价值观念，都可追根溯源到这场宗教改革。今天的美国是由美洲大陆上最早的两个欧洲清教徒移民建立起来的殖民地发展而来的。在早期美洲大陆的英国移民中，清教徒构成了移民的主体，也是当时美国国家缔造的重要组成部分。

在美国，对清教徒的研究一直受到关注，“因为许多人认为清教徒们建立了一些日后成为美国社会基石的理念和结构——虽然这种观点备受争议——所以学者们都对研究17世纪的新英格兰很感兴趣，而且对那段文化的理解经常会对美国的政治和意识形态方面产生深刻的影响。”①人们争论的焦点是：“清教徒是激进的思想家，是美国现有一切问题的制造者？还是温和但迫切地想建立一个乌托邦的宗教理想主义者？尽管这个乌托邦梦想从美国的现状来看越来越遥不可及了。”②

欧洲宗教改革造就了英国清教徒的出现。1524年，英王亨利八世宣布英国国教自制，以对抗罗马教皇的管辖。但亨利八世的女儿玛丽则是个忠实的天主教信徒，她继位后，开始对新教徒大举迫害，由此得名“血腥玛丽”的称呼。1558年，伊丽莎白一世继位，重新将英国国教作为官方宗教。但是，伊丽莎白一世并不是一个彻底的激进的新教徒，她在支持新教改革的同时，也保留了许多天主教的教规和形式。而那些激进地反对天主教的信徒们则不满于这种妥协，他们被称为“清教徒”(*Puritan*)，意为要使基督教回归“纯粹”的状态。③

1620年，一批布朗主义者乘坐五月花号离开欧洲，他们对欧洲的腐朽感到绝望，希望远渡重洋在新大陆上建立符合自己理想的地方。他们在科德角登陆后，建立起普利茅斯居住地。在他们为自己制定的纲领《五月花公约》(*the Mayflower Compact*)中，提出要依据大多数原则来建立自己的政府，这也是民主主义的最初显露。1629年，又一批新教徒在约翰·温斯罗普的带领下，乘坐阿贝拉号前往新大陆，在

---

① [美]萨克文·伯科维奇主编:《剑桥美国文学史》第二卷，史志康等译，北京：中央编译出版社，2008年，第173页。

② 同上。

③ 清教徒被认为是加尔文教派中最为激进的一支。该教义倡导要回归圣经原始的教义，他们实际上与英国国教在许多方面存在着相似之处，但是，清教徒不满于英国国教对天主教的妥协，他们强调要保持基督教源初的纯洁性。这种不满加之国内对新教徒的迫害，最终导致一部分清教徒离开自己的国家，远渡重洋去开辟新大陆。

马萨诸塞湾建立起波士顿居住地。虽然普利茅斯清教徒与马萨诸塞清教徒有所区别，但在逃避宗教迫害以及希冀在新大陆建立一个自由信教的模范的公理社会方面却是一致的。这些清教徒移民，在英国国内大都受过良好教育，他们来到美洲大陆，不同于那些淘金的冒险家，也并非迫不得已躲避刑罚，“他们甘愿尝尽流亡生活的种种苦难，去使一种理想获致胜利。”①在许多早期殖民地记载和研究文献中，都不约而同地提到这样一种宗教理想和信念，这种理想和信念驱使清教徒相信并身体力行地去实践一个不仅在信教上自由，而且在政权管理方式上也能够自由地行使民主自治的国度。这样的信念宛然具有《圣经》的神圣天启的意味。“清教徒的强烈愿望使得他们在还未到达目的地新英格兰前就开始创作预言式的文学。”② 1630年，当阿贝拉号尚在航行中时，温斯罗普就创作了题为《基督教慈善的典范》的布道文。在文中，他认为清教徒是上帝亲自选定的子民，而清教徒团体所开创的社会将会是模范社会，“以色列之神……挑选了我们这个民族，我们就像坐落在山顶上的城市，全世界的目光都在注视着我们。”③事实上，早期清教移民经常使用圣经阐释学中的表征论来解释和对应现实事件，以此对应，他们之远渡重洋来到美洲便宛若现实版的出埃及记，而在一个全新的土地上开拓建立一个崭新的理想世界则使这块地方具有了圣地耶路撒冷和世界中心的暗示。早期清教移民文学和文献都深深打上了这种神圣天启的烙印，它使最初的清教移民和后来者都相信，他们是“被上帝亲自撒在一片预定的大地上的伟大民族的种子。”④

清教徒继承了新教反教会权威和注重个体意识的传统，同时，由于新大陆上没有更高的教会组织，因此，他们从一开始便拥有了相对自由的权利去处理宗教事务，也因此得以将个人在宗教上的自主性逐渐发挥开来。尽管清教从一开始并没有鼓励个人自由和个性解放，更没有现代意义上的个人主义观念，在组织上也仍然保留着政教合一的制度，但是，清教教义中对个人的注重、在面对一片陌生广袤的新大陆时不得不应付许多现实问题以及在新大陆发展初始阶段较少上级教

① 托克维尔：《论美国的民主》上卷，董果良译，北京：商务印书馆，2010年，第36页。

② [美]萨克文·伯科维奇主编：《剑桥美国文学史》第一卷，蔡坚主译，北京：中央编译出版社，2008年，第182页。

③ 转引自《剑桥美国文学史》第一卷，第183页。

④ 《论美国的民主》上卷，第37页。

会干扰等因素使得清教在美洲大陆上以一种较欧洲更为自由和简化的形式存在,更强调个体生命对宗教的自主追求和皈依,更强调生命与上帝直接交流的体验。宗教去神化和个体意识的彰显使清教这种源自欧洲大陆的基督教改革教派在美洲大陆得到了相较于欧洲本土更独立的发展,而清教徒自省自律、勤勉耐劳的精神也逐渐塑造出务实进取的美国性格。

托克维尔曾这样形容清教徒聚居的新英格兰地区对美国文化的影响:"在人们通称为新英格兰的诸州,产生了成为今天的美国社会学说的基础的几个主要思想。"[①]"新英格兰的文明,象高地燃起的大火,除烤暖了周围地区之外,还用它的光辉照亮了遥远的天边。"[②]这些话也同样适用于后来爱默生等人所组织的超验主义运动。清教徒的许多思想都为日后美国国家思想埋下了伏笔。第一是关于教会自治的观点。清教徒不仅反对政教合一,更强调教会自主权利。第二是相信人不必通过教会而可直接与上帝沟通,人可以通过自身的修炼而得到教义真谛。第三,强调个人自由意志,反对加尔文主义的宿命论。第四,主张社团自治。第五,反对奢靡,主张勤俭朴素。第五,他们从圣经那里受到启示,认为可以建立一个理想的基督教国家。自治和个人自由的观念是清教最为"激进"之处,也正是这些"激进"之处,构成了日后美国观念、立国宗旨和民主政体的基础。正如一些西方学者所指出的那样:"约翰·加尔文(*John Calvin*)是美国真正的创始人。"[③]"加尔文体系所教导和包含的关于共和制的自由和自治的革新原则被带到了美国,这些原则在这片新土地上生根发芽、枝荣叶茂,是谁的功劳?——是加尔文主义者。"[④]

其后的基督教在美国基本上沿着这一方向发展下去。宗教对个人的宽容和鼓励极大促进了个人主义思想在美国的蓬勃发展。它对人性的释放在更大意义上是对人性完善的鼓励。"上帝不再怂恿人们依赖他那不可测知的意志,而是鼓励人们追求完美,这些都是精神史上的进步,标志着基督教已经脱离了迷信的范畴。"[⑤]宗教改革在美国

---

① 《论美国的民主》上卷,第 35 页。

② 同上。

③ 见[美]约翰·艾滋摩尔:《美国宪法的基督教背景:开国先父的信仰和选择》,李婉玲等译,北京:中央编译出版社,2011 年,第 4 页。

④ 同上。

⑤ 《剑桥美国文学史》第二卷,第 331 页。

得到了比在英国和其他欧洲国家更充分的发展，也为个人主义和民主制提供了赖以生长的条件。

第三，殖民拓荒时代形成的边疆个人主义是美国个人主义本土化的基础。

美洲大陆独特的社会形态和自然状况为个人主义的生长提供了充足的天然的条件。早期拓荒者来到北美大陆，面对如此广袤的土地和稀少的人烟，他们几乎是在一张白纸上书写自己的历史。在这块新大陆上，一个国家的历史好像是凭空产生的一样，社会发展必经的社会形态和发展阶段被大大省略，封建主义从未在这里出现，君权神授的概念从未得到承认。广袤的土地，优越的自然环境，为个人发展提供了充足的空间，个人以一己力量求生存和发展成为人们共同追求的目标。没有神圣权威的统治，没有主人、奴役和管辖，甚至没有足够威严强悍的政府，没有群体、村寨和家族聚居。美国早期殖民拓荒者在这块土地上，几乎是不受约束地运用一己之力为自己开创未来。这使得美国从诞生之初即有着其他文化传统所没有的可以开辟一个新世界的条件和机遇，也为个人主义的充分发育提供了在其他大陆和文化中所不具备的充足的条件和机会。

对殖民拓荒者而言，首要面对的不是社会，而是自然，他们必须白手起家，靠自己的力量解决生存问题，获得必要的生存条件。因此他们首先养成的是自力更生、不依赖他人、自主自立、冒险垦荒的精神，也养成了公平竞争、勤奋进取、个人奋斗的价值观。他们相信通过个人努力，就可以实现个人价值和理想。其次，他们远离社会，与自然斗争，逐渐形成了一套求生存、相互协助的规则，主张自助和助人，相信在助人中可获得自助。第三，由于他们远离社会，较少社会规范，也不希望更多来自社会和政府的束缚和干预，尽可能避免与政府打交道。而这又为民众自治、小政府大社会模式以及民主政治奠定了基础。美国的个人主义发展使美国出现了以社团为基础的个人联盟。如果说清教通过提升自我意识为个人主义在精神上提供了支持，那么，边疆个人主义则在实践中促成了个人主义的发展，并确立起务实肯干、讲求实效、简洁明了的美国风格。《美国人》一书中这样描写的他们的务实风格的形成："《圣经》正统观念的特点养成了他们讲求实际和不尚空想的心理。正是由于《圣经》已提供了天国的图景，他们的政治思想才没有转向勾画理想社会。……也许因为基本理论问题已经解决，清教徒才能把精力集中于人世的实际问题。"[①]因此,书中认为,清教徒的"乌托邦主义顶多是一种习惯法的乌托邦主义,它在于情势的类似,而不在于教条、原则和抽象观念。"[②]这也可用于解说美国理论和思辨哲学空缺的现象。在这之后,个人主义从欧洲转向北美大陆,开始在美国进入了新的发展阶段。

第四,民主制的建立为个人主义发展进一步开辟了广阔空间。

托克维尔在比较了贵族制国家与民主制国家的情况后敏锐地指出"个人主义是民主主义的产物"。他这样分析个人的出现:"随着身份日趋平等,大量的个人便出现了。这些人的财富和权利虽然不足以对其同胞的命运发生重大影响,但他们拥有或保有知识和才力,却可以满足自己的需要。这些人无所负于人,也可以说无所求于人。他们习惯于独立思考,认为自己的整个命运只操于自己手里。"[③]

美国历史发展的特殊性使"美国人所占的最大便宜,在于他们是没有经历民主革命而建立民主制度,以及他们是生下来就平等而不是后来才变成平等的。"[④]这就为美国民主制的建立和个人主义的发展提供了比其他国家便利得多的机遇和广阔天地,而这个民族对民主制的抉择又为个人主义充分发展开辟了无限可能。从因果条件上看,民主制和个人主义是相辅相成的。没有充分发展起来的个人也便不会有民主制的建立,反之,民主制的建立又为个人发展提供了前提。

1776年《独立宣言》发布,明确提出"人人生而平等"的主张,1787年宪法则从法律上将个人主义明确提出并确定下来。这些通过建国后几代人的努力,从最初华盛顿、约翰·亚当斯以及汉密尔顿等人对联邦政府和精英政治的强调,到杰斐逊提出民主自治,再到杰克逊进一步提高大众权利和大众意识,美国式的民主逐步确立起来,个人主义进一步成为美国价值的中心。美国的个人主义在两百年中经历了欧洲传统、清教教义、开疆拓土、殖民自治、独立战争、宪法及一系列修正法案的确立、杰斐逊民主启蒙时期、杰克逊大众实践等,到了爱默生这里,把它提炼为一种民族的文化精神已经是水到渠成。

---

① [美]丹尼尔·J·布尔斯廷:《美国人——殖民地历程》,时殷弘等译,上海:上海译文出版社,2009年,第31页。

② 同上。

③ 托克维尔:《论美国的民主》下卷,第629页。

④ 同上。

个人主义在美国不是作为以个人为中心的意义发展起来的，而是将个人主义赋予了更多积极意义，将个体尊严、能力、价值发扬光大。美国个人主义包括这样一些含义：个人权利和自由；个人的独特性；个人发展，个人价值，自我实现；自我依靠；在个人与他人之间做到自利与利他的平衡；人人平等，公平竞争；个人自由与社会利益、政府管理之间的平衡。对于美国人来说，没有什么比追求个人的自由、价值更重要的事了。至少在个人主义形成的初始阶段，在美国历史诞生、民族形成和国家上升时期，这种个人主义发挥了深远的影响，可以说，没有个人主义，便没有美国社会，也没有美国文化，美国精神的特征将是另外一副样子。

二

1836年，就在法国青年托克维尔发表《美国的民主》上部的第二年，在美国波士顿的康科德，一小批文化精英组织起了“超验主义(*Transcendentalism*)俱乐部”。最初的十几名成员中有不少人都在美国文化发展史上留下了名字，除爱默生外，还有美国著名作家*H. D.*梭罗、霍桑，宗教哲学家钱宁，早期教育实验家阿尔科特，以及几位卓越的女性如*E.*皮博迪、*M.*富勒等。这场始于美国新英格兰地区的文化风潮持续了大约十年之久，引发了新英格兰文艺复兴运动，这是美国本土上第一场重要的文化运动。受其直接和间接影响，产生出一批具有世界声誉的作家。其中爱默生作为这一运动的实际领袖，其思想对美国本土文化的形成及美国精神的塑造起到了至关重要的作用。

超验主义者大都聚居在波士顿附近，其中男性大多毕业于哈佛大学或哈佛神学院，在当时美国建国之后、民族文化酝酿和形成之时，他们的出现，在美国文学史和文化史上构成了先驱性的群体。他们怀着对先进思想的渴望和改造社会的热情，探讨哲学，发表社会改造言论；他们尝试去创作诗歌、散文，以书信形式探讨文学问题；他们创办布鲁克农场进行乌托邦式的社会实践，他们兴办教育，进行教育改革；他们还大力倡导废奴主义，反对政府以任何强权形式干涉公民自由。尽管这一运动并未以成功收尾，但影响所至却波及一个民族的历史。这样形容并不为过。他们的形象在许多方面与当时年轻的美国的发展轨迹相吻合。他们身上所体现出的热情，他们所致力的乌托邦改革，及至他们的鲁莽、迷惑以及对个人意志的执拗的坚持等，无一不是正在成长中的年轻美国的写照。这种热情与传统新英格兰人的冷淡、自持、平和形成对比,预示着一种有别于传统特别是有别于欧洲传统的新的精神的形成,这一精神特别认真地、执著地在自我与社会之间,自我与宗教之间以及以个人为中心的唯心主义哲学视角与经验主义视角之间寻找身份定位。爱默生在系列演讲《当今的时代》(*The Present Age*,1939—1840)的序言中,曾经描述过超验主义群体,他说吸引并驱使他们的信念——个人即世界——"是一把过去从未出鞘的利剑,它将骨头与骨髓、灵魂与身体剥离,是啊,几乎是将人与自身剥离"①。他还说,就是这些年轻人所加入的团体也是全力倾注于个人的膨胀:"时代的联系是偶然的、短暂的;而分离却是固有的、永不休止的。"②这种顽强地寻求个人意义的愿望正是年轻的美国建构自身形象的一种写照。

超验主义是在美国本土文化建立之时应运而生的一场文化运动,它兼具欧洲文艺复兴文化繁荣的气象和启蒙时代对社会和民众的精神引导作用。在当时,超验主义者们所能借鉴的更多的还是欧洲文化,他们试图用舶来的欧洲文化指导自己的思想。"当时的超验主义者自信是输送欧洲革命思想的管道,他们所输送的革命思想将打破褊狭文化的最后几块浮冰,他们自信还是精神生活的革新者。这种激越的感染力在爱默生的小书中最为突出……"③

作家 E. E. 黑尔(*Edward Everett Hale*,1822—1909)在回顾 19 世纪 20 年代哈佛大学神学院的气氛时这样描述道:

> 一种热切的热望,在当时加快了所有曾在较为自由的宗教学校中受过训练的新英格兰年轻人的生活步伐。……英国掀起了广受欢迎的传播有用知识的浪潮,并开始了被称作"知识进军"的运动。德语学习是一门全新的学科,德国的大作家们用他们崭新的力量和伴随一种发现的独特的诱惑力影响着我们年轻学生的思想。而对于那些不阅读德语作品的学生,则有柯勒律治为他们打开更为广阔的哲学之门。④

这不仅是对当时美国年轻学子所处的文化氛围的写照,实际上,爱默生也是这一环境的典型受益者。爱默生早年即大量阅读欧洲哲

---

① 转引自《剑桥美国文学史》第二卷,第 333 页。

② 同上。

③ 同上书,第 378 页。

④ 同上书,第 350 页。

学，对柏拉图、康德等人的著作十分迷恋。“超验”一词即来自康德。爱默生三次游历欧洲，与英国浪漫主义诗人柯勒律治、卡莱尔等人结下友情，尤其与卡莱尔保持了长期的通信往来。当时，卡莱尔的充满激情与机智的散文在波士顿报纸上广受好评。不仅如此，爱默生还是当时为数不多的对东方哲学颇有兴趣的人，在爱默生关于人与宇宙自然的关系的思考中，我们可以看到明显的东方思维和大量东方文化的色彩。

在爱默生思想中，德国古典哲学，英国浪漫主义，清教和东方哲学构成了滋养、塑造他的思想的几个主要部分，这也是他的“超验主义”哲学形成的几个主要思想来源。

康德在其《纯粹理性批判》中提出了“先验的”一词。他认为，人类认知事物的能力是有限的，人类只能认识事物的现象，却不能认识“自在之物”本身。他用“先验的”一词来指那些非人类感觉经验的东西，先验的尽管超于经验的，却可以作用于经验所触及的思想认识。康德认为，人类认知能力是无法达到经验之外的领域的，以此判断为前提，他提出了对道德王国和人类审美力的划分。康德所代表的德国古典哲学思想在辗转流入美国时，又经过了英国哲学和浪漫主义的浸染。爱默生和超验主义者们对康德的接受在很大程度上都经过了浪漫派诗人的洗礼。英国浪漫派诗人华兹华斯、柯勒律治等人，都曾深受康德或谢林的影响。柯勒律治的《反思指南》一书于 1829 年在美国出版时，对超验主义思想的形成影响很大。欧洲浪漫主义者几乎无一例外秉持“返回自然”的观点，同时主张将科学认知与感性直觉区分开来。这些无不对爱默生产生了深刻影响。与康德的“超验”略有不同的是，康德以“超验”来说明人类经验认知的局限，而超验主义者则更倾向于以对经验世界的超越而向心灵的直觉、宇宙自然的神秘和宗教情愫靠拢。

除此之外，宗教中关于人与上帝相联接的观念无疑也影响了爱默生的宇宙观。清教徒们相信，宇宙是一个和谐有序的链条，这一链条将所有生灵串联在一起，而在链条的最上端就是上帝。我们可以在爱默生的超验主义思想中找到这种上帝与生灵相联接的痕迹。在爱默生思想中，超灵即宇宙大的灵魂，上帝之爱与力量是串联起整个宇宙秩序和万物生灵的链条，在上帝的慈爱的力量中，人与世界万物和谐相处，共同融入上帝的无边的爱中。

而人与世界的和谐观和顿悟式的直觉体验则是东方哲学的基本要义。爱默生对东方文化一直非常关注。超验主义者中有许多人爱好东方文化。他们不仅致力于传播欧洲思想，也译介东方文献，如中国的《四书》,印度的《吠陀》等,其中一些作品是第一次被介绍给本国读者。这种做法使爱默生和超验主义团体在思想眼界上不仅局限于西方文化,爱默生思想中的许多元素都有显而易见的东方思想的影子。

超验之提出,思考的是人的来源和存在,人在宇宙中的地位,人与宇宙的关系等哲学基本性的问题。对这些基本问题的思考和视角决定了哲学的基本倾向。从爱默生所汲取的思想养分来看,这些思想无一例外不强调对经验世界的超越和心灵的直觉,主张人与宇宙、心与物的融合而绝非是人与宇宙、心与物的对立,这就无怪乎爱默生在提及自己思想时,开宗明义即表明自己的思想是唯心主义的。他又在下面的一段话中进一步阐释他的唯心主义哲学立场:"精神不是从外部即不是从空间和时间上对我们起作用,而是从精神上或者说是通过我们自身起作用;因此,精神,亦即最高存在,并不是将自然建筑在我们的周围,而是通过我们生出自然,就如树的生命通过旧枝旧叶的小孔生出新的枝叶一样。"①

而思想的唯心主义倾向与浪漫主义、理想主义,与宗教乃至东方哲学无不有着深切的联系。这就使得这场美国本土上发生的第一次文学和思想运动带有浓郁的浪漫主义和理想主义色彩,有着与美国日后的文化发展多有不同的特质。在"最不注重哲学"(托克维尔语)或者说注重实用主义哲学的美国,超验主义的这些特质显得是那么与众不同,那么浪漫多姿,那么的不美国化。爱默生对其唯心主义立场的着重强调,有着当时的文化原因:首先,超验主义者大都有神学出身的背景,他们中有些人当过牧师,后来又辞去牧师一职,爱默生自己的经历就很典型。清教于美国文化尤其是美国早期文化的影响深刻而持久,几乎成为许多美国人身上天然的烙印。其次,在美国发展上升时期出现的物质主义、商业主义,早已引起超验主义者的不满。美国文化中务实简单的特征,似乎更需要一种灵动的因素去调剂。爱默生试图以欧洲文化养分来灌溉和促成美国民族文化的生成,这种欧洲文化的养分,这种掺杂了大量浪漫主义和理想主义的作法在一定程度上是对美国哲学中的实用主义倾向和思想构成格局的单一性、同一性的一种打破,一种补偿和平衡。

当爱默生在 1833 年的欧洲之行期间参观巴黎植物园时,他领悟

① 转引自《剑桥美国文学史》第二卷,第 380 页。

到人与自然之间存在着的奇妙的"对应"关系。这种对应充满了奇异，令人着迷。在《论自然》中，他谈到自然万物之间息息相关的同一性使人与万物可以融合为一："事物总是如此紧密地相互关联，以致根据眼睛目视的技能，从任何一种物体中，我们都可以预言另一种物体的成分或性质。……这种同一性使所有一切合而为一，把我们在通常意义上的巨大差距化为乌有。"[①]在《论自然》中那段著名的"透明的眼球"一段中，爱默生这样写道："站在空旷的土地上——我的头沐浴在欢快的空气中，并向着无限的空间上升——一切卑琐的自我都消失逃遁了。我变成了一只透明的眼球，我什么都不是，却又洞悉一切，那生生不息的宇宙存在之流通过我流动往复，我成为上帝的一部分或一份子。"[②]这段文字宛若出自一个初生于世的新人打量世界的目光，他对宇宙自然充满惊奇，对作为个体的自我身处其中充满无限欣喜。

然而在《散文集》第二辑的《自然》一文中，他又这样写道："由于我们愚蠢和自私的过错，我们仰慕自然；但当我们从中恢复健康和纯洁之后，自然仰慕我们。"[③]尽管爱默生一直承认自然的伟大，也没有回避人在自然面前的谦卑，但是，对于人是宇宙精神的中心，万物从人心中发散在宇宙中的想法又总是在这一谦卑态度之后不可抑制地冒出来，"不管人类与自然世界的巨大力量相比显得如何无能，在'所见之轴'与'事物之轴'相遇时的那些孤立时刻中，他们仍然感觉无所不能。这样的力量注入在《论自然》中，并且洋溢在作品的各处。"[④]

爱默生对自然的态度似乎总是摇摆在一会儿是自然的中心、万物的法度，一会儿又是大自然最谦卑的小学生和最忠实的拥趸的角色之间。一会儿他是宇宙的中心，万物的灵长，一会儿他又是宇宙之一分子，与万物合为一体；一会儿他有着启蒙主义者的强大的意志，一会儿他又有着浪漫主义者的纯美的理想；一会儿他有着东方式的对自然的从容不迫的顺遂，一会儿他又以年轻人的热情去拥抱自然，驾驭自然。在爱默生的自然思想中，关于新生的自我的强烈意识，关于个人在宇宙中的地位的思考，几乎是不可遏制地涌现出来，贯穿于其思想中。

---

① Emerson: *Essays: Second Series*, from *Ralph Waldo Emerson: Essays & Lectures*, N. Y.: Literary Classics of the United States, Inc., 1983, p. 548.

② Emerson: *Nature*, from *Ralph Waldo Emerson: Essays & Lectures*, p. 10.

③ Emerson: *Essays: Second Series*, from *Ralph Waldo Emerson: Essays & Lectures*, p. 546.

④ 《剑桥美国文学史》第二卷，第379页。

因此，爱默生有关自我的论述与其说是个人主义的，毋宁说在最初意义上是对生命的惊奇和赞美，对个体力量的弘扬，而这种极力扩张的个人主义却又总是与自然不离不弃地交织在一起、作为自然和上帝的一份子而存在。个人灵魂与宇宙超灵的完美融合，是爱默生思想中深受浪漫主义、德国古典哲学、东方哲学和清教影响的一部分，也是爱默生思想中最富灵性、最为神秘动人之处。显然，爱默生的个人不是一个脱离了自然的自私的个体，而是一个永远作为自然一份子而存在的有所依傍的"小我"的个人。但是，这个在自然和上帝的慈爱中谦卑存在的小我的个人，却并没有沿着东方哲学的融合平和的道路前进，而是更像拉伯雷的巨人一样不断崛起壮大。这种对生命个体的推崇更多接近文艺复兴时代对人性的肯定和欧洲浪漫主义生命观。在爱默生充满热情的思想中，在关于人的自由和蕴藏在自身中的力量、灵魂对自然的直觉体验、个体的神圣和价值等表述中，我们可以随处发现这种血缘极为相近的变体。尽管他披上了个人与自然融合在一起的外衣，但这种融合绝不止是东方式的，更是浪漫主义的。在骨子里，这仍是一个西方文化所生成的宇宙之中心、万物之灵长的个人，不仅如此，他将在美洲大陆这块土地上成长得更为壮大。

爱默生思想与其说是唯心主义的，不如说是对自我的最大弘扬，是将自我上升到本体的高度，上升到宇宙中心，上升到一切的源头和法则。这种对自我的提升与其说是一种看世界的哲学视角，不如说是一个新生民族和国家对自我认识的需求。他感到了自身正在生长、酝酿中的蓬勃的力量，他渴望生长，渴望这种力量，这种力量将有助于他实现对上帝的承诺，实现他最初的公理主义社会的理想。这种对个人的极力弘扬其后又影响到尼采，成为超人的滋养成分。

如果我们考察美国民族性格和美国精神，就会发现这种个人主义特征是如何广泛而强烈地存在于美国民众生活的各个环节，也正因为此，爱默生思想通过美国文化精神渗透进每一个美国人的内心中，并通过这些美国人形成美国的民族性格。爱默生的个人主义不仅是文学和思想上的，也是国家文化和核心价值层面的；不仅是文学上的表述，也是哲学上的观念；不仅是浪漫主义唯心主义的，也是实干精神的典型；不仅是性善论基础上的乐观意愿，也是构建民族精神的强烈的社会意识。爱默生对个人的弘扬，如果从哲学角度看，亦可看作对主体的弘扬，这是一个刚刚诞生的民族对自我身份的确认需要在哲学和文化上的反映。也正因这样，对个人的确立亦即通过对个体小我的确立来达到对国家的自我、民族的自我的确立。

正因为这样,爱默生的个人主义在个人的彰显的背后总是有另一根与之紧紧缠绕在一起的线索,即一个民族的崛起、上升,这成为爱默生所思考的一切问题的基本标准。无论爱默生是否能够意识到他的思想在后来美国文化发展上发挥了了多么重要的影响,至少在当时,他为建立美国民族文化而努力的雄心是明确的。在《美国学者》一文中,爱默生大声疾呼要建立美国自己的文化:"我们依傍他人的日子,我们长久以来师从他国学艺的学徒期已经到头了。在我们周围,百万民众正在奔涌向生活的洪流,他们不能永远依靠从国外收获的那些残羹败食来供养自己的心灵。"①这是当时回响在爱默生那一代人心中的主旋律,"响彻于这一时期的文学中的国家主义高音调,要算最为密切地符合这个时代的强烈要求了。……这个时代的所有美国作家都意识到了这个音调的现实意义和它的号召力——甚至那些企图把欧洲文化工具应用于他们的文化活动的作家也不例外。"②

因此,爱默生的个人主义便有了如下特点:人与宇宙关系上的浪漫主义色彩,个人之于宇宙中心地位的巨人形象,对自我的高度肯定,理想主义,乐观进取精神,富有力量以及热情的青春气息。爱默生的个人主义是一种理想主义的、年轻态的、生机勃勃的、乐观向上的个人主义,宛如一个正在成长中的青年,他的生命力满溢而不可遏制,他感到整个宇宙充盈心间,自己的心与宇宙之心连接为一,他满怀拥抱世界的热情,自主自信的精神,他是富有豪情和勇气的,这个正在成长中的青年充满对未来的期盼和意欲征服世界来证明自己的热望。这一形象正好迎合了年轻的美利坚合众国在上升时期的全部热情和野心,以及对建立一种积极的国家形象的期望。

因此,爱默生的思想就兼具解放思想,繁荣民族文化,领导主流价值观念以及确立美国本土文化的意义。通过对美国精神中的最根本的特点:个人主义从思想上给予了阐发、肯定、弘扬,从思想和学理上确立了个人主义的至高地位和价值,从而完成了从文化上确立个人主义的工作,与清教中对个人的重视、美国开拓疆土时期的个人奋斗,独

---

① Emerson: *The American Scholar*, from *Ralph Waldo Emerson: Essays & Lectures*, p. 53.

② [美]查尔斯·A·比尔德,玛丽·R·比尔德:《美国文明的兴起》上卷,许亚芬译,北京:商务印书馆,2010年,第801—802页。

立宣言中对个人自由、"人人平等"和"天赋人权"的政治肯定,美国宪法中对个人权利、个人幸福权利和个人财产的法律确立一道,完成了个人主义在美国的确立,从而完成了对美国文化和美国精神的奠基工作。美国二百多年的历史正是一个不断确立、完善、发展、实践、光大个人主义的历史。《美国哲学史》这样评价超验主义:"从社会政治方面看,可以把先验论(即超验主义——作者注)说成是一种个人主义的和民主的哲学,因为他强调个人的地位和作用,强调个人的民主权利。"①

爱默生个人主义思想在个人主义概念的发展中具有承上启下的作用。一方面,他在思想上对从殖民地时期开始发展起来的美国个人主义进行了总结,使个人主义以文化的形式明确下来,成为美国文化的核心价值观和美国精神的基本特征。另一方面,以文化形式明确下来的个人主义又通过文化的方式得到弘扬。爱默生的思想在许多方面对美国文化都有着开山之功,爱默生之后的美国文化长期浸润在他的思想中。美国学者这样评价爱默生:"面对美国文化意味着让自己去感受一种单薄却又强大的存在:一团迷雾,一片云,一种气候。我称之为爱默生现象,这种表述可能不够准确,但却可以引领我们进入到这个民族历程中最重要的精神中。"②约翰·杰·查普曼③在《爱默生和其他散文》中说过:"他帮助我释放了属于自我的某种东西,这使我认为自己像任何人一样优秀。"④霍姆兹法官在晚年时说:"我年轻时最能激发我灵感的人当属爱默生。"⑤

在爱默生轻灵的"超验"哲学和建构美国民族文化的雄心之外,还要看到,爱默生式的个人主义是一种乐观的个人主义,宣扬的是一种积极向上、富于进取、充满力量的个人精神,表达的是一个正在上升时期的民族的满溢的自信和干劲。值得注意的是,爱默生的个人主义建立在这样一种前提下:他认为人性是可以至臻完善的,个人可以通过

---

① 涂纪亮:《美国哲学史》(上),武汉:武汉大学出版社,2007年,第236页。

② Irving Howe: *The American Newness: Culture and Politics in the Age of Emerson*, MA: Harvard University Press, 1986, Preface.

③ 约翰·杰·查普曼(John Jay Chapman, 1862—1933),美国作家,著有《爱默生和其他散文》、《歌与诗》、《莎士比亚一瞥》等。

④ 转引自林语堂:《美国的智慧》,刘启升译,西安:陕西师范大学出版社,2007年,第25页。

⑤ 同上。

努力和修养来实现自我生命的提升。这便形成了一种对个人力量充满渴望、憧憬和自信的乐观精神，这种美国式的乐观和自信在惠特曼的诗中表达得最为彻底和典型。这一信念出自清教传统中人性可以臻达完善的观点，也来自开疆拓土时代的个人英雄主义，并在其后愈来愈演变为美国式的领导和拯救世界的雄心壮志。这是爱默生个人主义思想的基调。

爱默生的父亲在当时属于被称为"一位论"派的教派，而"一位论派让人看到了一个开明的、包容的基督教，一个关注理想世界、给人激励与慰藉的基督教。"[①]同样，子承父业的爱默生从哈佛神学院毕业后，最初也是以牧师身份开始其职业生涯的。神学不仅在殖民地时期和美国建国之初扮演至关重要的角色，在爱默生思想历程中也同样意义非常。

黑尔在回忆中也曾谈到宗教对人性的乐观态度："那群围绕在钱宁博士[②]身边的领袖人物，与他一起永远挣脱了加尔文神学的桎梏。这些年轻人所受到的训练就是要让他们认识到，人性并没有完全堕落。他们所得到的教育是，没有什么东西是人性所不能办到的。"[③]

而随着历史发展，这种年轻的乐观的个人主义逐渐显露出由于它过于乐观和自信所带来的价值困惑。人的本性是否一定是善的？这种善的本性是为所有人具有，还是只是部分人具有？人是否可以通过自身努力使人性达到完善？人性中的善是否一定会朝着完美的方向发展？人性中的善是孤立、纯粹的还是总是与社会和历史联系在一起的？人性中的善是绝对的还是在不同情境下有其相对性和可转换性？

美国发展的历史就如同一个青年成长的历史，新生，年轻，富有朝气，充满进取精神，而美国的雄心、野心和自信心也如同一个人强烈的自我意识的释放过程，这种释放和张扬的自我意识便是美国精神的核心——个人主义。没有这种个人主义，便没有今天的美国和美国文化。如果说这种个人主义是存在于美国人心中的普遍的信念，那么，每一个人的信念便构成了国家和民族的信念，并以国家和民族的面目出现，那种通过国家形象而表现出来的个人主义精神，也许我们可以

---

① 《剑桥美国文学史》第二卷，第331页。

② 威廉·艾勒里·钱宁（William Ellery Channing，1780—1842），美国波士顿公理教会牧师，超验主义思想的先驱性人物，被称为"伟大的唤醒者"，其思想对爱默生影响很大。

③ 《剑桥美国文学史》第二卷，第350页。

称之为"国家个人主义"。当个人主义演变为"国家个人主义",当个人主义以国家、民族的面目出场,当个主义与"天定命运"的神圣光环相遇时,个人主义精神的实质是否还如当初?

英国的文学知识分子与英国社会,1870—1914

萧 莎

1870 年在英国历史上是一个重要的年份。

这一年 6 月,一代文豪查尔斯·狄更斯去世。这位小说家兼社会批评家的离世,不仅意味着维多利亚时代失去了代言人,也标志着 19 世纪英国现实主义小说创作告别巅峰阶段。当天,《纽约时报》的讣告说:"查尔斯·狄更斯先生的逝世,给英国文学留下一道巨大的沟壑,任何其他人去世造成的损失,都无法与之比拟。"次日,登载于《泰晤士报》的讣告写道:"政客、科学家、慈善家去世,不会留下狄更斯之死造成的空白;他们可以赢得人类的尊敬,可能在权势、荣耀和财富中度过一生,他们可能生活在成千上万朋友的拥簇之中,然而,不管他们的地位、才能或做出的公共事业如何显赫,他们不可能像我们伟大而亲切的小说家一样,成为我们每家每户的贴心人。"两则讣告仿佛预言。狄更斯以后,英语世界的确再也没有产生过具有如此广泛的社会影响力的文学家。

然而,狄更斯虽已去,他在小说里严厉抨击的各种制度却开始发生变化,他所期盼的各项改革正悄然降临。1870 年,英国开始施行《初等教育法》。在此以前,英国初等教育主要由社会捐资支持,受到以教派为基础的各种教会组织控制,国家基本不插手不过问。以社会办学为主的教育制度的弊端显而易见:教育质量参差不齐,没有保障;宗教纷争卷入教育,儿童常因家庭信仰与学校教派不合而失学。正是由于这一原因,即使在 1833 年第一个《教育法》实施以后,英国小学每年获得政府两万英镑的拨款资助,因各种原因不能上学的适龄儿童仍然高达总数的一半。[①] 1870 年的《初等教育法》,不仅规定国家继续拨款补助教育,并在缺少学校的地区设置公立学校;最重要的是,它第一次规

① 钱乘旦、许洁明:《英国通史》,上海:上海社会科学院出版社,2007 年,第 269 页。

定5—12岁的儿童必须接受义务教育,而且,教育管理以学区为单位,由选举产生的教务委员会负责监督本学区的教育工作。虽然法令承认以前各派教会兴办的学校为国家教育机构,但是,学校的普通教育与宗教分离,凡接受公款资助的学校不得强迫学生上特定的宗教课。初等教育国家化、统一化,使英国国民教育走上正轨。

可以想象,《初等教育法》是狄更斯乐见其成的。其社会意义,至少有三层。第一层,有了法律保障,他笔下的儿童不必再去工厂当童工,孩子们都能进学校读书,这无疑最能告慰这位童年时代身心饱受创伤的小说家。第二层,大众识字会算有技能,乃英国这个工商业国家之福,因为可靠的人力资源是国家竞争力的最终保证。第三层,1867年通过的第二次议会改革方案,将选举权扩大到工人阶级主体,教育是提高选民素质的关键途径,可以帮助他们有效地承担选举的权利和义务。通过投票为自己阶层选取代理人,进而通过议会立法程序为自身争取各种利益,这不单有利于劳工阶层;从长远看,英国从农业社会向工业社会平稳转型,没有发生剧烈动荡,各阶层之间没有发生激烈冲突付出巨大代价,都有赖于政治改革以及普及国民教育带来的理性精神。

如果说,《初等教育法》的颁布实施,意味着英国开始倾国家之力有意识地打造国民素质,形塑基层面貌,那么同一年正式确立的以公开竞考作为录用标准的文官制,则是上层行政机构的一次重大改革。文官制,将完成事务性工作的公务员与竞选获胜组成内阁的政务官员分开;前者为永久性职务,不随执政政党更迭而更换。新的文官制度,一方面为在公开考核中胜出的人选提供终身工作及福利保障,另一方面,它包含的严格的考试制度、晋升制度、职业道德要求、纪律要求,杜绝了以往的政治分赃、官职买卖现象,不但保证了公务员系统的廉洁高效,也使政策执行有了长期性和连续性。

1870年,行政改革、教育改革如火如荼,此外,还有一项影响深远的法案,《已婚妇女财产法》在这一年得到通过。根据英国的法律,已婚妇女的法定角色为"有夫之妇"(*feme covert*),即从属于丈夫。一旦结婚,夫妇二人在法律意义上合为一人,妻子的财产交给丈夫,她的法律身份不再独立存在。妻子在婚后获得的任何个人财产,不管是工作的薪金、投资的收入、获得的赠与还是取得的遗产,只要没有明确指明为她单独所有,全部会自动转移到丈夫名下。而且,不经丈夫同意,已婚妇女无权拟定遗嘱或处分财产。如果婚姻破裂,不管起因在男方还是女方,女方通常会失去婚姻内的财产,一无所有地出户。女性在继承遗产上也常常受限制。一般情况是,家庭里的男性成员继承土地之类的不动产,女性继承衣服、珠宝、家具一类的动产。正因为如此,当父亲的意识到女儿未来可能面临的悲惨境遇,往往给女儿准备一笔陪嫁,或者在婚前合约里给女儿预留一定数量的零花钱,或者指定一块产业给她单独使用,以保证女儿不依靠丈夫也有自己的收入。

与已婚妇女相反,一生未婚的女子或守寡的妇女却拥有财产支配权和继承权,可以拥有土地、随意处分财产。这也就是说,妇女一旦结婚,她要重新取得财产支配权,只能等到丈夫去世。

男女财产权不公正的状态存续数百年,在1870年发生了改变。当年通过的《已婚妇女财产法》规定,已婚妇女通过自己劳动挣得的收入归她自己支配。该法案在后来得到修订,直到已婚女性获得完整的全部的财产支配权。

1870年通过的几个法案,预示着新的时代潮流和精神特质正扎根于英国社会。其一是应工业革命而生的下层中产阶级、工人阶级成为握有投票权的政治力量,政治民主时代降临;其二是英国原有的农业社会让位于城市化框架,竞争伦理正自上而下涤荡各阶层,原本相对稳固的社会结构具有了流动性,教育取代出身成为取得社会地位的主要手段;其三,女性争取与男性平等权利的斗争取得初步成效,女性的社会角色有了独立财产权作为立足的基础。

任何社会进步都不可能凭空而来。1870年成为英国收获社会改革成果的一个标本性年份,是各种社会力量和思想观念长时间斗争、博弈、妥协的结果。英国社会向现代化、城市化、平权化、福利化转型的斗争—革新潮流,往前追溯,至少可以回溯到19世纪初的反谷物法运动①。而它最终通过立法——一是《国民保险法》,二是《国民医疗服务法》,为全体国民提供保障,解决所有人的基本生存问题,则是二战前后的功绩。

---

① 谷物法是一个古老的法律,中世纪就已存在,但1815年以后成为重大政治问题。拿破仑战争时,物价上涨,谷物价格上升,这使农业经营利润很大,由此也刺激土地所有者开发贫瘠土地,加大粮食生产投资以赚取利润。随着战争结束,粮食价格回落,不仅农业经营追加的投资收不回,原来的农业收入都无法维持,给土地所有者造成巨大损失。于是,1815年,议会通过一项谷物法,规定小麦价格未达到每夸特80先令时,不准进口外国粮食。这一人为把粮食价格维持在较高水平的法令,显然维护的是地主阶级、农业经营者的利益,损害的是从自由贸易、工业加工中获利的工业资本家和商业经营者。

然而,“进步”只是故事的一个方面。19 世纪 70 年代开始,英国逐渐失去它在工业方面的世界垄断地位,其经济力量与竞争对手德国、美国相比走向衰退。与此同时,英帝国在不断扩张近一百年之后,在 19 世纪末陷入布尔战争,继而卷入第一次世界大战,最终在 20 世纪上半叶目睹其殖民地纷纷组建成独立的民族国家,英帝国化解为英联邦。关于英国的没落,英国历史学家科雷利·巴内特在 1975 年撰文说,“英国病”,是一个可追溯到一个世纪前就开始的现象,[①]这一病症,根植于英国的社会结构和社会心态。伦敦经济学院的校长拉尔夫·达尔伦多夫也指出,英国的经济表现与它的文化价值观息息相关。[②]

综上,我们不免要问几个重要问题:英国社会这场漫长的转型是怎么发生的?英国知识界在其中扮演了什么样的角色?所谓的社会进步从来不是一个单向的潮流。在此过程中,总会有个人、群体和利益为它让路,并付出巨大代价。特别是,社会物质形态发生改变,社会心灵必然是变化的先行者。在一个变革的时代,人类精神世界会面临怎样的两难、苦痛、创伤?英帝国的扩张和衰退,又伴随着英国文学知识分子怎样的精神历程和思考?上述种种,无疑是值得研究的。因为对于后来人,尤其是正在经历现代化变革的中国人而言,前人的经历总是有启发和益处的。我们选取 1870—1918 年这个阶段作为研究对象,应该说,正好聚焦于英国社会转型的急剧变革期。

福音主义与中产阶级道德观

有人如此描述 19 世纪的英国:“可能除了 17 世纪和 12 世纪,再没有哪个时代像 19 世纪这样,宗教问题在国家生活中占据如此重大的分量,以宗教名义说话的人企图行使如此巨大的权力。”[③]在当代西方,政教分离得十分彻底,宗教事件一般不会归入时代思潮。然而,在 19 世纪,宗教事件是英国文化结构不可分割的一部分。英国人在基督教教义所主导的文化环境中长大的。圣经除了给他们打下一般性的语言文学基础,还给他们讲述了宇宙起源、古代历史,尤为重要的是,

---

① 转引自 Martin J. Wiener, *English Culture and the Decline of the Industrial Spirit*, 1850—1980, Cambridge University Press, 1982, p. 3.

② 同上书, p. 4.

③ Kitson Clark, The Making of Victorian England, 1962, p. 20.

给他们确立基本的道德观、人生观，决定他们对生命本质和生命意义的看法。因此，当科学知识和观念风暴随着19世纪席卷而来，冲击他们一直坚信不疑的东西的时候，他们会极为痛苦。

回顾起来，19世纪，英国精神领域发生的最重要的变化，应该算是宗教权威的衰落。但衰落一词，远远不足以描绘信仰世界的复杂格局与起伏变迁。英国的基督教信仰在这百年间也经历了扩展和振兴，它与世俗世界之间的互相滋养和互相影响是前所未见的。其中，对英国社会影响最为深远的宗教运动就是福音主义运动；该教派，也被称作福音教派。

福音教派是带着复兴英国国教的荣耀这一使命诞生的。自伊丽莎白一世时代起，英国国教（圣公会）一直努力强调其介乎于罗马天主教和清教之间的定位；不管是教义还是宗教仪式，均以中庸、温和为要旨。这一传统，促使在宗教事务上采取开明包容态度的自由派（*Latitudinarian*）成为18世纪英国国教主流。在英国，国教又是绅士的宗教。国教主教们与贵族阶层关系密切，他们要么来自贵族家庭，要么由贵族的委任，要么与贵族结有姻亲关系。自由主义神学与英国特色的教会制度相结合结出的果实，是教会世俗化、利益集团化以及难以自我纠正的散漫、腐败。在英国国教内，教会上下大多是具有世俗趣味的教士，他们受基督教精神影响甚少。同时，由于教士的圣俸全部由地产所有者提供，他们在政治经济利益上依附于土地贵族，因此，可想而知，在政治层面，他们是托利党的坚定支持者。

英国国教教会陷入堕落和腐败，有人站出来，试图重建教会的信仰标准和道德标准，以复兴教会的声望。这支被称作"恢复基督教体面的突击队"[①]，就是福音教派。福音派（*Evangelical*）字面意义是"从属于福音书"。他们作为17世纪清教徒的精神继承人，相信人类有堕落的天性，需要基督拯救。而个人要获得拯救，教阶制度和宗教仪式不重要，重要的是个人的皈依。首先，个人要通过情感和想象理解福音书的精髓，即基督牺牲自己，使人类得救。其次，圣经和历史是上帝的精心安排。特别是圣经，其每一个字都是准确无误真实可靠的记载，是一个提供真理的权威文本，个人的宗教生活和道德生活必须以此为依归、为指导。

---

① "storm troopers of Christian decency" [Foster, *An Errand of Mercy*, 30].

福音派的道德要求,不仅针对个人思想言行的修养,还包括个人对他人、对社会的奉献。他们主张,信徒的精神觉悟必须通过为他人服务来证明和保持。服务主要体现为慈善和公益活动。他们为穷人开办慈善学校,帮助中下层人改善生存技能、改变生活习惯、提高精神修养。同时,他们出版书籍,[①]旨在劝说中上层提升信仰和道德意识,使之与他们的信仰宣言相吻合。

本质上,福音派的宗教观念重视想象、热情和情感,富于浪漫主义色彩,与自由派重视理解、宽容的理性主义精神有很大的差异。福音派强调个人的全情投入和虔信,在道德品行上提出了严格自律的要求,这是硬币的一面;但另一面,他们自我意识强烈,总是以真理在握者自居,富于宣教热情,因而对异己力量的容忍度有限。福音派积极入世,热心于各种公共事务和社会事业;在信仰上的高度自信,使他们倾向于把社会压力乃至迫害视为对自身圣洁性的证明和考验,因此,他们总是敢于为那些受打压的事业说话,敢于支持政治上的反对派、社会上的底层人或边缘人而无所畏惧。然而,另一方面,他们致力于建立一个理想化的基督教社会,这本身对于不认同他们理想的人,又构成了新的压迫。

英国国教中的福音教派在1789—1850年达到鼎盛。但它的重要性主要体现在英国文化史中,在于它参与塑造的英国中产阶级气质,在于它所营造的延续至19世纪末年的全民道德氛围。[②] 福音主义立足于个人的"内心生活",相信个人的能动性能传导至整个社会,从而能够重整国家教会的面貌。福音主义的思想出发点在圣经,着力区域在世俗生活方式,因此,事实上,它的影响远远超出了宗教领域。福音主义从一种宗教意识形态扩展为社会意识形态,主导英国生活的许多方面。我们今天称之为"维多利亚精神"(*Victorianism*)的种种政治立场、社会价值、文学观念、艺术态度,许多都源自福音教派。可以说,福音主义在英格兰民族性格上打下烙印,同时又给19世纪的英国文学和知识圈留下影响深远的难题。

---

① 典型著述是 Wilberforce 的 *A Practical View of the Prevailing Religious System of Professed Christians in the Higher and Middle Classes in this Country Contrasted with Real Christianity*,出版于1797年,异常畅销,一再重印。

② Richard D. Altick, *Victorian People and Ideas*, W. W. Norton & Company, 1973, pp. 167—168.

在维多利亚时代的小说中,我们最常见到这样一类人物:他们平时是精明能干、认真敬业的商人、律师、小店主,到了星期天便准时上教堂,虔诚接受圣经的洗礼和教诲。他们就是典型的福音教派中产阶级形象。维多利亚时代的人们自信乐观,相信自己有能力建成一个比以往更富裕更舒适的社会,这无疑在很大程度上要归功于福音派信念所生发出的精神能量——如果人通过努力(虔信)能够拯救自己的灵魂,还有什么目标是无法企及的呢?

勤勉工作、节俭克己、忠于职守,这些都是福音主义推崇的道德规范。福音派中产阶级视为理想的品质是可敬、严肃、认真。福音主义把个人良知放在高于神学教条的地位,从而弥补了自由放任经济政策可能带来的唯利是图之弊。虽然维多利亚时代的法律漏洞比比皆是,生意人面临的诱惑颇多,然而,英国商业道德的整体水平一直保持在较高水准。在法律缺失的环境下,福音派的教条起到了很好的引导作用。

福音派相信公德是以私德为基础的。社会健全的前提是每个社会成员精神健全。为了拯救众生的灵魂,他们极力要把他们认为正确的生活方式强加给整个社会。福音派最早发起也最旷日持久的净化灵魂运动是守安息日活动。为了把娱乐排除在安息日之外,他们给司法和立法机关施加压力,要求严格执行与此相关的法律,同时力争通过新法律以扩大原法律的涵盖面。他们极力反对酒吧、剧场以及其他娱乐场所在星期天营业。为了把劳作赶出安息日,他们支持立法禁止商店、邮局在星期天营业。最严格的福音派信徒不仅反对在安息日娱乐,他们对娱乐完全采取戒备的态度。

福音主义作为一股社会力量崛起之时,适逢英国因拿破仑战争与欧陆隔绝开,因此,它把道德操守与英国性联系在一起,强调"外国"的危险性。英国国教对天主教会的敌意强化的这一立场,由此,即便在英国与欧陆恢复正常交通以后,福音派仍然在鼓吹这种偏狭的岛国性。维多利亚时代的英国与此前的任何时代相比,其思想和文学受欧洲的影响要小得多,原因就在这里。

固执已见,强行将自己的观念和规范施加于所有人,缺乏宽容之心,这无疑是反理性的;鼓励岛国在观念上自我封闭、沾沾自喜于自己的优越性,这无疑是反智的。而福音主义的反智倾向还不止于此。严格的福音派信徒的读物,多数与文学艺术无关。小说则基本上是禁书,因为在虔诚的教徒看来,小说刺激想象,使人对现实的认知偏离正确轨道。

小说家司各特和狄更斯的成功,改变了小说遭到彻底否定的立场。然而,福音派信徒唯恐易感的心灵被不纯洁的思想玷污的焦虑并未减轻。他们要求所有读物特别是妇孺可能接触的读物纯而又纯,语言和思想上不能有丝毫不当。这种伪道学,渗透到19世纪中后期方兴未艾的流动图书馆系统中,便形成了一种"图书馆道德标准"。因为图书馆产业所有人是否订购一种图书,是否允许它上架,在很大程度上决定了这本书在全国的口碑和市场销量,因此,出版行业便形成了一种业内的审查删改制度,以迎合这种标准。大文豪乔叟、莎士比亚遭到"清洗",只能发行"洁本"。维多利亚时代的著名诗人丁尼生、勃朗宁夫人、斯温伯恩,要么诗作遭到编辑的擅自删改,要么被退稿。萨克雷、乔治·艾略特等我们今日视为19世纪小说大家的人物,也频受刁难。托马斯·哈代宣布终止小说创作生涯,正是为了抗议他的作品所遭致的毁谤和查禁。

福音主义的反智倾向,不仅损害文学文化,束缚全民心智,最终也将精神灾难引向自身——当科学引发知识革命,撼动福音派中产阶级的信仰根基的时候,它完全无力应对。

信仰危机与达尔文主义

确切地说,19世纪的信仰危机,不能全部归结于自然科学新发现和达尔文的《物种起源》。德国语言学者和历史学家在圣经研究工作上的进展,他们所开创的圣经历史批评和经书文本考据,对圣经文本之神性的瓦解是致命的。不过,自然科学发展也好,历史考古成就也罢,都是科学精神和科学研究方法的产物。

赫胥黎在19世纪末这样总结道:

> 我认为,19世纪的主导特征是科学精神的快速成长,以及由此产生的行动——将科学研究方法应用于人们思考的所有问题上,以及相应的对传统观念的摒弃——抛弃那些证明无力担负上述研究的观念……科学精神之活跃,体现在每个思考和实践的领域中。①

---

① *Reform and Intellectual Debate in Victorian England*, eds., Barbara Dennis and David Skilton, Croom Helm, London, p. 8.

社会学家、费边社创始人之一贝阿特丽丝·韦伯也如此回顾19世纪末人们的心态：

> (19世纪)八九十年代，最具独创性、最有活力的人们是这样想的，只有凭借科学，只需要凭借科学，人类一切苦难最终会被一扫而光。①

正是以经验和事实证据为双足、以怀疑为动力的科学精神，把圣经研究本身变成了一门学科。19世纪的德国学者凭借语言和文献考据工作，依据历史发展观念，意识到神圣的经书文本同宗教传统和宗教制度、世俗传统和世俗制度一样，在漫长的传承过程中不断变化，最终它们的起源变得模糊不清，最初的意图遭到曲解。他们认为，旧约不是一套受神启而作、具有神性权威的经书，而是一堆混杂的人类文件，包括部落历史、家谱、法律文摘、情爱歌曲、传记和民间神话等；它相当于一座因偶然机缘被整合在一起的"希伯来民族图书馆"，在历史长河中被错误地赋予了神的权威。在流传到19世纪的过程中，这些文件的世俗出身和产生背景已被遗忘很久，因此，人们以为它每字每句完全属实的绝对信念是靠不住的。同理，福音书则由一个传记的若干不同版本组成，传主是一个名为耶稣的历史人物，早期的门徒认为他是上帝的儿子，是对弥赛亚预言的应验，因而赋予他施行奇迹的力量。简言之，在圣经批评家看来，新约是古希伯来-古罗马时期某个英雄崇拜阶段的记载。

不仅如此，新兴的地质学、古生物学也来挑战圣经对地球历史的简单记载。岩石层中发现的已灭绝生物的化石，证明地球上发生过洪水、地震、火山爆发等灾难。表面上看，这似乎支持圣经的描述，因为圣经也说过诺亚所遭遇的大洪水。但是，这里有一个巨大的难题：不同的化石物种所显示的不断变化的性质，说明它们是在前后不同时间灭绝的，间隔区间可能长达数十万乃至上百万年，而这一个间隔期就比公认的世界历史长许多倍。地质学家查尔斯·莱伊尔在《地质学原理》中提出了一个理论——均变说。他抛弃大灾难的假说，认为远古时代地质变化和19世纪地质变化的原因一样，那就是风和水缓慢却永不停息的运动、大块陆地的上升和下降。莱伊尔的新理论，同样需要将圣经记载的年表扩展成极长的时期，因为地质变化缓慢得无法察

---

① *The Modern Age*, ed., Boris Ford, Penguin Books, 1964, p. 18.

觉,要达到地质学所显示的结果需要巨大的时间跨度。这就意味着旧约所述的小小年代范围更不可靠了。

莱伊尔作为一名虔诚的基督教徒,尝试平息众人的恐惧:“不管我们朝哪个方向开展研究,我们总会发现清晰的证据,证明造物主的智慧、他的预见性和力量。”但是,不管他如何安慰大众,科学发现孕育科学新思想的步伐无法放缓。《物种起源》作为科学新观念的综合梳理阐发,给基督教信仰尤其是福音教派所主导的灵性世界、伦理世界带来了深层的震撼。

上帝的存在假如成为悬案,人类也根本没有原罪,那么,世界因上帝之善而存在延续、人类以行善拯救灵魂的信念也就站不住脚了,道德伦理的基础和价值陷入疑问。而弗洛伊德的心理学、弗雷泽的人类学研究,干脆彻底瓦解了道德判断的客观性和道德系统的绝对性。如果一切如弗雷泽的《金枝》所演示的,基督教仪式不过是野人仪式的成熟版,人类的行为模式随着环境不同而变化,并不存在一种普遍的人性,那么,人类进步的希望在哪里?

如果一个人是在宗教环境下长大,其家族祖辈忠诚于这一信仰,那么,抛弃信仰就绝不是轻松的事。许多生活在19世纪晚期的知识分子,是在经历了漫长痛苦的自我反省以后才转向各种反宗教立场的,如自由主义、怀疑主义、理性主义、不可知论、人文主义等。其中,理性主义取代福音主义成为信仰的替代品,占据19世纪后期思想舞台的主要思潮。约翰·斯图亚特·穆勒是这一思潮的先驱。在福音主义和达尔文主义的对峙中,理性主义者找到了自己的答案:人类是高贵的,不是堕落的;既然人类不能依靠上帝来改进自己,那么,他只能尽自己所能,充分了解和运用他自己拥有的力量。托马斯·哈代深受穆勒的影响。在他的小说《无名的裘德》中,穆勒几乎是女主人公苏的精神教父,我们很容易可以从中看出哈代借助穆勒的思想力量抵抗福音主义道德压迫的企图。然而,哈代对于理性的信念显然没有穆勒强大,他笔下的男女主人公纷纷在背叛信仰教义、追求自身幸福的努力中走向毁灭,显示了哈代内心深处的“不可知”迷雾。

小说家乔治·艾略特和文学批评家马修·阿诺德走的则是另一条道路。乔治·艾略特成长于典型的福音教派环境,而后经历对基督教信仰的怀疑、反感、疏离。然而,她并未因此成为一名无神论者;在《福音派教义:约翰·卡明博士》一文中,她对正统的基督教理念进行了修正,把信仰的基础由形而上学改成了道德情操:“上帝的概念就其影响而言是一种道德概念，……我们的一切感受，我们忍受的一切苦难，上帝感同身受——上帝的这一概念，是人类同情心发挥作用时而衍生、扩展出来的东西。”[①]马修·阿诺德的教父是牛津运动的发起人之一约翰·凯布勒；在牛津大学求学期间，他多次参加约翰·亨利·纽曼主持的布道，然而，他自己却没有成为牛津运动的一分子。他拒绝宗教中超自然的成分，不十分关心上帝存在与否问题，但他肯定宗教信仰和仪式对于维护社会美德、社会价值观的重要性。也就是说，对于一部分知识分子而言，即使基督教历史和教义无法继续充当信仰的基石，基督教伦理仍然可以用作生活指南。由此，原本拥抱宗教虔信的心灵，可以转向社会责任和社会目标。重重怀疑所笼罩的19世纪末叶，个人的社会责任感的意义却在人们心目中得到提升，成为时代的最高道德律令。

功利主义：社会革新与社会焦虑

说到英国维多利亚时代开启的持续百余年不断的社会革新和转型，一个哲学层面的推动力量不能不提：功利主义思想。功利主义作为自由主义的一个分支流派，是一种政治—经济—社会伦理学的意识形态综合体。其伦理学意义上的终极目标，在于追求“最大多数人的最大幸福”；其出发点，在于它基于生活经验和常识，认为人的自利心是人类行为背后的主要动力，而自利心就是成就幸福、避免痛苦的愿望。因此，关于善的定义和认知，功利主义一开始便与基督教伦理背道而驰。基督教伦理主张上帝代表着最高的善，引导人们在信仰上帝的基础上向善、利他、自我牺牲；功利主义则抛弃对善的本质的描述和追索，主张根据结果和效用来判定私人或社会行为是不是善。功利主义对善的判定，依赖的是效用和利益的算计：最后获取的幸福的总量高于痛苦的总量，就是善。

个人的幸福总量由个人把握，如何保证社会实现“最大多数人的最大幸福”？功利主义提供的政治路径是，赋予全社会所有人以选举权，因为唯有实行普选，才能选出一个准确反映投票人利益、真正具有全民代表性的议会。进一步，每个投票人必须对自己和社会有充分的

---

① George Eliot, “Evangelical Teaching: Dr. Cumming,” in *Essays of George Eliot*, ed. Thomas PInney, New York: Routledge, 1963, pp. 158—189.

认识能力,能够明晓自己的私利所在,清楚一己之私与社会利益之间的关系,他在投票之时才能做出准确的利益计算,做出最切合其幸福愿望的选择。因此,功利主义主张实现全民教育,培养人们的理性精神。

在此,我们可以发现,19 世纪英国社会生活的方方面面都隐藏着功利主义的影子。

其一,功利主义激进的自我主义原则、鼓励个人追求现世幸福的享乐主义论调,与维多利亚时代前期诉诸宗教信仰、道德说教和感化来解决社会冲突的信仰主流相矛盾,是维多利亚时代后期信仰讨论、道德争议的幕后推手。它推动人们思考个人利益的边界、个人和社会的关系。

其二,功利主义忽略最初的动机、从结果的效用反向衡量行为的善恶,因此,相较于义理的思索讨论,它更注重行动和试验。其思想深入人心,国家和社会机制的效率成为要解决的首要问题,由此,它推进了立法、行政、教育和福利制度的改革。1885 年,英国成年男子全部获得选举权;同时,女性问题成为维多利亚时代压倒性议题之一,女性的财产权、受教育权和参政权和在 19 世纪后期被提上议事日程,这背后都有功利主义的功劳。

其三,功利主义从边沁时代到穆勒时代经历了相当程度的修订。边沁的幸福最大化理念不考虑快乐或幸福的属性和质量只考虑数量,也就是将物质财富积累和精神生活产生的快乐等而视之,因此,他的自利主张具有很强的物质主义倾向,对维多利亚时代中产阶级的意识形态有不容小视的诱导作用。狄更斯《艰难时世》中的两个人物形象葛擂梗和庞得贝就是对这种唯利是图、别无所求的意识的具象化和犀利讽刺。而穆勒对快乐的价值进行了区分,提出理智、感情、道德情操、审美带来的快乐高于单纯感官的快乐。功利主义思想内部这种交锋和修正,无疑刺激并体现了维多利亚社会对人类愿望和理想的重新评估。另外,边沁的功利主义政治经济学承继亚当·斯密的财富观,强调贸易自由,反对国家干预,将市场竞争下的个人逐利视为实现社会财富最大化的唯一合法途径,在财产权和人权发生冲突时坚定地站在财产权一方,由此在客观上为压榨式的经济模式和维护社会不平等现状的政治经济体系进行了合法化辩护;而穆勒更重视建立一个维护人人平等的功利主义制度,肯定国家在必要的时候进行立法和行政干预,从而真正保障社会利益的最大化。这就是说,如果把边沁的理论看做从个人主义出发构建一种集体主义事业的理念，那么，穆勒提醒我们思考：这个集体主义事业是谁的集体事业？这种反思显然对英国社会转型期的社会主义思潮具有助推力。

不过，值得注意的是，功利主义给维多利亚时代带来了社会焦虑。首先，它主张的自利原则和市场竞争伦理，在将英国农业社会改造成以工商业为支柱的城市化社会的同时，也将原本适应于农村传统伦理的个人改造为以自我为中心的经济人。英国历史学家*G. M.*特里维廉说："农业，不仅仅是诸多产业中的一种；它是一种生活方式，具有独一的不可替代的人文价值和精神价值。"[①]农村的传统生活模式，经济上自给自足，需要花钱的地方不多，金钱在农村的重要性远不如社区内人与人之间互助往来构成的关系纽带；在农村，个人的行为和道德品质具有举足轻重的地位，道德名声将个人和家庭捆缚在一起，决定了家庭的社会权威。与此相反，经济人以个人收入衡量其地位和价值，在金钱的准绳下个人变成原子化的独立个体，人与人之间平等而松散。由于个人自我意识的觉醒总是先于社会整体的反应，而农村社会在经济没落阶段反而会本能地加强对自身价值观的维护和固守，因此，当农村经济转型赋予个人以一定的流动性，却又不足以在观念和舆论上放弃对他的审查和强制力的时候，个人常常困在两种社会意识之间，争取自由而不能，回归过去也不能，饱受精神苦痛。

此外，功利主义还改变了英帝国和殖民地的关系，扮演了英帝国殖民制度掘墓人的角色，给骄傲的英帝国子民造成了意想不到的精神失落，虽然这个结果很可能并非功利主义理论倡导者的初衷。

功利主义承认自利是人人生而有之的权利，这种人人皆有的权利是实现"最大多数人的最大幸福"的基础，因此，从这个意义上说，功利主义理论是超越民族、国家立场的一种世界主义理论。边沁就曾宣布，他生为一名英国人，但因为归化而成为世界公民。[②] 伦敦大学玛丽学院*Georgios Varouxakis*教授认为，穆勒论代议制政府的著述所体现的爱国情感与他的功利主义、自由主义哲学不矛盾，他本质上是一名世界主义的爱国者。[③] 作为一种超越国家边界的政治经济学，功利

① G. M. Trevelyan, *English Social History*.

② Georgios Varouxakis, "Cosmopolitan Patriotism in J. S. Mill's Political Thought and Activism", http://etudes-benthamiennes.revues.org/188.

③ 同上。

主义反对经济保护主义政策,反对帝国与殖民地之间的商业垄断,认同放开市场自由贸易。功利主义的奠基人亚当·斯密对宗主国在殖民地的垄断贸易进行了如下分析和批判:

> [对殖民地贸易的]垄断确实提高了商业的利润率,从而略微增加了我国商人的所得。但由于垄断阻止了资本的自然增加,不会增加国民从资本利润所得收入的总额,而是减少这一总额,因而大资本的小利润,常常比小资本的大利润能提供更多的收入。垄断提高了利润率,但增加的利润总额不如没有垄断时那样多。……为了促进一个国家一个小阶层的小利益,垄断伤害了这个国家所有其他阶层和所有其他国家所有阶层的利益。[①]

假如按照斯密的想法,帝国放弃对殖民地的贸易垄断以维护"所有其他阶层和所有其他国家所有阶层的利益",殖民地就必须放弃宗主国给予的优惠关税,丢失它在宗主国的市场优先权,其结果,势必是殖民地逐步摆脱对宗主国的经济依赖,进而寻求政治独立。有人把英帝国衰落的原因回溯到功利主义者发起的反《谷物法》运动——"废除谷物法法令是一项影响帝国信念的法令",[②]是有道理的。

种族观念与帝国主义话语

谈到英帝国在19世纪的扩张兴盛以及自20世纪初叶开始的衰落,不能不提到19世纪的一个文化发明——种族(*race*)观念。在19世纪到20世纪初这百余年里,英国文学文化所建构的种族概念和种族意识发生了几次急剧的转折。

在19世纪初,英人对种族的认识和理解主要来自圣经。依据圣经,亚当和夏娃是人类共同的始祖,各种人类种群都是诺亚的子孙后代。因此,正统的基督教思想总是强调人类来自同一个基因,人类种族起源于同一血脉。正是在这种宗教理念的影响下,在19世纪初,反蓄奴制运动在英国推进得十分顺利。信仰福音主义的中产阶级乃至各阶层的激进派,对蓄奴制以及残暴的种族统治普遍心怀反感。1807

---

① 亚当·斯密:《国富论》,唐日松等译,北京:华夏出版社,2005年,第442页。

② 转引自张本英:《自由帝国的建立:1815—1870年英帝国研究》,合肥:安徽大学出版社,2009年,第35页。

年，英国立法禁止黑奴贸易。1833年，英国通过废奴法令，拥有黑奴从此被视为违法。1852年5月，《汤姆叔叔的小屋》来到英国，在伦敦出版，第一版即销售20万册。此书旋即遭到盗版，短短几年发行量便达到150万册。毫无疑问，此盛况从一个角度证明，人们对受压迫种族的同情是如何坚定，支持种族平等的观念是如何深入人心。

但是，仅仅10年后，人们的这一共识就土崩瓦解。根据历史学家罗伯特·扬的观察，19世纪60年代，各种有关种族的假说、偏见，关于种族差异的文化暗示，在公共领域占据了主导市场。[①] 为什么会这样？自然，这首先与英帝国自身的利益息息相关。一方面，帝国殖民地在19世纪中叶的疯狂扩张，使所有帝国公民成为有意识或无意识的受益者，种族主义立场在宗主国取得合法性被广泛传播，是顺理成章的事情；另一方面，殖民地民族意识的觉醒带来的反抗运动引发殖民者的惊恐，也是改变英国人态度的一个原因。1857年，印度大起义，促使英国殖民者重新用"黑鬼"这一蔑称来称呼印度人；许多英国人深信，印度人在叛乱中的血腥、暴力、愚昧证明了对他们实施帝国主义和种族主义制度是合理的。

除了政治风向的转变，瓦解人们旧有种族观念的还有一系列文化和科学话语的转型。科学对宗教权威地位的剧烈冲击，形成了废旧之力；19世纪新兴的人种学、人类学所蕴含的种族主义意识，古老的语文学在19世纪发表的新理论所暗示的种族血统论和种族亲缘说，则共同构成了立新之功。

人类学、人种学是19世纪的新兴科学；这两门学科倾向于按照等级模式来对人类进行分类和描述，它们往往把白种的欧洲人放在塔尖，其他人种则依次排列在后面。这种将人种划分为不同等级的观念，早在《物种起源》出版前就已萌芽。严格说来，进化论和种族主义观念之间并无必然联系，但是，这并不能阻止人们通过联想和类比在两者之间搭起桥梁，进而认为不同种族之间就是比拼孰优孰劣的进化性竞争关系。

把种族视为一个核心科学术语，用种族差异来解释社会和人类历史，这是19世纪中叶的发明。今天，根据联合国制定的《关于消除一切形式的种族歧视的国际公约》，一切基于种族差异的种族优越论在

---

① Robert Young, Colonial Desire: Hybridity in Theory, Culture and Race, Routledge, London, 1995.

科学上都是站不住脚的,在道德上都是应予谴责的,在社会层面都是不公平的,是危险。然而,在19世纪下半至20世纪初,这一类的种族学说却是以科学的面目行销世界,史称"科学种族主义"(*Scientific racism*)。1850年,苏格兰外科医生兼动物学家罗伯特·诺克斯发表《人种论》(The Races of Men);1853年,法国人葛必诺发表《论种族的不平等》(An Essay on the Inequality of Human Races)。这两本代表性的论著以既有的体质人类学和人种学研究为基础,提出以下理论:人类可以分为固定不变的几个有限人种,种族是理解人类差异的关键;不同种族具有鲜明的体貌特征;种族与各自的社会、文化、道德特征具有内在联系;依据才能和外观,种族可以分为不同等级,白人在序列顶端,黑人在低端。这些伪科学理论的风行,在人类学专业学术研讨圈以外形成了一种普遍认识,即种族理论是具有科学性的,它们完全可以用来解释和解决当时的政治问题和社会问题。

在19世纪,科学种族主义学说还有一个隐形的帮手,那就是语文学研究。印欧语系假说,或印日(耳曼)语系假说,指出梵语、希腊语、拉丁语、日尔曼语、凯尔特语同宗同源。印欧语系当中的所有语言均来自同一语言祖先,这种语言家族血统理论无疑给种族血统和种族亲缘关系提供了一种解释依据。在英国,由于英语语言的源头被追溯到日耳曼根系中,英国文化随之产生了一定程度的日耳曼化倾向。托马斯·卡莱尔的历史著作《论英雄、英雄崇拜和历史上的英雄事迹》、《普鲁士腓特烈大帝传》是典型的例证。《论英雄崇拜》一书如题所示,宣扬英雄崇拜,主张理想社会是一个随时随地欢迎权威降生的社会;《普鲁士腓特烈大帝传》写英雄如何成为历史的主角,论述独裁如何为兴国强国之必需。依据卡莱尔传记家凯内的考证,卡莱尔的英雄崇拜观念来自德国哲学家费希特;[①]德国浪漫主义思想家所推崇的精英主义统治理论,对卡莱尔有很深的影响。在今天,人们很难想象这样堂而皇之反民主、立场鲜明为说教的著述为何在政治民主化进程突飞猛进的19世纪英国畅销行时。但只要了解具体的历史和智识语境,也就容易理解了。

卡莱尔还写过一些极为露骨的种族主义文章,如《偶谈黑鬼问题》。这些文章能够公开发表,且能够得到相当数量读者的拥护,表明

---

① 【英】A.L.勒·凯内:《托马斯·卡莱尔》,段中桥译,北京:中国社会科学出版社,1987年,第127页。

19世纪中叶，在种族问题上，英国从知识分子到普通大众，立场转变和话语转换是相当普遍的。

但这并不等于说反种族主义态度在英国知识层销声匿迹了。相反，在帝国内部，两种声音常常处于争辩和较量之中。1865年英国殖民地牙买加工人叛变，杀害了18位政府公务员。牙买加总督爱德华·埃尔动员军队镇压，在没有充分证据的情况下，处死了数百名牙买加人，其中包括牙买加的政治领袖。此事在英国引发极大震动。在舆论压力下，埃尔遭到英国政府撤职，并被起诉。然而，正是在起诉埃尔这个问题上，英国文化界分成了立场鲜明的两派。一方支持起诉埃尔派，极力为牙买加人的利益奔走呼吁，这些人以约翰·斯图亚特·穆勒、托马斯·赫胥黎、赫伯特·斯宾塞、查尔斯·达尔文、莱斯利·斯蒂芬等激进知识分子为首。另一方为埃尔辩护派，他们极力为埃尔的立场和举措开脱责任，代表人物有托马斯·卡莱尔、查尔斯·狄更斯、查尔斯·金斯利、约翰·罗斯金、阿尔弗雷德·丁尼生。两派的分歧，体现的实际上是19世纪英国社会和文化思想的两股不同的潮流。前者以自由主义哲学家穆勒为代表，信奉自由主义、个人主义、反对家长式统治，反对专制独裁；后者以丁尼生、卡莱尔和罗斯金为代表，他们更为保守，更具有道德主义和精英主义倾向，相信社会是有机的整体，认为家长式统治和专制常常是现实主义的选择，是有益社会的。

这一事件的意义无疑是重大的。其他不说，它暴露了罗斯金和狄更斯这两位著名英国社会批评家对于大众群体的疑虑。罗斯金的艺术批评，狄更斯的小说，对英国的社会状况均提出了深刻见解和批判，他们的意见都包含着激进的成分；然而，一旦碰触种族冲突问题，他们似本能地抱住了以维护秩序为名的专权传统。

在评述卡莱尔、狄更斯和罗斯金这样的伟大文学家时，当代人往往容易把他们流露的种族主义观念视为“一时糊涂”或“白璧微瑕”随手打发掉。对于前面提到的以惑人的“科学”姿态面世并获得追捧的人种学著述，人们也容易宽容待之，认为那是科学进步过程中的小小歧途。可是，事实并非如此简单。卡莱尔和狄更斯一贯坚持的有机主义社会观，与他们谈及殖民地时所透露的极权和种族主义观念是有密切联系的。把社会看作一个有机的生命整体，等于把所有个体统一到同一机能和社会目标上来，这一观念对于工业时代的英国人固然具有感召力和凝聚力，但是，另一方面，必须承认，这一比喻预先将不认同该目标或不适应该机能的个人排除在外了。在这一比喻的统治下，人类的多样性不可能是个人与个人之间平等的复杂性,而是不同物种或不同人种之间的多元性。

庞大帝国的存在、扩张和运行,除了要依靠军事、政治和经济制度及人员作为保障外,还需要在宗主国民族意识中创造和维持一种有关帝国的想象,赋予其合法性和成功形象,以赢得国民的普遍支持。这就是批评家萨义德所说的文化的帝国主义功能。萨义德在《文化与帝国主义》一书中分析了文化,尤其是小说在 1870 年以前的英国所发挥的"意识强化"功能。在他看来,简・奥斯丁、萨克雷、狄更斯这些英国小说家的创作核心虽然并不是对英帝国的叙述,然而,小说仍然塑造了一种世界图景,提供了一套有关大不列颠及其与各殖民地、附庸之关系的假说。这些小说参与建构了一种想象性的世界图景——在这个地图上,大不列颠自然而然位居中央,它的帝国主义实践是理所应当合理合法的。

萨义德的文化帝国主义理论对我们理解 1870 年以后的英国小说具有启发意义。19 世纪晚期,特别引人注意的文类是传奇性质的冒险小说。批评家马丁・格林在《冒险之梦,帝国之业绩》一书中指出:"冒险小说给英国人提供了两百多年的阅读愉悦;然而,《鲁宾逊漂流记》以后的冒险小说,实际上是给帝国加油助威的英帝国主义神话。"①在格林的论著中,冒险文学包括好几类,其中有严肃的、给殖民地冒险家提供技术指导的书籍,有《鲁宾逊漂流记》这样反映城市中产阶级进取心的小说,还有理想色彩浓厚的、特别吸引青少年读者群的传奇故事。事实上,在 19 世纪后期的英国,最兴盛的冒险文学是前面提到的最后一类,我们现在往往将其归入儿童文学类别的冒险传奇。其代表作有亨利・哈格德的《所罗门王的宝藏》(1886)和罗伯特・路易斯・史蒂文森的《珍宝岛》(1883)。

把这两部小说放回帝国主义自我意识强烈的 19 世纪晚期语境中,我们可以发现:其一,它们以帝国边疆为题材,远离帝国的工业中心,通过想象逃避灰色的、理性现实世界。如果说,"英国状况"现实主义小说体现了知识阶层对制度改革的关心、对现实的焦虑,反映城市中产阶级对于进步的信心,那么,这些传奇故事传达的是一种对现实悲观的态度,一种对主导现代文明的工商业文化、政治经济理念丧失

---

① Martin Green, *Dreams of Adventure*, *Deeds of Empire*, Routledge and Kegan Paul, London, 1980, p. 3.

乐观信心的心态。

其二，这些冒险故事对于儿童的教育理念强调锐气、勇敢、果断，而不是中产阶级的美德，如虔诚、责任感、顺从。就英国文化传统而言，这里塑造的是一种文学化、寓言化的“贵族军事”形象，体现的是马修·阿诺德笔下的“野蛮人”(贵族)的审美趣味。联系英国现实，它一方面与英帝国扩张对国民提出的军事素质要求有密切联系；另一方面，它与历史学家凯恩和霍普金斯所提出的理论相吻合——经过两个世纪的资本主义发展，到19世纪末，传统土地贵族与大都市精英结合成的“绅士资本家”是英国真正的统治者。[①]垄断了英国行政、宗教、法律、军事上层职位的绅士资本阶层，[②]在文学市场上召唤出英国传统的“贵族军事阶层”和尚武好战、崇尚征服的贵族文化趣味，显然是顺理成章的事。

在英国的传统社会结构中，国家的统治责任，尤其是军事义务，与贵族阶层具有天然的联系。就英国各阶层的教育机构而言，帝国主义意识形态所推重的爱国、忠诚、为国献身等价值观，在贵族公学中最受重视。一来，英国公学与英国军事领导阶层本来就存在直接联系；二来，在19世纪，公学普遍把培养“为王室效忠、为帝国服务”的人才作为教育宗旨。无数在英帝国海外殖民地工作或服役的行政长官、军官，都坚持把儿子送回英国本土的寄宿制公学接受教育。19世纪末20世纪初最受英国读者欢迎的小说家鲁德亚德·吉卜林，就是这样一位出生在印度殖民地、回英国受教育、又返回殖民地衷心以服务帝国为己任的代表。由此，他提供了一个了解英帝国和文学知识分子意识

---

① 历史学家凯恩和霍普金斯在《英帝国主义》一书中用“绅士资本主义”一词总结将英国18世纪—19世纪的经济社会史。“绅士资本主义”是相对于“工业资本主义”而言的；作者认为，土地与市场联合所形成的拥有雄厚资本的土地贵族、金融家、各种服务行业大亨(如保险、交通运输、通信业老板)构成了英国资本主义的垄断性力量。参阅 P. J. Cain and A. G. Hopkins, *British Imperialism*, Longman, 1993。

② “绅士们可以利用由其政治影响所强化的社会排他性这个武器来打人和垄断合意的职业，如法律领域的高级职务、国教的上层职位、武装机构中的官职，并因此而保证这些职业能提供适宜的高收入。中层职务则以同样的方式由半绅士们充任；而下层职务的占有者则包括绅士们的绅士，其地位和收入反映了他们所服务者的声望。”可见这些领域的高级人士也属于绅士资本家阶层。凯恩和霍普金斯还指出，“几乎所有的英国高级官员，不管在国内还是在海外供职，主要来自与土地、食利者或服务部门之财富有关而不是与工业财富有关的阶层。” P. J. Cain and A. G. Hopkins, *British Imperialism: Innovation and Expansion, 1688—1914*, Longman, 1993, p. 24.

之间关系的一个特别角度。

在吉卜林的小说中,我们可以看到他的意识处在多重张力构成的网络中:作为具有帝国意识的殖民者,他为自己的“英国性”自豪,坚信白人是文明的使者、责任的承担者;作为具有殖民经验的知识分子,他深知英帝国本土的统治者对印度实际上漠不关心,英国本土作者对印度的想象充满误解,他有责任站在英国之外向英国人讲述一个“真正的印度”,他相信自己才是真实东方的代言人。一方面,他具有知识分子的情怀,对印度传统文化的优点和文化完整性怀有感情;他力图保护印度,不希望印度被英帝国官僚们制定的意识形态计划侵蚀,反对印度西方化;另一方面,他从不怀疑帝国统治的合法性,认为印度自治不可行,但是他也清楚,英帝国与殖民地的状态不改变,危险便迫在眉睫。作为一名英印人,吉卜林渴望为英国本土读者写作,完全融入英国社会主流;但是,他的心灵属于英印地方文化,终其一生,他也没有完全适应英国社会。

结　论

1870 年到 1918 年,从英国内部看,这是宗教信仰、道德价值观、国家意识形态发生剧烈变化转型的数十年;从外部看,这是英国从世界支配性地位开始下滑的年代。在这个阶段,我们可以看到,知识分子与英国社会各阶层的互动关系,这其中包含合作、反抗、妥协。福音主义思想被英国中产阶级吸收、应用的历程,说明一个社会转型期常被人们忽略的道理:仓廪实,未必知礼节;若没有福音派宗教知识分子在价值观、人生理想、生活方式上对工业社会中成长起来的有产阶级的改造,若没有功利主义思想家为有产阶级设计一种以个人主义为基础、以多数人为目标的入世的幸福观,19 世纪后期的英国社会未必具有如此强大的革新动力,也未必能够平稳经历种种革新带来的动荡。而福音派道德标准与文学人文主义之间的较量、以福音主义为代表的宗教信仰价值与科学主义的碰撞,则体现了时代前行总是在相互矛盾的思维方式和认知方式的磨砺中完成的;这个磨砺过程不见得说明谁是胜利者谁是失败方,相反,它恰恰展示的是各自的长处和局限。如果说福音派的严肃容易僵化,成为一种束缚力量,那么,他们的道德操守、社会责任感和坚定信念是有弥补作用的。著名历史学家 *G. M.* 扬说:“维多利亚时代的历史是个多面体,其中一面就是讲英国人如何运用福音派信念给予他的能量，从自己身上除去福音主义强加于他的感官和知觉、强加于他的娱乐、享受和艺术、强加于他的好奇心、批评和科学之上的种种束缚。”①

或许，这个阶段最令令人遗憾的现象，是英国文学知识分子对帝国主义国家意识形态的迎合；是他们推动了英国对内的民主化，却未能察觉和有效抵抗它对外的帝国化。站在今天，我们才能发现，20世纪前中期德国知识界对法西斯国家意识形态的论证、追捧，其实是有历史先例的。

不管是经验还是教训，英国现代转型期的知识分子、文化形式与社会之间的关系，对于今天的我们仍然是可贵的历史资源。

① G. M. Young, *Victorian England: Portrait of an Age*, 1936, p. 5.

道与中国艺术

党圣元

在中国古典哲学、美学中，“道”的内涵最为丰富。从纵的方面而言，“道”范畴确立于中国思想文化初创之时的先秦时期，其发展纵贯几千年，其内涵之繁复、幽奥，其外延之广阔、宽泛无以复加，可谓弥纶万物，涵盖一切；从横的方面讲，它兼及哲学、伦理、政治、宗教、社会心理、文学、艺术等等领域，影响所及，周延至大，不能尽述。文体而言，道范畴的发展演变，经历了道路之道→天人之道→太一之道→虚无之道→佛道→理之道→心之道→气之道→人道主义之道九个阶段，[①]道范畴在结构上则呈现为本体论与生存论、本体论与伦理学、本质论与现象论相统一的特点。[②] 作为重要的范畴，其荦荦大端，各家表述又不尽明晰，儒、道、兵、法各家之表述也不尽一致，各有侧重，有的侧重于“天道”，有的则侧重于“人道”，历代表述又迁延不定且各有所指，因而很难厘清其内涵与外延。

“道”作为传统中国哲学与文化的核心范畴，历来对它的表述多种多样，根据张立文主编的《中国哲学范畴精粹丛书・道》中所列的对道范畴的疏释，道范畴具有如下含义：道为道路，引申为规律；或为万物之本体与本原；或道为一，道为无，道为理、为太极，道为心、道为气；道为人道。“综上八义，道的内涵可以理解为：第一，道是天地万物的本体或本原，指感官可以达到的、超经验的东西，是自然现象、社会现象背后的所以然者。……第二，道是整体世界的本质，是指事物的根本性质，是构成事物基本要素的内在联系。……第三，道是事物的规律，指事物所固有的本质的、必然的、稳定的联系。……第四，道是运动变化的过程，指气化等的进程。……第五，道是政治原则、伦理道德规

---

① 参见张立文、岑贤安、徐荪铭、蔡方鹿、张怀承著，《中国哲学范畴精粹丛书・道》，北京：中国人民大学出版社，1989 年，第 10 页。

② 同上书，第 10—25 页。

范，是治国处世的道理。……因此，道是一个涵盖面极其广阔、蕴含很深的范畴。然而，在每一个思想家、哲学家那里，不只有一种解释，而是有多种含义；也不是包罗所有解释。”这里引用的文字已经清楚地说明了道这一哲学范畴的复杂性。

“道”作为先秦道家思想学说的核心范畴，也是老子和庄子哲学、美学中的最高概念。在老子的哲学体系中，道是先于宇宙的永恒存在和世间万物的本原，道无所不在，永世长存，却又无法感知，时间上的广泛性和空间上的无限性，在概念上也是高度抽象和复杂多义的。[①]由中国传统思想文化的整体有机性质所决定，从先秦时期开始，道范畴便与传统文学艺术结缘，成为传统文艺的一种精神驱动和支持力量，甚至是最高价值目标，以致使得道与中国艺术成为一个永远言说不尽的话题。

一

“道”是中国思想、价值学说的最高范畴，它蕴含于万事万物之中，周流运转，被认为是宇宙世界的本原。由哲学范畴引入文艺和审美之后，“道”被传统的文论家、美学家认为是美与文艺的本原、根据、目的、理想、归宿和准则。“道”成了中国哲学、美学、文艺理论的基石。

关于文道关系，刘勰在其“体大虑周”的文论专著《文心雕龙·原道》中详细而深入地予以论述，以探讨文的本质。为了能说明文与道的关系，他首先追本溯源地论述了自然的天文、地文都来源于道：

> 文之为德也大矣，与天地并生者何哉？夫玄黄色杂，方圆体分，日月叠璧，以垂丽天之象；山川焕绮，以铺理地之形：此盖道之文也。

在这里，刘勰把天地、日月、山川的感性形式统统称之曰“文”，并认为这一切都是道的表现，并将“文”与“道”联系起来，称之为“道之文”。同时他还进一步论述说：

> 傍及万品，动植皆文：龙凤以藻绘呈瑞，虎豹以炳蔚凝姿；云霞雕色，有逾画工之妙；草木贲华，无待锦匠之奇。夫岂外饰？盖

① 参见拙著《老子评注》，香港：三联书店（香港）有限公司，2007年，第1—3页。

自然耳。至于林籁结响，调如竽瑟；泉石激韵，和若球锽；故形立则章成矣，声发则文生矣。

由于道是万物的根本，所以任何具体的事物的“文”都是体现着“道”的。其推理方式是：“夫以无识之物，郁然有采”，既然天地有文，各种具体的自然事物等“无识之物”都是各有其文的，那么“有心之器，其无文欤？”根据推理，作为“有心之器”的人肯定是有文的，这就是“人文”。而人文的本质在于：

仰观吐曜，俯察含章，高卑定位，故两仪既生矣。惟人参之，性灵所钟，是谓三才；为五行之秀，实天地之心。心生而言立，言立而文明，自然之道也。

在刘勰看来，人作为宇宙间的“精气”所在，是参天地有“性灵”的，是万物中的精英，故而能做到“心生而言立，言立而文明”，是“自然之道也。”也就是说，有人类便有人类之文，而“人文”和“道之文”、“动植”等自然之文在本质上是一致的，它们共同体现了“道”。关于对道的认识，需要注意的是，刘勰作为儒家的信徒，又作为佛门弟子，曾在《灭惑论》中说过这样的话：“至道之极，理归乎一；妙法真境，本固无二。佛之至也，则空玄无形，而万象并应；寂灭无心，而玄智弥照。幽数潜会，莫见其极；冥功日用，靡失其然。但言万象既生，假名遂立，梵言菩提，汉语曰道。”刘勰对于佛教中“菩提”的描绘，与《老子》中关于“道”的描绘有异曲同工之妙。在《文心雕龙》中，刘勰将“文”归之于“道之文”，实质上是将一切现象归为“道”之显现，并据此而建立一个关于“文”的视野宏大的“道体论”，而这种“道体”又以“圣”为中介，“道沿圣以垂文”。这是因为圣人能够“原道心以敷章，研神理而设教”，在圣人的中介作用下，“道体”成为“文体”与“文辞”产生和存在的根源性质的合法性依据，因而是艺术的本根，而“辞之所以能教天下者，乃道之文也”。诚如韩非子在其《解老》篇中所言，“圣人得之（道）以成文章”，在中国古代，不仅文章是“道”的体现、显现，就连文化、典章制度也是“道”之显现。清代纪昀评《文心雕龙·原道》说：“文以载道，明其当然；文原于道，明其本然。识其本乃不逐其末。首揭文体之尊，所以截断众流。”刘勰的《原道》篇，是中国文论史、美学史上里程碑式的篇章，在此，艺术和美的“道体论”首次得到了系统的确立，中国文学理论中的本体论认识得以明晰，刘勰还将这种“道体论”贯彻到诸种文体与风格的论析之中，切切实实地将其落实于对种种具体的文学现象的解析之中。

中国文艺的审美实践自始至终就没离开“道”，不管是儒家所言的“人道”还是道家所推崇的“天道”，均是中国文艺的表现对象，也是中国文艺家在艺术中追求的终极性价值目标。所以在中国文艺史上，关于艺术和美的认识几乎都与“道”相关，不管是“文以载道”、“文以明道”、“文以贯道”还是“道法自然”、“技进乎道”等，“道”始终是具有本根、本原、本体地位的，尽管“为道屡迁”，“道”的内涵和外延在不同的历史时期和不同的美学家、文论家那里所指并不一致，但是基本的思维框架和言说方略相当稳定。

由于“道”被儒道哲学认为是中国哲学的最高范畴，是涵盖、包孕一切社会意识形态而一以贯之的，是思维与存在、主体与客体的最高统一形式，因而“道”是中国文化的逻辑起点，是中国艺术范畴体系的逻辑起点，将其称为中国艺术范畴的“元”范畴也是有道理的。事实上，中国文艺史的实践已经证明，所有关于文艺的论述是不能离开“道”这一范畴来进行的。关于“道”与“艺”的关系，宗白华说：“中国哲学是就‘生命本身’体悟‘道’的节奏。‘道’具象于生活，礼乐制度。‘道’尤表象于‘艺’。灿烂的‘艺’赋予‘道’以形象和生命，‘道’给予‘艺’以深度和灵魂。”[①]宗白华在这里所言之道艺之论，在传统诗文评、书画论中由来已久，屡见不鲜。如宋代韩拙《山水纯全集》论绘画创作说：“夫画者，笔也，斯用心运也。索之于未状之前，得之于仪则之后，默契造化，与道同机。”刘熙载《艺概·叙》论六艺说：“艺者，道之形也。学者兼通六艺，尚矣。次则文章名类、各举一端，莫不为艺，即莫不当根极于道。顾或谓艺之条绪綦繁，言意者非至详不足以备道。”包世臣《艺舟双楫》论书法说：“艺之精者，必通乎道。”如果将传统诗文评、书画论中的道艺之谈详细地梳理、整合性建构，并予以现代阐述，那将是一项非常浩大的工程。

二

道家哲学赋予“道”以本体论地位，从而开创了中国思想史上的本体论玄想。道家“道”的预设，目的不仅在于为宇宙的生成提供本体论

---

① 宗白华：《中国艺术意境之诞生》，见《艺境》，北京：北京大学出版社，1987年，第159页。

阐释,更是为了提升现实生活中人的存在的终极目标,以使人的存在通达道所代表的价值境界。道家哲学是宇宙本体论和人生本体论的有机统一。正如徐复观所言,老子“不仅要在宇宙根源的地方来发现人的根源;并且要在宇宙根源的地方来决定人生与自己根源相应的生活态度,以取得人生的安全立足点。所以道家的宇宙论,实即道家的人性论。”[①]道家的宇宙论,可以说是它的人生论的延伸。道家哲学在起步的地方,并没有关于艺术的话语自觉,但是道家哲学对“道”的描述,却显示了高度的诗性智慧,富有深刻的美学意味。道的境界实际上就是美的境界,道与艺术呈现的艺术精神实际上是相通的,“道”也实际上成了中国艺术的重要本体。为此,中国艺术不以逼真的模仿为追求,而是以“道”的精神创造形象,并通过某种实相的描写表现出来,“以象现意”,所以,在中国艺术中,“仰观宇宙之大,俯察品类之盛”成为艺术表现的目的,“以一管之笔,拟太虚之体”成为中国艺术的追求,在艺术形象之外赋予无限的深意成为中国艺术的常态。以道为本体的中国艺术,并不在于描述作用于感官的外在形象,而在于落实于艺术之中的玄远、绝妙的境界。“中国美学坚决反对把创作看做‘技’,而要‘由技进乎道’,视创作为体道。因此,时时强调要‘原天地之美而达万物之理’、‘独得玄门’、‘以造化为师’、‘参造化’、‘齐造化之功’;‘辟天地玄黄之色、泄阴阳造化之机’;‘夺天地之功、泄造化之秘’;‘偷造化之功’;‘窥天地之纯’;‘以一管之笔,拟太虚之体’”。[②] 道本体在魏晋玄学昌盛的时代被引入艺术领域,并成为纽结中国艺术范畴的核心。古人言,“提纲挈领”、“纲举目张”,“提领而顿,百毛皆顺”,抓住了“道”这个核心,应该是抓住了探讨中国艺术问题的玄机。

“道”之所以能被引入艺术世界,与中国尤其是道家关于道的认识相关,因为道体现在万事万物之中,天下所有的东西都是“道体”。在宗炳看来,“山水以形媚道”、“圣人以神法道”、“圣人含道映(应)物”(《画山水序》),他把山水之美看做道的外化,山水以它的“形”来显现“道”,“媚”道之山水之所以为美,使人愉悦,是因为它既有具体形象,又是“道”的显现。因此,审美不仅是对山水的欣赏,而是通过山水的形象体味、感悟山水之美中所蕴含和映现的“道”。宗炳认为体道、悟

---

① 徐复观:《中国人性论史(先秦篇)》,见黄克剑、林少敏编《徐复观集》,北京:群言出版社,1993年,第297页。

② 潘知常:《中西比较美学论稿》,南昌:百花洲文艺出版社,2000年,第232页。

道、味道才是审美的最高境界。此外，宗炳《画山水序》还提出了"以神发道"的命题，意谓艺术家在创造艺术形象时，不仅要把握能"媚道"之"形"，更须进而捕捉能"发道"之"神"，认为唯有超越外在有限的"形"去把握对象内在生命的"神"，才能更直接地窥视和发见作为宇宙造化生生不息生命本体的"道"。刘勰《文心雕龙·原道》也认为世界乃至文学的本体是"道"，圣人及艺术家只不过是"因文以明道"，并认为"惟有以道为旨之文辞，方有鼓动天下之大用也。"①

道家在超越自我的静观中窥探自然的本真，寻找美的本原，视自然本原之"道"为美的本原。庄子强调的"朴素而天下莫能与之争美""天地有大美而不言"、"澹言无极而众美从之"的美，实际上都是"道"之美。"道"作为人生的一种境界，体现了人的追求与自然的和谐统一。就"道"的审美特性而言，"道"体现的是自然的本原之美、率真之美、素朴之美、淡雅之美。就审美心理特征来说，老庄的"道"思维典型地表现了人心与自然的默契与沟通，反映出古代人热爱自然，把顺应和融于自然看作满足天性的审美情趣，并以此得到抚慰的强烈愿望。在道家看来，最高的美是自然无为地存在于自然之中的，不是一般的感知所能体验到的，而必须象"体道"那样，由心入物，物我为一，游心于物，进入"道境"，"大美"才能不期而至。在传统的自然审美中，无论是把自然人格化的"比德"说，还是把人性自然化的"畅神"说，都显示了中华民族自然审美的观照方式，即通过静观默察、直觉体悟的审美方式，使审美主体在物我两忘的状态中，全身心地去体验和感悟自然美，于赏玩山水之象中直觉地把握自然如人生一样的生命律动，从而悟解天地人生之道。艺术进入了"体道"的境界，便进入了审美的最高境界。

从理论上讲，人与世界的精神联系有两种方式，一种是知性方式，另一种便是体验方式。老子的"观"道，庄子的"体"道，实际上就是体验方式，而体验正是审美的方式，体验过程中所营造出的"世界"，实际上就是审美的境界。道家的一个重大贡献，就是在理论上发现、彰显了"体验"这种人与世界的精神联系，从而在哲学和人文自觉的层面确立了人对世界的审美的方式。而强调体验，把审美看作体验，正是中国艺术的突出特征之一。在中国古人看来，自然万物，皆为道之文，艺术家的使命在于"穷玄妙于意表，合神变于天机"，通过以有趋无来体

---

① 姜书阁：《文心雕龙绎旨·原道绎旨一》，济南：齐鲁书社，1984年，第3页。

验和契合宇宙之精神，把握天地之境界是体验的终极目标。

学界已基本认同，在中国儒释道三教合一、儒道互补的哲学文化结构中，道家的思想从根本上规定和影响了中国艺术的审美精神。可以说道家思想所蕴含的艺术精神和美学特质，不仅滋养了中国文学艺术不竭的美感源泉，而且构成了中国文学艺术肌体上的血肉，并进而升华为中国文学艺术的灵魂，结晶为审美理想与美学追求。尤其是老子“无名”、“无言”的思想和庄子“言不尽意”、“得意忘言”的理论，更从思维方式上极大地影响了中国文学艺术的发展。从中国文论发展的历史来看，王弼的“得意忘言”、“得意忘象”的说法；陆机《文赋》所提出的“课虚无以责有，叩寂寞而求音”[①]的方法和美学原则；刘勰《文心雕龙》所说的“隐之为体，义生文外，秘响傍通，伏采潜发”的“隐秀”理论；钟嵘《诗品》所强调的“文已尽而意有余”，对诗歌“滋味”的追求，认为诗歌艺术的极境即在“使味之者无极，闻之者动心”等等，都是受到了道家哲学的启示和玄学思潮的推动而培植起来的审美经验与审美理论。这种对于无言独化、意在言外美学精神的探索和追求，随着我国诗歌实践的发展，在唐代诗论家那里更得到进一步的发挥性阐释与建构。唐代诗人刘禹锡就主张“义得而言丧”、“境生于象外”(《董氏武陵集记》)；司空图论诗，更提出了“韵外之致”、“味外之旨”的要求，主张诗应“味在咸酸之外”，只有“近而不浮，远而不尽，然后可以言韵外之致耳”(《与李生论诗书》)以及《二十四诗品》提出的“超以象外”、“不着一字，尽得风流”的艺术境界，等等，实难以尽述。在宋代的诗论中，这种追求几乎成为一个基本的美学原则，如欧阳修《六一诗话》中载梅尧臣之言说：“必能状难写之景如在目前，含不尽之意见于言外，然后为至矣”；严羽《沧浪诗话》称诗之上乘即在“不涉理路，不落言筌”，“如空中之音，相中之色，水中之月，镜中之象，言有尽而意无穷”。至此，体现道家无形无名、超言绝象、不可言论的“道”及其强调“悟”性的审美感知方式已经成熟，而经过以后历代艺术家的体认、发掘，终于被净化成为一种追求无言独化、求解言外的艺术精神。从创作思维的角度讲，这种思维决定了中国艺术的审美特征；从品鉴思维的角度讲，中国艺术无言独化、求解言外的艺术精神，决定了对中国艺术的求解方式只能是体悟而不是知解，在玄学家王弼将其发展为“忘言乃得意”之

---

① 汤用彤先生以为，这里的“虚无”、“寂寞”当指宇宙本体。参见《魏晋玄学与文学理论》，见《理学·佛学·儒学》，北京：北京大学出版社，1991年，第325页。

后,形象直观的思维方式、直觉领悟的思维方式成为读解中国艺术的根本性方式。至此,得道的途径、方法和心态,便可以看做一种艺术创造的途径、方法和心态;而对“道”的体悟、感知方式,也就成为一种审美的感知方式。

三

关于艺术与“道”的关系,下面的论述可谓精当。

在道家的理论中,“道”是宇宙存在的最高实体和宇宙运动的根本规律。作为生生不息的自然生命力和永不衰竭的创造力,“道”创造了万物,创造了人,也就创造了人的精神生活;作为宇宙运行的规律,“道”决定和支配着世间的一切事物与现象的发生、发展和变化,也就决定和支配着人类精神生活的一个方面——艺术的发生、发展、变化。从道家的理论立场上,可以说,“道”的精神含摄了艺术精神,“道”的最高法则决定了艺术的最高法则。‘道’的最高境界也应该是艺术的最高境界。①

不仅在道家的理论中如此,儒家关于文艺的看法也是紧紧围绕着“道”(当然儒道两家所言之道并不是同一的)来展开的。可以说,中国古代对于艺术的看法莫不与“道”紧密相关。

《庄子·天地》:

> 以道观言而天下之君正,以道观分而君臣之义明,以道观能而天下之官制,以道汎观而万物之应备。故通于天地者,德也;行于万物者,道也;上治人者,事也;能有所艺者,技也。

在庄子看来,惟能好道,方可进乎技。《庄子》中有很多寓言如“庖丁解牛”等都形象地说明“由技进乎道”是艺术的最高境界。

《荀子·儒效》:

> 圣人也者,道之管也。天下之道管是矣,百王之道一是矣,故《诗》、《书》、《礼》、《乐》之道归是矣。……乡之者臧,倍是者亡。乡是如不臧,倍是而不亡者,自古而今,未尝有也。

这里所说的“言是”、“取是”都是指圣人之道,《诗》、《书》、《礼》、

① 赵明、薛敏珠:《道家文化及其艺术精神》,长春:吉林文史出版社,1991 年,第 197 页。

《乐》、《春秋》都归依于“道”，都因“道”而“文”，并对道进行了不同侧面、不同层次的具体表现，也就是说，《诗》、《书》、《礼》、《乐》、《春秋》都是道的体现。在荀子看来，古今所有的文章都应该是“道”的载体，合于“道”(即“乡之者”)的就是好文章，是可以流传的；相反，违背“道”(即“倍是者”)的文章就会自行消失。这即是“体道”，即文与道同体。历代文人都强调文与道的关系，其中最为全面而深刻者，莫如宋代朱熹。朱熹说：“道者，文之根本。文者，道之枝叶。惟其根本乎道，所以发之于文，皆道也。三代圣贤文章，皆从此心写出，文便是道。”(《朱子语类》卷一三九)文章是“道”的彰显，这是中国古代艺术理论的重要认识。“无论是儒家还是道家，都将天人合一的观念作为自己理论的重要支柱，也都将对道的认识、体悟作为最高的智慧，将身心与宇宙的冥合视为人生的极致。这不仅是儒道两家得以结合的必不可少的前提，也是原道美学观得以产生的基础。”①

道本论被引入文艺领域，是在魏晋玄学昌盛之时开始的。南朝宗炳在《画山水序》中一再讲到“道”，说“贤者澄怀味象”，而《宋书·宗炳传》中则说“澄怀观道”，不论是“味象”还是“观道”，所谓的“道”，显然是指老庄的“道”，是本体意义上的“道”。由于“道者，万物之所然也，万理之所稽也”(《韩非子·解老》)，宗炳是把山水之美看做道的外化，把道作为审美观照的对象。在他看来，审美不仅是对山水之美的观赏，同时更是通过山水的形象体味、感悟山水中所蕴含、所映现的“道”，体道、悟道、味道才是审美的最高境界。由于“象”是“道”的显现，所以“味象”同时也就是“观道”，对山水美的欣赏就是体道。司空图的《二十四诗品》中也频繁地出现“道”字，如“由道返气，处得以狂”(《豪放》)，“少有道契，终与俗违”(《超诣》)，“俱道适往，著手成春”(《自然》)，“俱似大道，妙契同尘”(《形容》)等等，在其诗歌本体论上具有十分重要的意义。王宏印以为“司空图所谓的‘道’，乃是作为宇宙本原和本体的道。因此，道也同样应当是作为艺术的诗的本原和本体。假若道不能通过一定的艺术形式表现为诗，则诗便无奇可言。同理，若诗人不能体悟道的真谛，或者不能以艺术的形式表现出自己独

① 张海明：《经与维的交结：中国古代美学范畴论要》，昆明：云南人民出版社，1994年版，第19页。

特的体悟，则其诗也不可能标新立异令人称奇。”[1]司空图认为“道不自器，与之圆方”(《委曲》)，“道”具体存在于千变万化的自然之中，所以真实地写出大自然的形貌、精神，就是体现了“道”，“道”对诗歌意境具有统摄作用，“道”统摄了诗境，诗境体现了“道”，离开了“道”，诗的意境也就不存在了。“司空图不但把‘雄浑’、‘冲淡’、‘高古’、‘旷达’之类的风格，与‘道’联系在一起，就是论‘纤秾’、‘绮丽、‘形容’之类的风格……他也把这些风格说得玄气满纸。……一句话，诗的风格的源泉在于‘道’，这就是他所要告诉我们的最主要的思想。”[2]司空图还认为，“夫岂可道，假体遗愚。”(《流动》)在他看来，艺术只是“道”的“假体”。“万物都是不可知的道的假借体，无形的道化为有形的物，为的是让那些愚人看的。”[3]这里的“假”作“借”来理解，体即为呈现或者呈现的状态，亦即诗歌是“道”的一种呈现，“道”是假借诗歌来呈现的。这一思想可以看做《文心雕龙·原道》思想的延续。

中国艺术中受到道家影响的一维最能体现中国的艺术精神，就是因为他们将人生艺术化，将人生追求同艺术追求、艺术实践、艺术表现融为一体。中国艺术对道家情有独钟就是因为“老、庄思想当下所成就的人生，实际是艺术的人生；而中国的纯艺术精神，实际系由此一思想系统所导出。”[4]中国文学精神主张，只有将理想的人生追求与艺术实践、艺术表现结合起来，才可能成就大艺术家和真正的艺术，那些单纯追求形式或为艺术而艺术的行为，均被认为是雕虫小技。为此，中国艺术追求“道”与“艺”的契合无间、或者由“技”进乎“道”的理想状态。因为“艺”为“道”展现形象和生机，而“道”给予“艺”以深度和灵魂[5]。因而，我们看到，在古人那里，所谓“究天人之际，成一家之言”，成为中国艺术和学问的最高理想；“以一管之笔，拟太虚之体”，成为中国艺术的最高目的；而“以追光蹑影之笔，写通天尽人之怀”(王夫之语)，就是中国艺术的最高成就。这种思想和追求也见于诗、史、书之中，司马迁写《史记》追求“究天人之际”，书法家创作也讲求“范围天地之变，体味万物之化，使我心入宇宙，宇宙入笔端，自我小宇宙和外在

---

① 王宏印：《〈诗品〉注译与司空图诗学研究》，北京：北京图书馆出版社，2002年，第22页。

② 祖保泉：《司空图诗品解说》，合肥：安徽人民出版社，1980年，第14页。

③ 同上书，第95页。

④ 徐复观：《中国艺术精神》，上海：华东师范大学出版社，2001年，第28页。

⑤ 除了现代人宗白华先生这样的说法之外，宋代陆象山还说“主于道则欲消而艺亦可进，主于艺则欲炽而道忘，艺亦不进。”(《象山先生全集·杂说》)

大宇宙合而为一体，于是体味到宇宙深层的妙意。”[①]对于儒家而言，艺术的原道宗旨就是坚持艺术原于道、依于道，载道与传道。刘勰的“原道”说，柳宗元的“文以明道”说，朱熹的“道根”说以及周敦颐的“文以载道”等，都是对艺术原道诉求的概括，尽管这里的“道”并不同于老庄所言之“道”，对艺术思维的影响并不大，因为它们的影响主要体现在艺术的思想内容和伦理方面。总之，在艺术创作中“天”、“道”总是被作为具有终极性的本体规定而被强调的，这正是与“天”、“道”在中国古代的宇宙观与社会观中的本体意义相对应的。

故而，《文心雕龙·原道》中所说的“鼓天下之动者存乎辞。辞之所以能鼓动天下者，乃道之文也”，可谓文与道之关系的切要阐述。文辞作为人的文化的、诗性的创造物，应该具备什么样的品格呢？“庄子要求一切人为的造作都须具备‘道’的品格——自然，要求文章著述成为‘体道’的‘筌’和实现个体自由人格的途径之一。照他看来，真正伟大而富于创造力的文人作家，应该能以自由的精神和纵恣的想象力，穿透有限现实的篱障，体验、感悟到那个阔大玄远的境界。就诸子说来，文章言辞不外乎被作为体现‘道’的形式或实现‘道’的方式。”[②]用刘熙载《艺概·自叙》中的话概括之就是：“艺者，道之形也。”在中国传统哲学看来，艺术作为“道”的具象和肉身形式，就是为了从深不可测的玄冥体验中升华而出，体悟“道”的节奏，契合到“天人合一”的鸢飞鱼跃的宇宙人生境界之中，最终实现“天人合一”最高境界。

---

① 朱良志：《中国艺术的生命精神》(修订版)，合肥：安徽教育出版社，2006年，第177页。

② 于迎春：《汉代文人与文学观念的演进》，北京：东方出版社，1997年，第9页。

普希金与俄国近现代文论

吴晓都

俄国文论在19世纪和20世纪的异军突起和高度繁荣是和一个伟大诗人的出现密切相关的，这个伟大诗人就是俄罗斯诗歌的太阳普希金。普希金早年激情昂扬的浪漫诗歌创作使俄罗斯文艺理论界对来自西欧的浪漫主义增添了积极而光明的诠释；他深沉的"百科全书"式的社会审视催生了俄罗斯批判现实主义的文艺理论；磨砺了文艺思想的社会批判的锋芒；他多彩多姿的艺术形象和文学思维不仅启发了现代艺术思维创新，也教导现代文论家尊崇文艺固有的规律，电影"蒙太奇"诗学的建立和形式学派"论宗"对艺术形象思维理论的重新认同，都体现着普希金文艺思想深度与广度的久远影响。普希金对俄罗斯现当代文论恒久影响和长期滋养彰显了俄国经典文学对文论创新的资源意义，这雄辩地证明：文艺观念与方法的创新，诗学的建构与发现只能依托一个文化的"长远的时间"（巴赫金语）而生成，文艺理论创新必须紧密依托社会实践和文艺实践，尤其需要深究经典形成的民族历史文化生活的深层内因和条件，以文化发展历程及其优秀成果为根本，在文艺创作和社会生活的文化审视中前瞻，从而得出合乎文艺自身规律的新颖的诗学论断。

现代文论界的一个发现是，俄国（俄罗斯）是近现代世界文艺理论创新的一个"策源地"之一。① 从文学理论到艺术理论再到文化诗学，俄罗斯作为后起的文化大国向世界文论领域先后贡献了以"别、车、杜"为代表的俄国革命民主主义现实主义文论，以什克洛夫斯基和雅

---

① 加林·吉哈诺夫《为什么现代文学理论产生在中欧和东欧》俄罗斯《新文学评论》第53期（2002年）文中谈到：现代文论大多产生在两次大战期间的中东欧，奥匈帝国或俄罗斯帝国崩溃使有共同文化历史背景的中东欧国家迎来民族文化的解放，民族文化意识高涨。激发了文论创新意识。二是新文学流派对文论的要求俄罗斯未来主义催生了形式文论。第三，文论家的迁徙，以雅科布森为例。捷克斯洛伐克处在几种文化交界点。符合文化产生在边缘的巴赫金观点。

科布森为“论宗”的形式学派文论、以爱森斯坦为代表的蒙太奇电影诗学理论和以巴赫金为代表的对话主义诗学理论，这些文论建树丰富了世界近现代文艺理论的宝库。诚如利哈乔夫院士所说：“与俄罗斯其他任何作家相比，普希金同俄罗斯文化的联系更加紧密。没有普希金就没有俄罗斯的长篇小说的基本主题，就没有俄罗斯主要的歌剧，就没有俄罗斯抒情音乐的主要形式的俄罗斯浪漫曲。普希金的确是我们的一切”（原为阿波罗·格利高里耶夫语）[①]，为此，我还要补充一句：没有普希金，就没有俄罗斯近现代文论。

普希金的经典对俄国文学和世界文艺及文论的影响有显性的和隐性的两个层面：在显性层面上，我们可以从俄罗斯文学的主题、风格和题材上明显感觉到，果戈理、莱蒙托夫、屠格涅夫、陀斯妥耶夫斯基和列夫 托尔斯泰都公开承认是普希金的传人。托尔斯泰说“普希金是他创作之父”。陀思妥耶夫斯基把普希金的道路看作是克服西欧派和斯拉夫派严重分歧的俄罗斯文学未来的必由之路。他们的创作从某种意义上说都是普希金创作的延续和变体。普希金以宽容博大的心胸接受了世界文化，在他的经典中处处体现着文学的民族性和世界性的完美融合，他被俄国人称作“俄国的拜仑”和“俄罗斯的司各特”，又被丹麦文学批评家勃兰兑斯视为俄罗斯民族文学最优秀的代言人，而且深刻影响过法国作家梅里美的创作。在《俄国印象记》中勃兰兑斯特别提到普希金的《茨冈人》对梅里美《卡门》的启发。在隐性层面，普希金通过柴可夫斯基、爱森斯坦和什克洛夫斯基对世界音乐、世界电影和世界文论产生了积极而深远的影响。普希金经典的世界意义是无可质疑的。托马舍夫斯基正确地指出：19 世纪和 20 世纪俄罗斯的文艺理论和文艺思想的主流——现实主义来自普希金。而普希金开创的现实主义的基础就是：人民性、历史主义和人道主义原则[②]。俄罗斯作家和文艺思想家总是自觉地或不自觉地回到普希金那里，并将“这种回归”看成是一种“革命性的本能。没有继承性什么也不会产生。而十月革命后苏联文学的继承性就是普希金”[③]。作家阿·托尔斯泰如是说。一个最典型的例子就是形式学派文论家什克洛夫斯基就从先锋文论回到了普希金的诗歌研究中，并按照普希金的文艺思想

---

① 利哈乔夫：《解读俄罗斯》，北京：北京大学出版社，2003 年，第 285 页。

② 托马舍夫斯基：《诗歌与语言》，莫斯科：国家文学出版社，1959 年，第 457 页。

③ 《阿·托尔斯泰全集》，莫斯科：国家文学出版社，1949 年，第 291 页。

纠正了自己的文论偏颇。

俄罗斯是一个世界公认的文学大国、艺术大国，从19世纪初以来不仅涌现了普希金、果戈理、莱蒙托夫、赫尔岑、冈察洛夫、屠格涅夫、陀思妥耶夫斯基、列夫·托尔斯泰、契诃夫、高尔基、布宁、阿赫玛托娃、帕斯捷尔纳克、马雅可夫斯基、法捷耶夫和萧洛霍夫这样灿若星辰的文学大师，而且在文学观念和文学理论方面对世界文化也多有重要建树。别林斯基、车尔尼雪夫斯基、维谢洛夫斯基、杜勃罗留波夫、什克洛夫斯基、雅克布森、艾亨鲍姆、卢那察尔斯基、巴赫金、赫拉普钦科和洛特曼等文艺理论大家对近现代文艺理论和批评的发展做出了自己的贡献。了解俄国文学观念有助于我们阅读和欣赏俄罗斯文学作品与流派，深入解析这些作品的特点与意义。本文将研究俄国近现代文学理论家的文论观念与普希金创作的关系，侧重探析普希金与19世纪的现实主义批评家别林斯基和20世纪形式学派文论家什克洛夫斯基等人的文艺思想联系。

一、普希金与别林斯基创立的俄国现实主义文学观念

从“俄罗斯诗歌的太阳”普希金时代开始到被称为欧洲现实主义小说艺术高峰的列夫·托尔斯泰时代，也就是大约19世纪的30年代到19世纪末这段时期，被文学史家称作俄国文学的“黄金时期”或“黄金时代”。普希金的长篇诗歌体小说《叶甫盖尼·奥涅金》和短篇小说《驿站长》的问世，揭开了俄国现实主义文学的序幕。正如杜波罗留波夫所说：普希金打开了“俄罗斯真实的世界”，“普希金回应了俄罗斯生活中表现出的一切，观察了俄罗斯生活。[①] 普希金的学生和亲密友人果戈理秉承现实主义精神，创作了长篇小说《死魂灵》和讽刺喜剧《钦差大臣》更开创了俄国现实主义文学的民族流派“自然派”。在这两位文学先师的影响下，俄国批判现实主义的文学力作如雨后春笋，大量涌现，形成了蔚为壮观的文学潮流，赫尔岑的小说《谁之罪》、冈察洛夫的小说《奥勃洛莫夫》、屠格涅夫的小说《罗亭》、《前夜》、《父与子》、陀思妥耶夫斯基的小说《罪与罚》、《卡拉马佐夫兄弟》、托尔斯泰的小说《复活》、《安娜·卡列尼娜》和契诃夫系列短篇小说为读者描绘了19

---

① 《杜波罗留波夫全集》(俄文版)，莫斯科：国家政治书籍出版社，第114—115页。

世纪俄国社会复杂多面的社会现实画卷。在俄国现实主义文学的形成过程中除了文学大家的天才和辛勤创作劳动外，文学理论家和批评家也功不可没，也可以这样说，没有像别林斯基这样思想敏锐深刻的文学批评大师的洞察和倾力推介，俄国现实主义文学也难以达到后来这样深广的影响力。在文艺的发展史上，文艺创作和文艺批评历来是互相促进的两种力量，文学创作实践是文学理论的基础，文学理论和文学观念是文学创作的概括和总结，同时也引导着影响着文学新人的创作，并为文学流派和文学思潮的发展推波助澜。在俄国文学黄金时代初期，别林斯基就是普希金和果戈理现实主义文学创作最重要宣传者和支持者，是俄国现实主义文学观念的先驱。

别林斯基是在普希金影响下成长起来的俄国19世纪上半叶最著名的文学批评家，革命思想家和政论作家。他于1811年出生在沙俄外省的一个军医的家庭，在当时属于下层平民。因此，少年别林斯基有机会接触下层普通劳动民众，熟悉他们在农奴制俄国的悲惨生活，很早就民众产生了同情心。大约18岁时进入了俄国著名的莫斯科大学，主攻俄罗斯语言文学，同时开始了自己的文学创作活动。在大学读书期间他醉心于黑格尔和谢林的唯心主义哲学思想体系，对法国启蒙主义也较为膜拜，但同时关注本国的社会现实，这成为他接受革命意识的重要基础。19岁时就写出了具有进步意义的剧作。由于他进步的思想意识和文学活动触犯了沙俄专制制度，在他读大三时，校方找了借口将他除名。从莫斯科大学肄业后，他继续进步的文学批评事业，先后为进步刊物《望远镜》、《莫斯科观察家》、《祖国记事》和《现代人》撰稿和主持评论专栏，在此期间，他与以赫尔岑为代表的俄国进步思想界有过交往并受到影响。随着对社会真实状况的深入了解和观察，别林斯基逐渐摆脱了黑格尔唯心主义思想体系的束缚，开始更加直接的面对现实，从真实的现实生活中寻找俄国社会的问题和解决途径，由此，他开始了从当初幼稚的唯心主义思想境界转向唯物主义阵地的立场转换。别林斯基最早洞察了19世纪俄国现实主义文学的发展大趋势，撰写了大量观点精辟饱含激情的文学评论和政论，鼓吹进步文学，为此也常常受到沙皇当局的迫害，终因贫病和劳累，英年早逝。与普希金一样，别林斯基享年仅37岁。1848年6月在旧俄国的首都圣彼得堡，俄国进步文学界又痛失了一位青年才俊，但他结合普希金和果戈理的经典创作而创立的俄国现实主义的文论却成为俄罗斯文学的一面旗帜。

1834年对于这位年轻的批评家和俄国文学批评史来说是重要的一年，年仅24岁的别林斯基写出才情横溢的文学论文《文学的遐想》，开始提出了俄国现实主义的文学观念，他结合对文学创作中民族特性的刻画的问题，深刻指出了正确反映和表现俄罗斯民族特性的正确途径，而这个途径不是别的，正是现实主义的文学创作精神和方法。而普希金正是俄罗斯文学史上第一个伟大的现实主义作家。无论是诗歌《乡村》中对农奴制悲惨现实的揭露，在《驿站长》对下层小人物苦闷的描写，还是在《奥涅金》中对俄罗斯城市与乡村青年困境的展示，都体现了一个深切关注俄罗斯现实社会的作家的敏锐和激情。甚至连早年的形式学派论宗什克洛夫斯都承认，"普希金的世界是现实的"。因此，别林斯基把普希金的《奥涅金》等作品中体现的现实主义精神和方法称作俄罗斯近代文学主要是全部现实主义文学的基石[①]。别林斯基号召向普希金学习，提出要忠实地描绘俄国社会的当代生活情境。在1835年，别林斯基深化了他的现实主义文学观念，发表了著名的文学评论《论俄国的中篇小说和果戈理先生的中篇小说》。他在这篇文章中结合对诗歌的分类阐释了他对现实主义文学创作的理解。在他看来，诗歌分为"现实的"和"理想的"两大类型，所谓"现实的诗歌"，其最显著的特点就是对现实的忠实。这种诗歌不再造生活，而是复制生活。由此可见，我们也可以把别林斯基的现实主义文学观念概括为"复制现实说"。

别林斯基的现实主义文学观念的内涵首先包括"描绘的忠实性"，即文学对社会生活反映的真实性；其次，要体现现实主义的"当代性"，即作家对当代社会生活的忠实描绘；第三，现实主义不仅仅是对民族生活外部特征的直观描绘，而是要注重刻画民族特有的情感与思想方式。别林斯基这个文学观念直接受益于普希金培养的现实主义文学大师果戈理。果戈理曾经说过，描写俄国的生活，不能仅仅停留在描绘俄罗斯民族的无袖长衫，还必须写出俄罗斯人的内在精神面貌。第四，现实主义的文学必须创造出具有高度生活意义的典型，这就是著名的"典型说"。普希金笔下的多余人，如《茨冈人》中的阿乐哥、《高加索俘虏》中的"俘虏"、《黑桃皇后》中的格尔曼、《叶甫盖尼·奥涅金》中的奥涅金等都是俄罗斯19世纪前期社会中的典型青年贵族人物。这

---

① 别赫捷列夫：《别林斯基——俄罗斯文学史家》，莫斯科：教材出版社，1961年，第234页。

些经典形象为别林斯基的现实主义典型理论的形成提供了及其重要的丰富生动的文本资源。

别林斯基对现实主义的文学典型有一个极为形象的定义:这种典型就是“熟悉的陌生人”。之所以说熟悉,是因为这些文学人物都是读者在当时的现实生活中司空见惯的,如普希金笔下的“奥涅金”这种俄国社会中的“多余人”、果戈理笔下的“吝啬鬼”泼留希金、莱蒙托夫笔下的“当代英雄”毕乔林、冈察洛夫笔下的“超级懒汉”奥勃洛莫夫、屠格涅夫笔下的“虚无主义者”巴扎洛夫几乎都是当时农奴制社会中常见的病态人格;而之所以陌生,是因为这些鲜活的独特的人物形象在每一部现实主义文学作品中是首次这样突出地放大地亮相。别林斯基根据普希金特别是果戈理及其流派“自然派”创作的深刻分析,概括并预见了俄国19世纪文学发展的主潮是批判现实主义。当俄国贵族文学界诋毁果戈理现实主义尖锐无情的讽刺杰作时,这位批评大师在文坛大声疾呼:俄国需要的正是果戈理这种“毫不留情的直率”,需要这种撼人心魄的真实,因为在果戈理为代表的“自然派”的创作中展现了俄国社会痛苦却完全真实的面貌,代表俄国文学走上了一条真实和真正的道路,正是这个现实主义流派的作家把文学变成了俄国社会的展现和镜子,它符合俄国时代的精神需求。连什克洛夫斯也强调:“果戈理的世界只有在与普希金的乌克兰的世界共存时才能实现”。后世的文豪列夫托尔斯泰被俄国革命导师列宁赞誉为俄国革命的一面镜子,这位长篇小说泰斗的文学观念完全来源于他的文学先驱别林斯基。别林斯基在其后来的重要论著作《诗歌的分类和分科》、《乞乞科夫的经历或死魂灵》、《关于批评的讲话》、《1847年俄国文学概评》、《1847年俄国文学概评》和《致果戈理一封信》中进一步完善了他的现实主义文学观念。正是别林斯基通过他一系列评论普希金及其学生果戈理的文学创作的文章和政论,从观念和理论上为俄国19世纪文学奠定了坚实的现实主义文学理论基础。他的文论实际上就是对普希金和果戈理现实主义创作经验和成就的理论总结。

二、普希金与俄国现代文论

普希金的经典创作不仅启蒙了以别林斯基为代表的俄罗斯近代文艺理论,而且也为俄国现代文论的形成与发展提供了丰富的文艺创作观念的资源,特别是俄国现代主义的某些文论家在深入研究了普希金的创作后,匡正了先前的错谬,矫正了其理论探索的路向。

众所周知,俄国文学“黄金时代”之后,又出现了一个新的文学繁荣时期,这就是苏联解体后的新俄国文学界十分推崇的“白银时代”,“白银时代”的历史阶段大致在19时纪最后10年到20世纪20年代中后期。这一时期,俄国文化处于从古典到现代的转型时期,文学思想比较活跃,新作迭出,流派纷呈。受西欧现代主义文学的影响,俄国也出现了自己的现代派文学思潮和流派,诸如象征主义流派、未来主义流派和阿克梅主义流派等等。其中,未来主义文学运动在俄国文坛来势强盛,其影响早已超越了文学创作自身领域,不仅深刻影响了文艺理论领域、语言学领域,而且还影响了20世纪初文艺创作的新宠——新生的电影艺术,导致了电影创作经典理论——“蒙太奇”理论的诞生。当然,未来主义文学运动对俄国文学观念和文学理论的影响更加直接,我们这里要涉及的就是在未来主义文学思潮直接影响下产生的俄国新的文学流派——“形式主义文论”及其主要代表什克洛夫斯基。值得注意的是,什克洛夫斯基不仅是一个现代文论家,而且也是著名的普希金学专家。

什克洛夫斯基(1893—1984),俄罗斯文艺学家、电影艺术家,俄国形式主义文学理论的创始人。青年时代曾在圣彼得堡大学语文系学习过一个时期。1914年—1917年在莫斯科和彼得格勒参与创建“诗歌语言研究会“即“奥波雅兹”。他的文艺学生涯是从文学的形式研究开始的《散文理论》(1928年)。《艺术即手法》是他形式文论的代表作。其中提出了著名的“陌生化”原理。什克洛夫斯基早年否定形象思维理论。在他看来,“形象思维至少不是一切种类的艺术,或者甚至也不是一切种类语言艺术的共同特点,”艺术手法就是将事物“陌生化”的手法,是把形式艰深化,从而增加艺术欣赏者的感知难度和时间的长度。他认为,文学语言与日常生活语言的差异就在于前者是一种具有特殊构造能够唤起读者全新感觉的语言。但是他的这种文学艺术新观念存在忽视作品固有的社会历史内涵的缺陷,不利于全面揭示艺术的本质问题。形式主义文学理论在苏联遭遇批判和冷落以后,什克洛夫斯基在文艺学领域一度沉寂,转入俄罗斯文学和苏联文学研究,同时也从事电影艺术事业和理论探索 ,在电影理论方面卓有成就。

有意思的是作为什克洛夫斯基的“陌生化”诗学理论的创作经验的例证恰是普希金的迥异于杰尔查文、罗蒙洛索夫等17世纪时兴而熟悉的崇高体的通俗诗歌语言风格,普希金创作风格的“陌生感”或

"陌生化"由此产生。什克洛夫斯基在《散文理论》中就谈到普希金这样的"艺术手法"给他文艺理论创新以重要的启迪。

他在1929年的《散文理论》中指出:"诗歌语言是一种困难的、艰深化的障碍重重的语言。有时诗歌语言与散文语言相近,普希金写道:'她的名字叫塔吉雅娜……我们第一次用这样的名字,让充满柔情的篇章生辉,这样做真有几分放肆',普希金的同时代人习惯于杰尔查文那种文体高昂的诗歌语言,而普希金那种(在当时看来)低俗的问题倒是显得出人意料地难以理解。我们都记得,普希金的同时代人当初都因他用语粗俗而大惊失色。普希金把使用民间俗语作为引起注意的特殊手段",[①]钱钟书先生看见什克洛夫斯基的这些论述后,在《谈艺录》称赞他"诚哉斯言!",又结合中国宋代诗歌创作概括为"使文者野,使熟者生",是文艺创作出奇制胜之诗学法宝。"陌生化"与"熟悉化"是互为转化的。就像什克洛夫斯基注意到的那样,当20世纪初俄罗斯社会都用标准语交流的时候,作家却开始大量使用方言或外省语言创作。在1982年的《散文理论》中什克洛夫斯基再次使用了普希金在《奥涅金》中别出心裁地利用俗语和俗名的例子。这一次是结合对塔尔图学派的评论解释什么是文学中或艺术中的"形式"。"把'塔吉雅娜'这个名字引进来,此事本身就有许多含义,有多意性。'塔吉雅娜'这个朴素的名字首先以其朴素而使文本本身的一切意义都裹上了一层素装,并形成意义之间的相互关系,我们这样想的时候,我们知道,这是在谈形式"。[②]用俗语或俗名,有创作上形式的考虑,但也有普希金对民众亲近的情感意义,所以这也关系到文本的内容。

更有意义的是,走过形式主义极端化弯路的这个文论家在晚年还是在普希金创作经典的教导下,结合对普希金经典创作《奥涅金》等作品的重新研究,更改了自己以往的理论偏颇,最后回归了俄罗斯文论的主流,承认了"形象思维理论"的合理性。在分析《奥涅金》中乡村冬天景象时,他直接引用富于图画特点的生动场景:

> "'孩子们兴高采烈地结伙,
> 冰鞋响亮地把冰划破;
> 一只体态臃肿的笨鹅,

---

① 什克洛夫斯基:《散文理论》,南昌:百花洲文艺出版社,1994年,第21页。

② 同上书,第92—93页。

想去水的怀抱里遨游，
小心翼翼地踩着红脚掌，
刚踏上去就滑倒在冰上。'

普希金的诗句全都可以拿来做这样的例子。发生了什么事？这是记录，录下感受到的图景。这对我们大家意味着什么？请看：人们说到用形象思维。现在可以看清楚，此说大体不差"[①]。

什克洛夫斯基回归俄罗斯传统的形象思维理论，回归别林斯基的反映论和认识论的文艺理论，这不仅仅是别林斯基们的胜利，更是隐藏在这些文论家背后伟大而永恒的普希金的胜利！

什克洛夫斯基后来与罗曼·雅科布森这位结构主义语言学家分道扬镳了。什克洛夫斯基精辟地指出："结构主义者们的错误——是研究语法而不是研究文学的人的错误"。[②] 文学离不开语言结构，但文学远远不只于语言结构或语音结构。正如苏联文艺心理学家维戈茨基在其著名《艺术心理学》对普希金的名著《巴赫奇萨拉伊拉的泪泉》的分析中指出的那样，普希金在诗歌中多次选用"拉伊"这个音节，其实饱含着诗人对曾经热恋对象拉耶夫斯卡雅的款款深情。因此，语言结构或语音结构不只是语言形式问题，也是内容问题。所以，什克洛夫斯也深刻领悟到：没有无内容的形式。

在他1929年和1982年出版的两种《散文理论》中，我们发现，支撑他理论思维最多的作家就是普希金。这决不是偶然的。同时代的巴赫金对形象思维理论也持积极的赞同态度。他认为杜勃罗留波夫在《尼基京的诗歌》一文中关于"需要用艺术形象描绘生活力量"的论断极为精彩[③]。

什克洛夫斯敏锐地感到了"读图时代"的来临。当时还没有网络，电视虽然也不像当今这样普及，但他感到，"文字遇到了一个对手，图像"。"电影排挤了书籍，电视排挤了电影，正在排挤报纸。现在的图像艺术确实能量极大，它自己能提出问题，自己也能解决问题[④]"。形式学派文学理论对苏联电影艺术观念创新具有重大影响。"蒙太奇"

---

① 什克洛夫斯基：《散文理论》，1994年，第401页。

② 同上书，第148页。

③ 巴赫金：《拉伯雷小说中的民间节日和形象》，《巴赫金文论选》，北京：中国社会科学出版社，1996年，第248页。

④ 什克洛夫斯基：《散文理论》，1994年，第288页。

电影美学与什克洛夫斯基有关艺术即手法的观念有内在深刻的诗学"亲缘关系"。同时以爱森斯坦为代表的苏联电影艺术的生动实践和创新活力也影响他的文艺学探索。对"陌生化"的诠释超越了"形式"或"手法"的狭小局限,而以生活的丰厚来充实文学特征论。与一般的西方文艺学家不同,什克洛夫斯基比较关注东方文学观念,特别是中国的文学艺术。他专门研究过中国叙述学,探究民间传说对中国古典小说起源的意义。他呼吁西方文艺学界更多地了解中国文化,"中国应该被发现,正如当年美洲被哥伦布发现一样,发现的不仅仅是土地,还有文化、风景。"他追求文学理论建构上的东西方文化的平衡。主要理论著作有:《关于散文理论》(1925 年)、《散文理论》(1983 年)、《40 年间 · 沉思与分析》(1960 年)、《列夫 · 托尔斯泰的小说「战争与和平」》等等。

托马舍夫斯基在"主题"研究中,经常用普希金的创作阐明传统文学在"情节编制"上的主导作用。这方面的典型文本例子有《高加索的俘虏》、《茨冈人》、《村姑小姐》、《暴风雪》和《棺材匠》。他认为普希金在其作品中引入"自由细节"方面的文学传统问题。[①] 普希金论及 19 世纪 30 年代作家描写服装是当时传统的"自由细节"。在分析"静态细节"和"动态细节"时,托马舍夫斯基也以普希金的短篇小说中的两类情节做例证。之所以用普希金的作品为例,不仅是因为普希金的创作俄国读者熟悉,而且也恰好是体现文学规律的典型范例。普希金的浪漫叙事诗歌至今(20 世纪初期)仍然对诗歌形式发生着影响。[②]

其实,巴赫金最为看中的一个文学创作特点"未完成性"也是普希金创作中的一个特征。什克洛夫斯基提问,"未完成性"是生活的现象,还是结构的现象?普希金最经典的代表作《奥涅金》就是一个最典型的未完成作品,什克洛夫斯基也注意到这部经典像普希金本人一样"戛然而止"的特点。普希金本人也可以说是"未完成的"伟大的创作之迷,天才之迷!什克洛夫斯基称普希金是伟大的思想家,也是不无根据的。

普罗普的《民间故事形态学》也受到普希金童话创作的启发。普希金在给弟弟的一封家书中写到:"晚上,我听民间故事,这些故事多么美啊!每一个都是一首史诗!"普罗普在《俄罗斯的故事》中称"普希

---

① 《俄国形式主义文论选》,北京:三联书店,1989 年,第 115—117 页。

② 同上书,第 208 页。

金是俄罗斯艺术文化史上的第一人,因为他从一个普通农妇那里开始记录民间故事的所有的美,并完全理解这种美。"[①]他认为,虽然普希金利用了俄罗斯民间故事的素材,但是他所创造的童话比原来的故事更加丰富和匀称。[②] 在普罗普看来:对普希金而言,民族文化是最原始的文化,它们与民族的历史、风俗及传统相联系,表达着一个民族迥异于其他民族的性格。

电影艺术大师爱森斯坦在创立蒙太奇艺术手法和理论时就常常到普希金的创作中去寻找诗学资源和理论思维。这位现代电影理论的奠基者之一坦陈:他常常到普希金的经典创作中去寻找创作灵感和文艺思想资源,向普希金学习。[③]

俄罗斯后现代主义和新历史主义文论家也从普希金的作品中寻求理论阐释的资源。如俄罗斯后现代文艺理论家库里岑和利波维茨基就认为,后现代主义并不仅仅是20世纪的文化现象,而是一种周期性的文化发展规律性的现象与表现,例如作者在作品中刻意出场,叙事故意中断,作者高调出场、解构和消解传统的文化理念。他们认为:普希金在《奥涅金》中经常运用类似的写作手法,否定"科学院语法词典"、时尚的诗歌韵律等等,就是如此。[④]

我想用俄罗斯文化学家利哈乔夫院士的话来结束我对普希金与俄罗斯文艺理论关系的思考:"普希金不朽的秘密在于,他在生活的每一个瞬间,在生活的每一个细微之处都看见了,感触到了,体验到了宏大的,永恒的全世界的意义。"[⑤]的确,真正的文学经典总是为未来的文艺理论预设了丰富的广阔的阐释空间。普希金的文学经典与百年来俄罗斯近现代文艺理论的互动关系正是如此。因此,普希金的文艺思想值得跨文化的文艺理论研究者深入研究。

① 普罗普:《俄罗斯故事》,莫斯科:迷宫出版社,2000年,第63页。

② 同上书,第64页。

③ 参见《爱森斯坦论文选集》,北京:中国电影出版社,1962年。

④ 参见库里岑:《陡度的规律》、利波维茨基:《后现代主义:一种新的原始文化》,载《后现代主义》,北京:社科文献出版社,1993年。

⑤ 利哈乔夫:《解读俄罗斯》,北京:北京大学出版社,2003年,第301页。

论中西早期普遍主义的哲学基础及其对世界文明观的影响

史忠义

“和”是中国早期的普遍主义的思想形式之一[①]。自西周以来，这一思想滥觞于《易经》。学术界多以为从这部卜筮(*shi*)之书中提炼其哲学思想是很难的。但成书于战国年代的《易传》十篇概括了《易经》的思想精髓。“保合太和”被概括为《易经》的基本思想。《周易·传》中说：“大哉乾元，万物资治，乃统天[②]。云行雨施，品物流形[③]，大明始终[④]，六位时成[⑤]，时乘六龙以御天。乾道变化，各正性命，保合太和[⑥]，乃利贞[⑦]。首出庶物[⑧]，万国咸宁。”[⑨]这种普遍主义的哲学根基是什么？《易经》其书和历代学术界都张扬其天人感应思想。笔者则以为《易经》的哲学基础是朴素的辩证唯物论思想。因为感应的前提和结果是感物，而感物加上《易经》通体都在阐述的变化的思想，构成了朴素的辩证唯物论思想的基本内核[⑩]。

《易经》之后，儒家和道家都阐述了“和”的普遍主义思想。儒家倡

---

① 笔者以为，“道”、“仁”和“和”都是中国先秦时期的普遍主义的思想概念，只是我们以前从来没有这样阐释过。

② “十三经”中王弼注，以为所统者为天下一切事物。

③ 品物指各类事物。

④ 乾元彻底明了万物之终始，明了自然律则的运作。参见“十三经”中孔颖达(公元574—648)疏之《周易正义》卷一。

⑤ 六爻依不同的时位构成其卦。

⑥ 太和元气。

⑦ 利于贞固其体。

⑧ 始生万物。

⑨ 转引自陈荣捷编著《中国哲学文献选编》，南京：凤凰出版传媒集团/江苏教育出版社，2006年，第240页。

⑩ 笔者以为，辩证唯物论的概念是马克思和恩格斯提出的，但辩证唯物论的朴素思想早就存在。

导仁政,仁政的实质是和,即达到人与自然、人与人的和谐。孔子在《论语》的《学而》篇十二中曾说:“礼之用,和为贵”,意思是说,礼的最大价值在于建立和谐。从孔子的时代来看,他的和(仁)这种普遍主义的思想的主要根基源自他的政治思想。把孔子中和思想阐释得很透彻的是他的孙子子思。据说子思是《中庸》的作者。子思在《中庸》篇中说:“中者,天下之正道;庸者,天下之定理。”“中也者,天下之大本也;和也者,天下之达道也。致中和,天地位焉、万物育焉。”这里的“中”指的是中心之中,“庸”则指普遍与和谐。前者指向了人性,人性由天道赋予,但只有在中和的状态中,才能显现出来。中和是天下之“大本”与“达道”,是宇宙的基本形态,也是人达道的基本形态。喻人性是和谐的,宇宙也是和谐的,人与宇宙一体。在子思这里,中庸和中和本身既是他的普遍主义思想的形式,也是其哲学根基即宇宙观和人性观本身。

老子在《道德经》里曾经说过:“道生一,一生二,二生三,三生万物。万物负阴而抱阳,冲气以为和。”(第四十二章)冲气以为和是指阴阳两气交合而成的一种均匀和谐的状态。老子这里的普遍主义首先还是一种宇宙观。在老子的哲学里,唯有经由静,道才能彰显。这与《易经》和后来新儒家的思想是相反的,《易经》和新儒家都主张只有经由动,天地之心乃可得见。《道德经》第十六章云:“致虚极,守静笃,万物并作,吾以观其复。夫物芸芸,各复归其根。归根曰静,静曰复命。复命曰常,知常曰明。不知常,妄作,凶;知常,容。容乃公,公乃全,全乃天,天乃道,道乃久;没身不殆。”这里表现了一种愿望:在虚静中理解道的全貌,只有在虚静中,万物才会各复归其根,物与物之间的联系,万物与道之间的联系才会本真如实地呈现出来。当我们知道什么是世界正常和正当的面貌以及什么是人类正义和应当的生活时,我们才会在维护世界正常和正当的面貌中,在遵行人类正义与应当的生活中,使自身与整个外部世界协调一致、和谐统一;当人们在这样和谐统一的状态下生活和生存时,其终生都是幸福的。这样,老子的宇宙观里就增加了普遍主义的生存观和幸福观。

庄子对其宇宙观的论述更透彻,其中里边也蕴涵着他的和的普遍主义。庄子在《大宗师》里说:

夫道，有情由信[①]，无为无形；可传而不可受[②]，可得而不可见；自本自根，未有天地，自古以固存；神鬼神帝[③]，生天生地；在太极之先而不为高，在六极之下而不为深，先天地生而不为久，长于上古而不为老。狶韦氏[④]得之，以挈天地[⑤]；伏戏氏[⑥]得之，以袭气母[⑦]；维斗[⑧]得之，终古不忒[⑨]；日月得之，终古不息，堪坏[⑩]得之，以袭[⑪]昆仑；冯夷[⑫]得之，以游大川；肩吾[⑬]得之，以处大山；黄帝得之，以登云天[⑭]；颛顼[⑮]得之，以处玄宫；禺强[⑯]得之，立乎北极；西王母得之，坐乎少广[⑰]，莫知其始，莫知其终；彭祖[⑱]得之，上及有虞，下及五伯[⑲]；傅说[⑳]得之，以相武丁，奄有天下，乘东维[㉑]，骑箕尾[㉒]，而比于列星[㉓]。

---

① 有情有信，真实而可考信。

② 可传递而不可接受。一云"受"与"授"通。一云当作"可受而不可传"。

③ 赋予鬼神及统治者神灵莫测之力量。

④ 传说中的先王。

⑤ 以挈天地，整治宇宙。

⑥ 传说中发明八卦的先王。

⑦ 气母，物质力量之源。

⑧ 维斗，北斗。

⑨ 不忒，不出差错。

⑩ 堪坏(pēi 胚)，昆仑山神。

⑪ 袭，进入。

⑫ 水神、河神，亦称河伯。

⑬ 泰山神。大(tai 太)山，泰山。

⑭ 传说黄帝在首山采铜，在荆山铸鼎。鼎成，有龙垂在鼎上迎接黄帝，于是黄帝和臣妾七十二人，乘云驾龙，登天化仙。

⑮ 黄帝之孙，据传说，他得道后成为北方帝，又称高阳氏，古代五帝之一。玄宫，北方帝宫。

⑯ 据传说，也是黄帝之孙。

⑰ 西方空虚界之名。

⑱ 在中国以长寿闻名之人。

⑲ 有虞，舜的时代。五伯(bà 霸)，即五霸：齐桓公、晋文公、秦穆公、楚庄王、宋襄公，分别为春秋时的霸主。

⑳ 傅说(yuè 悦)，传说殷代贤臣。他原是在傅岩从事版筑的奴隶，后被殷高宗(武丁)任用为相，治理天下。傅说死后，其精神升天，乘骑在东维、箕尾两星之间，与众星并列。奄，才。

㉑ 东维星座。

㉒ 二十八星宿之一。

㉓ 与列星比并，比肩而立。引自曹础基：《庄子浅注》，北京：中华书局，2000 年，第 93—94 页。

庄子的《齐物论》表述了事物不仅相对、且为同一的思想，因为相对的总是相生相涵，彼此玄同，因此也同是有限的系列，而无限之有限构成"和"的无限[①]。这种思想是很深刻的。庄子对黄帝的赞赏，也体现了这种思想。庄子认为最有智慧的人，是上古洪荒时期的黄帝。黄帝"旁日月，挟宇宙，为其吻合[②]，置其滑涽(*hun*)[③]，以隶相尊[④]。众人役役，圣人愚芚(*chun*)，参万岁而一乘纯[⑤]。万物尽然，而以是相蕴[⑥]。"

宋代新儒学对儒家的仁政做了最广泛地延伸，把仁亦变成了宇宙观。张载在《西铭》中为仁建立了最宏阔牢靠的哲学基础。程明道予以继续发挥："学者须先识仁，仁者浑然与物同体。"又云："仁者以天地万物为一体，莫非己也。"(均《遗书》，二上)此思想以后影响甚大，程氏门人杨时以天地一体言仁，其一例也。及至王阳明(王守仁，1472—1529)之《大学问》，天人一体之说乃达高峰。阳明子曰："大人者，以天地万物为一体者也。大人之能以天地万物为一体也，非意之也，其心之仁本若是。明明德者，立天地万物一体之体也。亲民者，达天地万物一体之用也。"所谓亲民，即亲亲而仁民，仁民而爱物之谓。以至不特亲吾之父兄以及天下人之父兄而为一体，而且与鸟兽草木瓦石皆为一体。故由明明德以至齐家治国而平天下，其一体乃步步实现，逐渐圆成。此是理学家天人合一之正传。至此，仁不仅是政治思想，也是宇宙观。朱熹则建议用天人一体的表述方式。

笔者以为，这种建立在唯物辩证基础上、建立在天人一体思想基础上、与宇宙观捆绑在一起的和的普遍主义，对于世界文明间的态度必然持"文明和平共处论"。20 世纪五十年代周恩来与印度尼赫鲁共同提出的国与国之间交往中应遵循的和平共处五项原则即是这种"文明和平共处论"的体现。我们从华夏传统这种普遍主义中还可以推演出"文明互补论"，意谓世界上各种文明之间必然有很多差异，但这些差异不应成为"文明冲突论"的论据，世界上各种文明之间是互补的。

公元前 4 世纪以前，古希腊的普遍主义思想主要表现为柏拉图在

---

① 见曹础基：《庄子浅注》，第 22—24 页。

② 与万物合为一体。

③ 将其纷乱弃置一旁。

④ 尊崇仆夫。

⑤ 糅合千万年之杂，成一精纯之体。

⑥ 彼此相蕴合。这段话亦出自《齐物论》。见曹础基：《庄子浅注》，第 36 页。

《高尔吉亚篇》和《理想国》里确定的一种宇宙观，即天地统一和人神统一的思想。柏拉图在《高尔吉亚篇》里认为它是宇宙秩序、政治秩序、法律秩序、科学秩序和人类秩序的源头。我们曾经说过，这种普遍主义的哲学根基是先验形而上学，后者分别指当时毕达哥拉斯的数本原论、柏拉图的理念论和实际已经存在的上帝创世说。以这种先验形而上学为哲学根基已经说明，柏拉图式的普遍主义里存在着对冲突的极大恐惧，否则就不会借用这些极端力量来吓唬人类了。柏拉图在《理想国》里就批评过政治领域里个人主义的无政府主义的放任自流性质的衍生品和变异现象，指责它们忘记了总体利益主导个别利益的原则。民主忘记了法律、公共利益即正义的普遍性，雾化并让位于各种各样的破坏因素，然后毁灭了雅典城邦。正是这些东西夺走了它的和谐、活力并很快夺走了它的生命。

希腊化时代改造了希腊遗产并把它传播到地中海世界之外，因为小亚细亚、美索不达米亚、伊朗、迦勒底从此构成了它的版图。这是一个文明的双重运动，一方面向东方输出，另一方面，新老文明的融会产生一种新的文明，随之在西方传播。亚历山大帝国不仅奠定了一个幅员辽阔的新的地域国家的基础，也奠定了一个新王朝和一种新文明的基础，使遥不可及的东西如在眼前，期间，政治的衰退成就了“商务”（贸易、银行、交易），古典时代的“公民”逐渐让位于“商人”或“学者”。一种体现世界主义精神的哲学将从众多途径展开，赋予这些变化某种可读性和意义。

公元前306年，萨摩斯人伊壁鸠鲁在雅典创立了学苑。伊壁鸠鲁的强烈愿望就是让学苑的成员们远离政治生活，他认为政治生活本质上是混乱和各式各样无谓忧虑的源泉。“伊壁鸠鲁革命”大概就在于这种远离公共生活的态度，把它作为和平和幸福的条件，其幸福观建立在伦理生活规范即非政治的乐趣之上。这大概是一种个人主义的思想。奇怪的是，这种个人主义的思想的哲学根基却更接近唯物论。伊壁鸠鲁《致希罗多德的信》（Lettre *à* Hérodote）概括了他的物性论思想，出现在这封信里的同一形象（§ 37 和 82—83）不具有柏拉图的eikôn（灵魂）独特的渐弱性。伊壁鸠鲁的形象恰当地反映了真实。它不指意任何其他东西，例如超感性的东西。Galènismos 表示灵魂平和、清澄的平衡状态，表示饱满状态（第欧根尼·拉尔修，*X*，83）。远离政治生活是接近这些状态、获得它们、延续它们的条件之一。作为幸福生活的原则，快乐（hédonè）同时会齐并区分所有事物。这种新的道德观(philia)首先是伦理纽带,其次是社会纽带,它宣扬对直接和当地公共生活参与方面的缺失。追求自足和不动心境界的伊壁鸠鲁式禁欲首先确立这种超然世外的态度。

物性论既向宇宙及其根本规律开放,同时也向伦理学开放。当鲁克瑞提乌斯(*Lucrèce*)的《自然论》(De Natura Rerum)[①]向"圣人"("*divin*")伊壁鸠鲁及其"金玉良言"("*paroles d'or*")顶礼膜拜时,他强调说,由于他,由于他的物性论,精神上的恐惧被驱散,我们世界的阻隔被拆除(*III*, *v.* 15—17)。伊壁鸠鲁的宇宙论和神学解放了人们,照亮了他们并使他们安静。

毋庸置疑的是,存在着某种伊壁鸠鲁式的世界主义。四海之内皆兄弟,他们都在追求幸福。这是伊壁鸠鲁个人主义的两面性。

据博学者说[②],犬儒学派的世界主义对斯多葛学派的世界主义的影响远远超过我们今天的想象。甚至可以说,斯多葛主义是"经过许多锤炼之后的丰富的犬儒主义"。来自北海的西诺普人第欧根尼·拉尔修在《杰出哲学家的生平和学说》第六卷把犬儒学派(第欧根尼)与斯多葛学派(第欧根尼的弟子克拉忒斯)归结到相同的苏格拉底主义者安提斯德奈斯源泉,由类似的道德观和政治思想的思维体系联系在一起。克拉忒斯是泽农(芝诺)的老师,斯多葛主义的创始人和已经失传的具有浓郁世界主义色彩的《政治篇》(Politeia)一书的作者。普鲁塔尔科斯在《论亚历山大时代的财富》(De Fortuna Alexandri, 329 *a-b*)一书中告诉我们,根据这个文本,"(1)我们不应该区分为城邦和民族,每家按照自己的正义标准生活,而应该把所有人都看作自己的同胞和公民,以一种方式,在唯一的世界屋檐下生活,就像一群牲口在共同的法制管理下在同一牧场一起吸收营养。(2)泽农写下这些文字,描绘了代表美好哲学立法和哲学共和国的理想图景或形象"。

"唯一真正的公民性是应用于世界的公民性"(第欧根尼·拉尔修,*VI*,63 和 72),第欧根尼喜欢这样承认公民性,他有意说自己"没有

---

① 鲁克瑞提乌斯(Lucrèce,通译为卢克莱修,现据陈中梅先生改译为鲁克瑞提乌斯):《自然论》(*De Natura Rerum*), Les Belles Lettres, 1968, traduction Alfred Ernout, 1968 (1re édition, 1966).

② 《前期犬儒主义及其延伸》(*Le Cynisme ancien et ses prolongements*), sous la direction de Marie-Odile Goulet-Cazé et Richard Goulet, PUF, 1993 (Actes du Colloque international du CNRS, Paris, 22—25 juillet 1991) ; John Moles, "Le Cosmopolitisme cynique", pp. 259—280.

城邦(apolis)、没有家(aoikos)、没有祖国(patridos esteremenos)、乞讨(hètôkhos)、流浪(planètès)、得过且过(bion ekhôn touph hémeran)"(第欧根尼·拉尔修,*VI*,38)。他把城邦作为一种"违反自然"(paraphusin)的实体而抛弃。这个时代无疑更崇尚国际思想或全球思想,超过了对出生国或隶属国的钟爱。第欧根尼自我标榜的流放意味着自由(eleutheria)。城邦封闭、异化人的生命活力并使之萎缩。整个地球是犬儒人的居所(第欧根尼·拉尔修,*VI*,98,93)!唯有宇宙空间才配得上他的真正的衡量尺度。有意选择的贫穷是真正的财富,脱离了一切和所有人,是自由生活的条件,是对政治生活的放弃,是进入世界境界的必然支撑。

如果说伦理方面接受同化,教义方面却是分离的。斯多葛学派的世界主义以物理学、神学和泛神论的世界观为参照系,内在里依赖这些学理。公元前3世纪泽农在雅典的继承人克利安西(*Cléanthe*)的《宙斯颂》(L'Hymne *à* Zeus)是这方面的最早文本,是相对于犬儒主义和伊壁鸠鲁主义斯多葛特色的机枢。一个理性的神向世界吹来它的秩序、生命和规律,吹来每个人和所有人的位置,吹来最小物与最大物的位置。经过火洗礼的宇宙间的逻各斯是善、正义和比例和谐的恰当性的原则,成为注目和模仿的真善美的楷模。它把一切都按天命的因果性和必然性联系起来。一切围绕着它孕育,一切依赖于它,一切回归于它,且永不停息。有着众多称谓的神界逻各斯和人间逻各斯构成一个不可分离的独特整体,疯狂的人们有时竟至于不自量力,想打破这种统一。

斯多葛学派的交替观是明显的。或者是脱缰野马式之偶然的混乱,或者是神明之仁慈掌控着事物的公平分配(《思想集》,*XII*,14和*X*,6)?原子或大自然?碎片化的整体或"普遍化的感应"?简而言之,伊壁鸠鲁主义或斯多葛主义?或者无限的宇宙论或有限的宇宙论?或者不可企及的神灵对我们的命运和遭际无动于衷,或者以"自然神论"(Deus sive Natura)方式出现的某种泛神论发现一切皆有神性?这说明,斯多葛学派的世界主义对世界的冲突是担心的。

西方早期的最后一种普遍主义的思潮是影响直至今日的基督教教义。基督教教义以耶稣为榜样,主张把最独一无二的个性纳入世界主义的胸怀。并且认为只有基督教精神有能力把最丰富最独特的个性与具体的普遍性统一起来,全世界所有的人没有任何区分地受到呼吁,呼吁他们参与这种具体的普遍性。基督教建立之前的古希腊人和古罗马人未能够提升这种世界主义型的伦理个体性，唯有奥古斯丁(*Augustin*)公元5世纪时懂得在《论公民》(Civitas Dei)中阐明这种世界主义的神性精神。天和地这两个“城邦”受到呼唤，呼唤它们从天职出发相互渗透直至时间的末日，而非对立或交战。惟有基督教的“公共”利益(*la* res publica christiana)在其自身中包含了世界主义的个体意识与公民性的不可分割的结合。真正的“世界主义”的城邦本质上是神性的和宗教的。它试图建立的“目标控制”包括人的独特性和呼吁超越这种独特性的普遍性，以期建立“神秘的人体”(*le* corpus mysticum *des êtres*)，他们拥有理性并统一到对人—神的同一信仰。

然而基督教教义这种普遍主义拥有浓厚的世界末日思想、千年至福思想、个体善与恶的冲突思想、人类内部的文明冲突思想、天与地两个“城邦”的冲突思想和文明史的轮回思想。这些思想与古希腊的先验形而上学的思想根基基本上是一致的，只不过更严重而已。而且这种普遍主义具有强烈的扩张思想。近年来的世界末日论、文明冲突论以及西方国家在世界上的一些作为，说到底，乃是它们的世界观和宗教观的体现。

对不同文明之间的关系的看法显然与对人性的看法相关联。1998年夏天，我与同事马新民在瑞士洛桑的一家工厂一边打工一边聊天。我们当时曾谈道，中国人把人看得很善良，一切都疏于防范；而西方人把人看得很坏，所有的规章制度和防范措施都设想你在没有防范措施的条件下一定会干坏事。最近讨论时有学者提出，其实中西方思想界都曾谈论人性善和人性恶的问题。笔者则以为，从这些共性再继续挖掘，我们就可看出中西方深层的一些差异。荀子的“人之初，性本恶”并没有成为儒家的正统思想，而真正在中国思想界产生深远影响的还是孟子的“人之初，性本善”的思想。而撒旦形象和英国哲学家霍布斯的性恶论在西方现代社会的发展中产生了普遍深刻的影响。霍布斯的性恶论是很极端的。

还有一个很实际的原因是，西方在“理性”思想支撑下的自由市场经济观念及其实践。自由市场经济观念及其实践下人性恶的一面容易萌发和膨胀。西方的自由市场经济观念及其实践已经有三百多年历史了，他们对人性恶的一面的认识一定比我们深刻，防范也一定比我们早，比我们严格；自以为西方文明优于其他文明的一些西方学者很容易滋生出“文明冲突论”的思想和某些民族是野蛮民族的思想。

缪斯与生命奇迹

董小英

没有一种艺术能够独立于其他艺术而存在，
因此，古代希腊人把各种艺术
都看做是缪斯[①]姐妹家庭中的成员。[②]
——弗莱明

缪斯姐妹或庇厄利亚的女神们(*Pierides*)，她们生于庇厄利亚地方。她们是：

卡拉培(*Calliope*)掌管雄辩和叙事诗，

克利欧(*Clio*)掌管历史，

乌拉妮娅(*Urania*)掌管天文，

梅耳珀弥妮(*Melpomene*)掌管悲剧，

塔利亚(*Thalia*)掌管喜剧，

特普斯歌利(*Terpsichore*)掌管舞蹈，

依蕾托(*Erato*)掌管爱情诗，

波利海妮娅(*Polyhymnia*)掌管颂歌，

优忒毗(*Euterpe*)掌管抒情诗。

如果根据今天的知识，我们把她们所管辖的项目合并同类项的话，就会剩下"雄辩(修辞)"、历史、天文、悲喜剧、舞蹈、诗歌(叙事诗、爱情诗、抒情诗)、歌曲(颂歌)七个门类。历史和天文属于实证科学，修辞属于理论，不属于可以虚构的艺术。

---

① 缪斯(希腊文 Μουσαι，拉丁文 muses)是古希腊神话中科学、艺术女神的总称，为主神宙斯与记忆女神摩涅莫绪涅所生。缪斯女神的数目不定，有三女神之说，亦有九女神之说。

② 弗莱明、马里安：《艺术与观念——古典时期—文艺复兴》，北京：北京大学出版社，2008年，第57页。

除了在神话故事中有这样的分类，在古希腊哲学中，也先有四艺(算术、音乐、天文学、几何学)，后有七艺(算术、音乐、天文学、几何学、文法、修辞学和辩证法或逻辑)，这些被称作艺术的门类都是哲学，后成为科学，只有音乐是听觉艺术，名列其中是因为它与数学相关。

到现代，在艺术哲学研究视野中，还出现了建筑、服装、工艺美术，即用品中的艺术品，绘画、雕塑、摄影、影视作品。这些门类缪斯管是不管？如果缪斯只是"艺术女神"的话，她们所管辖的项目会有所改变，人们在使用"缪斯"这个概念到时候，只是笼统地一说，已经不能一一相对了。

缪斯如果司管的是第六感官或灵感的话，那么其他感官是什么呢？我们先看一个故事——"现今世界上的七个奇迹"。

有一组学生在课堂上被问到，列出他们心里认为"现今世界上的七个奇迹"。大部分学生的答案是：

1. 埃及的金字塔
2. 印度的泰姬陵
3. 美国的大峡谷
4. 巴拿马运河
5. 美国的帝国大厦
6. 罗马的圣彼得大教堂
7. 中国的万里长城

……

当老师在收学生的答案时，其中有一个小女生迟迟无法写完。老师就问她说，如果她有什么问题而写不完的话，老师可以给她一点儿协助。这个小女生说："是的，老师！我有个小小的问题……我脑海里有好多世界上发生的奇迹，但是，我没有办法决定该选哪七个才好……"

老师说："没关系，请你告诉我们，你想到了什么，我们来帮帮你的忙！"

小女生犹豫了一下，她说："我觉得，世界上的七个奇迹是……"

1. 我们能看见世界上美好的事物(*To See*)
2. 我们可以听到虫鸣鸟叫和快乐的歌声(*To Hear*)
3. 我们能触摸新奇有趣的东西(*To Touch*)
4. 我们能品尝美味的食物(*To Taste*)

5. 我们可以感觉到亲友的关怀(*To Feel*)

6. 我们可以随心所欲地大笑(*To Laugh*)

7. 我们能爱人与被爱(*To Love*)

小女生说完后,整个教室突然间安静了下来……

因为,在我们的生命中,人们常常忽略了"最简单而最平凡的"。而这些才是我们生命中的奇迹![①]

这篇做成 *pps* 文本的小文让我大为感动,让我感动的是这个小女生的回答,她没有受大人限制,没有受标准答案的限制(因为在知识中的约定俗成,"七大奇迹"往往指的是建筑奇迹),而是自己动脑筋想问题。可贵的是,她想到了生活中最平凡又是最重要的东西——生命中的奇迹:视觉、听觉、触觉、味觉、感觉,前面五个就是我们所说的感觉学中的生理要素,用科学方式精确定义,则是:

听觉:将物体引起的震动(声音)转化为电化学脉冲。

味觉:将物体形体的化学反应(味道)转化为电化学脉冲。

嗅觉:将分子形态的物质(气味)转化为电化学脉冲。

触觉:将物体接触引起的压强与热转化为电化学脉冲。

视觉:将物体发出或反射的光转化为电化学脉冲。[②]

"电化学脉冲"不是我们研究的范畴,我们要研究的是艺术品,甚至普通物件通过声音、气味、味道和光刺激感觉机能时所传达的情感和意义。小姑娘说的"感觉"是情感,更多的是心理学研究的对象。所有这些感觉,包括心理学研究的因素,如对色彩的心理感觉因素,都是感觉学(*Ästhetik*)或"感性学"所要研究的范畴。

"笑"与"爱"则是感觉学里面最重要的感觉,是生活的精华。官能性的感觉则是艺术哲学所要研究的方面,正好包括我们要研究的视听艺术,或者说是艺术哲学研究的内容,是本文研究的内容。

实际上人的生理感觉有视觉、听觉、味觉、嗅觉、触觉和感觉,共六种。这些都是所谓的感性认识,有了感性认识还要传达到大脑之中,大脑对这些信息进行加工处理,处理就是思考。如果建筑奇迹可以有第八大奇迹的话,人的生命奇迹也应该可以接着往下数,那就是思想或思考(*To Think*)。思考是人的生理机能,也是人生最大的生命奇

---

① "世界七大奇迹"pps.,网上下载。

② 李铭:《视觉原理》,北京:世界图书出版公司,2012 年,第 12 页。

迹，第七大奇迹。能够综合各种感觉的所见所闻，获取信息，判断推理，这是人类最可贵的奇迹，最高端的奇迹。

有了思考，需要与人交流，就要表述这种思考，就要用语言说话。因此说话（*To Speak*）也是人的生理机能，就是第八大生命奇迹。

有了话语，把它记录下来，其符号是文字，用文字书写也是一种人的生理机能，叫做写作（*To Write*），与此相伴的是阅读（*To Read*）。如果表述不用文字而用图画，书画同源，特别是中国人把绘画也叫做"写"，则绘画（*To Draw*）能力也是一种奇迹。与此类似的还有雕刻（*To Carve*）。然而，绘画与雕刻的能力不是所有的人都能够具有的，也因此把艺术家视为不寻常的人，有特长的人。人可以用语言符号或其他语言媒介的表达、表述（*To Express*），可以用写作（*To Write*）来代表，就是第九大生命奇迹。

语言和文字是人类所创造的奇迹，文字是其他动物所没有的，人造物、艺术品更是其他动物所没有的。如果我们不能对通过视觉与听觉得来的信息进行加工、思考，不用文字把这些思考记录下来，也就没有这本书，也没有一切的书。

所谓"生命奇迹"是人的感官机能，如果缪斯司管这些感官，也可谓"缪斯九女神"呢！而第九奇迹"表达、表述"中的各种能力属于奇迹中的奇迹，起作用的才是缪斯司管的在艺术细胞中生发的灵感呢！

在人的九种基本机能：看、听、味、嗅、触、感、思、说、写之中，视觉感受外界80%以上的信息，所以，人类可以创造为视觉感知的艺术也最多：建筑、服装、工艺品、绘画、雕塑、摄影、文字；其次是听觉：话语、诗、词、歌、乐。美食艺术包括"色、香、味"，有时还要请顾客专门"听个响儿"——如往锅巴上浇汁时的"嗤啦"一响，所以要调动味觉、嗅觉、视觉，甚至听觉四部分机能。如果按照艺术门类分别研究的话，会有很多重复。如果我们从感官角度分类的话，会在不同的艺术门类中找到共通性，会简化研究的范围，会加强艺术门类间的交融与沟通。

视觉与听觉包容的艺术门类最多，是艺术主要刺激的感官，视听合在一起的艺术：戏剧、影视则是艺术的综合，所以，我把研究范围确定在视觉和听觉之上。

再回到"生命的奇迹"的图片上来。

图 1

图 2

第一张图片讲“视觉”，并且我们可以看到图片中的一切，因此“视觉”可以被此图片证明。但是，叙说“听觉”的图则无法证明“听觉”：图片无法发声，没有办法“听到”鸟叫，因此用的是鸟儿在飞翔的样子，并且有文字“我们可以听到虫鸣鸟叫和快乐的歌声”做辅助的提示，因此人们可以通过想象，通过联觉（曾用“通感”）来体验听觉，看见鸟飞，“听见”、实际是体验到鸟儿在叫。

图 3

图 4

触觉是用鱼竿钓鱼来表现的。触觉应该是“身体感到压强与热”，即直接触摸到，用鱼竿，一个工具，还有那么长的线来感觉鱼，是有难度的，跟“悬丝诊脉”差不多，当然这种触觉是要非常敏感的，否则你感觉不到鱼咬钩了。所以，此图片用以说明触觉是很牵强的。

味觉通过一只鸟在吃鱼来表现的，可是味觉需要咀嚼才能够感觉到味道，鸟儿不会咀嚼，只能吞咽，就像猪八戒吃人参果，因而鸟的味觉是很差的。

由此可以判断，后三张图的表意不太准确，但是我们还是能够看到，各种感觉之间可以通过“联觉”（通感）来转化，达到理解。

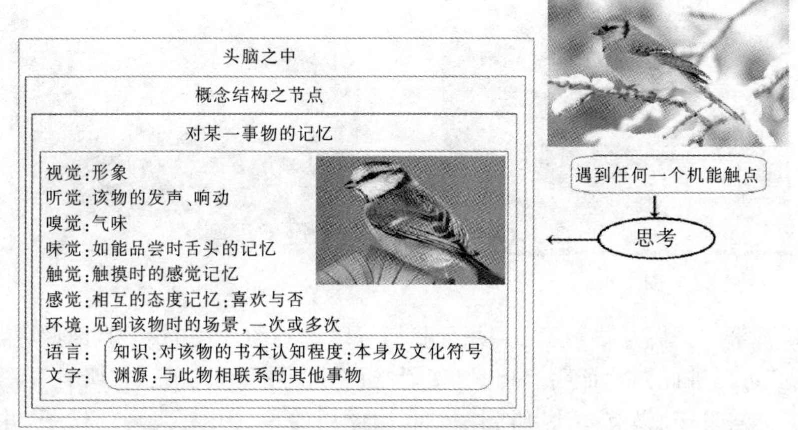

图 5　联觉的原理

因为记忆会同时记录"一个事物各方面的信息",如鸟会飞、会叫的特征,在遇到任何一个生理机能触点,如看到鸟的照片、绘画、雕塑中鸟的样子,或听到鸟叫,会勾起对鸟的全部信息的记忆。所以,作者会在说明 to Hear 的时候,用一张鸟在飞翔的图片,让我们在看到鸟飞的时候,"想到"它也会叫。这就是"联觉"(通感)产生和在人脑中发生作用的原理。联觉是艺术逻辑[①]中的方式之一"逻辑连"在视觉、听觉中的表现形式。

要说明的是"味觉",现在的环保、动物保护条例基本禁止猎鸟,只有家养的鸟是可以吃的。能吃的鸟有鸽子、飞龙等。谚语"天上龙肉,地下驴肉"之"龙肉"指的就是"飞龙"鸟的肉。禁猎的知识就属于"渊源"的范畴了。

普鲁斯特的玛特莱纳点心就是通过味觉的记忆,引起的对旧时的回忆,而回忆是普鲁斯特撰写七卷本的小说《追忆似水年华》的契机,虽然小说的叙事顺序并非以此排列。

语言、文字、图片是可以相互转化的,对该物的知识不分媒介样式来源。知识包括对鸟的种类的知识,什么鸟有什么习性,鸟王——凤凰,凤凰的文化符号意义,各种鸟的引申意义,如"鸟人"。我们称此种

---

① 艺术逻辑揭示的欣赏艺术时,推理理解的四种方式:逻辑连(联觉或从局部推知整体,或因果互联)、逻辑等(类比关系的互指、互代)、逻辑差(通过谐音、同音、同形、近形等条件转义的方式)和逻辑和(不同类物体的组合)。论证见董小英:《叙事艺术逻辑引论》、《叙述学》、《超语言学》等著作,也可以在本文中通过例证自己体会。

在头脑中排列有序的知识为"所知"或"概念结构"[①],这是推理判断中必备的隐含的大前提[②]。

所以,尽管我们把研究范围确定在视觉与听觉的范围内,我们仍然不会冷落其他几位缪斯,我们会在视觉与听觉的转换中看到她们的身影。

从通感的原理中我们还可以看到思维的过程:从视听或者其他感觉得来的信息进入大脑进行思考,然后用说话的方式叙述,或用文字记录,形成历史记录和思考的结果。这种思考的结果,我们还可以用其他的方式记录,因为"书画同源",可以用绘画、雕塑或摄影的方式来记录思考的结果。

下一个问题是,人的感官是否与艺术门类相对呢?在黑格尔那里艺术的门类有6种:建筑、雕塑、绘画、音乐、诗歌、戏剧。

前三种建筑、雕塑、绘画是视觉艺术,音乐和诗属于听觉艺术,最后,戏剧属于视听艺术。其中,诗比较复杂,如果诗为文字所记录,文字是属于1)视觉感觉艺术;诗被朗读出来则属于2)听觉艺术;因为在没有文字的时候,是靠节律、韵脚来的帮助记忆而形成的诗,所以最初的戏剧3)视听艺术也是由诗句来表述的。

在黑格尔的六种艺术之中,后面五种是纯粹的艺术品,建筑是我们日常的用品,我们平时说"衣食住行用",所以,与"建筑"平行的概念还有"衣、食、行、用"。

而且在现代"衣",即"服装",还包括"化妆"、"美发";"食"为"美食","用"为"工艺品",都属于现代被承认的艺术门类。而"行",即"交通工具",它是很独特的一种用具,因为我们既可以在里面存留,甚至短时间或长时间生活,特别是房车、轮船,它就相当于一个活动的建筑,同时,它也是我们的用品,使人类的生活半径越来越大,因此我把交通工具这一类用品,从用品中单独提取出来。

黑格尔时期还没有发明照相机,更没有发明摄像机,所以,摄影、影视作品都不在他的研究范围之内。而且在黑格尔的听觉艺术之中,只有音乐和诗,而"歌"在诗与音乐之间,是诗与音乐的结合。戏剧,除了舞台艺术之外,还应该有影视艺术。如果我们重新统计艺术门类的

---

① 董小英:《超语言学》,天津:百花文艺出版社,2008年。

② 摩尔称之为"未表达前提",该术语未能描述"未表达"的状态,因此术语本身表述不确切。见摩尔、帕克:《批判性思维》,北京:机械工业出版社,2012年,第29页。

话，两种感官机能"视、听"涉及的艺术门类可以多达15种，包括服装、美发、化妆、美食、建筑、交通工具、工艺美术用品、雕塑、绘画、摄影、音乐、诗、歌、舞台艺术和影视艺术。

有的门类不只涉及一种感官，比如，美食。食品诉诸味觉、嗅觉和视觉，所谓"色香味俱全"，我们在书本里只讨论视觉。味觉和嗅觉已经由电视纪录片《舌尖上的中国》（已有同名出版物）做了详细的论述。当然，不管是电视纪录片还是书籍都是通过视觉做联觉转换，人们只是通过电视图像、书本中的图片看到，而不能够直接地品尝菜肴的味道或闻到菜肴的香气。

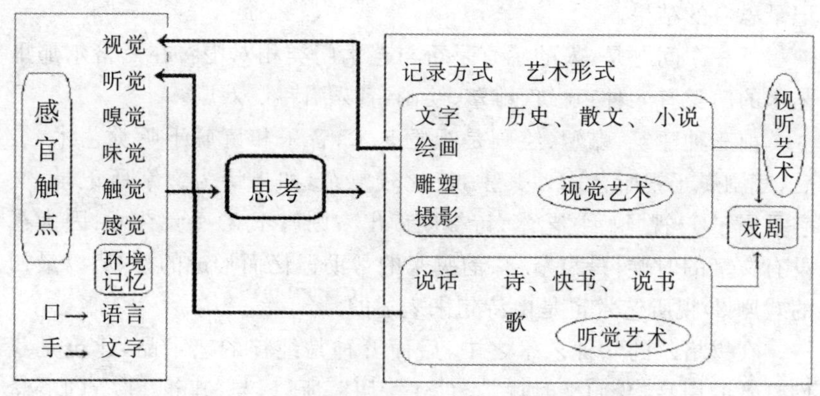

图6 感官机能触点与思维与艺术品的关系

必须声明的是，这种示意图只是示意的，只能说明大致的关系。像"环境记忆"就属于思考的感官机能。任何一种感官机能触点都可能引发思考，但视觉艺术与听觉艺术都需要不止一种感官机能的合作才能完成。如文字，不但在文字类的作品中是记录方式也是艺术形式，而且在诗、快书、说书、歌等听觉艺术和各种戏剧的视听艺术中，是首先的创造方式，即先要写下来，才能朗诵、演唱或表演。

这个示意图还表明，不但人们对艺术品的理解方式与人们对话语和写作的理解方式相同，而且，艺术品作为符号也与语言符号有相同之处。

虽然是一种人的生理机能方式可以形成一种表意的体系或叫艺术，如绘画是视觉的艺术，文学是视觉艺术，是阅读文字形成感觉的艺术，说书是诉诸听觉的艺术，但是人们可以通过联觉方式在头脑中自行转换所得到的信息，通过艺术逻辑推理得到与语言文字相同或大致相同的交流结果，殊途同归。使用视听语言传达思考信息的艺术家与观众之间的关系与使用文字符号传达信息的作者与读者之间的关系是一样的。

“笑”与“爱”是感觉的结果，需要通过文字或者通过视听语言来表达的令人发笑的情节或引起好感的情节，人们看到信息以后会笑或者会产生爱慕的感觉。笑与爱、哭与恨等七情六欲、历史与未来、政治、文化、哲学所有的对世界的认识都在艺术的叙事之中。

每一门类都有专门的研究，我们只研究“视、听”艺术或视听艺术方面的叙事因素。

我以前写作的专著都是很单一的方面，叙述学(《叙述学》)、修辞学(《修辞立其治——文学修辞与政治修辞》)、艺术逻辑(《叙事艺术逻辑引论》、《超语言学》)，因此一本书只要四章或五章就足够了。可是这次是一个复杂系统，光是美学以前研究的范围就已经非常复杂了，像绘画、雕塑、建筑、工艺美术、戏剧，每一个艺术门类都可以写一本专著，但是如果真的把各个艺术门类都单独写一本专著的话，有很多地方是要重复的，所以，我打乱了原来的艺术门类，按照按“视觉”、“听觉”和“视听”分类，视觉中再按“静”与“动”分类：是定格瞬间的画面，还是连续的画面。以画面为单位，不管哪一媒介的艺术：不管是石头还是颜料，还是相纸，在画面之中会显现相同的特点，**“提取相同点”就是利用合并同类项的通约性简化复杂理论的最好方法。**

而且面对众多的美学著作，本文只谈论它们缺省的“叙事”这一个范畴。其实，在原来谈论“美学”或者在讨论审美感观的时候，人们有时已经谈到了叙事，只是人们被“美”遮蔽了双眼，没有看到它的存在。因此，我们有必要澄清一些概念，因为在此之前，人们一直从审美的角度考虑问题，忽略了叙事，因此审美观点中就有许多漏洞或隐藏着叙事。

比如，克莱夫·贝尔(Clive Bell，1881—1964)说：“有意味的形式”(significant form)：“在各个不同的作品中，线条、色彩以某种特殊方式组成某种形式或形式间的关系，激起我们的审美感情。这种线、色的关系和组合，这些审美的感人形式，我称之为有意味的形式。‘有意味的形式’，就是一切视觉艺术的共同性质。”[①]“形式”不止包含美感，还包含令人厌恶的感觉在内的六种感官触点，以及因此引发的七情六欲

---

① 贝尔：《艺术》，转引自牛宏宝：《西方现代美学》，上海：上海人民出版社，2002年，第291页。

和人们的思考;"有意味"应该是叙事意义,其中不仅包括内容,还包括内容所携带的意味、意义、故事及对审美原则的表述与展现。艺术同时具有审美和叙事两种功效,**审美是观众对艺术品在视觉和听觉上的"情感刺激"所做的评价,触发的是观众的感性思考,但形式所连带的意义,引发的思考则是艺术品的叙事作用,触发的是观众的理性思考。**

《舌尖上的中国》封面上的宣传词是:"自然经手,文化过喉:舌品天下,胃知乡愁。历史、现实、人情世故中的美食寻找。"[①]"舌品天下,胃知"属于美食品尝、"美食审美",但"文化"、"乡愁"就属于叙事了。后一句话应该是"在美食中寻找历史、现实和人情世故",说明该书的目的是"美食叙事"。

再比如,和谐的理念。这是我所知道的(还有可能有别的我所不知道的)最早的理性地表达的审美原则是"和谐"。在古希腊之前,人们更多地是以叙事原则,即宗教意义或礼制意义来对建筑物进行设计的,"和谐"是哲人们认为的审美原则,虽然这表明人类开始有审美意识,但其实这还不是视觉审美。

"和谐"的概念来源于数学和音乐。

数学的"和谐"概念的根据:从公元前 6 世纪古希腊的毕达哥拉斯学派通过研究正五边形和正十边形的作图,现代数学家们推断当时毕达哥拉斯学派已经触及甚至掌握了黄金分割[②]。其意义是:把一条线段分割为两部分,使其中一部分与全长之比等于另一部分与这部分之比。其比值是$(\sqrt{5}-1)/2$,取其前三位数字的近似值是 0.618。也被现代人称作:优选法。至今人们还认为,按此比例设计的造型十分美丽柔和,这个数值的作用不仅仅体现在诸如绘画、雕塑、音乐、建筑等艺术领域,甚至在管理、工程设计等方面也有着不可忽视的作用。

音乐的"和谐"概念的根据,仍然与数学有关:

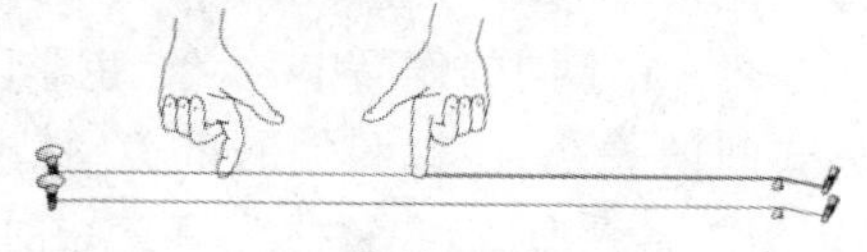

图 7 八度音示意图

① 中央电视台纪录频道编:《舌尖上的中国》,北京:光明日报出版社,2012 年。

② 其实有关"黄金分割",我国也有记载。虽然没有古希腊的早,但它是我国古代数学家独立创造的,后来传入了印度。经考证,欧洲的比例算法是源于我国而经过印度由阿拉伯传入欧洲的,而不是直接从古希腊传入的。——网上下载。

> 从一根没有接触的琴弦上发出的音调和把这根琴弦从中间一分为二的琴弦上发出的音调之间的音程就是八度，在数学比值上就是1∶2。同样，如果把琴弦分成相等的三部分，它所发出的音调和分成两部分的琴弦所发出的音调之间的音程就是五度，数学比值就是2∶3。分成三部分的琴弦所发出的音调同分成四部分的琴弦上发出的音调之间的音程是四度，数学比值是3∶4。于是，数学比值1∶2等于八度，2∶3等于五度，3∶4等于四度，8∶9就是全音，等等。
>
> 柏拉图在他的《蒂迈乌斯篇》中也根据这些音乐原理，建立了一种宇宙和谐的观念，而且，建筑师们也可能把这些原理运用于建筑局部之间的比例和设计之中。[①]

柏拉图认为，“上帝对物质进行连续的分割后创造了世界，这就是希腊人知道的宇宙间的七大天体。当这些星球围绕其核心旋转时，它们发出宇宙音乐，宇宙音乐将八度音自然音阶的七种音调。”[②]现在看来这是**美丽的胡说**，纯粹臆想的因果关系。

即使是当时，古希腊人也没有完全按照和谐的原则设计建筑。如果人们真的按照和谐原则去做建筑设计的话，应该是“由于宙斯是天上的大帝，庙宇的两个柱廊各有7根柱子(象征七个星体)，侧面有14根柱子，以1:2的八度比率排列”，可是后来建筑物的柱子的比例数并不与此吻合：“在希腊大陆上，庙宇柱子数量的比例变成了1∶2加1。”“在奥林匹亚的宙斯神庙和雅典的赫菲斯托斯神庙，前面有6根柱子，后面是13根柱子，其比率是6∶13。帕台农神庙的中柱子的比例是8∶17。”[③]

审美是视觉的感觉判断，以数字计算的柱子有多少根不是视觉审美判断，而是根据天体的数目对建筑的硬性规定，是理念对设计的干预，具有叙事意义，而不具有审美意义。

再看有视觉效果的图形的黄金分割。

---

① 弗莱明、马里安：《艺术与观念——古典时期——文艺复兴》，北京：北京大学出版社，2008年，第56页。

② 同上书，第63页。

③ 同上。

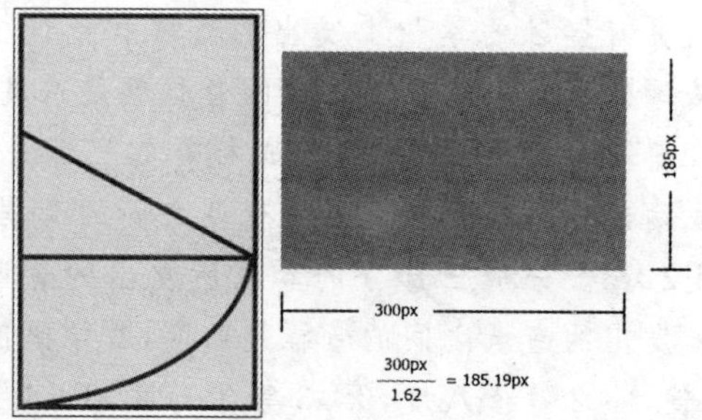

图8 黄金分割

这种长方形的图形，确实双眼感觉比较舒服，电视的屏幕就是依此设计的。但是不能所有的物件都设计成长方形，那样，大千世界就没有缤纷的色彩了，千篇一律的“美感”也只能引起审美疲劳，甚至厌恶。其实，黄金分割也好，音程比例也好，1:2 的长方形(即电视的尺寸比例)也好，正方形、圆形、椭圆形也好，哪一种方式都好，遵循、甚至反对或突破某种规律，都可能是美的，只看是否符合绘画的内容，建筑的需要和场地。具体情况具体分析。

图9 拉斐尔:《雅典学园》

画面或图的画框或取景是什么样的，是方形的，还是圆形的，还是椭圆的，都要根据具体情况而定，像这幅拉斐尔的《雅典学园》(1510—1501 年)[①]的壁画，所取的就是一个拱形，即半椭圆形的画面，因为，绘画里的图景中又叠加了两个拱形，即拱门，画框就像是离我们最近的拱门一样，所以这个画面的拱形与后面的绘画中的建筑拱门合为一

① 图说天下·世界历史系列编委会:《古希腊——爱琴海的文明》，吉林:吉林出版集团有限责任公司，2008 年，第 153 页。

体，非常和谐。

“和谐”是一种说法，古代产生概念时的内涵，经过千百年的演化已经有所改变，在现代，和谐确实已经成为视觉感觉的原则，但是在古代，特别是古希腊时期，和谐与其说是审美原则——为了好看，不如说是叙事，因为这不是视觉的感官结论，而是意识中的预先判定：就说柱子的数量，宙斯神庙的柱子的美感来源于7的数字与上帝创造的宇宙间的七大天体的数目相同，而中国则是依据等级原则和星宿原则，所谓“天人合一”的和谐原则。

最为鲜明的是天坛。天坛始建于明永乐十八年(1420年)，比古希腊时期晚1500年；但是思想方式如出一辙。天坛除了以“天圆地方”确定了建筑的总体外形以外，它的建筑部件都是有叙事意义的。

> 古代中国将单数称作阳数，双数称作阴数。在阳数中，数字9是“阳数之极”，表示天体的至高至大，叫做“天数”。圜丘坛的栏板望柱和台阶数等，处处是9或者9的倍数。顶层圆形石板的外层是扇面形石块，共有9层。最内一层有9块石块，而每往外一层就递增9块，中下层亦是如此。三层栏板的数量分别是72块、108块和180块，相加正好360块。三层坛面的直径总和为45丈，除了是9的倍数外，还暗含“九五之尊”的寓意。
>
> 祈年殿的内部结构比较独特，不用大梁和长檩，仅用楠木柱和枋桷相互衔接支撑屋顶。殿内有楠木柱28根，数目排列切合天象：中央4根龙柱高19.2米、直径1.2米，象征四季，中圈12根金柱象征一年十二个月，外层12根巨柱象征一天十二个时辰，中层和外层相加象征二十四节气，三层柱总共28根象征二十八宿。殿内地板的正中是一块圆形大理石，带有天然的龙凤花纹，与殿顶的蟠龙藻井和四周彩绘金描的龙凤和玺图案相互呼应，使整座殿堂显得十分富丽堂皇。[①]

12根柱子看着就好看？13根柱子就不好看？数字本身并无意义，是人把意义加给数字，使其具有文化意义，9在个位数中最大，于是类比人类，在等级社会每个人的对比中，皇家最大，所以，以最大的数字9标志人类最高等级。以数字为和谐原则，完全是**心理的作用，不是视觉感觉**，也就是意义对心理产生的作用，即叙事的作用。

---

① 网上下载。

古希腊时期的"和谐"原则,亦可称作"天人合一"原则,以星宿的数目和天象的运动来类比人类生活的心理作用,是原始思维或神话思维(muthos、mythos 秘索思①)使然。我称这种类比为**无理分类的类比**,得到的是**任意因果关系推理**②的结论。音乐的音程在音乐系统中是正确的,但建筑即使是"凝固的音乐"也不是音乐,不使用音乐的规律。用了,就是无理分类的判断,即使用,也只能是用作类比。星宿数目及天象与人类生活是两码事,硬要两者等同,一定是错的。"那些抽象的被称为思维本质的原始思维意识——互渗律、接触律、相似律以及由万物有灵论产生的拟人意识等,它们都犯了一个共同的错误:在不同类的物体之间乱联系。"③

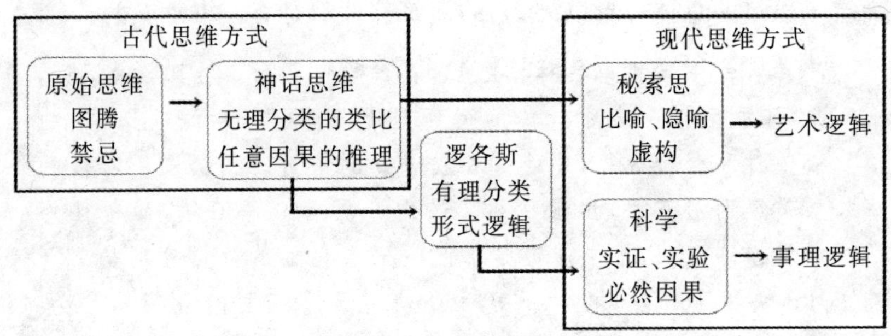

图10 秘索思与艺术

但是,这种方式也产生了艺术的最基本的方式:比喻。无理分类的类比方式用在现实生活中是不行的,被科学实证所否定,但是在虚构的世界,在文学艺术中却仍然是最有效的表述方式。它已经从原始思维,从神话思维中脱离出来,成为现代思维中合法的表述方式和艺术推理方式。所以,我采用陈忠梅先生的方法,用音译"秘索思",如同"逻各斯"用音译,代替"原始思维"和"神话思维"④,以区别与两者之

① 详细介绍见陈中梅:《论秘索思——关于提出研究西方文学与文化的"M—L模式"的几点说明》,载《柏拉图诗学和艺术思想研究》,北京:商务印书馆,1999年。

② 无理分类的类比、任意因果关系:艺术逻辑术语。无理分类的类比指比喻、隐喻等类比方式,是将不同类的事物的特性视为等同。任意因果关系的推理,非必然因果关系,即臆想的因果推论,未经证实或现实证明是错的。两者均为原始思维方式。详见董小英:《叙事艺术逻辑引论》,北京:社科文献出版社,1997年;董小英:《超语言学》,天津:百花文艺出版社,2008年。

③ 董小英:《叙事艺术逻辑引论》。

④ 原始思维是远古人的思维方式和生活理念,有些现代原著民族仍然保留。神话思维已经将原始思维形成体系,以故事的方式传承其文化。

不同。

原始思维时期人类对世界的解释还没有形成体系，只有对禁忌的零星解释的故事，有图腾崇拜神话思维时期已经形成了对世界由来的各种解释，形成相对完整的体系，人们不自觉地使用象征，他们相信太阳与阿波罗是同一个事物，相信阿波罗是太阳的灵魂。到亚里士多德、黑格尔时代，理性逻各斯已经出现，对物理的证明已经取得越来越大和越来越多的成绩，神的领域越来越小了，万物已经没有神了，只有一个笼统的神——上帝或安拉管辖，并且有人神，如基督、穆罕默德、释迦摩尼做代表，生死的事情、人际关系的事情就找人神了。人的行为如何，导致死后是去地狱还是去天堂，都找人神。

如果彻底不相信神的存在，只是有意识地利用象征作为表述的方法，很清楚地意识到比喻的两物不同类，这时就进入现代思维了。自然科学首先进入科学思维，人文科学在追求真理的意识驱动下，也开始进入科学思维。

古时制作的艺术品的目的，首先是用于巫术，如制作护身符，雕塑是源于偶像崇拜的目的或需要。

就是“缪斯”的说法也是一种原始思维的表现，其实，当时有什么学科和艺术形式就有几个缪斯，意思是每一个门类有一个神仙管着，就像每一个物种都有一个神仙主管一样。

还有对唯心主义、唯物主义的说法也要予以澄清。不澄清，各种理论都会被这种框架框住，动弹不得。就如对“崇高”这个概念做解释的时候，朱光潜下定论说，“康得和黑格尔在崇高问题上的分歧，是主观唯心主义与客观唯心主义的分歧，亦即主观思想情感与绝对理念的分歧。”①如果我们从思维与存在的先后关系看问题，就可以看到，其实思维与存在谁在先的问题，并不能证明“存在或物质”在先就是正确的，即唯物主义就是正确的，唯心主义就该被批判——不论康德与黑格尔的分歧在哪里，他们是“唯心主义”就逃不掉被批判的命运。

“存在在先，思维在后”，则是所谓对现实存在的直接记录和模仿，“思维在先”很有可能就是创造，一方面是创造幻想的形象，另一方面是创造原来世界上没有的实际的生活用品，实物，一切人造物。

因此在现代世界上存在着两种实在物：原存在和新存在，它们和

---

① 黑格尔：《美学》第二卷，北京：商务印书馆，1994年，第80页。

思维有三种模式的关系：

(1) 原存在→思维

(2) 原存在→思维→新存在

(3) 　　　　思维→新存在

关键在于：即使作为第二性的思维是如何表现第一性的现实的，当且仅当物质是第一性的，精神是第二性的？由存在→思维是发现性符号，由思维→新存在，则是发明性符号。

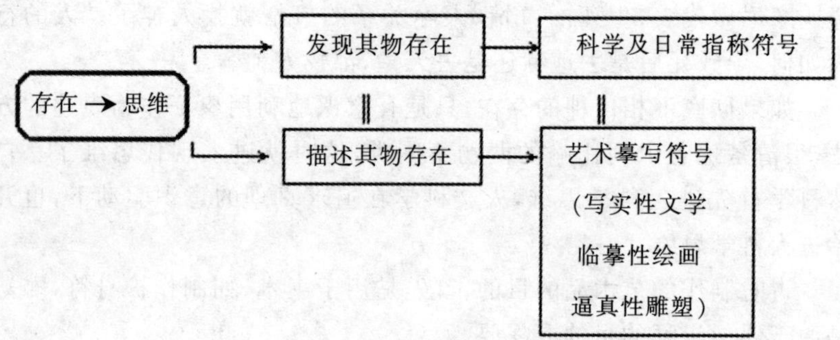

图 11　发现性符号

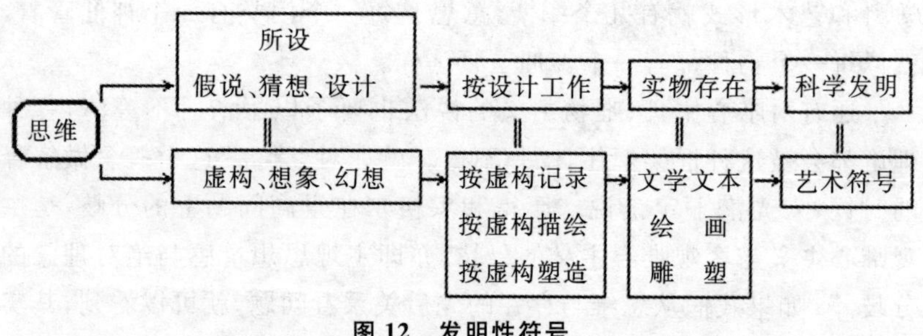

图 12　发明性符号

发明性的创造，必然思维在先，关键是，主观的认识是否与客观事实相符。

A. 符号 1＝客观存在范畴＝客观存在本质＝主观摹写

B. 符号 2＝客观存在范畴≠客观存在本质＝认识水平①

图 13　符号性质

① 详细分析见董小英：《叙事艺术逻辑引论》。

不管结论性符号符合事实与否,都是人的主观认识。一种结论性符号是正确的,符合客观存在本质;另一种不符合,只表明人的认识水平,尽管康德与黑格尔有错,也是当时代人类思维最高水平。把注意力都放在唯心与唯物的论争上,就很难重新回到现实,看到"思维与存在"不同于"唯心、唯物"的理论格局了。说"创造世界和宇宙的不是上帝,不是神仙"就已经进了一步了,说"创造世界的是一个先验的理念"未经证实,但"在创造任何一个人造物之前,一定有理念"是经过每一个创造物所证实的,是正确的。

思维是智慧的源泉!没有"唯心"的创造,就没有一切人造物,否则,世界上除了"上帝"创造的山、水、空气、光等物之外,并无他物。

黑格尔或许是根据人造物的创造过程判定自然物也必然有一个理念吧?这同样是犯了无理分类的错误。

根据"思维与存在"模式的世界观,我们才能对艺术美的概念进行进一步分析。关于艺术美的概念,黑格尔根据流行的一些艺术观念总结了三种:"模仿自然、激发情绪和更高的实体性目的说"[①]。

"模仿自然"是画面性的艺术叙述概念时的必要手段。承认存在在先,思维在后。只有人们看到一个苹果,才知道这是苹果。在绘画的画面中,概念是由实物标志的,为了要表达概念必须模仿自然。要画苹果就必须遵照的现实中苹果的样子去画,人们才能认识,"噢,这是苹果",而不能说我要画苹果,却按照梨的样子来画,那概念就错了,更没有办法做深一层的叙事了。

当然绘画方法是多种的,其中之一是用线条勾勒形象,而且,可以有意用夸张和变形手段,甚至通过组合、变异构成幻想的情景和事物,因此,人们看起来好像这种画面中的效果与模仿的方法产生的效果有所不同,但实际上,都是在描述概念,即**画面中的概念是由色彩、线条、形体组成的"对实物进行模仿"或"摹写幻想、虚构物"的结构体。**

"激发情绪"是人的主观目的在先,之后才有"激发"的手段。它也说出了一条比较重要的因素:艺术品就是要通过视觉感觉的渠道激发情感,但这不是最终目的,激发的情绪不等于是"美"的,可能是"悲"的,可能是"可笑"的,否则,看到引人疯狂的绘画人们就会发疯,那谁还敢看艺术品?激发情绪则是因为这些有意味的画面,会告诉你一些

---

① 黑格尔:《美学》第一卷,北京:商务印书馆,1994年,第52~69页。

事情,这是从视觉和听觉来引发你的通感,得到信息,导致思考。从理论上讲,激发情绪不是审美原则,而是带有强烈目的的叙事原则。

"更高的实体性目的说"其实是指"人们常说艺术的目的在教训。""最终目的,即道德教益。"[①]既然是目的,就一定是主观的,而且是创作的最终目的。但是有很多现代作品就不想有道德教益,宣称作品的目的就是为了娱乐,而且,即使抱着宣讲道义目的的作品,也未必能达到目的,不是所有的作品都能达到这样的高度。

老是板着面孔教训人的那种作品,人们早就不愿意看了,好的作品,只是叙事,把教训的意义写在里面,让人们自己去体会。所以,**不管以什么目的创作,作品都在叙事**。如果是简单的只有一个画面的艺术,比如说绘画、雕塑这些简单的艺术作品,很难看到它的教训或说服的性质,小说、戏剧这样多画面、连续活动画面的艺术门类,它的说服力是非常强的,因此它的叙事性是非常强的,它的叙事性是创作这些艺术品的最根本的源动力。而且在整个艺术作品的行文过程中,它的叙事性表现得更为充分,因为在艺术品中不仅仅有美的成分,还有更多的丑的成分,艺术家的目的明显地就是要揭露那些丑恶,批判那些丑陋的东西。这是与道德教益同等重要的目的。首先是叙事,叙事做好了,才能完成批判或弘扬的任务,达到预期目的。

艺术的目的在于叙事。最初是记录历史,其次是要表述艺术家对历史的判断,由此,通过艺术品引起共鸣,从而影响更多的人。艺术品要传达事物的概念,要传达信息,因此,首先是叙事性的。摆在第一位的是,如何通过画面来叙事,如何把色彩和线条组合成形体,清晰地表述概念和观点。这种转化是技术问题,也是艺术问题。**视觉效果是审美问题,内容与手段方法都是叙事问题**。

由此看来,黑格尔所说的3个原则,只有模仿是受审美原则审视,其他两个都是叙事目的的产物。而且,既然模仿是作为"实物概念"出现在画面中的,其叙事性也在不言中。

如果我们承认以前的研究忽略了叙事,在不排斥审美角度的情况下回归艺术哲学的话,所有的东西都会作为研究对象被包括进来了,而且许多问题需要重新审视,重新定义。

黑格尔说:"这门科学的正当的名称却是'艺术哲学',或则更确切

---

① 黑格尔:《美学》第一卷,第62、68页。

一点,‘美的艺术的哲学’。”他接着说,“根据‘艺术哲学’这个名称,我们就把自然美除开了。”[①]他说,“把自然美除开了”,而且说“艺术美高于自然,因为艺术美是由心灵产生和再生的美,心灵和它的产品比自然和它的现象高多少,艺术美也就比自然美高多少。”[②]可是有了摄影技术以后,自然美也被纳入到艺术的内容之中了,有时甚至作为艺术品的主角,人们对自然中什么东西算作美,欣赏什么样的自然景色,就成为一种人的主观判断,就属于艺术哲学的立足点了。如果自然风光照片是人的主观判断和摄影技巧加在一起的产物,自然风光也就是心灵再生的自然美了,其实,也是人给自然风光赋予了人文的叙事意义。

再看黑格尔的艺术类型分类,他把艺术分为三大类型:

> 1. 象征型艺术:1)不自觉的象征,2)崇高的象征方式,3)比喻的艺术形式:自觉的象征;
> 2. 古典型艺术;
> 3. 浪漫型艺术:1)宗教范围的浪漫型艺术,2)骑士风,3)个别人物的特殊内容和形式上的独立性。[③]

黑格尔是这样解释象征性的:“所谓‘象征性’只是说:不管神话看来多么荒诞无稽,夹杂着几多幻想的偶然的任意的成分,归根到底,它总是由心灵产生的,总要含有意义,即关于神性的普遍的思想,亦即神学。”[④]

“总要含有意义”就是叙事,可是黑格尔却把它定义为“神学”,就走到歧路上去了。

象征与比喻的区别,笔者在其他著述中论证过,这里重申一下。象征,视两个事物为一个事物,即说者不认为是两个事物,而是认为是一个事物的两种不同的表现形式,如把“太阳”和“人形的太阳神阿波罗”视为同一,太阳就是太阳神,太阳不过是太阳神的象征,系词为“是”。比喻则是比喻者清楚地认识到两种是不同的事物,只是它们在某一点上,某个特征上相像而已。比如,“太阳的光芒像箭一样射向大地”,这是比喻,系词为“像”。如果说成“太阳射出了千万支箭”,那就是说,“光就是箭”,系词为“是”,是象征。象征与比喻都是艺术手段,

---

① 黑格尔:《美学》第一卷,全书序论,第3—4页。

② 同上书,第4页。

③ 同上书。

④ 同上书,第17页。

从神话思维中脱颖而出，成为现代思维中的秘索思。

后面两个类型都是把当时的文化特征算了进来。“古典型艺术推崇的是古希腊的艺术，浪漫型艺术包括宗教、骑士风和个别人物。”

从黑格尔的讲述可以看到，古典型艺术或者说古希腊艺术都是神话，神话型的故事，用神的故事来说人间之事。浪漫型的艺术则进入到人类生活的现实，比如说骑士和一些的特殊的人物都已经都是现实中生活中的人物了。

黑格尔的分类是混乱的，不是根据一个统一的标准。如果象征型的艺术是按艺术手法分类的话，后面两点讲的都是文化特征，而非艺术手法，并非叙事本身的表述规律，或者说叙事的规则。当然，他连叙事的意识都没有。象征和比喻是所有类型的作品必不可少的手段。不但古典型艺术必不可少，浪漫型艺术也必不可少。

由于黑格尔本人还相信神的存在，因此，他摆脱不了神话思维的束缚。在我看来，古典型艺术是浪漫的，古代的秘索思是纯粹的，神话的才是浪漫的，才是幻想成分更多的艺术，象征手段用得多些，只是古人并不认为那是手段，他们认为自己说的是真实的。而浪漫型艺术则更具现实意义，消解了许多浪漫的情景，虽然它们都在以爱情为题。

在古典艺术中，黑格尔认为有“贬低动物性的东西”，其中包括变形。对贬低动物性的抗议说明黑格尔具有环保意识，应该予以肯定，但对变形的理解就未显示出艺术哲学家应有的思维水准了。其实，动物变形是对人的讽刺；变形是叙事的手段。我们在下文的分析中可以看到变形的种种形态。

现代西方美学应该是在黑格尔《艺术哲学》引导下的发展，很多学者都想要从自己的角度提出对艺术哲学的解读或阐释。

如果按原来对 Ästhetik 的翻译——美学的话，审美是对视觉或听觉的舒适度的感觉，在林林总总的学派之中，只有研究形式的这些学者，如贝尔“有意味的形式”、格式塔式的“完形心理学”、符号美学、结构主义，属于研究艺术品的内在规律的学派，直接与视听艺术有关，而像另外一些学者的研究，如把拉康、福柯、德里达、后现代全都算进来，他们只是试图接近的艺术哲学的本质，但是都是属于文化研究范畴，与视觉艺术和视听艺术的审美研究相差很远，更不要说叙事方式了。

最可笑的就是以时代来划分派别，时间在不断地向前延伸着，当时年轻的小伙子"后现代主义"现在已经老得掉渣了。用"现代"、"后现代"命名学派的方法在当时很时髦,也好像很确切,但实际上不具有学理性。

更有法国学者让·贝西埃[①]为了解决"后现代"、"后后现代"以及"后现代的多少次幂"[②]实际上无法区别或标志不同时代特点的问题,希图用"当代"这个词来替换[③],虽然贝西埃先生对当代小说及社会思想的特征的把握还是可圈可点的。可是"当代"永远是不断延续的,所有的时代都曾经、并可以叫做"当代","后、后、后……"不行,"当、当、当……"就行了吗？它们的思维方式和话语的语式是一样的。

理论家们连那个时代的特征都提取不出来,无以命名,可见照黑格尔分类能力真是差远了。

在借鉴前人研究的情况下,我们力争以画面为基本单位,从视觉、听觉的特点上来阐释艺术本质和其叙事的原理。在分析完成之前,不会妄下雌黄。希望我们的分析和结论对艺术家的创作和观众对艺术品的理解有所帮助,哪怕是"歪打正着"式的启发。

在创造过程和理解艺术作品的过程中必须运用事理逻辑和艺术逻辑,有关艺术逻辑我已经用专著阐述过了,不再单独解释。在运用艺术逻辑具体分析作品时,会再次论证给读者看。让我们一同检验艺术逻辑的可靠性吧。

叙事与审美应各司其职。审美的原则人们讨论了很多年,而对语言、文字之外的叙事则视而不见,一无所知。我们就从叙事元素为起点,开始这有趣而艰苦的探求。

让缪斯的灵光照耀我们探寻生命奇迹的旅程吧!

---

① 让·贝西埃,法国巴黎新索邦大学比较文学教授,曾任国际比较文学学会会长,现任国际比较文学学会荣誉会长,在欧美多所大学任教,近期主要著作有《文学及其修辞学》(PUF,1999)、《文学有何地位?》(PUF,2001)、《文学理论的原理》(PUF, 2005)、《法国作家发生了什么?》、《从阿兰·罗伯-葛利耶到乔纳森·利特尔》(PUF, 2006)和《当代小说或世界的问题性》(PUF, 2010)。——史忠义注

② 幂:数学术语,表示一个数自乘若干次的形式。

③ 让·贝西埃:《当代小说或世界的问题性》,史忠义译,待出版。

山庄再次呼啸，改编抑或重构？

徐德林

《呼啸山庄》及其改编

艾米莉·勃朗特（全名 Emily Jane Bronte，1818—1848，又译爱米莉·勃朗特），勃朗特姐妹之一，因为"充满孤寂和悲剧色彩的生活经历"，[①]构成了英国文学史上著名的"斯芬克斯"之谜。"作为诗人，爱米莉远比夏洛特和安卓越"，创作了数百首"倾诉灵魂试图超脱时空生死的界限与更大的宇宙空间存在融合的欲望"的贡达尔诗歌（Gondal Poems），[②]比如《记忆》（Remembrance）、《囚徒》（The Prisoner）等，但促成其短暂一生得到无限延伸的，却是她唯一的小说《呼啸山庄》（*Wuthering Heights*）。承袭其诗歌创作的以卓越的技巧表现人生中难以忍受的悲痛、失落和残酷，艾米莉在《呼啸山庄》中以爱情和复仇为主题，讲述了一个发生在两个家庭三代人之间的感情纠葛故事，情节错综复杂、惊心动魄。出远门到利物浦的呼啸山庄主人，乡绅厄恩肖（Earnshaw，又译恩萧）先生带回一个身份不明的弃儿，对他宠爱有加，为他取名希斯克利夫（Heathcliff，又译希思克利夫），引起了亲生儿子欣德利（Hindley，又译亨德利）的强烈嫉妒与痛恨。厄恩肖先生死后，呼啸山庄第二代主人欣德利开始报复希斯克利夫，把他贬为奴仆，对他进行人格侮辱。在此期间，唯有厄恩肖先生的女儿凯瑟琳

---

① 钱青主编，《英国十九世纪文学史》，北京：外语教学与研究出版社，2006 年，第 312 页。

② 同上书，第 324 页。1826 年，艾米莉·勃朗特的父亲帕特里克·勃朗特为孩子们带回一盒木制玩具士兵，打开了他们的幻想世界，于是便有了夏洛蒂·勃朗特与布兰威尔·勃朗特的安格里亚传奇、艾米莉与安的贡达尔故事。贡达尔是北太平洋上的一个虚构岛国，其统治者是一个超越道德藩篱的女王，在长时间的统治中遭受了颠沛流离的痛苦。1844 年，艾米莉·勃朗特誊抄自己的诗歌旧作时，将它们分为了两大类型，一类为贡达尔诗，一类则未取名。

(Catherine)对希斯克利夫平等相待，他们彼此爱慕，互生情愫。凯瑟琳后来为了生活的体面与舒适，选择了画眉田庄(Thrushcross Grange，又译画眉山庄)的埃德加·林顿(Edgar Linton)作为婚姻对象，希斯克利夫为此悲痛欲绝，愤然离去。3年后，神秘发迹的希斯克利夫回到呼啸山庄，开始他的疯狂复仇，不但设计夺走了欣德利的家财，让其儿子哈里顿(Hareton，又译赫尔顿)——呼啸山庄第三代代表——成为自己的奴仆，而且肆无忌惮地频繁闯入画眉田庄密会凯瑟琳，侮辱埃德加，诱使埃德加的妹妹伊莎贝拉(Isabella)与自己结婚。凯瑟琳因此痛苦不堪，生下一女后死去。16年后，希斯克利夫再次设计，让凯瑟琳的女儿小凯瑟琳与自己的儿子小林顿相爱，逼迫他们成婚。随着埃德加和小林顿的相继死去，希斯克利夫获得了林顿家的财产。希斯克利夫的复仇行动得逞，但他并未因此感到幸福，无法从对死去的凯瑟琳的恋情中解脱出来，最终绝食而亡，在幻想中实现了与凯瑟琳灵魂的结合。之后小凯瑟琳和哈里顿继承了呼啸山庄和画眉田庄的产业，相亲相爱，幸福地生活在画眉田庄。

《呼啸山庄》是艾米莉在1845年10月至1846年6月期间写就的，以艾利斯·贝尔的笔名发表于1847年；[①]1848年，艾米莉去世后，夏洛蒂·勃朗特(Charlotte Bronte)重新对《呼啸山庄》进行了编辑，以艾米莉·勃朗特的本名出版于1850年。出版之初，由于"熔家族小说、复仇小说与哥特式小说于一炉，超越了传统的家庭、爱情、婚姻小说模式，诸如不顺利的爱情、婚姻的延宕、不平等的婚姻，有情人终成眷属等等，这些都是传统婚姻家族小说通常的组成要素"，[②]《呼啸山庄》曾遭遇到诸多曲解与非难，尤其是"它那粗犷恢弘的气质、强烈激越的情感和恶棍式的英雄人物"，[③]以及现实主义、浪漫主义与象征主义的融于一体。但更为引人注目的是，出版以降，《呼啸山庄》已赢得每个时代最为优秀的人的赞誉，成为了英国乃至世界文学史上最奇

---

① 1846年，勃朗特姐妹因为担心女作者会受人歧视，"谁也不相信女人能写出好书，所以我们就用男人的名字来代替"，分别以柯勒·贝尔(Currer Bell)、艾利斯·贝尔(Ellis Bell)、阿克顿·贝尔(Acton Bell)的笔名，出版了诗集《柯勒、艾利斯及阿克顿·贝尔诗集》(*Poems by Currer, Ellis and Acton Bell*)；1847年，《呼啸山庄》出版时，艾米莉·勃朗特继续使用了艾利斯·贝尔这一笔名。详见蒂姆·维克瑞：《勃朗特一家的故事》(*The Bronte Story*)，李颂译，北京：外语教学与研究出版社、牛津大学出版社，1998年，第16—20页。

② 陈晓兰，"名家导读"，载艾米莉·勃朗特：《呼啸山庄》，陆扬译，武汉：长江文艺出版社，2012年，第5页。

③ 同上书，第3页。

特、最具震撼力的小说之一。“正如大多数伟大作品需要时间来使世人意识到它的价值,今天,《呼啸山庄》已在19世纪小说中占据了一个显著的位置,人们经常探讨它复杂巧妙的叙事技巧,以及它关于人类悲痛与渴望的强烈主题。”[①]在诸多评论家眼中,“这部作品是独一无二的。在它之前没有出现过同样的作品,在它之后也没有过同样的作品,今后也不会出现同样的作品。”[②]所以,《呼啸山庄》不断被改编为影视、广播、歌舞作品,以影像或视听形象显现在世界各国观众/听众面前。就电影而言,1939年以降,继威廉·惠勒(William Wyler,1902—1981)导演、劳伦斯·奥利弗(Laurence Olivier,1907—1989)主演的《呼啸山庄》,迄今已有十余部改编自小说《呼啸山庄》的同名电影,分别出自英国、美国、法国、意大利等国电影人之手。其间的英国电影人尤其引人注目;最近几年中,继由科奇·吉尔佐(Coky Giedroyc)导演、汤姆·哈迪(Tom Hardy)主演的BBC2009版电视电影《呼啸山庄》,英国埃科斯影业公司(Ecosse Films)又在2011年让山庄再次呼啸,推出了由安德里亚·阿诺德导演、詹姆斯·豪森等人主演的全新版剧情故事片《呼啸山庄》,[③]再次激起了无数观众的强烈好奇心,引发了他们无尽的想象与诠释。

相较于以往的多数版本,2011版电影《呼啸山庄》既有承续,也有颠覆。其承续之处体现在比如,它依旧只是截取小说故事的一部分——前半部分,依旧是在基于小说叙述一个爱情与复仇的故事,依旧对希斯克利夫的发迹之道语焉不详,“他是不是去大陆读书了,回来就变成了一个绅士?再不他在学院里弄到了助学金,或是逃到美洲去了,在他的第二故乡吸血吸出了名堂?再不是在英国的大路上面,发了更加快捷的横财?”[④]然而,最大的承续之处莫过于依旧把希斯克利夫表征为一个恋物式的恶棍,甚至俨然撒旦。

---

① 钱青主编:《英国十九世纪文学史》,第326—327页。

② 乔治·桑普森:《简明剑桥英国文学史》,刘玉麟译,上海:上海外语教育出版社,1987年,第230页。

③ 《呼啸山庄》(*Wuthering Heights*),剧情/爱情片。导演——安德里亚·阿诺德(Andrea Arnold);主演——詹姆斯·豪森(James Howson)——饰演希斯克利夫(Heathcliff)、卡雅·斯考达里奥(Kaya Scodelario)——饰演凯瑟琳·厄恩肖(Catherine Earnshaw)、詹姆斯·诺斯科特(James Northcote)——饰演埃德加·林顿(Edgar Linton)、李·肖(Lee Shaw)——饰演欣德利·厄恩肖(Hindley Earnshaw);国家——英国;年代——2011年;片长——128分钟;获奖情况——2011年威尼斯电影节最佳摄影奖。

④ 艾米莉·勃朗特:《呼啸山庄》,陆扬译,武汉:长江文艺出版社,2012年,第91—92页。

> 他的阴郁、旷野、报复欲和他身心消损的巨大激情一起构成了一种危险的魅力。自始至终,他都和自然界中粗砺野性的一面联系在一起,想起他,就想起悬崖荆棘,严冬寒风、石南荒地和野狼。像弥尔顿的撒旦,希斯克利夫拒绝了天堂,选择了疯狂的报复和永劫不复的地狱;也像撒旦,他自身就是地狱,无论走到哪里都携带着地狱之火的煎熬;更像撒旦的是,他在地狱的深处设立了自己的天堂:正是通过地狱,希斯克利夫达到临终时与凯瑟琳幻想结合的天堂。[①]

不容否认,2011 版电影《呼啸山庄》形塑希斯克利夫时的叙述并非一如原著或先前的一些电影版本,由房客洛克伍德(Lockwood)与仆人艾伦·迪恩(Ellen Dean)接力完成,而是直接基于希斯克利夫的视角。叙事结构的这一改变确乎在一定程度上消除了原著的形式略显支离破碎,以及哥特小说的情节套式。鉴于文学批评界通常把被创作于十八世纪后期及十九世纪上半期,"饱含恐怖情节或气氛,以描写爵位篡夺、财产继承和宗教迫害等中世纪题材为主的英国小说称为哥特小说",其故事的主人公多为"雄心勃勃的恶棍式贵族人物,拥有或占据某城堡或寺院(常为天主教教堂或修道院),身居高位但通常出身不明,其地位合法性颇受怀疑",[②]联系到希斯克利夫在风雨之夜撬开凯瑟琳的墓穴与她一起趟在棺材里,我们有理由说,影片《呼啸山庄》一如作为其基础的小说,具有哥特小说的奇怪恐怖、耸人听闻意味。但同样不可否认的是,经由此间的改变,一方面,艾伦·迪恩作为仆人的身份和她平素理智的性格特征把原著中的狂暴激情置于了一种充满家庭细节的现实主义框架之中,因而增加了故事的可信度;另一方面,希斯克利夫的视角既简化了细节但又保持了完整性,因而增加了故事的深情与凄凉。

2011 版电影《呼啸山庄》的颠覆之处首先见诸它在技术上大胆甚至出位地摒弃故事类影片的基于对话、使用配乐等特征,使用近乎纪录片的晃动镜头和自然的杂音来再现广袤的荒原,再现出作为哥特小说的原著的阴森凄冷,但更为重要、更能吸引观众眼球的,是它把原著

---

① 钱青主编:《英国十九世纪文学史》,第 327 页。

② 苏耕欣:《哥特小说——社会转型时期的矛盾文学》,北京:北京大学出版社,2010 年,第 1—3 页。

中那个“皮肤黝黑的吉普赛人”置换为一个黑人。[①] 虽然改编者有跳出原著藩篱的自由：早在影片开机前，导演组便做出了由有色人种扮演主角希斯克利夫的决定，但他们公开征集演员的结果依然让人感到意外甚至惊诧；他们最终为希斯克利夫这一角色选择了几乎没有表演经验的黑人詹姆斯·豪森。鉴于原著中的希斯克利夫是“一个脏兮兮破破烂烂的黑头发孩子”、“吉普赛小鬼”等模糊描述，[②]以往电影中的希斯克利夫莫不是由白人扮演；所以，毋庸置疑，这一置换让2011版电影《呼啸山庄》成为了“呼啸山庄系列”的异类。这难道是因为黑人更能凸显异族入侵者希斯克利夫的悲剧性格，更适合表征他内心的疯癫与愤怒的仇恨？希斯克利夫的复仇仅仅关乎爱别离吗？在经济不景气、社会福利难以为继、以伦敦骚乱为代表的族裔冲突日益频繁、北爱尔兰问题不定时发作、苏格兰民族分裂愈演愈烈的当下英国，这样的一种颠覆又意味着什么？它究竟是一种改编抑或重构？

艾米莉·勃朗特与去爱尔兰化形塑

加亚特里·查克拉沃尔蒂·斯皮瓦克(Gayatri Chakravorty Spivak)曾经指出：“阅读十九世纪的英国文学，不可能不想起曾经被看做英国的社会传教团的帝国主义，是代表英国人的英国文化的重要组成部分。在文化再现产品中，文学的作用不应该被忽视。”[③]所以，为了回答上述问题，我们必须回到《呼啸山庄》原作者艾米莉那里，管窥她生活于其间的英国的种族政治、殖民政策，考察谁是艾米莉·勃朗特，继而弄清楚谁是希斯克利夫？他代表什么？

根据勃朗特姐妹研究专家爱德华·齐塔姆(Edward Chitham)的《艾米莉·勃朗特传》等著述，[④]艾米莉的曾祖父休·布兰迪(Hugh

---

① 艾米莉·勃朗特：《呼啸山庄》，第3页。

② 同上书，第35—36页。

③ 加亚特里·查克拉沃尔蒂·斯皮瓦克：“三个女性文本和一种帝国主义批评”，载罗岗、刘象愚主编，《后殖民主义文化理论》，北京：中国社会科学出版社，1999年，第158页。

④ 爱德华·齐塔姆(Edward Chitham)，英国开放大学兼职讲师，著有《勃朗特一家的爱尔兰背景》(*The Brontes' Irish Background*, London: Palgrave McMillan, 1986)、《艾米莉·勃朗特传》(*A Life of Emily Bronte*, London: Blackwell, 1987)、《安·勃朗特传》(*A Life of Anne Bronte*, London: Blackwell, 1993)、《勃朗特家族编年史》(*A Bronte Family Chronology*, London: Palgrave McMillan, 2004)等著作。

Brunty),一位常去英格兰的爱尔兰牛贩子,曾在利物浦街头带回过一个皮肤黝黑的流浪儿,取名威尔士·布兰迪(Welsh Brunty)。威尔士极具经商天赋,很快成为了休的助手;威尔士后来被休的亲儿子逐出了家门,但最终不但接管了布兰迪的家业,而且娶了其小女儿,领养了妻兄的儿子,为他取名小休,把他当做奴隶进行虐待。后来小休逃到一个石灰厂找到了工作,娶了天主教徒爱丽丝,生下了艾米莉的父亲帕特里克·勃朗特(Patrick Bronte)。帕特里克·勃朗特通过自学考上了剑桥大学,毕业后留在了英格兰,出任约克郡哈沃斯地区的长驻牧师,娶了同属凯尔特语区的康沃尔郡人玛丽亚·布伦威尔(Maria Branwell)。所以,从血统上讲,艾米莉是凯尔特人后裔,情感上天然地亲近爱尔兰人、苏格兰人。当然,这也与勃朗特一家生活于其间的哈沃斯地区有关。

> 在那个地区,天主教存留的时间最长,但表现为迷信的形式;现代工业化出现得最早,而且仍然表现为迷信的形式。强劲的风和荒芜不毛的土地,土地贵族的专横暴戾和工场主的更新更黑暗的专横暴虐,把这片地区变成了野蛮人的国土。[①]

哈沃斯实乃荒凉的工业小镇,"房屋四周,目之所及,是凝固海洋般起伏奔涌的荒原,草原上覆盖着黑色的岩石、紫色的石南和浅色坚韧的杂草,构成质朴冷峻的美感",[②]但艾米莉却对荒原怀有一种近乎偏执的热爱:"她与荒原相依相存,正如荒原上的野鸟、常年的住户、石南荒草和出产的果实……自由是艾米莉的呼吸。"[③]

独特的出身与生活环境造就了艾米莉对爱尔兰问题的关注,包括"爱尔兰流散族裔的生存状态、英爱文化的碰撞与交融下所引发的文化的混杂性与多样性"。[④] 我们知道,爱尔兰人是古凯尔特人的后裔,世代居住在爱尔兰岛上,信仰天主教。1171 年,英王亨利二世以武力开始了英国对爱尔兰的征服。17 世纪初,斯图亚特王朝统治下的英国有计划地对爱尔兰殖民,最终通过从苏格兰和英格兰移入新教徒、驱赶天主教徒并侵占其土地的手段,成功地在爱尔兰北部的厄尔斯特省

---

① 杨静远选编:《勃朗特姐妹研究》,北京:中国社会科学出版社,1983 年,第 271 页。

② 钱青主编:《英国十九世纪文学史》,第 312 页。

③ 同上书,第 312—313 页。

④ 王苹,"平静地面下的不平静睡眠:《呼啸山庄》里的种族政治",载《南京大学学报》2012 年第二期,第 134 页。

建立起殖民地。到17世纪末,英国地主几乎完全霸占了爱尔兰的土地,爱尔兰农民因此成为了英国地主的佃农,虽然这些地主大多居住在英格兰,只关心谷物和牲畜的出口,其结果是爱尔兰的农业收入几乎全部输出到了国外。随着工业革命的开展,英国进一步加强对爱尔兰的控制;《爱英同盟条约》(The Act of Union)在1800年的签订、大不列颠及爱尔兰联合王国的成立,爱尔兰成为英国的一部分,彻底丧失了政治和经济独立地位。所以,由于地缘政治的关系,作为英国最早的殖民地,"爱尔兰是保证不列颠取得世界霸权的那个体制的最大受害者"。[①] "英国统治爱尔兰后,为了满足其国内市场对牛肉的巨大需求,便将爱尔兰作为其'牧场'。爱尔兰农民为了生存,只能用小片土地种植马铃薯糊口"。[②] 因为可以自由输入爱尔兰的英国工业品对爱尔兰工商业的毁灭性打击,爱尔兰人完全依靠土地生活,虽然日渐严重的土地兼并与集中致使爱尔兰人获得的土地非常有限;爱尔兰人处于极端贫困之中,半数以上的爱尔兰人不得不以马铃薯为主要粮食作物。

> 都柏林海可算是不列颠诸岛中最美丽的一个海湾,爱尔兰人常常把它比作那不勒斯湾。城市本身也是美丽如画的,那里的贵族区比英国的任何城市都更好,更雅致。但同时都柏林的穷人区却可以归入世界上最可怕最丑恶的穷人区之列。[③]

英国的殖民掠夺造成了爱尔兰人对马铃薯的过度依赖,因而埋下了1840年代爱尔兰大饥荒的祸根。1845年,爱尔兰的马铃薯大规模枯萎,马铃薯产量因此大幅降低,引发了爱尔兰历史上著名的大饥荒。[④] 爱尔兰境内饿殍遍野,一如爱尔兰地方官员尼古拉斯·康明斯

---

① 费尔南·布罗代尔:《15至18世纪的物质文明、经济和资本主义》(第三卷),顾良译,施康强校,北京:生活·读书·新知三联书店,1993年,第426页。

② 闫勇编译,"爱尔兰大饥荒:政治暴力和冷漠致百万人丧命",载《中国社会科学报》,2012年4月27日,第三版。

③ 恩格斯,"漫游伦巴蒂",载中央编译局编译,《马克思恩格斯全集》,第二卷,北京:人民出版社,2008年,第313页。

④ 爱尔兰历史上著名的大饥荒(1845—1852)在英语中通常被称作 the Great Famine,但我们必须知道,在爱尔兰,人们习惯用 the Great Hunger 这一说法,而在爱尔兰之外,人们也经常用 the Irish Potato Famine。虽然历史学家们对大饥荒是否可以被视为爱尔兰历史上的分水岭事件、英国人的种族灭绝阴谋言人人殊,但一致认同的是,这次大饥荒深远地影响了爱尔兰、英国、美国等国的人口、经济、社会、文化。

(Nicolas Cummins)在“黑色的1847年”的描述：“我走进一间农家小屋，其场景令我瞠目结舌。6个因饥饿而骨瘦如柴、形同鬼魅的人躺在小屋角落的一堆脏稻草上。我以为他们已经死了，但当我靠近他们时，耳畔却传来了一声声低吟。这些‘人’还活着……”[①]这场一直持续到1852年的大饥荒造成了百万爱尔兰人死亡，百万以上爱尔兰人背井离乡，流亡英国、美洲或者其他地方。

在18—19世纪的爱尔兰，马铃薯歉收屡见不鲜；据1851年的一次统计，1728年以来至少发生过24次，但都没有造成严重后果。那么，什么原因造成了这场大饥荒持续时间如此之长、后果如此之严重？当时的英国已然完成工业革命，正值欣欣向荣的维多利亚时期。一方面，英国在殖民地、政治制度、经济发展等方面领世界潮流之先，是一个拥有地球近四分之一陆地和近四分之一人口的庞大殖民帝国。另一方面，作为公认的世界工厂，英国是那个时代繁荣、发达和文明的象征。大饥荒四年前，英国为打开中国的大门，不惜费尽心机、劳师动众从印度派军舰发动了鸦片战争。大饥荒爆发时，英国正全力筹办人类历史上的首届世博会，面对爱尔兰的史无前例的大饥荒无动于衷，任灾情蔓延和爱尔兰人民抛尸遍野。在后来灾情危重，运粮船到达爱尔兰时，救灾玉米甚至因加工问题无法送至灾民手中。另外，英国政府还对自发的人道主义救助横加阻拦。据土耳其《今日时报》(*Today's Zaman*)2012年1月报道，当时的奥斯曼帝国苏丹阿卜杜勒迈吉德一世(Ottoman Sultan Abdülmecid I)宣布将寄送一万英镑给受灾农民，但英国维多利亚女王却要求他只能捐一千英镑，理由是她本人才捐两千英镑。对此，特里·伊格尔顿(Terry Eagleton)一针见血地指出：

> 爱尔兰人的死亡不单纯因为食物短缺，而是因为他们短缺购买食物的资金，而在整个联合王国，资金却非常充足，但是拿不到他们手里。在这个意义上说，大饥荒是英国漫不经心地对待它费尽心机得来的联合王国而产生的致命后果。就这场具体灾难而言，爱尔兰的痛苦并不是联合统一造成的，而是英国自私地决定把爱尔兰丢在一边。……这场饥荒的最终原因是政治和财产关

① 闫勇编译，“爱尔兰大饥荒：政治暴力和冷漠致百万人丧命”，载《中国社会科学报》2012年4月27日第三版。

系问题，而不是什么大慈大悲的天意。[①]

爱尔兰大饥荒及其严重后果，作为爱尔兰后裔的艾米莉应该是知道的。首先，勃朗特家“订两份报纸，阅读三种报纸”；[②]其次，她弟弟在1845年8月去过利物浦。

> 1845年秋天发生了马铃薯萎菌病，大约就是艾米莉·勃朗特开始写这部小说的时候，因此那年八月，也就是布兰威尔去利物浦的这个月，还见不上大饥荒的难民。但是利物浦城到处可见流落街头的爱尔兰移民，这一点毫无疑问。可以推测，布兰威尔碰上了这些人，把听到的故事再讲给他姐姐。[③]

伊格尔顿之所以做出如此肯定的判断，在很大程度上是因为历史上，爱尔兰人离乡背井流亡的第一站往往是曾被戏称为“爱尔兰首都”的利物浦。

> 据一位历史学家说，到1847年6月，三万名爱尔兰饥民登上了利物浦港岸。……“刻画在《伦敦插图新闻》(*Illustrated London News*)里的形象，尤其是那些孩子们的形象，令人终身难忘——像稻草人，奄奄待毙，衣不蔽体，毛发黑得像动物一样，几乎看不清他们的面孔。”毫无疑问，这些孩子大部分是爱尔兰人。[④]

在多种路径的帮助下，爱尔兰大饥荒进入到了艾米莉的视野，沉潜于她所形塑的形象中：

> 他在利物浦的街头上，看到他饿得半死，无家可归，差不多就是一个哑巴。他捡起他来，探问谁是他的主人。他说，鬼都不知道他是谁家的。他的钱财和时间都十分有限，觉得马上把他带回家来，倒比在那里白白消费更好一些。因为他一经发现他，就下定决心再也不离开他了。[⑤]

因为“在爱尔兰，饥馑是实实在在的事情”，在小说《呼啸山庄》中，

---

① 特里·伊格尔顿，《历史中的政治、哲学、爱欲》，马海良译，北京：中国社会科学出版社，1999年，第362—3页。

② 玛格丽特·莱恩，《勃朗特三姐妹》，李森等译，天津：天津人民出版社，1992年，第71页。

③ 特里·伊格尔顿，《历史中的政治、哲学、爱欲》，第337页。

④ 同上书，第336页。

⑤ 艾米莉·勃朗特，《呼啸山庄》，第36页。

"饥饿的名字就叫希思克利夫",虽然必须指出的是,英国人与爱尔兰人对这场大饥荒的认识截然不同:

> 在通往现代的门槛上,大饥荒中的爱尔兰经历了前现代所有盲目的原始力量的折磨,经历了一段像自然本身一样无情的历史,这不是自然化了的历史,而是自然的历史,是萎菌病和斑疹伤寒……在某种意义上,这是巨大的政治灾难,没有任何自然性可言;但在英国语境里,历史成了自然,而在爱尔兰,自然成了历史。……爱尔兰和《呼啸山庄》就是那种文明面临的危险性的代名词;因为它也经历了从泥土中一点一点挣扎出来的过程,它也能因此轻易地回归土地。[①]

很显然,希斯克利夫可能是爱尔兰人:他父母是爱尔兰大饥荒的牺牲品,他本人则是英国有计划的种族灭绝的见证人。"希思克利夫是大饥荒的一个碎片,而且可以说,他在生命行将结束的时候仍在绝食,当然凯瑟琳·恩肖也是这样做的。"[②]然而,值得玩味的是,艾米莉,包括后来改编《呼啸山庄》的诸多导演和编剧,并没有让爱尔兰人进入其作品,而是将其改头换面为"外貌上看他是个皮肤黝黑的吉普赛人,衣着与风度上,又是一个绅士"。[③] 其间的原因同样与艾米莉的生活情势与情感结构有关。根据盖斯凯尔夫人在《夏洛特·勃朗特传》中的描述,为获得爱德华·萨义德(Edward Said)意义上的"归属感"(affiliation),帕特里克·勃朗特"远离他的诞生地,远离他所有的爱尔兰亲友;的确,他不屑再和他们保持什么联系"。[④] 大学毕业以后,曾经落魄的帕特里克·勃朗特像希斯克利夫一样,"从卑贱的外人摇身一变为英国绅士……把自己变为专横右翼的牧师时,他坚持两个爱尔兰传统:尽量撇清与故乡的联系,比英国人还要正统"。[⑤] 但令人遗憾的是,尽管"勃朗特一家也许忘记了他们的爱尔兰出身,但是哈沃斯的良

---

① 特里·伊格尔顿,《历史中的政治、哲学、爱欲》,第 346 页。

② 同上书,第 345 页。

③ 艾米莉·勃朗特,《呼啸山庄》,第 3 页。

④ 盖斯凯尔夫人,《夏洛特·勃朗特传》,祝庆英、祝文光译,上海:上海译文出版社,1987 年,第 33 页。

⑤ Terry Eagleton (2005) *The English Novel: an Introduction*, London: Blackwell, p. 125.

民们显然还清楚地记着这码事”。[①] 因为他的爱尔兰身份，加之他性格乖张，“他那强烈、炽热的爱尔兰性格，平时用坚决的苦行意志压制着……遇到心烦意乱或是不高兴的时候，他不说什么，却从后门一发接一发快速地射出手枪子弹，借以宣泄他火山爆发般的怒气”，[②]帕特里克·勃朗特并未如愿获得居住国人民的接受，甚至还被迫将自己的姓由布兰迪(Brunty)改为勃朗特(Bronte)。“他在村子里不太闻名”；[③]人们不喜欢他，总是与他及他家人保持一定距离。

勃朗特一家被边缘化、遭受种族歧视，在很大程度上也关乎艾米莉的弟弟：

> 勃朗特家的第四个孩子是帕特里克·布兰威尔，他没有成为人们仰慕的这个家庭的名垂千古者之一。他的姐姐们大名鼎鼎，当她们的弟弟本来就不容易，何况他非要把事情弄得更糟才罢手。他是个瘾君子，酒鬼，还兴奋地做过文学上一显身手的梦想，但最终不过是约克郡一个火车站的盗用公款的售票员。他虚度光阴，身患支气管炎；1849年9月，他潦草涂写了最后一份字据……，不久之后就死在了父亲的怀抱里。[④]

勃朗特一家表面上被英国人接受，实则继续被视为爱尔兰人，这既是因为“在工业化的北方，反爱情绪有时很高”，[⑤]也是因为布兰威尔·勃朗特的行为恰似英国人对爱尔兰人的定型化认识：懒惰、酗酒、好斗、叛逆、浮夸、奢侈，满脑子不切实际的幻想。

> 布兰威尔的生活是舞台上常见那种花哨艳丽的爱尔兰人生活，完全符合英国人心目中定型化了的“无能的米克”(feckless Mick)这一形象。他的父亲帕特里克是个托利党人，在哈沃斯地区进行议员竞选演讲时，遭到人群粗暴的嘘叫，布兰威尔一怒之下挺身而出，尽他的人子之责。当地民众烧掉布兰威尔的模拟像，发泄不满；这个布兰威尔像一手拿着土豆，另一只手拿着青

---

① 特里·伊格尔顿，《历史中的政治、哲学、爱欲》，第335页。

② 蒂姆·维克瑞，《勃朗特一家的故事》(*The Bronte Story*)，李颂译，北京：外语教学与研究出版社、伦敦：牛津大学出版社，1998年，第32页。

③ 玛格丽特·莱恩，《勃朗特三姐妹》，第21页。

④ 特里·伊格尔顿，《历史中的政治、哲学、爱欲》，第334页。

⑤ Kathleen Constable (2000) *A Stranger within the Gates: Charlotte Bronte and Victorian Irishness*, Maryland: University Press of America, p. 3.

鱼。[①]

此间必须指出的是，勃朗特一家的遭遇种族歧视，也与流行于彼时社会的审美话语有关：

> 在整个十九世纪，英国始终有一种将自然和社会理想化和审美化的话语与一种更粗糙的唯物质主义的语言暗中龃龉，这种语言带着浓重的生物学色彩，而且奇怪地丧失了文化品质……爱尔兰在这方面也成了一种都市社会的可怕的无意识，是理想主义英国暗中的一部唯物质主义历史……然而，无意识也是自相矛盾的所在：如果说爱尔兰是粗野动荡，具有破坏性，那么它也是游戏、欢乐和幻想的场所，是从英国现实原则的专制下的一种幸运的解脱。爱尔兰是一颗生物定时炸弹，在文明的帕尔卡莫尔俱乐部所代表的文化化了的上层建筑之下，可以听见它的嘀嗒声；爱尔兰的历史像希思克利夫那样毫不留情地剥露出那种文明下面阴暗的物质之根。当幼小的希思克利夫闯进画眉庄园时，教养良好、神经衰弱的林顿一家放出狗来咬他，顿时扯破面纱，暴露出支撑着他们的暴力。[②]

作为维多利亚时代英国人对爱尔兰人的种族歧视的证明的，是爱尔兰人总是被英国人兽化。1862 年，Punch 发表的《缺失的一环》说，"探险家发现，在伦敦和利物浦的贫民窟生活着一种生物，其特征符合大猩猩与黑人之间的一环。它来自爱尔兰，成功地迁入，它属于爱尔兰野蛮人，是爱尔兰雅虎最低等的一种"。[③] 所以，在艾米莉的描述中，希斯克利夫"黑得简直就像从魔鬼那边过来的"，其爸爸很可能是中国皇帝、妈妈很可能是印度皇后等相较于英国人的边缘化的他者。基于现实中的种族偏见：当时的爱尔兰被称作"人类的猪圈"，[④]仇敌欣德利骂希斯克利夫为狗，恋人凯瑟琳认为他脏，"要是你洗洗脸，梳梳头，就都行了。可你真脏！"，[⑤]仆人奈利·迪恩认为"这个东西不是我的同

① 特里·伊格尔顿，《历史中的政治、哲学、爱欲》，第 335 页。

② 同上书，第 344 页。

③ Lewis P. Curtis (1971), *Apes and Angels: The Irishman in Victorian Caricature*, Newton Abbot: David and Charles, p. 100.

④ Flan Campbell (1979) *The Orange Card: Racism, Religion and Politics in Northern Ireland*, London: Connolly Publications, p. 12.

⑤ 艾米莉·勃朗特，《呼啸山庄》，第 55 页。

类”。艾米莉还不停地让希斯克利夫遭遇语言暴力，比如通过以希斯克利夫同姓与同名剥夺其姓名权，又如在描述他刚到呼啸山庄时，“他只是瞪着眼四下里张望，一遍遍重复着一些莫名其妙没人能够听懂的话”。[①] 当然，回溯性地看，她如是处理也关乎记录、论述大饥荒的任务已然被交给非爱尔兰学者。

> 被污染了的时代残留物就成了语言本身，盘桓其中的似乎不是悲剧，而是迥然不同的羞辱文化。大饥荒期间，饥民们缩在自己家的茅房里，免得别人看见，以便体面地死去。大饥荒之后，爱尔兰村庄里不讲爱尔兰语了，认为爱尔兰语会带来恶运。触及语言问题就是考虑到一种不同系统的能指的死亡。大饥荒显然不是一种表意符号，这不仅因为就意识形态而言，它是自然的一种参考行为，而且……很可能穿越语言再现的疆界。[②]

简言之，希斯克利夫作为一个吉普赛人出现在原著与以往的电影版本中，关乎吉普赛人在当时的英国及欧洲同样不为人待见，但更为重要的是，直接联系着艾米莉·勃朗特本人的爱尔兰血统、英国人对爱尔兰人的种族歧视。

作为隐喻的希斯克利夫

在2011版电影《呼啸山庄》中，希斯克利夫的肤色被加深，直接由黑人演员饰演，这首先是因为原著为这样一种改编提供了可能。在小说结尾处，艾米莉告诉我们：“有三块墓碑——中间那块是灰色的，半埋在石楠丛中；埃德加·林顿的墓碑已有草泥和苔藓爬上碑脚，到底和周围的景致协调了些；希斯克厉【利】夫那块依然是光秃秃的。”[③]此间所描述的凯瑟琳、埃德加、希斯克利夫的合葬，制造出了霍米·巴巴(Homi Bhabha)意义上的一种“居间空间”(in-between space)——“‘之外’的一种方向迷失感，一种方位困惑”。[④] 尘世间无法超越的性别、种族、阶级、文化差异混杂一体，处于一种既非此也非彼的状态中，

---

① 艾米莉·勃朗特，《呼啸山庄》，第35页。

② 特里·伊格尔顿，《历史中的政治、哲学、爱欲》，第347页。

③ 艾米莉·勃朗特，《呼啸山庄》，第334页。

④ Homi K. Bhabha (1994) *The Location of Culture*, London and New York: Routledge, p. 2.

挑战了殖民话语中的英格兰人/爱尔兰人、统治者/被统治者、中心/边缘、白人/黑人的分野,颠覆了文化民族主义者对种族、血缘、语言的纯正的固守。[①] 更何况

> 希思克利夫集压迫者和被压迫者于一身,在他身上体现了爱尔兰革命的各个阶段。孩童时期的他可以说是一个自卫队员或结带社成员,在一次小小的农村暴行中被逐出画眉庄园,原因只是庄主认为其图谋不轨。后来他从一个农村无产者——爱尔兰大饥荒之后行将消亡的一类人——跃入农村资产阶级,从欣德利手中骗得"山庄"的所有权。他的经历可以说重现了土地同盟会的历程……希思克利夫一旦在"山庄"安顿下来,自己也就成了"无情的地主",着手劫夺当地地主的画眉庄园。[②]

然而,2011 版电影《呼啸山庄》的隐喻式改编,更多源自当下英国的社会情势,尤其是作为一种话语的爱尔兰共和军(IRA)与苏格兰独立、作为一种日趋严峻的社会问题的移民问题与族裔冲突问题。我们知道,亨利二世军事占领爱尔兰以后,爱尔兰的历史既是爱尔兰人被残酷殖民的历史,同时也是爱尔兰人民为争取民族对立、宗教信仰自由而反抗英国、反抗新教的历史。在 1918 年英国大选中,以争取民族独立为己任的新芬党在爱尔兰取得了压倒性的胜利;1919 年,他们在都柏林成立了独立的爱尔兰议会,宣布成立爱尔兰共和国,把爱尔兰义勇军改编为爱尔兰共和军,开展反英战斗。因世界大战元气大伤的英国政府,无力再经历一场国内战争,被迫在 1921 年 12 月与爱尔兰临时政府签订和约,承认爱尔兰南部 26 郡为自由郡,享有自治权,而北方 6 郡则因为英国几个世纪来的移民,信奉新教的英格兰和苏格兰后裔已占多数,继续留在英国,即北爱尔兰。

爱尔兰的被分割为南北两部分极大地刺激了爱尔兰共和军;南部爱尔兰在 1937 年独立为爱尔兰共和国之后,爱尔兰共和军开始了旨在实现南北统一的斗争,开始在英国、爱尔兰及北爱尔兰制造爆炸事件。1954 年,爱尔兰共和军宣布停止在爱尔兰南部的军事活动,逐步走向了低潮。20 世纪 60 年代末,随着北爱尔兰民权运动的高涨和民

---

① 王苹,"平静地面下的不平静睡眠:《呼啸山庄》里的种族政治",载《南京大学学报》2012 年第二期,第 140 页。

② 特里·伊格尔顿,《历史中的政治、哲学、爱欲》,第 355 页。

族冲突的激化，爱尔兰共和军再度活跃起来，分裂为正统派和临时派，同时成立了正式爱尔兰共和军和临时爱尔兰共和军。前者自称奉行马克思主义路线，支持以政治行动争取爱尔兰统一；后者具有更浓厚的民族主义色彩，经常以爆炸、暗杀等暴力活动攻击安全部门和军界人物与机构。1973—1979 年期间，在爱尔兰共和军的恐怖活动及其引发的其他冲突中，有 1950 余人丧生，其中包括英国驻爱尔兰共和国大使克里托费·尤尔特·比格斯、撒切尔夫人的高级顾问艾雷·尼夫等多名高官。尤其让人震惊的是，1979 年 8 月，爱尔兰共和军炸死了菲利普亲王的叔叔、英国海军元帅蒙巴顿勋爵；这一事件的矛头直指英国社会最高象征——君主政体，最大程度地把公众视线吸引到了北爱尔兰的复杂局势上，虽然爱尔兰共和军因此遭遇了英国政府的铁腕镇压。一如史蒂夫·麦奎因(Steve McQueen)导演、迈克尔·法斯宾德(Michael Fassbender)主演的 2008 年影片《饥饿》(*Hunger*)所告诉我们的，[①]在英爱两国的联合打击下，一批又一批爱尔兰共和军战士因此锒铛入狱。仅在贝尔法斯特附近的梅兹监狱，就关押着七百多名爱尔兰共和军成员。这些人既有民族主义者的执著、顽强，又有恐怖分子的狂热，即使身陷囹圄也不愿放弃反抗。

1993 年，英国和爱尔兰曾共同发起北爱和平进程，但一再因解除武装问题搁浅。为了挽救濒临崩溃的北爱和平进程，2001 年 10 月，爱尔兰共和军宣布开始解除武装，并将部分武器置于"不使用状态"，但解除武装行动不久后中止。2005 年 7 月，爱尔兰共和军再次宣布放下武器，放弃武装斗争，加入和平进程。2007 年 5 月，明争暗斗数十年的

---

① 影片《饥饿》的原型是博比·桑兹(Bobby Sands)绝食事件。1981 年 3 月 1 日清晨，博比等四位被关押在梅兹监狱的囚犯宣布开始绝食，旨在为爱尔兰共和军争取"政治地位"，即不穿囚衣、不参加打扫牢房等狱中劳动、允许囚犯自由交往、获得更多邮件与探视等。消息传出后，包括博比母亲与姐姐在内的 4000 多名天主教徒旋即走上街头进行声援示威，焚烧英国国旗。英国政府强硬地拒绝了博比的要求；时任首相的撒切尔夫人认为，以恐怖活动著称的爱尔兰共和军是刑事犯罪分子，无权享受政治犯待遇。在野的英国工党领袖也一反常态地支持首相；北爱尔兰事务大臣迈克尔·艾莉森甚至在接见记者时冷冷地表示："如果绝食的犯人想死，就让他们死去吧。"然而，桑兹的绝食得到了北爱尔兰天主教徒的狂热支持，把他视为民族英雄。4 月 10 日，桑兹当选为英国下院议员，牵动着国际公众的视线。在北爱尔兰天主教徒不断示威声援的同时，美国、爱尔兰共和国的议员、罗马教皇的特使，欧洲人权委员会和国际红十字会的代表，接踵来到英国。他们或去梅兹监狱劝说桑兹放弃绝食，或去唐宁街十号要求首相给桑兹留条生路，但他们全都无功而返。5 月 5 日，27 岁的桑兹在持续绝食 66 天之后，终于离开了人间。愤怒的天主教妇女在贝尔法斯特大街上猛敲垃圾桶，把桑兹的死讯传到各地。大街上立刻爆发了烧房屋、毁汽车、炸警察等暴力事件。

北爱民主统一党和新芬党携手组成新的北爱尔兰地方自治政府。然而，随着2009年3月的两起恐怖袭击事件的发生，北爱尔兰的和平进程再次被蒙上了阴影。

近一个世纪以来，北爱尔兰地区一直动荡不休，危机迭起，这固然关乎历史埋下的纷争的种子，但更主要的却是因为现实中的社会、政治、经济矛盾的激化。20世纪50年代，爱尔兰共和军"式微"是因为英国经济处于繁荣时期，在北爱尔兰实施了与不列颠相同的社会保险和福利制度，缓和了天主教徒的对立情绪。然而，英国在1960年代多次遭受经济危机的冲击，北爱尔兰受害最深；北爱尔兰的天主教徒因此坠入了社会生活的最底层。首先，北爱尔兰的天主教徒在经济上倍受歧视：1976年10月，英国失业率最高的10个地区有9个在北爱尔兰，到1984年，北爱尔兰失业率高达82%。北爱尔兰当局几乎把所有新投资和工厂都放在新教徒区，而企业通常很少雇佣天主教徒的熟练工人，所以，北爱尔兰的天主教徒比新教徒失业率高得多。20世纪60年代末到70年代中期，不列颠的失业率为8.1%，而北爱尔兰天主教徒占多数的伦敦德里的失业率则高达20.1%。就业歧视几乎把爱尔兰族人排斥在了工业社会之外，这无疑为爱尔兰共和军重整旗鼓提供了社会基础；高失业率引起了社会各界的强烈不满，同时大批无业天主教徒又为爱尔兰共和军提供了不竭的兵源。

其次，天主教徒在北爱尔兰政治生活中历来受歧视，很少有人进入议会分享治理北爱尔兰的权利。在1970年代的伦敦德里，天主教徒占人口的三分之二，而新教徒却占有市议会60%的席位；在卢尔根市，到1972年，占人口40%的天主教徒在市议会里从未得到过席位。在北爱尔兰的议会和各级行政机构中，天主教徒鲜有被雇佣为普通职员。另外，在住房问题上，天主教徒也处于无法忍受的境地。在20世纪70年代初的贝尔法斯特，23%的居民申请住宅20年未果，其中大多数是天主教徒；到1985年时，北爱尔兰的不再适居住的房屋比英国其他地方高2.5倍。宗教偏见使北爱尔兰两个教派的居民分住在不同的街区，隔离状态一年比一年严重，而天主教徒街区的市政建设明显落后。

所以，代表英国政府的北爱尔兰当局在政治、经济上对天主教徒的歧视政策，加深了历史遗留下来的矛盾；在英国经济持续下滑的背景下，这些久悬不决的矛盾进一步激化。鉴于改变境况的努力徒劳无获，一些激进的天主教转而求助于恐怖主义手段。从这个意义上讲，在很大程度上源自爱尔兰共和军的北爱尔兰问题是北爱尔兰盘根错节的矛盾滋生出来的一个无法去除的毒瘤；虽然南北爱尔兰的统一注定不可能发生，①但北爱尔兰问题将继续一如达摩克利斯之剑，威胁、阻碍北爱尔兰与英国的和平发展，影响甚至制约英国人的正常生活。

在英国，与北爱尔兰问题密切相关的是苏格兰问题。一如梅尔·吉普森(Mel Gibson)在影片《勇敢的心》(*Brave Heart*)中所表征的，苏格兰和英格兰的关系充满了血与泪、斗争与妥协。历史上，英格兰人曾征服过苏格兰，但苏格兰人最终在罗伯特·布鲁斯的引领下，击退了英格兰人。后来，罗伯特·布鲁斯的后裔詹姆士六世因为英格兰女王伊丽莎白一世没有留下子嗣，成为了以共主邦联的形式统治两个独立王国的英格兰国王詹姆士一世。1707年，英格兰与苏格兰签订《联合法案》，它在宣告两个王国正式合并为“大不列颠王国”的同时，也使苏格兰在法律上成为了英格兰的依附。所以，现任苏格兰首席部长亚历克斯·萨尔蒙德在2011年提出了独立公投的主张，以期结束“304年的从属关系”。

事实上，早在1977年，以苏格兰脱离联合王国为最高纲领的苏格兰民族党便打出了“北海油田属于苏格兰”的竞选口号；受高失业率和高通胀的困扰，苏格兰200年来第一次召开了地方议会，举行了独立公投，但多数苏格兰人在真正面临选择时还是投下了否决票。2011年，主张维持统一的工党在苏格兰地方选举中败北，获胜的苏格兰民族党再次就苏格兰独立问题发起公投，同样关乎石油。据法新社报道，苏格兰境内的北海石油和天然气产业目前每年缴税大约88亿英镑(约合144亿美元)，这笔税收直接归属英国政府。苏格兰民族党认为，苏格兰一旦获得独立财政权，可凭借北海石油和天然气获得可观收益，实现苏格兰经济繁荣。英国政府对此的态度一如首相卡梅伦所言：“我们的观点很明确，确保苏格兰人民拥有及决定他们自己的未来，英国政府对此做出的回应是正确的。”苏格兰民族党所希冀的全民公投将在2014年秋季举行，而目前的民意调查显示，只有大约30%的苏格兰民众支持脱离英国。因此，尽管执掌苏格兰议会的苏格兰独立

---

① 北爱尔兰将在2016年前后举行全民公决，决定是否脱离大不列颠及北爱尔兰联合王国。一如民调所显示的，由于英国与爱尔兰经济实力的悬殊，支持北爱尔兰脱离联合王国、加入爱尔兰共和国的人数不及北爱尔兰总人口的30%，所以，爱尔兰共和军所致力的南北爱尔兰统一是不可能发生的，虽然这并不意味着北爱尔兰问题已然成为一个伪问题。

党一直在勉力挑起苏格兰人的民族情绪,鼓励他们脱离英国,但其独立的主张在很大程度上不过是一种姿态,一种话语。

倘若在2011版电影《呼啸山庄》中,北爱尔兰问题、苏格兰问题仅仅是一种缺席的在场,那么英国国内日趋严峻的族裔冲突便是在场的缺席。在影片拍摄的2011年,缺席于影片的伦敦骚乱事件成为了全球各大新闻媒体关注的焦点,引起了英国政治人物的空前重视。历史地看,这是由关乎英国历史发展轨迹的英国移民问题所造成的种族矛盾,与世界性经济危机相互交织而引发的一次剧烈社会动荡。众所周知,英国是最早将非洲黑人作为奴隶贩卖到美洲地区的国家之一。伊丽莎白一世时期,约翰·豪金斯在第一次环球航海中就成功地将300名几内亚黑人贩卖到西印度群岛,他本人因此得到了女王的赏识,并且在他以后的奴隶贸易中女王也参与投资。英国人不但自然地将有色人种作为奴隶对待,而且凭借坚船利炮和现代化商品将各殖民地变为自己的商品销售中心和原料基地,形成了一种高人一等的傲气。二战后英国因为急需补充劳动力而将其前殖民地人引入本土后,歧视问题日渐显现。有色人种不仅在历史上比英国人低人一等,而且进入英国后也大多从事低端工作。因此,这些年轻的黑人后裔面对社会经济不景气的时候,盗窃、抢劫等犯罪行为就会变得非常频繁。

面对移民产生的种种问题,英国民众不断要求政府禁止移民进入英国。但英国殖民地在这一时期开始纷纷独立,英国政府无法关上国门,加之英国在非洲和加勒比地区的快速去殖民化措施导致当地政局动荡,许多当地居民成为难民进而大量涌入英国。面对不仅没有减少、反而越来越多的大量移民,英国政府被迫采取各种管制移民的措施,不但未能阻挡移民的步伐,反而使种族歧视有了某种法律上的依据;种族歧视和种族冲突现象更为严重。1980年,布里斯托尔种族骚乱;1981年,伦敦、利物浦和曼彻斯特发生骚乱事件;1985年,伦敦再次发生暴乱。1993年4月22日晚,18岁的黑人青年斯蒂芬·劳伦斯和他的朋友杜威尼·布鲁克斯在公交车站等车的时候,在没有任何挑衅和冒犯的情况下,被几个白人青年无辜杀害。这是一场明显的种族主义谋杀案,但警察却以证据不足为由拒绝逮捕白人青年,在整个英国掀起了轩然大波。新世纪以来,由于经济不景气,英国的种族骚乱事件频繁发生:2001年的暴动尚未平息,2005年伦敦地铁爆炸事件开始上演,到2011年8月伦敦等城市的骚乱终于震动了整个社会。这次伦敦骚乱的方式、规模、蔓延的速度以及影响,完全超过了以前的类似事件。以往的骚乱参与者主要为有色人种,但这一次大量白人青少年卷入其中,他们中的很多人出身和家境都十分优裕;他们恣意妄为,肆无忌惮,加剧了社会的焦虑。很多英国媒体认为这是英国自由主义教育的恶果,但问题绝非如此简单。

所以,英国的社会骚乱并非是新近之物,而是已有近半个世纪的历史。历史地看,英国在近代发展过程中利用自己手中的枪炮将有色人种变为自己的奴隶,在他们的土地上肆意掠夺,在事实上造成了英国本土人与殖民地人在身份上的不平等。尽管第一代有色人种移民因为自己的技能、语言和国家经济背景对自己在英国的生存环境还比较满意,但当在英国出生成长的有色人种后裔用英国本土居民的眼光审视社会对他们的待遇时,难免会以骚乱的方式把这种愤慨直接表达出来。这些移民所面临的最大问题是他们无法融入英国的主流社会,始终处于边缘人的位置;这既使他们感到屈辱,也使他们易于成为英国社会发泄不满的对象。一旦失业或其他形式的经济危机出现,移民总是天然地成为替罪羊。2011年伦敦骚乱之前,很多英国人认为有色人种的移民带来了若干社会问题,而政府却对这些问题不闻不问。自己为什么要对这种不负责任的社会负责?2011年伦敦骚乱的一些青年人的放纵心态即来源于此,暴露出了英国长期以来的移民融合问题。倘若这些移民不能很好地融入主流社会,他们就会始终是引发英国社会冲突的根源。即是说,如果英国政府不解决好数量巨大的移民问题,使他们尽可能融入主流社会,以后的骚乱可能就不单单是社会经济问题,还会最终引发政治上的动荡。这种前景无论是对于英国还是对于任何一个欧洲国家,都不会是福音。一如伊格尔顿分析希斯克利夫这一形象时所言:

> 希思克利夫反叛是因为他受到了野蛮对待,爱尔兰反抗英国,也出于同样原因。只有凯瑟琳才给予了他所要求的承认,她是个英国小叛徒,但即便是她,也把他出卖给了埃德加·林顿。到最后,连自由主义者都跑到了地主那一边。希思克利夫—凯瑟琳的关系是拉康"想象界"的一个经典范例……凯瑟琳和希思克利夫,一个是受压迫的女人,一个是被剥削的庄园苦力,他们似乎有机会开始一种与"山庄"的工具主义经济相抵触的关系形式。但是凯瑟琳的背信阻止了这种关系的物质实现。希思克利夫只

好逃出去,变成一个绅士,用统治阶级的武器打倒统治阶级。[①]

结　语

雷蒙德·威廉斯(Raymond Williams)论及勃朗特姐妹的小说时指出,她们生活于其间的19世纪40年代的英国社会可谓是"一个欲望与饥饿、反叛与病态习俗的世界:欲望与满足的措辞、压迫与剥夺的措辞密切交织于经验的单一维度之中。"[②]所以,艾米莉·勃朗特带着"灵魂经过人世痛苦的煎熬后能回归到大自然中去"的渴望,[③]把希斯克利夫描述为一个"没有开化的东西,不懂文雅,没有教养:是一块只有荆棘和岩石的干涸荒野",让他处于蹒跚学步、混沌未开的自然状态;虽然画眉庄园是乡绅阶层的家园,"代表着文化——经过加工和教化并因而掩饰起来的自然",但"画眉庄园是靠了自然才生存下来的——林顿一家是该地区最大的地主——但是像阶级文化常有的情况一样,它割断了自己声名狼藉的根"。[④] 在社会剧烈动荡的时代,如何平衡自然(呼啸山庄)与文化(画眉田庄)、如何进入继而表征"某种顽固地拒绝象征化的'真实'"?[⑤] 这既是维多利亚时代的艾米莉·勃朗特在试图回答的问题,也是当下的我们必须正视与思考的问题。

呼啸山庄再次呼啸并非仅仅是因为希斯克利夫在为爱别离复仇,而且更为重要的是,未能获准进入主流文化的他在借助"欲望与饥饿、反叛与病态习俗"为自己的文化身份抗争。《呼啸山庄》的再次呼啸旨在从过去寻找未来,盎格鲁—撒克逊人或许能够像过去那样,通过限制外来移民等措施阻止来自异族的入侵者;但凡如此,骚乱也就不会再有、社会福利也就会更加有保障。

> 由于不能"成熟"地对待自己受到的嫌弃,他最终……怀揣深仇大恨,不停地自我折磨;或者……绝望得痛苦咆哮。英国社会早就背负着一种历史重压,而且面对着被压垮的危险,它的名字

---

① 特里·伊格尔顿,《历史中的政治、哲学、爱欲》,第354页。

② Raymond Williams ([1970]1984) *The English Novel from Dickens to Lawrence*, London: The Hogarth Press, p. 60.

③ 蒋承勇等,《英国小说发展史》,杭州:浙江大学出版社,2006年,第153页。

④ 特里·伊格尔顿,《历史中的政治、哲学、爱欲》,第337页。

⑤ 同上书,第350页。

就叫希思克利夫或爱尔兰。最好是清除它,从而面对未来。[①]

对此,导演安德里亚·阿诺德可谓有着其独特的认识;从她的执导经历来看,她让希斯克利夫显影为一个黑人,无疑是旨在让希斯克利夫构成当下英国"背负着一种历史重压"的异族入侵者的能指。从这个意义上讲,2011版电影《呼啸山庄》的颠覆与其说是一种改编,毋宁说是一种重构。

① 特里·伊格尔顿,《历史中的政治、哲学、爱欲》,第357页。

新一代长子与“兄弟爱”的叙事*

——巴金《家》和廉想涉《三代》之比较

金成玉

巴金和廉想涉分别是中国和韩国现代文学史上著名的现实主义作家。巴金和廉想涉虽然相互之间不曾有直接或间接影响，但是在1931年，这一中国历史和韩国历史剧变期，他们各自在上海和首尔的报纸上分别连载发表了描述封建大家族衰落过程的长篇小说《家》和《三代》。两部作品共同展现了现代剧变期，由儒教的家族原理运转的典型封建大家族的没落过程，以及在此过程中新旧思想所经历的不可避免的矛盾纠葛。

本文拟以平行研究作为基本的研究方法和研究出发点，将针对作品的文学性研究置于优先地位，在此基础上综合考察作品的社会背景、作者和作品的关系等要素，并行文化性的对话。同时，参照班纳迪克·安德森的《想象的共同体》理论，对巴金和廉想涉的代表作—《家》和《三代》中新一代长子形象进行比较研究。

安德森将民族看作是现代资本主义发展过程中产生的“文化的造型物”，而不是原本的实际存在。根据安德森的说法，作为“想象的政治共同体”，它是随着中世纪宗教共同体的式微和王朝的衰落，以及人们理解世界的方式的改变而产生的。即随着印刷资本主义的发展，迅速地扩大了广泛的阅读群体，一种“同质的空洞的时间”观念取代了中世纪“与时间并进的同时性”，这就导致了人们思维方式的改变。而小说和报纸作为想象形式，“为‘重现’民族这种想象的共同体，提供了技术上的手段。”[①]报纸和小说，为“同质的空虚的时间”内同时代人的这

* 本论文是本人作为韩国国际交流财团2012年度驻韩研究基金获得者，前往韩国国立首尔大学进行为期5个月的研究活动期间完成的。

① [美]本尼迪克特·安德森：《想象的共同体　民族主义的起源与散布》，吴叡人译，上海：上海人民出版社，2005年，第23页。

一意识的形成做出了贡献。即报纸使读者们产生了同一时间发生的事件，和阅读这一事件的人们相互连接起来的想象；小说的叙述结构使读者意识到，同一时期同一社会的人们同时登场的事实，使他们产生了虽然在同一时间相互不能见面，却具有生活在同一社会的想象，从而提供了形成共同体意识的基础。

安德森将世界上的民族主义潮流分成四波：第一波是美洲民族主义，即用美洲大陆上欧裔海外移民的朝圣之旅的受挫，来解释这种民族主义的起源。从宗主国来的殖民官员将朝圣旅途上的旅伴视为拥有共同宿命的共同体成员，将所属的行政单元想象为自己的祖国。这种想象通过印刷资本主义所创造出的阅读群体而定型化。第二波是欧洲的语言民族主义，是对美洲民族主义进行了"盗版"。这一波的民族主义主要通过一系列的语言学革命完成，特点是由特定阶层向群众发出邀请，并且这些群众为语言学革命的消费者。第三波是官方民族主义。它是欧洲王朝国家试图掩盖民族与王朝矛盾，纷纷贴上民族的标签，通过由王朝转变为民族国家的过程完成的。第四波是殖民地的民族主义。它不是一种简单的模仿，因为朝圣者群体不仅仅是宗主国的殖民官员，还包括殖民地通晓双语的知识精英。这些知识分子阶层，就是潜在的最初的殖民地民族主义者。他们在具有歧视性的殖民地行政体系与教育体系中，经历类似于美洲"受束缚的朝圣之旅"，相互间产生"同志情谊"。

依照安德森的理论来看，韩国的情况可以被看作是第四波的亚非殖民地的民族主义，却难以分析为半封建半殖民地中国的民族主义。而且，在韩国也显示出许多与之不同的特征，在中国有更多关于共同体的构想。这一点，在巴金的《家》与廉想涉的《三代》中如实反映出来。不仅如此，安德森否定了民族构建中的血缘关系，忽略了政治关系对其产生的重要性。尤其对于重视血缘关系的中国和韩国的社会和历史，运用这一理论就无法做出正确的解释。尽管存在这些局限性，但他所揭示的"想象的共同体"模式，为作品的解释提供了方法论。

安德森认为，"民族被想象为一个共同体，因为尽管每个民族内部可能存在普遍的不平等与剥削，民族总是被设想为一种深刻的、平等的同志爱。"①被称为"平等的同志爱"的共同体模式，为分析巴金《家》

① [美]本尼迪克特·安德森：《想象的共同体　民族主义的起源与散布》，第7页。

和廉想涉的《三代》提供了框架。因为这两部作品中新一代所渴望的新的共同体，是基于家族或社会中人与人之间的爱情或友情，即通过“平等关系”而结成的集体。另外，正如安德森所说，写作当时以无政府主义者自居的巴金，或以民族文学家身份活动的廉想涉，积极运用了小说这一“技术上的手段”，显示出他们对于想象的共同体的“主谋”作用。

一、作为社会缩影的封建家族和小说结构

《家》和《三代》均将典型的封建大家族设定为人物的主要活动舞台。这两个封建大家族均是四世同堂这一东方社会理想的家族形态存在。但是，二者在家族结构的具体形态以及据此形成的家族类型上却显示出差异。

首先，在廉想涉的《三代》里，它以三代同堂的韩国传统的封建大家族为主要背景。这个大家族具有一代人只有一对夫妇的血缘关系的垂直结构特点。这与在形态上三代以上的成员在一个家庭生活，却以“一代一夫妇为原则”[①]的韩国传统的家族构造相同，《三代》中儿辈和孙辈都是独子，体现了作者基于对韩国直系家族结构的理解进行架构。换句话说，韩国的直系家族正如《三代》的家族，以血缘的垂直结构为特征，这种垂直结构的家族，以长子继承家业为原则，除长子以外，次子、三子等在成家之后分得一部分财产即让他们分家单过。因此，韩国的家族属于“兼有长子承袭的伸张和次子、三子等其他儿子承袭的扩散于一体的直系家族”[②]的类型。

在巴金的《家》里，四世同堂的大家族是中国传统社会里最为理想和典型的扩大家族，四代人不分家，居住在一个家族里，形态上以父亲为中心形成血缘的三角结构。这与兼具伸张和扩散的韩国的扩散性直系家族不同，属于仅仅进行扩散运动的扩大家族类型。“扩大家族具有三角结构，是因为家族内不仅有单纯的继承，还具有扩大继承的目的”，其基本思想是“给所有的儿子以均等的机会和保障均等的条件。”[③]这种扩大家族虽然是理想的结构模式，但是四世同堂并非是每

① [韩]李光奎：《韩国家族的结构分析》，首尔：一志社，第276页。
② 同上书，1975年，第266页。
③ 同上书，第278页。

个家庭都能够实现的，唯有相应的经济实力和统治能力的上层社会的富有阶层才有可能建立。《家》中的高公馆作为此类上流社会大家族的标本，作者塑造这样的封建大家族，不仅是以自己的亲身体验为依据，更是出自于希望反映当代半封建半殖民地社会现实的坚定意愿。

值得注意的是，无论是靠血缘垂直结构还是三角结构形成的家族，为了维护家族的安定和平衡，都必须有以“孝”为基础的伦理道德。最初，“孝”以子女对父母、后代对先辈尊敬和奉养为基本内容，孝的观念中蕴含父母对子女纯粹的爱、子女对父母的孝心、以及父母和子女之间的平等。但是随着进入封建社会，在孝的概念中渗和了父对子的压制。结果，以孝为基础的家族秩序直接反映出阶级关系，“孩子对父亲的孝，变成了封建伦理道德的中心，夫妇、兄弟、君臣的关系也由这个以父为子纲为基础的父子关系中派生而来。”[①]因此孝的思想是“父子的自然的人际关系，被垂直结构的家族制度原理所涂饰的特殊概念”。[②]

巴金和廉想涉的卓越之处，就在于他们掌握了封建家族里这种血缘家族结构所具有的特殊的社会意义，以及发现了在变化的时代里可能具有的新意义。换句话说，《家》中“家庭的权力结构就像金字塔”[③]，与中国封建社会的坚固的政权结构完全相同，家庭成员以封建家长为顶点向下依次排列，即在三角结构型的扩大家族的顶端的高老太爷，有如高公馆这个封建“王国”的“君主”，下面的第二代是相当于追随“君主”的“臣子”，最底层的新一代无异于“老百姓”。所以高公馆堪称当时中国的缩影。在第13章的“喜吃年饭”的场面中，对排列饭桌坐席的描写，形象地刻画了这个大家族的等级秩序。在高公馆具有绝对权威、高居家长之位的高老太爷与家族外的朋友，地方地主阶级最高官僚的冯乐山相勾结的情景，将问题意识从家族向社会扩大，折射出中国半封建社会背景，暴露了沿袭长达两千年的封建势力的强大。

在《三代》中以赵医官为家长的封建大家族，也是根据儒教家族原理建立起来的具有类似国家机构特点的家族共同体，将父与子设定成了“国家框架下的君与臣”[④]的关系。但是，赵医官的权威没有高老太

---

① 徐杨杰：《中国家族制度史》，北京：人民出版社，1992年，第440页。

② [韩]李光奎：《韩国家族的结构分析》，第282页。

③ 汪应果，《巴金论》，上海：上海文艺出版社，1985年，第148页。

④ [韩]崔凤永：《韩国文化的性质》，首尔：四季出版社，1997年，第96页。

爷那样咄咄逼人，这与相对弱小的直系家族的垂直结构有关。在《三代》里尤其引人注目的是，在三代垂直结构中，最上一代赵医官代表前近代的封建一代，第二代赵相勋和第三代赵德基各自代表近代开化派一代和现代殖民地一代。具有不同价值观的三代人共同生活的赵氏家族，足以称得上是韩国殖民地社会的缩影。在此缩影中，以血缘垂直结构形成的一个家族里生活着祖父、儿子、孙子三代，各自代表了韩国特殊历史时代的三类人物。从家族继承的角度来看，它不能不说是岌岌可危的。而且在这种状况下，第三代赵德基又与家族外的社会主义者金炳华为友密切往来，预示着家族中的家长制被以社会性的平等与友爱为基础的“兄弟爱”模式所代替的可能性。

由此，《家》和《三代》不约而同地将这样的封建大家族设定为空间背景，可以解释为两位作者立足于现实主义精神，为了从整体上全面反映当时的中国和韩国的社会现实而做出了有目的的选择和架构。当时中国处于半封建半殖民地社会，特别是高公馆所在的四川属闭塞的内陆区域，封建家长的专制统治仍在持续，这无疑成为受到“五四运动”影响而觉醒并期待现代化的新一代的绊脚石。由此引发了新一代的强烈反抗，新旧两种思想两种力量的矛盾的尖锐是不可避免的。与此相对照，《三代》社会背景的当时的韩国社会，作为殖民地社会，封建一代和近代开化派一代以及现代殖民地一代同时共存，相互不同的理念引发复杂的矛盾，如何克服矛盾和应对殖民地时代，成为直接关乎所有人生存的重要问题。

在《家》中，小说的叙事时间为阴历 1920 年末到 1921 年中秋节前夜的比较短的时间，《三代》同样叙述了 20 年代后半期的某一年祖父赵医官死亡前后的不满一年的时间。另外，《三代》和《家》都由四十多章构成，具有章回小说特点。两部作品都展现了许多人物、事件、场面、情节，同时它们围绕着作品的主题意识维持着紧密的结构。

《家》和《三代》由数十个人物组成了庞大的形象体系。《三代》有三十多个人物，《家》出现了五十多个人物。巴金和廉想涉通过这些人物展现了社会复杂而尖锐的矛盾纠葛，反映了庞大规模的现实生活，成功地从多角度深刻揭示了主题思想。

但是，在小说的结构和情节的展开等方面，两部作品也存在许多不同的特点。在《家》中，以高老太爷为家长的典型的封建大家族里，围绕新一代的高氏三兄弟的爱情，他们与封建的老一代之间展开的矛盾和冲突是重要情节。《家》里发生三个爱情悲剧，即大哥觉新与初恋情人梅及妻子瑞珏的爱情构成了两个悲剧事件，老三即主人公觉慧和婢女鸣凤的恋爱构成了另一个悲剧事件。他们的悲剧都直接或间接地与高老太爷有关。小说的前半部分成为"悲剧、冲突的酝酿、预伏期"，后半部分成为"悲剧、冲突的爆发期"[①]，以后半部分鸣凤之死为契机，悲剧接连发生，家族内部矛盾激化，引起了主人公觉慧的积极反抗。由于觉慧的积极影响和帮助，他的二哥觉民取得了反抗封建婚姻的胜利。觉民和爱人琴的爱情是唯一达到幸福结果的爱情情节，严厉打击了封建势力，给新一代带来了希望。但是高老太爷死后发生的瑞珏的死亡，使觉慧再也无法忍受悲愤，最终与家族诀别而离开了家。

《三代》的叙事结构是由纵轴和横轴交叉的。纵轴是由家族内祖辈、父辈、子辈构成的三代人之间的纠葛，横轴是赵德基和社会主义者金炳华等人物之间发生的社会理念纠葛。这两个轴以赵德基为中心交叉，形成了独特的"艺术造型"[②]，展现了韩国现代史的一个断面或缩影。

纵轴上主要围绕着"祠堂"和"保险柜"的问题展开矛盾。韩国典型的封建大家族的家长赵医官，是属于前近代的封建人物。他因为祭祀问题与信仰基督教的儿子赵相勋发生尖锐冲突。因此，他想排斥儿子，同时把"祠堂"和"保险柜"的钥匙交给他所信任的孙子赵德基。作为近代开化期新一代典型的知识分子，赵相勋是基督教徒和教育工作者，先前想为社会做点有益的事业，后来韩国进入殖民地时代后，经历社会和家族的挫折，他由彷徨走向堕落。孙子赵德基作为现代殖民地一代的进步的知识分子典型，虽然接受了象征家族经济管理权的"保险柜"的钥匙，但是保险柜里的钱不仅用在家里，还用来帮助社会主义者和独立运动家。横轴主要围绕民族主义者赵德基和社会主义者金炳华的矛盾展开。他们同为下一代，但是与金炳华的激进的改革主张不同，他的朋友且同情者赵德基主张渐进的改革，由此二人出现了矛盾。作者虽然分明拥护赵德基的主张，在作品里却没有明确选择和揭示赵德基和金炳华两人面对现实的对应方案，而只是出于展开新的人生的意图，通过他们的矛盾让读者感到新一代的进步性和重要性。

巴金和廉想涉在《家》和《三代》中，在展现封建大家族典型环境的同时，刻画了其中活灵活现的典型人物。两位作家通过典型环境和典

---

① 张民权:《论巴金小说的结构艺术》,《安徽教育学院学报》1988 年第 4 期,第 83 页。

② [韩]李善英:《主体和欲望以及形式主义——小说总论》,文学与思想研究会编,《廉想涉文学的再认识》,首尔:深泉,1998 年,第 37 页。

型人物的相互作用，不仅实现了揭示客观现实的普遍规律，即真实地展示东亚现代转型期封建大家族内新旧势力之间不可避免的矛盾纠葛，和封建大家族的必然没落，以及进步知识分子对于新“共同体”的意愿和实践的艰难，而且反映出中国和韩国社会的特殊性，以及知识分子所处的不同的处境和不同的人生道路。

二、长子的二重性格：分裂的自我和中立的立场

《家》和《三代》的封建大家族，因其政治关系与血缘关系这一家族结构的二重特点，家长们表现出了二重形象。即一是作为像“君主”一样的支配者的家长形象；另一个是出自纯粹的血缘关系的仁慈的祖父形象。现代转型期，在这样的封建大家族中，新旧势力之间的矛盾，源自家长和不接受作为支配者的家长的新一代的矛盾，他们之间的矛盾是不可调和的。但是，他们之间不可调和的矛盾却由于其血缘延续性和各自不同的处境和态度而显露出复杂形态。

觉新是作品中出现频度仅次于觉慧的人物，他被描绘成夹在既存封建阶层和新一代之间的具有双重性格的人物。作为高家的长孙，父亲去世后他在大家族中的地位变得更加特殊。作为长子、长孙和家族继承人，觉新肩负振兴家业的重任，而由于父亲的早逝，使他的肩负更加沉重。他在“光宗耀祖”的思想支配下，忠实地履行封建义务，最惧怕得败家和不孝之名。他一方面接纳了现代思想，又总是用这种封建观念自我束缚，由此他只能是具有悲剧性格的人物。

由于对封建家长的顺从，他失去了升学机会，埋头于日常事务而牺牲青春，以顺从封建婚姻和封建礼教的代价，最终与第一个恋人梅分手。

虽然觉新和弟弟们一样接触了“五四运动”的新思想，却由于封建的社会环境和家族教育的影响，自小便软弱顺从，由此不断经历理性和感情，思想和行动的矛盾。在这种矛盾中，作为对应封建大家族内部的不可调和的矛盾的办法，他采取了刘半农所讽刺的所谓“作揖主义”和托尔斯泰的“不抵抗主义”的独特的处世哲学。“作揖主义”和“无抵抗主义”是觉新的“悲剧性的性格核心”[①]，在此核心的统辖下，表现出了其性格的二重性。觉新虽然顺从于封建势力，一方面同情遭受

① 吕汉东：《真实：巴金小说审美特征对话录》，《延边大学学报：哲社版》1996 年第 3 期，第 41 页。

高老太爷等上辈的压制并奋力反抗的弟弟们，一方面劝说弟弟们向长辈屈服。由于他“顺从中有不满和痛苦”，“同情中有劝诱”[①]，因此内心的矛盾不断加深，形成了更加复杂的性格。由于“作揖主义”和“无抵抗主义”，觉新经历了失去妻子瑞珏的又一个痛苦。

觉新是高公馆里最为悲剧性的人物。他的悲剧不仅在于他是重要的悲剧事件的主人，而且在于他是由于身心分裂而被深沉的痛苦折磨的人。叙述者和新一代一方面对觉新这一人物给予同情，另一方面采取了批评态度。在作为封建制度的受害者的意义上，觉新的不幸是让人心痛的。作品中对于封建制度和封建礼教的食人的本质进行了尖锐的批判，同时对于招致他的悲剧的内在原因“作揖主义”和“不抵抗主义”也进行了毫不留情的批判和彻底的否定。对于觉新的批判，通过觉慧和觉民以及叙述者直接表现出来。

> “好，你的‘不抵抗主义’又来了。我想你还不如规规矩矩地去做一个基督教。人家打你左脸，你马上把右脸送上去。……”觉慧愤愤地骂起来。好像要把他在祖父那里受到的气向觉新发泄。[②]

对于觉新的悲剧性格，作者将责任指向了当时社会环境培养出的消极心理。能把握并刻画这一人物的复杂的性格和曲折的人生历程，显示出作者高层次的文学才能和高瞻远瞩的社会学眼光。

觉新这一人物所具有的进步意义在于，作者通过他经历悲剧事件时所显示的性格和行动的渐进性变化，展示了社会的变化，揭示了这一变化过程中的其牺牲者的性质所发生的变化。在弟弟觉民因为婚姻问题与祖父的矛盾加剧时，觉新虽然同情弟弟，一开始却站在祖父一边劝弟弟“只好听祖父的话”。他并非不知道祖父强迫弟弟是不对的，因此受到弟弟们的斥责时感到了良心的自责。于是他努力探求祖父和觉民都可以接受的妥协方案。在小说的结尾，觉慧要离家出走时，觉新一开始也反对，后来回顾了自己的不幸，想“我们家需要一个叛逆者，我一定要帮助觉慧成功”。但是，他对于弟弟们的同情和帮助要以自己的另一种牺牲为代价。不过，这时他的牺牲是与父权的专制

---

① 李多文：《时代的产儿——试论觉新的形象》，《延边大学学报（社会科学版）》1984年第2期，第37页。

② 巴金：《巴金选集》第一卷，成都：四川人民出版社，1995年，第63页。

和旧势力给予的迫害完全不同的自觉的献身精神。可以说,这是觉新从继承儒家传统的消极方面,转向积极应对封建专制的行动。

《三代》里,赵氏家族的长孙赵德基是23岁青年,是正在日本留学的高中毕业班学生。他按照当时的惯例顺从祖父的安排早婚。在四代同堂的垂直化秩序为特点的赵家,年纪尚轻的赵德基因为祖父排斥和敌视开化派的父亲,替代父亲而从祖父手中接过家族的继承权。他对祖父守护封建意识,无视已发展为现代人的新一代要求、行使绝对权威心怀不满,同时对祖父深陷于门阀主义、崇拜祖先而执迷于祭祀与装饰其花钱买来的族谱的做法持批判态度。

但是他不敢挑战祖父的权威,对悖逆时代的、执迷不悟的祖父不敢挺身而出加以制止。不仅如此,他还遵从一家之长祖父的意愿,接过了象征家族继承权的祠堂和保险柜钥匙。赵德基接过祠堂和保险柜钥匙,并非是屈服于赵医官的家长权威,而是为了避免不必要的家族纠纷而采取的对应方式。他在表面上顺从祖父的话,内心却并不愿意真正成为祠堂和保险柜的奴隶,而且后来将保险柜的钱有效地用于救出进监狱处于危机的家人,帮助社会运动家朋友和民族运动家及其遗属。可以说,赵德基的这类举动是出自否定封建家长制的改革实践。

对于父亲赵相勋所持有的社会改革意志,赵德基承认其意义。因此,一方面同情在社会和家族遭受挫折而痛苦的父亲,另一方面对于父亲作为基督教徒全面否定传统价值观持有批评态度。同时,他愤慨于父亲堕落伪善的双重生活,感到十分痛苦。

赵德基的中立立场还通过小说结构的横轴上的人物金炳华显露出来。金炳华是处在横轴上的人物关系网中央的人物,是赵德基的中学同学和朋友,是具有无政府主义倾向的社会主义者。他作为牧师的儿子,本来有良好的家族环境,与赵德基未能跳出家族不同,金炳华为了自己的信仰与父亲决裂后离开了家。他在社会底层贫困地生活着,毅然参加了无产阶级运动。赵德基认为不能为了思想违背人伦,劝金炳华与父亲妥协,金炳华却无法忍受父亲以人伦为武器压制子女的思想。赵德基大致上赞成金炳华对当代社会现实的看法,也认识到参加无产阶级运动的必要性,但是批评金炳华的斗争方式,认为包容和感化也能成为克服现实矛盾的手段。

赵德基和金炳华是直至小说结尾都相互关心对方,保持对话关系的朋友。在两人的关系上"居于认识论的优势地位的人物是'时代的同化者'金炳华"。[①] 赵德基之所以能够与祖父和父亲保持理念上的距离，是缘于他与体现新时代理念价值的社会主义者金炳华保持了关系。在此意义上说，《三代》的叙事视角是向着社会主义者金炳华展开的，由此构筑了"同情者"的视角。

1920 年前后，在韩国出现有关"同情"的话语，它随着克鲁泡特金的"相互扶助论"盛行，发展为可与帝国主义势力对抗的理论。与之前爱国启蒙时期推崇伟大的人格而强调同情原理的话语不同，"相互扶助论"中的同情，强调以对于他人的痛苦的个人的、具体的感觉为基础的相互伦理。但是廉想涉并没有停留在基于单纯的个人救援的施惠者层面的"同情者"伦理，将其从个人层面升华为民族的层面。在日本帝国主义者统治下，民族解放是廉想涉最优先考虑的问题。因为对于廉想涉而言，"家族"和"民族"是自我的扩大概念，为了发挥个人的个性，首要的是得到民族解放。他树立了自己的"同情者"伦理，将"同情者"的主体人物构想为资产阶级出身的子女。[②]

觉新和赵德基都是家族的长孙，带着来自家族的沉重责任的苦恼，埋怨自己的命运。觉新因为父亲的不在，赵德基因为父亲被祖父排斥而丧失地位，他们均被动地在家族里居于重要位置。赵德基的"妥协主义"和觉新的"作揖主義"、"无抵抗主义"，是缘于他们在家族里的作用和负担，在其思想根源上他们也是类似的。不过具体考察起来，他们之间的差异点多于共同点。赵德基在任何事情上都是乐观主动地思考和行动；觉新总体上是悲观和被动的。这些除了在主观方面与作者的创作动机等相关联以外，客观上与觉新所生活的大家族在权力结构上更坚固、家族规模也更庞大、内部矛盾纠葛也更复杂相关。另外，从作品的社会背景看，前者是 20 年代初的半封建半殖民地社会，后者是 20 年代后期的半封建殖民地社会，中国的封建制度本身发生渐进性的解体，韩国的封建秩序原本没有中国强固且在日本帝国主义的威力下几乎完全解体。赵德基的大家族较之封建的道德的力量，更依靠作为现代社会特点的金钱来维持秩序，后来在祖父死后赵德基掌管家族，完成了新旧的交替。

---

① [韩]金秉九(音译)：《廉想涉小说的反殖民性》，《现代小说研究》第 18 辑，2003 年，第 187 页。

② 有关韩国"同情"的话语和廉想涉的"同情者"伦理，参见[韩]李德华(音译)：《通过廉想涉的同情者伦理看世界观和金钱观》，《现代文学研究》第 32 辑，2007 年，第 75—76 页。

三、多层思考模式和“兄弟爱”的叙事

在《家》和《三代》中，觉新和赵德基处于长孙的特殊位置，他们不得不费神去处理好大家族内许多人的关系，解决许多人之间的矛盾纠葛。他们的二重性格和中间者的地位，不仅在体现小说的主题上，而且在建筑小说的结构，进而实现美学价值等方面都具有重要意义。

觉新是巴金小说的软弱者形象中“最完整的一个”，“作者通过他不仅表现了软弱者的过去（不懂得反抗，也不知道反抗），也描写了软弱者的现在（在历史转折关头左右摇摆，无所适从），还勾画出软弱者的未来（随着大家族的解体，自己也得到一种解脱，即‘做点无害于人的事，享点清福，不作孽而已’）”[①]。《家》正是因为觉新这样的人物强化了对旧制度和旧势力的批判和现实认识的深度，深化了主题，提醒新一代向着未来奋斗。

对于觉新的二重性格的批判，意味着新一代的自我解剖和批判。因此，减弱了单纯的新旧两种思想两种力量的二元化的对立性质，带来了对于现实的深层且多层认识的结果。在这个封建大家族中，觉新是“负载这一切矛盾的核心人物，成了家族和社会之间、新旧道德和力量之间的‘磨心’”，不仅将现实的复杂性和矛盾性展现得特别真实，而且“人性内涵的复杂性和深刻性体现得最为充分、最为凝重”。[②] 同时，觉新出于自身特殊处境体会的对于现实的深刻认识，很清楚新一代与家族无法割裂的关系，由此反对觉民和觉慧的出走。但是他对于弟弟的劝告始终是出于对他的爱，这一人物的深刻内涵就在于此。

在《三代》叙事结构的纵轴和横轴交叉点上的赵德基，发挥着媒介作用，使家族内新旧思想、以及家族和社会的多种人物的意识或观念相互作用和冲突。这部作品将赵德基作为“现实变化和新旧交替的接点”[③]进行了多角度描写，同时描写了周边的时代环境。赵德基的叙事地位和中立的立场，不仅有利于对他的多角度描写，而且构筑了可以

---

① 李今:《试论巴金中长篇小说中的软弱者形象》,《中国现代文学研究丛刊》1985 年第 1 期,第 178 页。

② 曾永成:《“大哥”觉新:转折时代一个身心分裂的悲剧人格》,《成都大学学报(社会科学版)》2004 年第 4 期,第 23—24 页。

③ [韩]刘哲相(音译):《媒介人物的典型化和静观现实主义的体现》,《现代文学理论研究》第 21 辑,2004 年,第 217 页。

多角度观察多种人物的视角，使作品达到总体而具体的现实认识。

赵德基因其积极的作用，不仅像觉新一样对现实有深刻而多层次的认识，而且朝着构建人物"对话关系"的方向前进了一步。因此，赵德基的同情者立场和态度，能与赵医官的儒教思想、赵相勋的基督教开化理念、金炳华的社会主义思想，"在'共存'和'相互作用'中得以形象化"。[①] "作为中心行为者和聚焦者的赵德基的作用，多少是有些支配性的"[②]，在此不好说几个人物的"共存"和"相互作用"完全符合巴赫金的"复调小说"概念，但在缩小叙事者的作用，将具有理念的对立和纠葛的人物置于相互干涉中进行刻画，在这一点上的确具有复调小说倾向。

赵德基"在与他者的关系网中，逐渐形成主体"，"浸入家族内的他者和家族外的他者中间，两个他者对他的主体的形成发挥了重要作用。"[③]比如赵德基对赵医官的服从，与其说是为了给祖父造成他仍是占支配地位的家长的错觉，更可能是出于由家族血缘关系而来的对长辈的尊敬，这是在传统的伦理道德的肯定上才有可能的。从这里也可以看出，赵德基是属于不因别人的某一方面而表示爱憎的多重性格。这是作家对所要刻画的人物，对这个人物所处的当时社会进行细致的观察和批判所收获的硕果。廉想涉描写多重思维过程的文体由"蔓延体"、"粘液质文体"[④]组成，其文体因此被称为"无技巧的技巧文学"[⑤]。

《家》和《三代》中的新一代全部否定或反抗封建家长。新一代批判封建家长，反对封建家族制度，并非是对基于血缘的亲族关系的否定，而是对崭新的家族关系和伦理道德的探索。即新一代否定和反抗专制而闭锁的家长制，是与为了以"兄弟爱"或者"同志爱"模式承袭和创造民主开放的"想象的共同体"相关联的。

在《家》中，在与家长的专制统治抗争的新一代的团结和友爱里，很好地表现了对以"兄弟爱"模式的新共同体的憧憬。在与家长代表

---

① [韩]金钟旭(音译)：《观念的艺术可塑性和复调性原理——廉想涉的〈三代〉论》，《民族文化史研究》1994年第1辑，第121页。

② [韩]金钟九(音译)：《廉想涉〈三代〉的复调性研究》，《韩国语言文学》第59辑，2006年，第359页。

③ [韩]禹灿济(音译)：《韩国现代小说中的"他者"的叙事技能及其意义》，《韩国现代小说研究》第8辑，1998年，第18页。

④ [韩]金宇钟：《散文精神的救道者》，《文学思想》第6期，1973年，第265页。

⑤ [韩]金钟均：《廉想涉研究》，首尔：高丽大学出版部，1974年，第517页。

的封建旧势力展开激烈的斗争中，新一代始终抱成一团，相互同情、安慰和鼓励。觉民自由恋爱的胜利和觉慧的成功出走，没有兄弟们的帮助是难以实现的。应该说在此过程中，长兄觉新造就了能够形成“兄弟爱”的基础。

觉新在思想和生活的偏离中，具有二重性格，作为接受了新思想的新一代，他的思想开始倾向进步，在遭受接踵而来的不幸的过程中，他的思想和性格中反抗的要素也日渐增多，开始成为追求进步思想的弟弟们的真正的赞同者。

其实，封建大家族的牺牲者觉新，对于新“共同体”的热切盼望不弱于两个弟弟。“五四运动”发生后，他“和他的两个兄弟一样贪婪地读着本地报纸上转载的北京消息”，并买来《新青年》和《每周评论》等刊物与弟弟们一起阅读，与弟弟们展开热烈的讨论。正如安德森所说的报刊等现代印刷媒体使觉新接受了现代思想，形成了新的共同体意识。正是由于有了这些现代思想的洗礼，他认为弟弟们走的路是正确的，由此赞同弟弟们并给予了帮助。

重要的是觉新对于弟弟们的同情和帮助，其根底里有“长兄如父”的传统精神和家族爱的基础。他总是惦念弟弟们的未来和幸福，有时甚至替代弟弟们受罚，不愿意自己的不幸在弟弟身上重演。正是因为理解他的心，觉民因“逃婚”而身处困境时，首先给哥哥写信，请他以“手足之情”帮助他。

> 大哥：我做了我们家里从来没有人敢做的事情，我实行逃婚了。家里没有人关心我的前途，关心我的命运，所以我决定一个人走自己的路，我毅然这样做了。我要和旧势力奋斗到底。如果你们不打消那件亲事，我临死也不回来。现在事情还有挽回的余地，望你念及手足之情，给我帮一点忙。
>
> 觉民××日，夜三时。①

收到觉民的信后，觉新因不能帮助“同胞兄弟”而焦急得流泪，心想不能给弟弟留下终生遗憾而决定去说服祖父，后来从觉慧那里得知祖父妥协说暂时不提觉民的婚事，欣喜若狂，认为出现了奇迹。在小说结尾部分，他给觉慧准备了路费和生活费，积极帮助觉慧去寻找自

---

① 巴金：《巴金选集》第一卷，成都：四川人民出版社，1995年，第282页。

由。最后觉新陷入失去妻子的悲剧，思想与实际生活之间的距离缩小，极力摆脱压制他的理念和悲剧性格。帮助觉慧离家出走，是觉新一开始就试图做的，是他对以祖父为代表的封建势力的拒绝和反抗。由此意味着他的思想和性格都发生了深刻的变化，揭示了这个封建大家族"传宗接代的继承人都没了"①的特殊意义。在觉新的变化中尤为引人注目的是，它与作品的封建大家族的没落是不可避免的时代潮流的结论相吻合。通过觉新的行动可以看出他所憧憬的共同体的轮廓，即打破旧习俗，发展优秀的传统文化，建设以"兄弟爱"为模式的新型"家族共同体"。

对于赵德基的现代思想的接受过程，《三代》中并没有像描述觉新那样进行详细介绍。但是，通过他的日本留学经历和社会活动，可以认清其所接受的现代教育背景和坚定的民族意识，这就说明他是最接近安德森的"殖民地的民族主义"的知识分子。

在《三代》中，赵德基已事先看出封建大家族的没落，开始为建立新伦理道德和新型家族而进行实践性探索。他夹在祖父和父亲之间，从伦理道德的角度以妥协和调和的方法解决因祠堂和保险柜而发生的三代人的矛盾纠葛，在精神和物质上竭诚帮助社会主义者朋友金炳华和金炳华介绍的独立运动家家族毕顺一家，都很好地体现了他的探索。但是他的探索过程要经历诸多艰难困苦。

首先，他对于作为家长的祖父和开化派父亲的反目没有解决的方法，尤其是对家族中最应依靠的父亲放弃信念和一切、毫无顾忌地放浪形骸追求享乐、花钱如流水而感到失望。随着祖父之死带来新旧交替，家族里家长的权威不复存在，父亲的堕落生活变本加厉，家族秩序更为混乱。这不是单纯的一个家族的问题，是在殖民地的现实中，随着资本主义的涌入，在社会的一角滋生的腐败的社会现象的侧影。作者通过赵德基暗示：需要在传统伦理道德基础之上，建立崭新的民族文化，树立崭新的道德观念，为迎接新时代的到来做准备。

其次，在家族中处于孤独境地的赵德基，虽然在外面结交社会主义者金炳华为友，但是二人在主义问题上不断发生分歧。即便如此，赵德基仍毫无私心地帮助金炳华，这不仅仅是单纯的朋友间的友情，而是显示了纯洁的"兄弟爱"。正是因为像"兄弟"般的友爱，他们才可

① 姚健：《试论觉新形象研究中的几个问题》，《中国现代文学研究丛刊》1982年第2期，第236页。

以超越理念的差异而长久地维持友情。但是,金炳华对于彼此的友情终究无法转换为同志之爱而耿耿于怀。

> 德基高高兴兴地把他迎进来。因为他和这个朋友已经两天没见面了,而且原本打算明天去向他告别。
>
> “像你这样的布尔乔亚会向我告别?你要告别的,起码也是朝鲜银行总裁……”炳华两只手插在一件蒙着一层白灰的外套口袋里,生硬地站着挖苦道,然后哈哈一笑。
>
> “刚刚见面,就说怪话挖苦人,难道只有这样才痛快?这种脾气也得改改了!”
>
> 炳华一口一个“布尔乔亚”,德基听来很刺耳。
>
> 他心里未尝不觉得自己有吃有穿很幸运,但是,时代总归是时代,这种话,尤其是讽刺挖苦的话,他不要听。①

对于自称无产阶级的金炳华强调与资产阶级的阶级斗争,赵德基反驳说自己“在日本连中产阶级都轮不上”,反对在韩国人内部进行阶级区分和阶级斗争。

《三代》从金炳华来见赵德基开始展开,赵德基的关心范围从金炳华和他所寄宿的独立运动家家族延伸到后来金炳华发挥主要作用的“山海珍”,而“山海珍”是金炳华用社会主义者组织的活动资金经营的食品商店,也是金炳华带领独立运动家家族和贫穷的人们建立的小集体。这种空间范围的扩大,不仅包含新一代的重要意义,也让人想到由“兄弟爱”结成的“共同体”的扩大。当然,这里所说的“兄弟爱”不仅是和兄弟一样的纯粹的爱,可以扩大解释为以血统概念连结的民族之爱。这一点从赵德基不仅对金炳华而且对在“山海珍”的金炳华周边人们都给予不遗余力的援助上得到确认。

对于“山海珍”,可以看成它的“前景是向社会主义发展”,它将“作为抵抗日本帝国主义的中心发挥作用”,②由此可以推测,金炳华构想的是以无产者为中心的、以“同志爱”为模型的“社会共同体”。“山海珍”在作品中具有较之赵德基的家族更重要的位置。但是,这一共同体的有力的支援者却是赵德基,而且作者将金炳华和赵德基之间理念

---

① [韩]廉想涉:《三代》,卫为、枚芝译,上海:上海译文出版社,1997年,第1—2页。

② [韩]许炳植:《爱的政治学和罪的伦理学》,《韩国文学研究》第31辑,2006年,第252页。

的对立和纠葛，置于依据“对话关系”的相互干涉中进行了刻画。不难看出，金炳华的“社会共同体”是受赵德基根据“血统”的“兄弟爱”乃至“民族主义”思想影响的。

从《三代》的时间背景看，1927－1928 年的韩国是“社会主义政治势力开始上升”的同时，“民族主义势力在独立运动中开始丧失主导权”的时期，而《三代》连载发表的 1931 年是“受社会主义影响的工人农民的大众运动达到高潮的时期”。① 一言以蔽之，《三代》中通过赵德基揭示的韩国的“民族主义”，不仅是依据“血统”，也是在受社会运动和政治运动影响的过程中形成和发展而来的。即赵德基构想的是超越阶级的，以血缘为基础，以“兄弟爱”为范本的“民族共同体”。值得注意的是，赵德基在对“山海珍”人不平等的处境表示同情的同时，认为帮助他们的实践活动是“理所当然的义务和责任”。对同一民族内部的阶级不平等现象引起重视，这可以说是作家廉想涉对殖民地现实和社会主义运动关注的结果。

再看巴金的《家》，新一代叛逆者觉慧和周报社的朋友们组成的青年团体，与金炳华等人组成的“山海珍”家族很相似。还有，在杂志社的青年聚集的“家族”似的聚会上，觉慧受感动的场面，与金炳华因“山海珍”里的“家族”成员的深厚情谊而受感动的场面如出一辙。不过与金炳华提倡阶级感情不同，觉慧想用以“同志爱”而团结起来的知识分子的热情，建立人人平等的理想的“人类共同体”。而觉慧将青年聚会比喻成“友爱的家庭的聚会”②，对封建大家庭中家族成员之间冷酷的利害关系和被破坏掉的纯粹的血缘关系表示惋惜，执着追求人与人之间“兄弟”般的浓厚情谊。实际上，觉慧在封建大家庭里最渴望的是包括父母兄弟在内的家族的真挚的“爱情”，而给他这样的“爱情”最多的算是大哥觉新，在家族内部觉新树立了实践“兄弟爱”的模范。

总之，两部作品通过以新一代长子为中心的“兄弟爱”的叙事，与以新一代叛逆者为主线的“同志爱”的叙事相互交叉，展现出不同模式的“共同体的想象”，使我们认识到中国和韩国的知识分子在现代转型期对于现代国家或者现代社会所进行的多种探索。

---

① [韩]金秉九(音译)：《廉想涉小说的反殖民性》，第 191 页。

② 巴金：《巴金选集》第一卷，成都：四川人民出版社，1995 年，第 259 页。

流畅与口吃:日本国语运动的实践及其反动

——论《蟹工船》人物对话

庄　焰

《蟹工船》(1929)是日本无产阶级文学最重要的代表作品之一,这部作品用不到五万字的篇幅通过叙述日俄战争后"停放了二十多年没人理会,现在却又毫不知耻地外在乔装打扮一番"(27)[①]便准备出海的报废铁船"博光号"承载着一船大约四百个渔杂工北上至鄂霍次克海、库页岛一带捕蟹过程中发生的故事。作者力图描绘出上世纪20年代政府—资本—人民之间的状态,并反映在皇国思想笼罩下寻隙萌芽的马克思主义思想。

这本在无产阶级文艺观影响下的创作的小说,在不同文学史系统中受到了截然不同的待遇。在偏重文学性探讨的日本主流批评界,以小林秀雄为代表的批评家自上世纪三四十年代起便认为这部作品应该随着业已消散的普罗塔利亚文学潮流一起离开,没有继续探讨其文学价值的必要了。而在中国的近代文学史中,这部影响了夏衍等一批作家创作的作品一直因其杰出的社会批判性而被赋予了很高的地位。

本文无意评价该小说的文学性或社会性价值,而意图从小说塑造的两个阶级的代表人物监工和工人领袖的颇具象征意味的人物语言,来探讨两个对立的阵营——国家资本/权力的操控者集团、以及船上的劳动者们——相互对抗的两种话语逻辑(意识形态)之间此消彼长的博弈过程,以及语言和日常言语实践与意识形态认同之间的关系。

一、标准国语

自明治初年开始,伴随着政府的成型,改革家们便开始探讨日语

① 括号中的数字代表该引文在小林多喜二:《蟹工船》(叶谓渠译,上海:译林出版社,2009年1月)中的页码,下同。

的近代化改革的方向，他们主张改革文字使之更便于掌握，改革口语使之便于交流，令人民能够通过学习和交际，成长为有智德、利于国家发展的国民。

虽然到了明治二十年代，无论是口语还是书写语的改革都还存在众多问题："第一，如何把刚刚成型的东京语转化成中央公用语——近代言语制度的确立。第二，如何塑造一种能将通过翻译日语而增容的新日本语包含在内的书写用语。……"[①]但随着国语改革运动的推进，在书面语方面达成了简化的初衷，不但大量采用假名替代汉字令识字率大大提升(只要掌握五十音图便能够迅速帮助识字，到1910年左右识字率已达90%)，且经过言文一致运动彻底摆脱了普通人难以看懂的汉和混杂的文语体的书写方式，形成了与口语比较一致的通俗易懂的书写模式(识字者基本可以理解简单的报章书籍的含义)。自此，大部分国民可以自行阅读简单的报章杂志，了解国家动向与时代精神。口语方面，则着力打造以东京音为基础的标准口语，到了1900年前后已经成熟，政府便广为推行，不但彻底废止各地方流通的"俗语"，以全国通用的国语"口语"代之，并且1904年开始还草了《口语法》，将口语的文法也予以具体的规定[②]。

福泽谕吉倡导的文明论的具体措施是语言改革中不能小视的理论基础，对决策者产生了巨大的影响，他在明治初年出版的《文明论概略》和《劝学篇》等著作中，特别强调民众的智德是一国发展的历史动力，而这种人民的智慧来自全体人民的学习和智识上的广泛社会交际。在口语方面，他认为"口头叙事会让人自然产生兴趣"[③]，因此主张要将口语发展成为适合进行"一对多"演说形式的语言[④]。

福泽谕吉对演说的重视，旨在强调公众空间里应该允许宣讲各种主张，令其辩论博弈，以获得最适合的主张。然而，就在他的这些主张付梓印刷之际，政府也颁布了禁言的谗谤律及新闻报纸条例。明治政

① 柄谷行人编:《近代日本的批评Ⅲ 明治·大正篇》，东京:讲谈社，1998年1月，第13页。

② 参见铃木英夫:《文学与近代语》，《日本文学史》第12卷，第327页。

③ 福泽谕吉《劝学篇》，北京:商务印书馆，2001年3月，第66页。

④ 福泽谕吉在19世纪70年代陆续发表了一系列表述其文化主张的文章，后结集成《劝学篇》出版。在这本书第十二篇《论提倡演讲》中，福泽专门将公共演讲与著书立说定为同样重要的传播正确知识的方法，着重强调了"一对多"的演讲对于思想传播的重要作用，他强调日本自古没有这种方法，鼓励当下应该在掌握知识的人中间大力推广演讲之术。明治政府迅速采纳了这一主张，大力支持在公共空间发表以传播国家思想为目的的演讲。

府去掉了福泽理念中百家争鸣的核心观念,只吸收了一对多演说的精神,从19世纪70年代开始,开始尝试推广演说形式,鼓励在各个乡里间举办“报纸讲解会”,以官方认可的语言,从神官僧侣中选拔合适的人作讲师,在小学、寺庙等合适场所,给妇孺以及“不晓事理的村民”通读和讲解报纸上登载的帝国精神。例如宫城县就曾经发布通告,说有志者应每个月做六次讲解,如果遇到难以阅读的地方,可由小学校的老师给以详细的解释①。

这种用标准口语进行演说讲述官方逻辑的方式,不但能够有效地确立国语(口头和书面)作为唯一合法语言的地位、降低各地“俗语”的流通价值,还能将帝国的精神贯彻到每个人的心里,不论地处多么偏远。语言就这样与意识形态紧密捆绑在一起。小学校和小学老师,在这些远离政治中心的乡镇里,扮演着传播、解释官方精神的官方教育机构的角色。

布尔迪厄在《言语意味着什么》一书中,引用乔治斯·戴维的观点,专门论述了小学教师这类人物对于官方语言以及官方思想传播的重要作用。他说,“在把同样清晰、确定的语言教给那些仅对之有模糊了解甚或讲说各种不同方言或方言土语的孩子们时,他已经在使他们非常自然地以同样的方式来看待事物和感受事物了;因而,他所从事的乃是建造民族共同意识的活动。”②

《蟹工船》里的监工在小说一开篇,便在喝醉酒的状态下来到蟹工船中杂乱肮脏、“粪坑”般的渔工船舱中,对渔工们发表了一大段演讲:

> “我不用说,有的人大概已经明白了,蟹工船这行事业,不应单单看作是为一家公司挣钱的活计,而是国际上的一个大问题。我们,是我们日本帝国国民伟大呢,还是老毛子伟大?这是一场一对一的格斗!而且,如果,如果啊,当然这样的事儿是绝对不会发生的,但如果万一打输了,悬挂着两个睾丸的日本男子汉大丈夫就只有剖腹,跳勘察加海了。我们个子虽小,但绝不能输给粗笨的老毛子!

---

① 参见山本文雄编:《日本大众传媒史》,诸葛蔚东译,桂林:广西师范大学出版社,2007年,第18—19页。

② 皮埃尔·布尔迪厄著:《言语意味着什么——语言交换的经济》,褚思真、刘晖译,北京:商务印书馆,2005年6月,第24页。

“还有,我勘察加的渔业,不仅是蟹肉罐头,大马哈鱼和红眼鱼也是世界上有名的,占有优势的地位,这是其他国家没法比的。而且它还担负着解决日本国内人口过剩问题、粮食问题的重大使命。我说的这些个,你们也许不明白。但无论如何也要让你们知道:为了日本帝国的伟大使命,我们可要豁出命来到北海的怒涛中去干它一场啊!正因为这样,我们到那边去,帝国军舰也会始终保护着我们。……如果有人想学现在老毛子的那种时髦,煽动别人胡作非为,那他就是出卖日本帝国的奸贼。当然这样的事儿是不会发生的,但你们可要好生记住……”(13)

阅读原文的话不难看出,这段话正是“适合演讲”的近代标准日语,与渔工们交谈使用的下层俗语完全不同。监工是管理了三四百人的大工头,不过他仍然属于中下层劳动者,在明治之前的漫长历史年代中,被这样的人使用的日语一直是那种为了和邻村的朋友或者商贩走卒交往时使用的“俗语”,各地口音不同、说法相异,更不用说还充满了各种不规范词法句式。而到了故事设定的20世纪20年代,这种难以通用全国、更适合局限在各个地方使用的大众通俗性的表述方式已经遭到了贬低和摈弃,退出了历史舞台。日本国语的确立,在各地劳动力集中于大城市的务工潮中方便了交流,这种使用层面的优势进一步使得中下层普通国民原本使用的“俗语”失去生存的土壤。原本有着各地方口音的人群,积极掌握国语发音,并在这种发音统一运动中与知识阶层一起参与到唯一的“国语”的使用和流通中来,国家中的每一个人也因此都卷入了统一的国家意识建设活动。

上述言论用标准国语论述了官方逻辑:北海渔业的成绩与大日本帝国的经济问题(人口过剩、粮食问题等)之间的联系,获得经济利益所必须的海上军事保障(帝国军舰始终保护),渔工们应具备爱国心和民族自豪感(日本帝国伟大还是老毛子伟大)和民族危机感(解决粮食问题)要渔工们按照“日本男子汉大丈夫”的模范形象和行为准则(豁出命来干,打输了就剖腹自杀)要求自己……。之后监工把问题引到了意识形态的层面,训话的重点转为苏俄的那一套时髦的(马克思主义)东西是学不得的。他一再强调如果工人们学了“老毛子的那种时髦”就是“出卖日本帝国的奸贼”。意识形态的对立从一开篇便摆上了桌面,被引入到船上的生活里来。

作为听众的渔工是些“‘愚昧无知’、‘木头人般’的正直乡下人”

(11)，万一接受赤化后果无法预知，而蟹工船“博光号”远离日本漂流在勘察加海面上，位置上更靠近苏俄，政治上的稳固性和可靠性大打折扣，因此特别需要加强贯彻帝国思想。于是，蟹工船成了小学校，监工则化身为小学老师，用标准国语向渔工们推广了帝国政府的正确“知识”，在船舱里成功地再现了“报纸讲解会”的精髓。

在接下来的小说叙事中，监工经常会“用日语毫不含糊地”(18)向渔工们喊出与上述讲话类似的、代表国家意识的各种说辞——“在这个时候讲人道，还能跟外国搏斗吗?”(24)；“为国家干活嘛，就如同打仗，死也得干!”(66)；“只有老毛子才不管眼前有多少鱼群，一到时间，一分钟也不差，把活儿全撂下……日本男子汉大丈夫绝不学他们!”(69)。

监工是日本人，讲话当然是要讲日语，作者之所以要专门强调监工是“用日语毫不含糊地”说话，大概是想强调监工说的不是一般的语言学上的日语，而是加了定冠词的那种唯一的意识形态的日语。

为了保证监工的日语及其附带的国家意识能够更加深入地贯彻到渔工心里，必须还要添加一点辅助性的暗示，于是身体的胁迫出现了。监工“随身带着实弹手枪，有时趁大家正在干活的时候，出其不意地朝海鸥或船上什么地方打枪，好像发出警告似的”(105)，而渔工们则觉得“好像自己动不动真的被枪毙了似的。”(105)他们常常会“晕船，面色焦黄，翻着眼珠，哇哇的呕吐”(16)，“没有一点儿血色，眼神像惊吓似的抽搐着”(33)，“闷闷不语，甚至让人怀疑他哪里像个渔工?!”(74)。渔工们的身体成为一种隐喻，仿佛在被监工不停地枪毙。这种为了加强共同意识建设而不断重复的规训仪式，使得蟹工船上的渔杂工呈现出一种生活在海上的男人们不常见的羸弱。通常来讲，表现生活在海上的人们的文学作品中会着重描写男性气概，因为“……海上的生活与我们陆地上习以为常的那些经验是如此不同。海上的生活是……一种基于男性气概的生活，其中力量是唯一真正重要的品质。”[①]因此描写海上生活的作品里常常会形成极端的男性文化，推崇肉体面临的严酷现实、以及海上生活的男人们克服这些困难的坚毅品质与勇气[②]。

---

① Peck, John. *Maritime Fiction*: Sailors and the Sea in British and American Novels, 1719—1917. *Hampshire*: *Palgrave*, 2001. *p*. 5.

② 这在日本上个世纪初流行的海洋冒险小说，以及欧美描述海上生活或海上冒险的作品比如《鲁滨逊漂流记》、《老人与海》等中非常普遍。

而蟹工船上的渔杂工们却没有这种海上男子常见的男性气概，他们在监工强大的身体（实弹枪支成为身体的延展，还有护航的军舰）的胁迫下，无法呈现出自然性的男性气概，政治性的男性气概也被夺去了，他们失去了自己的语言，在监工反复演练的标准国语和"正确知识"的轰炸下领会了官方的逻辑。在监工的有效规训下，有些渔工甚至渐渐能够使用标准国语，自如地重复监工的讲话，对其他渔工进行教育和解释，形成了下一级的"报纸讲解会"：

> "不管怎么说，这是件大事业啊。到荒无人烟的地方去开发资源，当然是件了不起的事喽！这条蟹工船，如今算是好多了。听说，开始创业的时候，既不能观测气候和潮汐变化，也不能实际掌握地理，不知道沉没过多少船呢。就是被俄国船击沉、俘获或杀掉，咱们都不屈服，再接再厉奋斗到今天，这大片资源才变成咱们的……"(51)

日本的帝国主义国家逻辑凭借着上下一致、无所不在的标准国语，接触到每一个国民，告诉他们如何思考如何行事。这种国家意识形态，强加给每一个讲日语的人，让他们意识到作为国民的"我"的存在，确定了作为国民的'我'的义务和立场。

通过标准国语的教导，渔工们不仅学会了北海渔业与国家财富的重要联系，了解了作为日本男子汉大丈夫的行为准则（豁出命来干，打输了就剖腹自杀），也学会了在看到"来保护他们的"、"舰尾飘着日本旗的驱逐舰穿过水平线向南驶去"时"激动得热泪盈眶，摘下帽子频频挥动"(70)。

二、国语的反动

在马克思看来，意识形态永远是国家性的，恩格斯认为国家本身是首要的意识形态力量。而与之相反，阿尔都塞认为意识形态是一种人们直接体验到的人与世界的关系，然而后来当他在批评中引入了意识形态国家机器的概念时，他回归到马克思，认为意识形态不产生于"生活本身"，只有社会受到国家的规范，它才会产生。[①]

---

① 齐泽克与阿尔多诺著：《图绘意识形态》，方杰译，南京：南京大学出版社，2006 年 5 月，第 18 页。

可以看出,意识形态作为一种教条,一个思想、信念、概念等的复合体,目的是说服其社会的人群相信其“真理”,而实际上它是服务于某种秘而不宣的特殊的权力利益。这种对现实秩序的理性合法化的一整套逻辑,通过通行全国的语言,逐步进入到每个国民的脑子里,成为一种“当作真理来体验的谎言”。[①]

遵从国家意识形态逻辑的国民、“我”确立了,与此同时也造就了(操其他语言的)他者意识。因此,当“博光号”放出的几只捕蟹的川崎船在风暴中迷失,有一艘漂到勘察加岸上时,初到俄国的大概七八名渔工听到了不同的语言,他们感到了不适与不安。

……川崎船灌进了半船水,被冲到勘察加岸上。大家被附近的俄国人搭救了。

这个俄国人,全家四口。……这家人待人非常亲切,照顾得十分周到。不过,这些外国人说话听不懂,肤色又不同,起初大家还是有点不大自然。(43)

俄国人的语言带来了极大的不安。但是很快,一个能讲日语的中国人出现了,这让他们有了一些安心感。可是,这个中国人说的日语让人几乎听不懂:

> ……事情正好发生在他们回来的那天。
>
> 大家正围拢在火炉旁,一边整理行装,一边聊天的时候,走进来四五个俄国人,还有一个中国人。一个宽脸、满腮短胡、有点驼背的汉子,突然比手画脚地大声说起来。船头连忙摇摇手,表示他们都不懂俄国话。于是俄国人讲一句,在旁边的中国人就给翻译一句。他翻译成的日本话,像醉汉说话似的,颠三倒四,东一言、西一句,使人听起来摸不着头脑。”(43—44)

这个中国人用日语转述的内容,是对渔工们来说十分陌生的马克思主义思想。这与日本的标准国语确立之后绑定的意识形态完全不同,中国人无法用流畅地遣词造句,他的语言磕磕巴巴了起来。

两三个俄国人自己嘀嘀咕咕地谈起来。那个中国人听了以后,像口吃一样,用日本话逐字吐了出来:

> “不干活儿赚大钱的,有。无产阶级,永远,都是这个(做着卡

---

① 齐泽克与阿尔多诺著:《图绘意识形态》,第13页。

脖子的手势)。——这样不行!无产阶级,你们,一个人,两个人,三个人……一百个人,一千个人,五万个人,十万个人,大家,大家都这样(学着小孩子手拉手的样子),就强大,就有力量(拍拍胳膊)。不管谁,不会输的,明白?"(45)

……

"日本,劳动者,干啊(站起来,模仿挥刀的样子)。幸福,俄国,大家都幸福。万岁。——你们,回到船上去。在你们船上,不干活的,这样(装成神气的样子),你们,无产阶级,干吧!(先做拳击的动作,尔后又做手挽手向前冲的姿势)顶好,必胜!——明白?"(46)

渔工们刚刚掌握了标准国语,接受了国语讲述的国家逻辑,猛然间听到这种来自异国的新思想,用好似外语一样叫人听不明白的日语讲了出来,这些"醉汉说的话"一般的言辞,把他们"弄愣了,把头往后直仰,不知怎么才好……"(47)心想"这大概就是可怕的赤化"(45)。

意识形态的传播和确立要依托于语言来完成。近代标准国语的确立,帮助日本政府将其意识形态顺利地植入每个使用日语的人的脑海里,而上述由外国传来的新思想,无法在已经确立的日本国语中找到自己的位置,自然也就没有与之相匹配的词汇和句法,于是说话者的语言开始磕绊,打结,词不达意。

法国后现代主义哲学家吉尔·德勒兹(Gilles Louis René Deleuze,1925—1995)在《他结巴了》一文中,探讨了西方几个大作家如巴尔扎克、卡夫卡的笔下为何经常会出现结巴现象或者充斥着方言甚至虫子吱吱的叫声。他说这些作家是"自己语言中的外国人",他们"不是把另一门语言和他自己的语言混在一起,而是在他自己的语言之中创造出一种并非预先存在的外语",并以这种结结巴巴或吱吱的叫声来表述原有"语言"下面的、没有机会说出来的那些东西。在深入探讨结巴现象时他提出了一种可能性,即结结巴巴的词语"不再是独立于口吃而存在,口吃通过自身选择他们,将它们联系在一起。不再是作品中的人物在说话时口吃,而是作家变成了语言中的口吃者。他让语言本身口吃……。"[①]也就是说,作家们在试图打破语言原有的平衡以求表述某种不能被原有语言表述的东西时,便会主动地选择不用

---

① 参见吉尔·德勒兹:《文学三论》,尹晶译,载《上海文化》2009年第2期。

顺畅流利的语言表述自己。他成为结巴(或者吱吱虫鸣起来),用难以听懂的结巴语言或者完全无法理解的虫鸣声来破坏这种平衡态的语言系统。在我们的小说中,当作者想要向渔工们表述一些"国语"无法表述的东西时,他似乎也采用了大作家们使用的方法,借助一个中国人的嘴,从已经固定下来的"国语"的空隙中,创造了一种内在于"国语"的"外语",试图用这种创造出来的、日语内部的"外语"来打破国语的平衡状态。

人类是靠语言来思维的,没有语言很难达成有组织的思维,而一旦产生了某种表述方法,不论有多么不顺畅,都有助于思维的成形与完善[①]。受压抑的人群发现了能够表述其压抑的语言并迅速利用了起来,渔工们回到船上,马上把刚刚从中国人那里习得的结结巴巴的日语,转述给全船的渔工听。他们结结巴巴的学着,其他人半懂不懂地听着,实际上召开了一个反"国语"的"报纸讲解会"。以前时常处在"茫然的不安"(18)状态里的渔工们,接触到可以帮助他们思维的、支离破碎的语言,并逐渐熟悉了这种语言时,便尝试着用支离破碎的词句将压抑的思想表述了出来。

"结巴"渔工这个人物出场了(他没有名字,提到他时都是以结巴相称),他结结巴巴地说:"咱、咱们,什、什么也得不着,妈、妈的,难道就,就这样被人整、整死,谁、谁能容忍得了啊!"(52)"被、被他害、害死之前,咱、咱们得先弄死他。"(61)。在这里,"国语"受到了挑战,"结巴"渔工作为被压抑一方的代表人物,将长时间沉积在内心、在国语的压力下无法表述的欲望,用外语一般的日语说出了口。

在"结巴"渔工说了上述两句结巴的话之后,篇章出现了跳跃式的飞进,结巴很快变成领导渔工们进行阶级斗争的中坚分子之一,随之他的语言表述逐渐流畅起来。作者似乎是想要告诉我们,那曾经像外语一般的听不明白的语言及其代表的意识形态,迅速成熟并在工人中间获得了广泛的认同,因此结巴才能将磕磕巴巴的话说得雄辩了起来。然而,作者过于心急了,这里面显然缺乏具有说服力的故事叙事,让读者在读到这种意识认同的突然转变时颇有仓促突兀之感。

不管怎样,我们明白"结巴"由说话口吃到讲话流畅,是具有象征意味的一种转变。这是政治性的而非自然性的。他日益坚定的口吻

---

① 值得注意的是,新"语言"的产生,常常是通过翻译文体而来。

与渐渐雄辩的口才显示了作者的政治抱负，一旦结巴能像监工一样大段论述专属于他自己的逻辑，就意味着他找到并熟悉了自己的“语言”，摆脱了“国语”的压抑。

结巴的语言流畅了，身体上也随之变得强壮起来，一度在身体特征上既结巴又羸弱的渔工，现在竟然能“抡起蘑菇形的圆凳子朝监工的脚上砸过去”(121)。而监工经过“这么一闹，就是拿着手枪也不中用了”(117)。这种身体上的变化和语言上的变化一样，也是政治性的而非自然性的。

小说接近尾声时，我们听到结巴带领着三百名渔工，流畅地喊出了“罢工万岁”(120)，他甚至走到了稍高一些的地方，面对着三百名渔工演说了起来。在小说中，当结巴不再结巴的时候，意味着外语一般的“日语”已经成熟，而国语的霸权地位随之被打破，渔杂工们的欢呼显示出他们对于新语言及其附带的意识的认同。不再结巴的结巴渔工已经站到了高处，逐渐能够熟练地操练起新的语言，可以想见，当这种新的语言在小说之外的某处得到机会夺得领导权的时候，将会产生新的身体规训，新的结巴也必然会出现。

苏联理论模式在中国三十年*

——从日丹诺夫到冯友兰、朱光潜、李泽厚与王元化

夏中义

人面对历史时，至少有两种立场：风骨与贱骨。贱骨是好了伤疤忘了痛，甚至创伤并未痊愈，却已忘却苦难。风骨则相反，主张拒绝遗忘，要追问历史苦难何以发生，进而沉思制度创新，以期从源头上杜绝历史悲剧。

王元化(1920—2008)作为思想家是有风骨的，这不仅因为他在20世纪90年代反思"五四"与卢梭《社会契约论》，坚韧且理性地告诫国人：要慎思曾深刻影响百年中国政治演化的激进主义思潮在世界史上的理论源头(此即反思社约论)，及其所铸成的政伦人格特征(此即反思"五四")；更值得有识之士珍重的是，王元化在1986年春还有一个"屯溪演讲"①，第一个表白共和国五六十年代的人文学术(包括他研究《文心雕龙》在内)，都是在苏联理论模式的统辖下做的。其后果不仅是毁了那年代的人文学术，更僵化了在那年代享有"学术地位"的数代学者的价值取向与思维建构，酷似被统一做了"脑外科手术"。大概除了陈寅恪等少数精华(否则，陈无法在1954—1964年间写《柳如是别传》)，几乎谁也不曾幸免。可以说，苏联理论模式对中国学界的那段"殖民"史，当是国人不宜再继续自我遮蔽的精神"国耻"。

所谓苏联理论模式，是指斯大林时代所规定的、以列宁《唯物主义与经验批判主义》为哲学标记，以日丹诺夫为人格符号的苏共文化政纲。所以突出日丹诺夫(1896—1948)这一名号，因为他在1932—1948年任苏共政治局委员期间，为苏共中央意识形态首脑，史传曾内定为

---

* 本文系笔者在"外国文论的当代形态：实绩与问题"——"外国文论与比较诗学研究会"第五届年会(哈尔滨，2012年8月18—21日)上的发言基础上整理而成。

① 王元化：《关于当前文学研究中的两个问题——在中国〈文心雕龙〉学会第二次年会上的讲话》，载《安徽师范大学学报》1986年3期。

斯大林的接班人。他领衔拟定的苏共文化政纲可概述为一对正负△：正△是由政治上的革命或进步→哲学上的唯物主义→文艺上的现实主义，这三边转折合成；负△是由政治上的反动或没落→哲学上的唯心主义→文艺上的非现实主义乃至反现实主义，这三边转折而成。不难发现，这对正负△的思辨构成属"异质同构"，即各自具三个顶点，拟简约共名为："立场→方法→观点"。西方学界曾称这串"立场→方法→观点"为"日丹诺夫主义"。

1949 年中共建政前夕，尚任清华教授的冯友兰(1895—1990)主动函谒毛泽东，表态要用"马克思主义的立场、方法、观点"重写中国哲学史。史实证明冯所谓"马克思主义的立场、方法、观点"，其实质乃"日丹诺夫主义"。该主义有个"党性原则"，是须将全部哲学史解释成唯物主义与唯心主义的斗争史，否则，"党性"不纯。1947 年苏联科学院哲学所所长亚历山大洛夫主编《西欧哲学史》，因未贯彻"党性原则"，结果遭日丹诺夫代表苏共中央痛批。而毛泽东在 1965 年所以跟冯友兰亲切握手，因为冯用"马克思主义"写的《中国哲学史新编》第一卷问世，其秘诀是在孔、孟、老、庄、墨、荀头上"贴标签"，或"唯物"或"唯心"，即按"日丹诺夫主义"把中国哲学史硬拗成"唯物主义与唯心主义的斗争史"。1978 年已臻晚境的冯友兰痛悔如此硬拗，是因受惑于名缰利锁而"修辞立其伪"①。

若着眼于纯学术，在回答"物—心"关系一案，当受制于智者的述学策略或路径依赖，取何视角才能让自己自圆其说。若有人倾心于本体论，强调包括地球在内的大自然早在人类诞生前就已实在，故"物"天然地先于"心"；而且，"心"只有面对眼前对象时，才能言说对象为何物，这似乎更表明"物质第一，精神第二"。这是列宁《唯批》的基本路子。但这并不妨碍青年马克思《1844 经济学—哲学手稿》对"物—心"关系作实践论解读：当一工匠把一堆无序的木料打造成漂亮的书桌，该书桌的蓝图已"观念"地展示在其脑中。若曰蓝图是"心"，书桌是"物"，似乎又成了"精神第一，物质第二"。这就不能不正视这一现象：即在应对"物—心"关系命题时，与其说列宁师承了马克思的说法，不如说是传承了恩格斯《自然辩证法》的提法。但即使恩格斯也未将哲学史等同于"唯物主义与唯心主义的斗争史"，更不会把此哲学观奉为

① 冯友兰：《三松堂自序》，北京：三联书店，1984 年，第 189 页。

"党性原则"来弘扬。恩格斯仅仅说如何回应"物—心"关系,那是哲学史上辨别唯物论还是唯心论的分水岭或"最高问题"。列宁在 1908 年撰《唯批》而将此上纲为"党性原则",本是出于在布尔什维克党内,与波格丹诺夫争夺哲学话语权时的做法。谁知在列宁 1924 年逝世后的 1938 年,斯大林主持编撰,在国际共运阵营发行《联共(布)历史简要读本》,将列宁观点钦定为"马克思主义哲学唯物主义"[①],反之是"修正主义"。无须说,当日丹诺夫将此整合到那对著名△(所谓"苏联理论模式")后,"唯物—唯心"之别,又俨然成了检验政治立场"革命—反动"与否的哲学标尺了。

可以说,在五六十年代中国语境为维系或赢取"学术地位",学界极少有人不想"活学活用"此理论模式。这在文艺美学领域特别扎眼:有人涂白脸,以负△为镜来辱没自己的本来面目,以示政治输诚(比如朱光潜);有人扮红脸,以正△为武器来攻占学术阵地(比如李泽厚)。

请重读朱光潜(1897—1986)刊于《文艺报》1956 年 6 月第 12 期的《我的文艺思想的反动性》一文。此文虽无学术史价值,但作为真实记录现代知识者心灵跌宕的精神史文献却颇珍贵,因为它从一个特殊角度确诊了苏联理论模式对中国学人的精神奴役。差异在于:日丹诺夫负△是从"政治反动→哲学唯心→艺术反现实主义";朱稍作微调,自供其"罪状"拟从"哲学唯心→艺术反现实主义→政治反动"。简述如下:作为 20 世纪初意大利克罗齐美学的著名追随者、翻译家和研究者,朱只得坦白其文艺观的哲学基础是主观"唯心"[②];其艺术趣味是十九世纪德国浪漫派的,那是一种"垂死 的阶级所特有的"、"世纪病"式的"忧郁感伤的情调",当属"反现实主义"[③],更要命的是,他还曾伴同"京派""有组织、有计划地""来和我们称之为'海派'的进步的革命的文学对立",以致在"反动统治最猖獗的时期","我的文艺活动实际上有利于反动统治的'文化围剿'"[④]。这还不够"政治反动"吗?

1950 年入学北大哲学系的李泽厚(1930—)属"解放的一代",本科五年,他说没读什么课程,但《联共(布)历史简要读本》读了两年,他

① 苏联共产党(布)中央特设委员会编:《联共(布)历史简要读本》,1938 年,解放社(山东),第 176 页。

② 《朱光潜全集》卷五,合肥:安徽教育出版社,1989 年,第 12 页。

③ 同上书,第 14 页。

④ 同上书,第 29 页。

课余还自学了不少列宁和斯大林的书。故1956年当他亮相大陆第一次美学大讨论，与其说他成了建构“实践派美学”的人物，毋宁说他酷似一个在新中国严格执行苏联理论模式的“青年近卫军”。“实践派美学”的“实践”一词出自青年马克思《1844经济学—哲学手稿》。李也表白他是美学大讨论中第一位引用《手稿》的作者。此皆史实。然同样不宜忘却的是，李在引用“实践”概念时，并未尊重青年马克思的本义，而是把“实践”这部思想发动机安到列宁《唯批》的底盘上，被“唯‘唯物’”化了。

青年马克思笔下的人类“实践”所以优越于动物生产，因为人是按其所预设的愿望、蓝图(所谓“人的尺度”)来改造世界、“复现自己”[①]与丰富人性的社会行为暨过程。基于“复现自己”的实质很接近马洛斯所说的“自我实现”，堪称“美德”[②]，故“实践”不仅具有李泽厚所重视的“功利性”、“实用性”，也含有李所忽略的“超功利”、“非实用性”。所以《手稿》特别强调“实践”赋有动物生产所没有的“自由性”、“自觉性”和“审美性”，强调人类只有在不受肉体需求支配时的生产“才算真正的生产”，进而强调“实践”对美的历史生成正在于人“在自己所创造的世界里观照自己”时。显然，青年马克思在此所珍重的，当是“实践”的非实用的“超越性”价值。但李泽厚在1956年却愣将“实践”锁定在物质生产的“社会功利性”上，却不提人类生产在《手稿》中除了“功利性”外，它还会生出非功利的“审美性”，这就未免把“实践”的复合含义单一化，或俗化了。

李刻意凸出“功利的”“有所为”才是人类实践的“社会本质”[③]，这在实际上，是李太想在美学论域腾挪列宁《唯批》的反映论，以此来演绎李的美学定式：“美是第一性的，基元的，客观的，美感是第二性的，派生的，主观的”[④]。简言之，“美感是美的反映”[⑤]，这就合乎了“物质第一，精神第二”，这就不仅在哲学上很正确，而且心理上也颇觉安全。也正是因为论证“美是第一性的、基元的、客观的”，而“实践”在《手稿》中又是孕育“美”的，故李在引用“实践”概念时，会躲避瘟疫似的，躲开

---

① 转引自《朱光潜全集》卷十，第196页。

② 弗洛姆著：《为自己的人》，孙依依译，北京：三联书店，1998年，第39页。

③ 李泽厚：《美学论集》，上海：上海文艺出版社，1980年，第11页。

④ 同上书，第21页。

⑤ 同上书，第17页。

《手稿》论及"实践"时常用的"自由"、"自觉"、"人格"与"自我实现"等标志人类精神的字眼。无怪朱光潜当年讥之为"见物不见人"[①]。作为代价,李当年对"美感"范畴也就说不出所以然。1979年李为结集出版其《美学论集》而重阅旧文时,颇具悔意。他不仅数次微词少作"论点太简单"[②],"论证非常粗鄙简单",且特别痛惜"美感也未谈其构成诸因素(知觉、想象、情感、理解)"[③]。然稍知当代中国美学史者应记得,李在1979年所想挽回的,正是他在1956—1962年所警戒且着意屏蔽的。

1979年对李来说很重要,因为那年他撰文《形象思维再续谈》,昭示他已摆脱了列宁反映论,否则他将写不出名著《美的历程》(1981年初版),展示其对华夏民族审美意识暨艺术演化的千古巡礼。但必须指出的是,李摆脱反映论,近乎某种单纯遗弃,他既没深思该反映论与整个苏联理论模式的内在关联,更没自觉反思当年他为何如此痴迷反映论,以及反映论对当代中国学术所造成的刻骨溃疡。

也正是在这意义上,王元化对当代中国学界的思想警示弥足珍贵,因为他不仅认准号称"党性原则"的反映论是苏联理论模式的哲学基石,更在1986年成了破解"苏联理论模式在中国"这一重大思想史案的先驱。但有意味的是,若让时光退到1979年,王对包含反映论在内的苏联理论模式尚无思想史痛感。其标志是此年深秋,在他政治平反前夕,沪上初版其《文心雕龙创作论》,带给他诸多殊荣,他却毫不警觉此书的整体思辨及体例预设,皆是对 苏联理论模式的"中国化"缩微。

且看此书体例怎样巧妙地遵从苏联理论模式。

此书体例的最醒目处,是在上、下篇结构位置的"本末倒置"。按常理,书名既冠"创作论",是对刘勰原典有涉"创作论"的后二十五篇中的《物色》、《神思》、《体性》、《比兴》、《情采》、《熔裁》、《附会》和《养气》诸章作"八说释义"[④],那么,这本属正文,是书的重头戏;而另三章论及刘勰的"身世"、"思想变化"与"文学"观的文字,倒近乎附录。若按《庄子》体式,"八说释义"才是名正言顺的"内篇",而另三章拟归"外

① 《朱光潜全集》卷五,第124页。

② 李泽厚:《美学论集》,第99页。

③ 同上书,第51页。

④ 王元化:《文心雕龙创作论》,上海:上海古籍出版社,1979年,第68页。

篇”。但事实上，此书体例却相反，堂堂正正的“内篇”内容被辑为下篇，附录性的“外篇”内容倒升格为上篇，似蓄“开宗明义”之势。匠心何在？

匠心全在作者要把日丹诺夫△不折不扣地贯彻到刘勰研究中去。这就是说，作者在对刘勰创作论作“正文释义”前，须对刘勰做人物品评（近乎当年组织人事部门的“政审”）。品评历史人物的常规“政审”选项有三：即日丹诺夫△所设定的“立场、方法、观点”。立场，是指对象在给定政治格局中的站位（“屁股坐在哪一边”），这往往受制于对象的家境出身，即查阶级成分。方法，是查对象的哲学思维取向，是认同唯物论，还是倾心于唯心论？观点，对刘勰而言，当查看其文学观，是现实主义比重大，还是非现实主义比重大？

于是，也就有了此书“上篇”的三章，依次为《刘勰身世与士庶区别问题》、《〈灭惑论〉与刘勰的前后思想变化》和《刘勰的文学起源论与文学创作论》（下分别简称上篇1，2，3）。其间上篇1“身世”对应于模式中的“立场”暨阶级成分；上篇2“思想变化”对应于模式中的“方法”即哲学思维取向；上篇3“文学”观对应于模式中的“观点”即文艺美学倾向。经作者用日丹诺夫△作全方位细深考核，拟可得如下鉴定：刘勰出身寒门，撰《文心雕龙》期间的思想取向基本可归儒家古文学派，故虽有客观唯心之嫌，然绝无《灭惑论》时的反动神秘之罪；其创作论则不乏朴素唯物论乃至现实主义萌芽，尤当珍惜。

毋庸赘言，当此书以其“上篇”通过对刘勰的三维“政审”，究其质，也是为其“下篇”正式涉足刘勰创作论，无形中，签署了一页安全通行证。如上所述，于今看来，近乎搞笑，然对从那年代熬过来的深谙时势者来说，恐笑不出来。

缘由至少有两个。一是“解放后我们的文学史、思想史就是按这两条路线斗争的模式去写的。因此在过去的文章中，首先（往往也成唯一）要解决的问题，只有唯物主义的思想家才能成为被肯定的对象，而唯心主义的思想家则必须加以批判”。这段话出自王元化1995年6月5日的日记。二是他在1961—1966年“文革”前夕做此书，其第一内驱力并非是纯学术，而更想在体制内进行自我拯救。1955年因“胡风案”而沉冤，1959年正式定性“反革命”，行政降六级，他是否从此被打翻在地，永世不得翻身？他须对自己有个说法，来表明自己还有勇气活下去，还得为家庭、妻儿负责。他曾对张可说过我做《文心雕龙创作论》会有影响的。所以他写好《文心雕龙》的第一篇文章《〈明诗篇〉

山水诗兴起说柬释》即寄周扬，后来文章发在中国当时最权威的文艺理论刊物《文艺报》1962年4月号。这对作者来说，是“黑暗王国的一线曙光”。然其代价则是，竟把刘勰《明诗第六》“庄老告退，而山水方滋”这九个字硬拗成“唯心告退，而唯物方滋”。

由此想到周扬在“文革”前为何会器重王元化是“党内少有的马克思主义文艺理论家”？根子是在，王元化自青年时便深受苏联理论模式熏陶而烂熟于心。有心者不妨检索其撰于1939—1940年间的两篇旧文：《鲁迅与尼采》和《现实主义论》，活脱脱地呈示作者20岁时已是苏联理论模式的好学生。

诚然，王元化所以能成为感动中国思想的“王元化”，是因为他极具人格“洁癖”，他不能容忍那些他曾信奉过、但后被历史和良知所证伪、已不值得信奉的教义继续残存于心而不作呕吐。这就是王元化的著名“反思”。其“反思”，就是通过灵魂的自我活体解剖，来解剖他曾经历的时代，来解剖他已告别、但整个中国未必告别的精神癌块。于是也就有了他1986年“屯溪演讲”，呼吁正视苏联理论模式对当代中国学术的深层负效应。

王元化反思苏联理论模式，实已绵延到他生命的最后一息。例证有二：一是2007年暑期他与其弟子吴琦幸博士对话时，直言“苏联一直到最后都是拿这本书(案，列宁《唯批》)当最高级的教科书”，其“最荒谬的就是”把认识等同“再现”、“摹写”、“反映”①；二是2008年1月19日他在沪上瑞金医院病榻与汉学家林毓生对话时，坦承其《文心雕龙》论著还留着反映论的“尾巴”②。这离他逝世只剩78天了。

2012年春于沪上学僧西渡轩

① 2007年王元化与吴琦幸博士对话实录(未刊稿)。

② 2008年王元化与林毓生对话实录(已经王元化生前编辑)。

谈“韦勒克化的英加登”现象*

冯宪光

现象学美学文论是20世纪世界美学文论中的一个十分重要的流派。它用现象学的概念和方法来重新审视文学的艺术作品的存在方式,提供了接受和分析文学作品的重要路径,在文学观念和理论结构上都有突出的创新性意义。而我国对于现象学美学文论的引荐、译介和研究,乃至于具体运用到中国当代文学理论的建构上,都还有一些需要进一步思考和解决的问题。最近两年,我国长期致力于现象学美学文论研究的学者张永清在《罗曼·英加登文论在当代中国的接受》和《问题与思考:国内英加登文论研究三十年》等文章中,指出了当前国内研究现象学美学文论中存在诸多亟待破解的难题,其中之一就是:“国内学界很大程度上接受的是‘韦勒克化的英加登’,这从另一个方面也说明了我们相关研究的独立性还有待加强。”①他的这个判断,我是非常同意的。

为什么中国对英加登现象学美学文论的研究视野受到“韦勒克化的英加登”的制约和局限呢?这是因为英加登的美学文论的主要著作还没有直接翻译为汉语的时候,也就是中国国内读者在没有直接接触英加登著作原著之时,美国著名文学理论家韦勒克对于英加登美学文论的介绍已经成为中国学界对英加登美学文论思想理解、阐释和把握的“前理解”文化解释结构中的主要组成部分。英加登的美学文论思想在中国的介绍始于1980年,是年李幼蒸在《美学》第2期上发表《罗曼·茵格尔顿的现象学美学》一文。此文从韦勒克对英加登的肯定性评价来说明英加登美学文论的价值。1983年,复旦大学出版社出版林骧华翻译的韦勒克的《西方四大批评家》,这是韦勒克在华盛顿大学所

---

* 本文系笔者在“外国文论的当代形态:实绩与问题”——“外国文论与比较诗学研究会”第5届年会(哈尔滨,2012年8月18—21日)上的发言基础上整理而成。

① 张永清:《问题与思考:国内英加登文论研究三十年》,《文艺研究》2011年第2期。

做概括总结20世纪前半期西方文学理论的宏观性论述的学术演讲记录稿。韦勒克根据自己对西方，特别是欧洲20世纪前半期文学理论的长期研究，认为在20世纪前半期欧洲、乃至整个西方文学理论界最有卓著贡献的四位批评家，就是克罗齐、瓦勒里、卢卡奇和英加登。①

1984年韦勒克、沃伦的《文学理论》中译本出版，韦勒克在这一影响广泛的著作中借鉴了英加登关于文学作品的分层次理论，作为该书第四部“文学的内部研究”的理论框架。而在这个时候，在中国大陆学界，从1980年到1984年，通过韦勒克等人的介绍，英加登已经名噪一时，而他本人的美学文论的著作还没有一部、论文还没有一篇被翻译过来。这就造成了中国当代学界接受英加登理论的一种特殊状况，“韦勒克化的英加登”基本上成为中国学界接受英加登的知识模式。美国学者赛义德曾经谈论到东方国家、民族在接受西方现代学术理论时所进行的“理论旅行”。赛义德指出：“首先，有一个起点，或类似起点的一个发轫的环境，使观念得以生发或进入话语。第二，有一段得以穿行的距离，一个穿越各种文本压力的通道，使观念从前面的时空点移向后面的时空点，重新凸显出来。第三，有一些条件，不妨称之为接纳条件或作为接纳所不可避免之一部分的抵制条件。正是这些条件才使被移植的理论或观念无论显得多么异样，也能得到引进和容忍。第四，完全（或部分）地被容纳（或吸收）的观念因其在新时空中的新位置和新用法而受到一定程度的改造。”②

英加登美学文论进入中国的“理论旅行”，是开始于美国学者韦勒克的介绍，中国译介了韦勒克的著作，即通过韦勒克的美国理论的中介实施的。韦勒克确实是在欧美第一个介绍英加登的人，他说，“我自信是在英语界提到罗曼·英加登的第一人”。韦勒克之所以看重英加登，是因为英加登是现象学大师胡塞尔的弟子。于是，1934年9月布拉格举行第八届国际哲学大会时，韦勒克在其学术演讲中，向大家介绍英加登是“《文学的艺术作品》这部出色的现象学著作的作者”。③ 而且，正如王春元在韦勒克《文学理论》的中译本前言中所说，“本书作者

---

① ［美］韦勒克：《西方四大批评家》，林骧华译，上海：复旦大学出版社，1983年。

② ［美］赛义德：《赛义德自选集》，谢少波等译，北京：中国社会科学出版社，1999年，第138页。

③ ［美］韦勒克：《近代文学批评史》，第七卷，杨自伍译，上海：上海译文出版社，2009年，第686页。

很推崇波兰哲学家英格丹(R. Ingarden)所采用的胡塞尔的'现象学'方法。这种方法对文学作品的那些多层面的结构做了明确区分。""本书作者进一步发展了英格丹的研究法,设计了一套用以描述和分析艺术品层面结构的方法。""作者正是运用这一套分析艺术品层面结构的方法,来系统地构建本书第四部,即'文学的内部研究'的全部理论框架的。"①1980年代的中国,其时,中国文学理论正在进行思想方法上的从单纯的外部研究向内部研究方面的转型,韦勒克等的《文学理论》提供了较为系统的对于文学作品进行内部分析的方法,确实使人耳目一新,于是韦勒克等的《文学理论》一时成为理论界的畅销书,而英加登也因为韦勒克的推许而成为学术界公认的在当代美学文论上具有开拓性贡献的人物。

按照赛义德"理论旅行"的观点,英加登理论在中国进行的"理论旅行",是由于中国文学理论正处于文学观念变化的时代环境,使得英加登话语的进入有一个发轫的环境,而韦勒克"内部研究"的主张恰好切合中国文学理论"向内转"的契机,可以说英加登理论是通过韦勒克理论话语的通道进入中国当代文学理论的场域的。在这种状况下,"韦勒克化的英加登"就是中国学界接受英加登理论的方向和用法。翻检从那以后一段时间中国学者关于英加登现象学美学文论的一些研究论著,可以看出,依循韦勒克思路去解读英加登是相当普遍的。我个人在当时也是如此。

毫无疑问,在当代全球化文化语境中,任何一种理论的全球化旅行的边际障碍都已经消除,我们应该破除理论的中介式旅行的模式,对国际学界的主要理论做直接地引进和评介。理论的中介式旅行实际上存在许多问题。我们过去一段时间引进的马克思主义是苏联模式的马克思主义,至今在对马克思主义的一些关键概念的认识上仍然存在一些误区。这种教训是深刻的。

事实上,理解真实的英加登应该认真阅读英加登本人最重要的两部著作:1931年出版的德文著作《文学的艺术作品》(*Das literarische Kunstwerk*)和1936年出版的波兰文著作《对文学的艺术作品的认识》。这两部著作是具有连续性的关联密切的系列著作。英加登在1936年出版的波兰文著作《对文学的艺术作品的认识》中就说,在文学

---

① [美]韦勒克、沃伦:《文学理论》,刘象愚等译,北京:中国社会科学出版社,1984年,第15页。

理论研究中，克服各种片面的观点的正确途径是，必须正确地回答两个问题："(1)认识对象——文学的艺术作品——是如何改造的？(2)对文学作品的认识是通过什么程序获得的，就是说，对艺术作品的认识是如何产生的，它导致或能够导致什么结果？"[①]《对文学的艺术作品的认识》就是对第二个问题的回答，而回答第二个问题的理论基础则是由回答了第一个问题的《文学的艺术作品》奠定的。在中国，英加登回答第二个问题的著作在 1988 年问世，而且中译本根据波兰文本的英译本翻译。英加登回答第一个问题的《文学的艺术作品》则在 1988 年以后的 20 年以后，才与中国读者见面。而这个著作已经不是英加登 1931 年的德文版的原貌，而是 1960 年用波兰文对德文版翻译，并且更名为《论文学作品》(*Odziele literackim*)的文本。当然，波兰文本《论文学作品》是经过英加登本人校阅的，他在译稿中作过修订和补正，英加登 1958 年在波兰文版前言中说，"过去坚持的观点我认为一般来说都是对的"，"除了过去的第二十六节的论述现在看来已经站不住脚，需要重写之外，其他的地方我觉得没有必要进行原则性的改动"。由于德文与波兰文在表达上的差异，经过不同语言的翻译，"照我的看法，这个波兰文本有的地方可能比三十年前的那本书好些，有的地方差些"。[②]

无论如何，英加登最重要的两部文学理论著作总算是在英加登被介绍到中国大约三十年后完整地出现在中国读者面前。时光进入 21 世纪，在 20 世纪 80 年代出现文学理论的韦勒克热和英加登热，由于现在文化语境的转换，已经在文学理论的社会学转向之后渐次形成的后现代文论的新兴热点面前黯然引退，现在认真重新阅读英加登这两部著作的人似乎并不多，而在中国"韦勒克化的英加登"什么时候能够得到消解，何时才能还原英加登本来的学术面貌，则不得而知。

但是我认为，我们中国学界必须认识到，"韦勒克化的英加登"并不是真实的英加登。而我个人认识到这一点是我在读到 2009 年出版的韦勒克《近代文学批评史》(中文修订版)第七卷之后。第七卷的副标题是"德国、俄国、东欧批评：1900—1950"，在该书十七章"波兰批

---

① [波兰]英加登：《对文学的艺术作品的认识》，陈燕谷等译，北京：中国文联出版公司，1988 年，第 30 页。这本书是从英译本翻译过来的。我认为，这两句话的翻译本身存在问题，姑妄存之。

② [波兰]英加登：《论文学作品》，张振辉译，郑州：河南大学出版社，2008 年，第 18 页。

评"中韦勒克只论述了英加登一人。这一章的内容像在其他章节的通常写法一样,较为全面地评述所论理论家在文学理论方面的贡献和缺失。但是,韦勒克将例行论述写完以后,行文至此,突然笔锋一转,说道:英加登"在第三版《文学的艺术作品》(1956 年)里,收入了在某些要点上严厉批评本人的一篇针对性的前言"。于是十分罕见的是,立刻针对英加登的批评,作了长达 7 页之多的辩解,对英加登的批评做了一个反批评。

韦勒克等的《文学理论》于 1942 年用英语出版之际,那时波兰因被外国军队占领,与世界学术活动隔绝多年。英加登那时没有看到这本书,也不知道《文学理论》对他自己的理论有所借用,更不知道《文学理论》对他的理论有误读之处。而《文学理论》的德文版于 1959 年问世,几年后英加登才读到这本书。于是在《文学的艺术作品》第三版德文版出版之时,才写下批评韦勒克的文字。那么,英加登在德文版《文学的艺术作品》的第三版序言是如何对韦勒克进行批评的呢?现在我国没有英加登德文版《文学的艺术作品》的全译本,我在网络上搜索,发现新浪网上载有张旭曙对英加登德文版《文学的艺术作品》第三版的选译,而其中正好有英加登批评韦勒克的第三版序言的全部内容。通过这个网络文本,我知道,英加登对韦勒克的不满主要是因为,英加登认为韦勒克在《文学理论》中对英加登的文学作品分层理论进行了整体借用,但是却反过来对英加登的理论说三道四。英加登认为,这全然是对他的理论的不尊重和误读。而根本分歧在于,韦勒克没有从现象学理论角度去理解英加登的理论。韦勒克在看到英加登对他的批评之后,曾经发表过一篇题为《致罗曼·英加登答辩书》的反驳文章,而这篇反驳文章的主要观点就是《近代文学批评史》第十七章中对英加登的反批评。而英加登在 1966 年又发表了《雷纳·韦勒克所言的价值、规范和结构》,对韦勒克把他的文学作品层次理论简单地说成是一种"规范"、"规范体系",离开了现象学理论范畴表示不满。两人的争论一直没有消歇、终止,也没有一个最终的结论。从两人你来我往的批评与反批评来看,似乎根本分歧在于,韦勒克并没有从现象学理论角度去理解英加登的理论。

客观而论,英加登是现象学美学和文学理论的代表人物,而韦勒克是美国新批评后期理论的核心人物,韦勒克对英加登有所误读是可以理解的。现在看来,他和沃伦的《文学理论》是美国新批评理论上的一个总结,韦勒克在新批评人群中更有开放性视野,他不拘泥于新批评的固有理论，而对英加登的文学作品的分层次理论有自己的感受，实属不易。但是他对英加登理论的解读显然又带有新批评理论的视角，不能说没有误读。这是英加登特别恼怒的一个原因。韦勒克对英加登的误读，成就了《文学理论》的创新性理论成就。而中国学界如果依照韦勒克的指引去理解英加登，则造成对现象学文论研究的误区，却是我们应该深刻反省的。

举一个例子，英加登认为，韦勒克"在《文学理论》里，只有两个地方(第151和156页)提到我的名字。其一是我的文学的艺术品的层次概念，这基本上是点到为止。不过它认为我划分了五个层次，其中就有形而上性质层。这是一种误解。我的确考察过形而上质素，但从不曾将它们当做文学作品的一个层次。如果我这样做的话就大谬不然了。形而上质素仅仅在被再现的世界的某些事件和生活情境中偶尔现身。倘若构成作品的一个层次，它们就必定属于文学的艺术品的基本层次，并在所有这些作品中都如此。但实情根本不是韦勒克认为的那样。尽管如此，形而上性质在艺术品中的作用却非同小可，它们与同类审美价值关系密切，我正是以此为基础来进行研究的。形而上质素可以在别的艺术品主要是音乐作品里显现，也可以显现在绘画、建筑等等里面，因而它们往往属于我所认为的作品的'观念'。所以，它们的显现与作品的文学观相没有关系。倘若人们将其看作文学的艺术品的一个层次，那就忽略了文学的艺术品的一般的艺术品的'解剖'(anatomical)特征和结构的作用了。"①

仔细研究一下，英加登在《文学的艺术作品》中对文学作品的层次划分，确实是四个层次，有书为证：

> "那么，哪些层次才是每部文学作品所必不可少的呢？它们就是——就像我要在下面所说的那样——下面的层次：
>
> 字音和建立在字音基础上的更高级的语音造体的层次。
>
> 不同等级的意义单元或整体的层次。
>
> 不同类型的图式的观相、观相的连续或系列观相的层次。
>
> 最后还有：
>
> 4、文学作品中再现客体和它们的命运的层次。"②

---

① 新浪网爱问栏目共享资料：[波兰]英加登：《文学的艺术作品》(选译)，张旭曙译。

② [波兰]英加登：《论文学作品》，第49页。

而韦勒克在《文学理论》中对英加登的文学作品分层结构的论述是:“波兰哲学家英格丹在其对文学作品明智的、专业性很强的分析中采用了胡塞尔的‘现象学’方法明确地区分了这些层面。”“第一个层面是声音的层面”,“第二个层面:即意义单元的组合层面”,“第三个层面,即要表现的事物,也就是小说家的‘世界’、人物、背景这样一个层面。英格丹还另外增加了两个层面。”这段话说得非常清楚。第一个层面、第二个层面、第三个层面,另外增加两个层面,当然是五个层面,而并不是英加登自己分的四个层面。在层面的数量上,韦勒克替英加登增加了一个。非常蹊跷的是,韦勒克对自己讲的“英加登另外还增加了的两个层面”展开了批评:“我们认为,这两个层面似乎不一定非要分出来。‘世界’的层面是从一个特定的观点看出来的,但这一所谓‘观点’的层面未必非要说明,可以暗含在‘世界’的层面中。”“最后,英格丹还提出了‘形而上性质’的层面(崇高的、悲剧性的、可怕的、神圣的),通过这一层面艺术可以引人深思。但这一层面也不是必不可少的,在某些文学作品中可以阙如。可见,他的两个层面都可以包括在‘世界’这一层面之中,包括在被表现的事物范畴内。”①

对照上面两段引文,确实韦勒克对英加登有严重的误读,甚至可以说是曲解。韦勒克描述的英加登的文学作品分层结构,由四层变为五层,平白无故增加一层。后两层的含义,按照韦勒克的解释应该是“观点”和“形而上性质”。这两个语言表述都是英加登的书里根本没有的,确实是“大谬不然”。值得注意的是,韦勒克在接受了英加登的批评之后,在《近代文学批评史》中更改了英加登文学作品分层理论的层次数量,从五个改为四个。但是《近代文学批评史》第七卷中译本迟至2009年才出版,1984年出版的韦勒克《文学理论》中译本在读者中印象已经相当深刻。在我的印象中,20世纪80年代以来中国大陆关于英加登文学作品分层理论发表了许多论文和著作,似乎都是依据韦勒克《文学理论》中的这种述说。“韦勒克化的英加登”实在害人不浅。

找到真实的英加登必须回到英加登的著作中去理解他的思想。英加登是一位现象学哲学家,他的关于美学和文学理论的论著都是一个现象学哲学家对审美活动和文学活动的研究。他研究文学作品的目的也是因为他认为文学作品就是他的老师胡塞尔讲的纯粹意向性

---

① [美]韦勒克、沃伦:《文学理论》,第158—159页。

客体。他写作《文学的艺术作品》的动因就是，“要对埃德蒙德·胡塞尔以如此不一般的精确程度，并且考虑到了许多非常重要和难以把握的情况，而建构起来的这种理论表示自己的看法，首先要说明的是意向性客体存在的方式。只有这样我们才能够明确，实在客体的结构和存在的方式同意向性客体在本质上不是一样的。为了说明这一点，我找到了一种毫无疑问是纯意向性的客体，有了它便可不受考察实在客体后所得出的看法的影响，来对这个纯意向性客体的本质结构和存在的方式进行深入的研究。正是在这个时候，我觉得文学作品特别适合于这种研究。”[①]在英加登看来，艺术作品总的来说都是意向性客体，但是有些艺术作品，如绘画等造型艺术，在画面的形构上要大量运用物质材料，具有某些实在性客体的因素，虽然“也是意向性客体”但不是纯粹意向性客体，而文学作品则是由词构成的语句，即由语言使用规则构成的话语组成一个客体，是纯粹意向性客体。语言是思维意识的活动工具，语言和意识在活动过程中往往是一体的。语言的使用规则本身就是人类群体意识活动的内在意向性驱使下的约定俗成产物，而在这种规则制约下作家的话语书写也是人的纯粹意识行为，“它们存在的根源和需要的来源是语言造体的意向性——例如一个语词或者一个语句的意义——它们是由想象的行动所创造的。”[②]词语的书写、传达和接受始终是在意识行为中进行的。当然文学作品的实际存在是需要一定的传播媒介，甚至是物质材料的。印在书籍篇页上的文字，它的承载物是油墨和纸张，但是油墨和纸张并不构成为文学作品的形式，只有词语的组合、句段才是文学作品的真正形式。语言构成的文本不是实体性客体，而是纯粹意向性客体。它是作家意识活动的产物，也只能在读者的阅读中，即另一种意识行为中产生意识的再造活动。

由此，在英加登看来，必须研究文学作品的存在方式的问题，必须确定文学作品是纯粹意向性客体的存在方式，必须采用胡塞尔的现象学的理论和方法才能确定文学作品是意向性客体。我认为这三个必须是我们阅读英加登著作应该具有的观念。不具备这三个必需的意识，就有可能对英加登误读。西方文论的作者历来有哲学家和文学理论家的区别。英加登的著作必须用现象学哲学方式读解。应该说，韦

① ［波兰］英加登：《论文学作品》，第 14 页。

② 同上书，第 144 页。

勒克在写作《近代文学批评史》第七卷之时，是接受了《文学理论》误读的某些教训的。而《文学理论》的误读就在于，韦勒克从西方分析哲学、逻辑实证主义，特别是美国新批评对语言和文学作品的关系上读解英加登的文学作品分层理论。新批评致力于确立文学文本在文学活动中的本体论地位，强调语言和语言运用自身的独立性，把作家和读者围绕文本的意识行为视为"情感谬误"、"阅读谬误"，当然也自成一家之言，不能说没有一些新意。而英加登的现象学方法，恰好是在承认作家与读者围绕文学作品必然产生意识的关联与对接这个理论前提上，对文学作品提出新的认识的。如果割断或者稍许忽视现象学关于语言文本与意识行为的联系，就根本不能理解和掌握英加登的文学作品分层理论。

本文就"韦勒克化的英加登"不是真实的英加登这个问题做了一点描述，其意在于说明我国对现象学美学文论的研究确实需要重新起步。而且对当代西方文论、世界文论的引进、评述和借鉴，应当摆脱片面依赖美国化理论的学术倾向，直接面对全球文学理论的真实事实，研究各种不同语种理论文本、不同理论流派的特殊理论贡献，书写中国化的西方文论、世界文论论著。

告别浪漫派：艾略特“非个性化诗学”的逻辑三层面

蒋洪新　张文初

一百年前，艾略特旗帜鲜明地指出：“诗歌不是感情的放纵，而是感情的脱离；诗歌不是个性的表现，而是个性的脱离。”[①]艾略特的“非个性化诗学”自诞生之日起就赢得了热烈的关注。百年来论述极多。重新考察这一在历史上产生了重大影响的观念，本文关注的是它针对浪漫主义诗学而展开的颠覆性的逻辑思考。在《传统与个人才能》、《批评的功能》、《哈姆雷特》等重要文献中，艾略特的思考包含了带有悖论性的下列三个逻辑层面：非主体的主体论、反作者创造的创作论；去批评家主观性评价的批评论。

一

艾略特的非个性化理论是针对传统浪漫主义的“诗人自我论”展开的。浪漫主义诗学从作家自我表现的角度解读文艺，把诗人自我看做诗艺的本源，把诗的重要性归结为诗人的重要性，把对诗的研究归结为对诗人的研究。柯勒律治说：“诗是什么？这无异于问：诗人是什么？回答了其中一个问题，另一个也就有答案了。因为诗的特点正是天才诗人的特点。”[②]艾略特挑战此种观念。“挑战”的第一个思路是：传统的第一位性对作家个人创作才能的超越。《传统与个人才能》以艺术传统和作家个人才能的不对等性展开对诗学的思考。艾略特认为，艺术传统大于个人才能，决定个人才能；传统可以超越作家个人；

---

① 艾略特：《艾略特文学论文集》，李赋宁译，南昌：百花洲文艺出版社，1994 年 9 月，第 11 页。

② 转引自艾布拉姆斯：《镜与灯 浪漫主义文论及批评传统》，郦稚牛、张照进、童庆生译，王宁校，北京：北京大学出版社，2004 年，第 138 页。

作家不可能超越传统；作家的个人才能任何时候都只是传统的某种特定形式的表达。艾略特的"传统超越论"主要从"个人接受传统"的角度展开，包含下列几个层面。其一，诗艺中通常被认为是属于作家个性的东西、在人们的感觉中与传统相对立的东西，其实正是传统的东西。"当我们称赞一位诗人时，""我们声称""找到了这个人独有的特点，找到了他的特殊本质"，可实际上，我们"会发现不仅他的作品中最好的部分，而且最具有个性的部分，很可能正是已故诗人们……最有力地表现了他们作品之所以不朽的部分"。[①]其二，对作家个性的评判依从于传统的视野，评价和个性本身受制于传统。诗人的重要性，人们对他的评价，"也就是对他和已故诗人和艺术家之间关系的评价。你不可能只就他本身来对他作出估价；你必须把他放在已故的人们当中来进行对照和比较"。[②]其三，诗人从事创作时，必须也必然会接受传统。"他必须知道欧洲的思想、他本国的思想——总有一天他会发现这个思想比他自己的个人思想要重要得多。"[③]艺术家的成长过程，是提升的过程，复杂化的过程，因为他会接受传统，把自己"交给某件更有价值的东西"。[④]

从思维方式上看，艾略特的"传统超越论"是非主体性的主体性思考。首先，它属于传统主体性诗学思考的范式。艾略特是从作家个人才能的角度来思考诗学的。从作家个人才能出发探讨诗学的思维方式正是浪漫主义所秉持的主体性诗学的方式。虽然主体性诗学不局限于仅仅探讨作家"才能"在创作中的作用，同时还会涉及作家心性的多种复杂构成，比如，情感、想象、无意识等等；但无疑，从文学与作家才能的相关性上思考文学确实是主体性诗学的一大内容。传统的浪漫主义特别强调作家才能和文学的关联。赞扬、甚至夸大作家才能在创作中的作用是浪漫派常有的现象。比如雪莱，就特别强调作家才能的神奇性："在创作时，人们的心灵宛若一团行将熄灭的炭火，像变化无常的风，煽起瞬间的火焰；这种势力是内发的，有如花朵的颜色随着花开花谢而逐渐褪落，逐渐变化，并且我们天赋的感觉能力也不能预

---

① 艾略特：《艾略特文学论文集》，第2页。

② 同上书，第3页。

③ 同上书，第4页。

④ 同上书，第5页。

测它的来去。”[①]艾略特反对雪莱式的说法,但在切入诗学的基本思维方式上,他与雪莱并无区别,雪莱式观念赞扬作家才能对文学的作用,艾略特则思考作家才能和文学的关联;区别的只是在对“作家才能”的理解和地位的评价上。艾略特的主体性视角同受他影响而形成的后来的“非主体性诗学”完全不同。英美的新批评是受艾略特诗学影响而形成的新的批评范式。英美新批评派不同于艾略特的一大特征就是完全撇开作家,只关注作品本身,只从作品本身出发去研究诗歌。英美新批评的主要诗学范畴如细读、张力、悖论、含混、反讽等等都属于“作品诗学”的范围,与艾略特的“主体性”思考迥然相异。与英美新批评相对应的欧洲大陆从莫斯科到布拉格到巴黎的形式主义诗学更是将文本、形式作为唯一关注的对象,与艾略特式的主体性思考相距更远。因为是从作家的角度探讨文学,艾略特的主体性诗学也同历史上的再现论诗学、同接受美学等倡导的读者论诗学完全不同。后者或是思考文学与外部世界的联系,或是探讨文学对读者接受活动的依赖。它们是“前后”艾略特时代的诗学思路。

相对于传统,艾略特否定作家个人才能在创作中的本体地位;但是,相对于诗歌,艾略特并不否定作家才能的重要性。艾略特没有说创作不需要作家的个人才能。他肯定有创作天才的存在;强调诗人与一般人不同;指出“成熟的诗人”和“未成熟的诗人”有别;欣赏多恩等玄学派诗人具有现代诗人不具备的才能;说“诗人的理解力愈高愈好”,[②]等等,这类论述都表明了艾略特对作家才能的重视。也正是因为有这种重视,艾略特才会保留从传统的浪漫主义发展而来的主体性诗学的思考方式,才会从作家和文学的相关性上思考诗学问题。

其次,艾略特的思考又是非主体性的。传统的主体性诗学除了选择从作家角度思考文学这一思路之外,还有一重要的规定,即认定作家的自我是诗艺的本源。自我在诗学世界中、甚至在人生世界中都具有本体性,是自本自根的东西。“我拥有身边的世界;它属于我,/ 我创造了这世界;因为它的存在只是为我,/ 和那洞察我心的上帝——”这是华兹华斯的诗,但表达的是一代浪漫诗哲、特别是从费希特以来的德国浪漫派的共同信念。艾略特断然否定此种观念。艾略特认为,任何形式的自我都不是诗艺的本源,情感不是,个人才能也不是。相

---

① 转引自艾布拉姆斯:《镜与灯 浪漫主义文论及批评传统》,第 234 页。

② 艾略特:《艾略特文学论文集》,第 24 页。

对于华兹华斯式的把自我理解成个人情感、进而认定诗歌来自于个人情感的观念，艾略特针锋相对，认为诗歌不是表现情感而是逃避情感。较之对情感的绝对否定，艾略特虽重视作家才能，但他同样认定作家个人才能不是自本自根的东西，不具有本体性品格，因而同样不是诗艺的根源。诗歌的根源是传统。传统超越作家个人才能，传统才是真正具有本体性的存在。艾略特有一挑战传统浪漫派、开启新批评思路的名言："诚实的批评和敏锐的鉴赏不是针对诗人，而是针对诗歌而做出来的"。[①] 艾略特在这里揭示的"诗歌"和"诗人"的对立，首先就是"传统"和"诗人"的对立；艾略特的"诗歌"即等于"传统"。对此，他有清晰的解释："我""把诗歌看成是以往所有被写下来的诗歌所组成的有机整体"。[②]作为"传统"的"以往""有机整体"的"诗歌"与浪漫派所言说的那种作为作家创作才能当下直接表现性的"诗歌"，在概念内涵上完全不同。

就传统对作家个人才能的"超越"、批评不针对"诗人"而针对"诗歌"等情形来看，艾略特在一定程度上赋予了"传统"和"作家才能"以对立性，但这种所谓"对立"仅仅是就二者"品格"而言的。就艾略特所理解的二者的实际存在来说，一点也不对立。艾略特正是从二者的同一性上展开论述的。两者的同一在于：作家的个人才能由传统构成。作家个人才能虽然在形式上具有个人性，虽然常用"个人"一词对之加以言说，但实际上它不属于个人，不来自个人。艾略特非个性化诗学的关键就是要否定个人性、自我性。所谓"诗歌不是个性的表现，而是个性的脱离"，"一个艺术家的进步意味着继续不断地自我牺牲、继续不断地个性消灭"，[③]即是对此关键的明确宣告。艾略特之所以特别否定"情感"，而不否定在浪漫主义那里同样可属于"自我表现论"的"才能"，原因也与他对个体性的否定有关：在他的观念中，情感具有强烈的个体性；"才能"则不同。

"传统"既在品格上"超越""作家才能"又在事实上与"作家才能""同一"，这在思维形式上同样是一种二重性。此二重性的构建源于艾略特对"传统"的特殊解读。艾略特的传统具有丰富内涵。"现在性"、"整体性"、"非继承性"是艾略特论述传统时涉及的三个重要观念。关

① 艾略特：《艾略特文学论文集》，第6页。

② 同上。

③ 同上书，第5页。

于三者的复杂内涵笔者当另文详论。此处只略作提示。艾略特说,传统包含历史意识,“这种历史意识包括一种感觉,既不仅感觉到过去的过去性,而且也感觉到它的现在性”。[①]依此论可知,艾略特从历史意识的角度肯定了传统具有“现在性”。艾略特说,“历史意识迫使一个人写作时不仅对他自己一代了若指掌,而且感觉到从荷马开始的全部欧洲文学,以及在这个范围中他自己国家的全部文学,构成一个同时存在的整体,组成一个同时存在的体系。”[②]所谓“同时存在的整体”指明了传统的整体性。与强调传统的“现在性”、“整体性”相一致,艾略特否定传统的可继承性。他明确地说:“传统并不能继承。”[③]

传统的现在性、整体性、不可继承性是从不同层面展开的传统的不可超越性。正是因为它“现在”在,“整体”在,“不可继承”,传统对于作家来说就“不可超越”。传统覆盖每一个作家,也包容了每一个作家。作家的个人才能仅仅是传统的个别化的表现形式。依据“传统”的“本位化”,艾略特以“内部颠覆”的方式,从主体论的思考方式出发,相当深刻地罢黜了浪漫派的主体性观念。

二

艾略特非个性化诗学对浪漫派自我论所展开的第二个层面的挑战来自于对艺术创作过程中创作活动本身“非自我性”的认定。艾略特说,“诗学关注的应该是诗歌,而不是诗人”这一理论除了说明“作为传统的”“诗歌”和“诗人”的区别外,还包含另一层意思,即“一首诗与其作者的关系”。诗与作者有何关系?历史上的回答很明确:诗是作者创作活动的产物;作家的创作活动是自觉的、自我表现的、个体性的、创造性的活动。

艾略特的观念与此相异。其论述可分别从“不”和“是”两大层面理解。“不”有两层。其一,创作“不”是个体性的活动。艾略特说:“诗人有的并不是有待表现的‘个性’”,[④]“成熟了的诗人和未成熟的诗人”“各自头脑的区别”不是在于“对个性做出的任何评价,不是由于这一

---

① 艾略特:《艾略特文学论文集》,第2页。

② 同上。

③ 同上。

④ 同上书,第9页。

个头脑较那一个必然更有趣,或有‘更多的话要说’”。[①]其二,创作“不”是情感的表现。艾略特说:“诗人在任何程度上的卓越和或有趣,并不在于他个人的感情,不在于那些被他生活中某些特殊事件所唤起的感情。”[②]针对华兹华斯“诗来源于在平静中回忆的情感”的经典论述,艾略特明确指出,华氏所说“是一个不准确的公式”,“诗歌既不是感情,又不是回忆,更不是平静”。[③] “是”包含三层。其一,创作“是”经验。“一件艺术品在欣赏这件艺术品的人身上所起的作用是一种经验,这种经验在性质上不同于任何非艺术的经验。”[④]其二,诗人只“是”媒介。“诗人有的并不是有待表现的‘个性’,而是一种特殊的媒介,这个媒介只是一种媒介而已”。[⑤]艾略特用了一个别致的例子来说明诗人的媒介作用:化学家把一根白金丝放入一个含有氧气和二氧化硫的箱内,氧气和二氧化硫产生化学反应,生成硫酸。虽然生成的硫酸中不含有白金丝的成分,但白金丝是导致硫酸生成的媒介。艾略特认为创作就是类似的过程。诗人就是白金丝,是使进入创作中的所有印象和经验发生化学反应的媒介。其三,诗人的媒介性作用主要“是”化合。艾略特说,“诗歌是一种集中”,“诗歌把一大群经验集中起来”,“集中”就是“经验”“在某一种气氛中化合在一起”。[⑥]

艾略特的“不”和“是”谈的都是诗人创作的情形,都是对创作活动的分析。文学就其自身的构成过程来说,有三种形态:创作、作品、接受。这三种形态分别形成三种理论:创作论、作品论、接受论。不同的诗学关注不同的形态,形成不同的理论建构。艾略特对创作活动的分析属于创作论。

浪漫派重视创作论。华兹华斯说诗从回忆的情感出发,产生出巨大的快乐;柯勒律治说文学是有机想象的活动;济慈说诗要直面生活中的怀疑、困惑、不确定;雪莱说诗人“捉住那些飘入人生阴影中一瞬即逝的幻象,用文字或者用形相把它们装饰起来”[⑦];德·昆西说作家的“内心之思必须穿过一个多棱镜,使原先连它自己也觉得是昏暗模

① 艾略特:《艾略特文学论文集》,第6页。

② 同上书,第10页。

③ 同上。

④ 同上书,第7页。

⑤ 同上书,第9页。

⑥ 同上书,第11页。

⑦ 转引自艾布拉姆斯:《镜与灯 浪漫主义文论及批评传统》,第156页。

糊的相互混杂的思想显示出各自特有的成分”[①]。所有这些著名的论述,都是在谈创作,都是从创作角度展开的思考,都属于创作论的范围。艾略特的经验论、媒介论、化合论与传统浪漫派的创作论就其思考角度来说是一致的。

浪漫派的创作论从高扬作家主体性出发强调诗艺是作家的创造。英国浪漫主义批评家利·亨特说:“诗人又叫创造者,因为他们以神奇的语词把丰富的意象、造物的美,尽然呈现在我们眼前。”[②]。德国浪漫派对此的阐释尤多。施莱格尔说:诗艺“也像自然一样是自动创造的,既是被组织的也具有组织力的,它必须形成活的作品,这作品首先必须发动起来,但不是像钟摆一样靠外在机械装制来发动,而应像太阳系一样,靠一种内在力量来启动。”[③]歌德的下列观点同样是属于浪漫派的观念:“艺术的这些高级作品,有如自然的最高级造物一样,是人根据真实的自然的规律创造的”;[④]艺术家“在作品中创造的不仅是廉价而肤浅的有效东西,而且应与自然相匹敌地创造出某种在精神上是有机的东西”。[⑤]。

与浪漫派的观念相反,艾略特出于其颠覆作家主体性的立场,不承认创作是作家的创造性活动。经验论、媒介论、化合论以其内在逻辑的构成共同否定了创作过程中“作家”可能具有的创造性。经验,即具体的活动经验和体验。“经验论”把创作看做“经验”,看做具体的时间性的动态性的过程,意味着取消作家以个体形式在创作过程中的进入。“创造”是从“无”到“有”的过程。创造的前提是非动态性非过程性的原在的创造“者”的存在。首先有一个创造者,然后才有所谓创造活动。传统浪漫派把诗人理解成天才、情感个体、意志个体,认为诗艺是这一个体的活动,是诗人作为个体展示自身的过程。浪漫派的这种诗人“个体”是非动态的非过程的原在的存在者。浪漫派的“创造论”从这一原在创作者的设定出发。经验论不承认创作是诗人以非动态的非过程的原在个体形式在创作过程中的进入和自我展示,只把创作看做是动态性的经验过程,这就从根本上取消了诗人在创作过程中发

---

① 转引自艾布拉姆斯:《镜与灯 浪漫主义文论及批评传统》,第170页。

② 同上书,第393页。

③ 同上书,第257页。

④ 同上书,第250页。

⑤ 同上。

挥创造作用的可能性。艾略特的经验论还强调经验主要不是进入创作之前的人生经验，而是创作过程中的当下性的创作经验本身。艾略特对经验当下性的强调可与里尔克对于经验的重视相互比较。里尔克也以经验论来颠覆浪漫派的情感论，但里尔克的经验就是非当下的、创作之前的人生经历、体验。[①]艾略特也有关于“经验对象化”的理解。经验可以成为诗歌表现的对象。依对象化范式，经验无疑可以是创作活动展开前的生活经验。但艾略特强调，创作需要的经验和生活需要的经验有重大不同。“对诗人本身来说……是一些重要的印象和经验，但它们却在他的诗歌中可能没有占任何地位，而那些在他的诗歌中变得重要的印象和经验却可能在诗人本人身上，在他的个性上，只起了一个完全无足轻重的作用。”[②]艾略特的此种观念的丰富内涵和历史合理性可与历史上的“艺术超越论”（如象征主义和王尔德等人的唯美主义）联系起来加以理解。“媒介论”不仅否定诗人以存在者方式进入创作的可能，而且定义了诗人在创作中的作用的非主体性。事物的变化需要一定的媒介。但媒介只是促使事物发生变化的辅助因素，不是变化的主体。变化的主体是发生变化的事物本身。按照艾略特的观念，诗人在创作过程中既然只是媒介，就根本不是创作活动的主体。连活动的主体都不是，也就根本谈不上所谓自身具有创造性了。“化合论”进一步定义了媒介的作用，补充了媒介论的语意内涵，也强化了对诗人创造性的排斥。就功能来说，“化合”仅仅是相对于“分散”而言，与“集中”同义。强调化合而不谈“分散”显示了艾略特诗学具有深层历史感的某种特殊性：重文化整合。关于这一特殊性可联系艾略特全部创作和思想另作更深层次的探索。此处要注意的只是：传统浪漫派所言说的“创造”虽然也强调“集中”，但浪漫派的“创造”中同样也有“分散”，也重视“分散”，这同艾略特的“化合”不同。更重要的是，浪漫派的集中是“诗人”作为“施动者”的集中。“集中”是诗人的作用，诗人的主导性活动。而艾略特的“集中”是媒介的辅助性作用，是创作过程中外在因素的作用。

因为关键是要否定诗人以非动态的原在个体形式在创作过程中的进入和展示，而并不否定创作过程中任何与原在个体无关的新生的现象，所以艾略特虽然否定情感表现论，但并不绝对否定诗艺和情感

① 参见里尔克：《给青年诗人的信》，冯至译，上海：上海译文出版社，2011年，第82页。

② 艾略特：《艾略特文学论文集》，第9页。

的关联。艾略特说:"……诗歌是有意义的感情的表现,这种感情只活在诗里,而不存在于诗人的经历中。"[①]此种论述等于说:诗歌不表达作者个人的情感,而是去"生成"只能存在于诗中的情感;创作就是非个人的情感的生成。此论的关键是"作者个人情感"和"诗中情感"的区别。浪漫主义的诗论强调两者的绝对同一,浪漫派所弘扬的真诚(sincerity)指的就是两者同一的不可消减性。艾布拉姆斯说:浪漫主义的特点之一是"力图表现那些可从诗人的书信和日记中得到证实的经历和心境"[②]。正是针对浪漫主义的这种倾向,艾略特说:"艺术的感情是非个人的。"[③]"作者情感"和"诗中情感"的同一有两个方面。第一,表现在时间上的连续性。诗人带着原在的情感体验进入到创作之中,把原在的情感用艺术语言表现出来。在此意义上的诗中情感即是原在情感。第二,表现在品质上的同一。诗中情感保留作者情感的个人性。浪漫派强调两个同一。艾略特所说的非个人性则反对两个同一。艾略特关于诗中情感和作者情感的区分在后来苏珊·朗格等人的观念中有了更为明确、更具实质性的发展。朗格认为,诗中表现的是人类的情感,不是个人情感。不过,以"个人"和"人类"的不同来定义诗中情感和作家生活情感的区别,这可以说既是对艾略特观点的继承和发展,也可以说是对于艾略特观点的背离。从艾略特后来明确形成的基督教信念来看,应该说他不赞成用人类和个人的不同来定义诗中情感和生活情感的差异。关于两者的不同,艾略特还有一简练的揭示:诗人"个人情感可能很简单、粗糙、或者乏味。他诗歌中的感情却会是一个非常复杂的东西,但是它的复杂性并不是那些在生活中具有非常复杂或异常的感情的人们所具有的感情复杂性。"[④]这里,定义"区别"的只是一个简单的词语:"复杂"。此种词语在分析哲学家那里完全可以看做是没有实质性内容的现象描述。但结合艾略特一生思想的形成和发展来看,可以认为这种描述性词语中蕴含了某种实质性的内容:"复杂"指向的实际上是超人类的、超人文的、与神学教义不无关联的神秘性体验。

认同"化合",承认诗中有特殊的诗的情感的"生成",这意味着从

---

① 艾略特:《艾略特文学论文集》,第 11 页。

② 艾布拉姆斯:《镜与灯 浪漫主义文论及批评传统》,第 111 页。

③ 艾略特:《艾略特文学论文集》,第 11 页。

④ 同上书,第 10 页。

某个层面上看，艾略特也认同了诗的创造性。不过，这种创造是作为活动形态的当下创作经验的创造，不是作为非动态的原在诗人个体的创造。这也就是说艾略特把“创造者”设定成了非人格性的“当下创作经验”，而剥夺了浪漫派眼中的“原在个体诗人”作为“创造者”的身份。从创作论的层面出发，否定非动态的原在诗人的创造性：这构成了艾略特非个性化诗学颠覆浪漫派诗学的又一逻辑层面。

三

艾略特对浪漫派自我论发出的第三个层面的挑战是对批评的非主观性的认定。在 1923 年写的《批评的功能》中，艾略特重申了他 6 年前在《传统和个人才能》中所阐释的观点：艺术是整体性的，以体系的方式存在。“只有和体系发生了关系，文学艺术的单个作品，艺术家个人的作品，才有了它们的意义。”[①]艾略特对批评的非个人性的认定隶属于这一观念。在他的思想中，批评如同创作，目的也在于构建整体性的关联，在于通过具体的分析、比较，将个别性的作品、作家创作同整体性的文学传统、文学体系连接起来。整体性的文学传统落实在具体的批评中，有两个既相互统一而作为理论术语又有所区别的方面，一个是“事实”，另一个是“真理”。艾略特坚持批评必须服从事实。“批评家必须具有非常高度发达的事实感。”[②]艾略特认为，“事实感是一件需要很长时间才能培养起来的东西。它的完美发展或许意味着文明的最高点。”[③]艾略特强调事实的丰富性、广博性。他认为事实是不可穷尽的。“我们已掌握的最外面的事实领域、知识领域，以及我们所能控制的最外面的领域，将被更外面的领域用令人陶醉的幻想包围起来。”[④]艾略特在《批评的功能》中对于“真理”的讨论非常简略，但其在艾略特思想中的重要性完全可以从下面一句论述中看出来：“对于我们所承认的那些批评工作来说，存在着协作活动的可能性，同时还有另外一个可能性，即达到存在于我们身外的某件东西，这件东西可

① 艾略特：《艾略特文学论文集》，第 65 页。

② 同上书，第 74 页。

③ 同上。

④ 同上。

以暂时被叫做真理。"[①]体系、传统、整体性、事实,真理,如同这里所说明的一样,都是"身外的"东西。批评以追求传统、系统、事实、真理为目的,也就意味着批评要以走出"自身"为目的。首先,批评要走出批评家自身。其次,批评要走出作品和作家自身。其三,批评要走出批评自身。

如同历史上的大多数批评理论一样,艾略特的上述批评观念涉及两大层面,第一是对作品所属本源的认定,第二是对与创作、欣赏有别的批评活动自身的本性的确定。对作品所属本源的认定即是"指明诗歌的本源是什么"。为论述方便,我们可以把此一层面的批评称作"元批评"。"元批评"不只是对与创作欣赏有别的狭义的批评自身性质的认定,而是对全部文学现象的整体把握;也就是说,"元批评"即是"诗学"。"对与创作、欣赏有别的批评自身的本性确定"不同于"对作品所属本源的认定",不同于"元批评",可以将它命名为"次级批评"。"次级批评"承认诗艺就其基本现象或谓表层性现象而言,可以区分为创作、欣赏、批评三大活动。"次级批评"抛开创作和欣赏,不涉及文学在整体上源于何处的"元关注",只对批评家和一般读者所进行的批评活动给予性质上的解读。

艾略特的"元批评"直接来自颠覆浪漫主义诗学的理论冲动。前面关于"非主体的主体论"、"反作者创造的创作论"的分析已经表明了这一点:在艾略特眼中,诗歌的本源是传统,不是历史上的再现论所说的自然与社会,更不是浪漫主义诗学所说的作者自我。接下来要论述的只是艾略特的"次级批评观念"。

艾略特的"次级批评"集中攻击的是主观主义、印象主义的批评。主观主义印象主义批评的特点是要求从批评家个人的主观感受出发对作品进行分析和评价。在艾略特之前,很多著名的诗人作家批评家都持主观主义印象主义的批评观念,都坚持批评的主观评价性。波特莱尔说:"中肯的批评,也就是说值得有的批评,应当是有所偏袒、富于热情、含着政治性的,也就是说,是从一个独有的观点写出来的,而这观点又必然是能够打开极为广阔的视野的。"[②]王尔德通过笔下人物的口把批评定义为批评家个人的自我表达:"最高的批评,是个人印象最

---

① 艾略特:《艾略特文学论文集》,第 77 页。

② 艾蒂默·艾德勒,查尔斯·范多伦编:《西方思想宝库》,《西方思想宝库》编委会译编,长春:吉林人民出版社,1988 年,第 1303 页。

纯洁的形式，它的表达方式比创作更富于创造性。”“最高的评论的真正本色，是其人自己的灵魂的记录。……具有高雅审美观点和鉴赏力的评论家宁愿透过明镜或轻盈的面纱来观察，……他的唯一目的就是论述自己的印象。”[①]法国文学家法郎士“批评是敏感心魂在杰作中的历险”的名言在艾略特生活的时代已成了主观主义印象主义批评的经典表述。

艾略特的观点针锋相对。他强调批评应该注重事实和真理，指出“批评应该走出自身”，都是在批判主观主义和印象主义的批评，都是在颠覆批评的主观性。在谈到“批评要走出批评家自身”时，艾略特强调：“批评家如果想要证明自己的存在理由，就应该努力惩戒个人的偏见和怪癖。”[②]他把表达个人特征的批评称之为奉行他贬称的“辉格党原则”的批评。他甚至将歌德、柯勒律治都斥之为“有罪的人”，因为在他看来，他们对哈姆雷特的批评都过于主观化。在谈到“批评也要走出批评自身”时，艾略特断言“认为批评是一种以自身为目的的活动的看法”是一种“荒谬的设想”。[③]他认定“艺术可以肯定地说是为它本身以外的目的服务的。”[④]艾略特在次级批评层面上对主观主义和印象主义批评的拒绝无疑是由他的“元批评观念”决定的。因为在他看来，文学的本源是传统、体系、事实和真理，因此批评就应该去掉批评家的主观性，就应该去发现“我们已掌握的最外面的事实领域、知识领域”，去把捉“我们所能控制的最外面的领域，将被更外面的领域用令人陶醉的幻想包围起来”[⑤]的情形。

艾略特的次级批评观念虽然不是在直接批判浪漫主义诗学，但其实质上同样有颠覆浪漫诗学的作用。主观主义和印象主义的次级批评最初也是由浪漫主义者发起的。著名的浪漫主义批评家赫兹利特就说：批评“应该从感受出发，不应该从理智出发；从感受出发就是从事物在心灵上所产生的印象出发”；“尽管感受也许是你不能详细分析

---

① 艾蒂默·艾德勒，查尔斯·范多伦编：《西方思想宝库》，《西方思想宝库》编委会译编，长春：吉林人民出版社，1988年，第1306页。

② 艾略特：《艾略特文学论文集》，第66页。

③ 同上。

④ 同上。

⑤ 同上书，第74页。

和解释的东西”,[①](A Glossary 62)你也不能不以之为基础。虽然要承认浪漫主义的批评主要是“元批评”,即主要是对于诗歌本源的解读,而且主要是从创作角度对诗歌本源的研究,真正的“次级批评”并不为浪漫派所特别重视,但重要的是浪漫主义的元批评正是导致后来的主观主义印象主义的次级批评出现的根源。批评家主观性评价的重要性来源于浪漫主义的主体性观念:行动是行动主体的创造性活动,行动的本源是创造性的行动者本人。创作是作家主体性的表现,同样的原理是:批评也是批评家的个人主观表现。因此,尽管后世的波特莱尔、王尔德等人通常不被看做浪漫主义诗人,但他们所奉行的主观评价性的次级批评观却可以同样认为是源于浪漫主义的诗学观,就广义的对浪漫精神的理解而言,他们也属于浪漫派。而艾略特批判它们的缘由也可以说是基于类似的同一性:创作和诗歌的本源是传统,批评则同样应该是对于传统的解读,而不应该是表达批评家个人的主观感受。在逻辑上,艾略特与浪漫派的区别只在于:浪漫派元批评对主观次级批评的内在支配落实在主体性上,而艾略特的元批评和次级批评的同一则落实在文学传统上。从传统出发,艾略特在创作论上颠覆了浪漫主义所倡导的作家的创作主体性;也同样是从传统出发,艾略特在批评论上颠覆了由浪漫主义诗学原则所支撑的批评家批评活动的个人主观性。

① M. H. Abrams, *A Glossary of Literary Terms*, Foreign Language Teaching and Research Press, 2010, p. 62.

理论的记忆

“抓住机遇,发展自己”
——在外文所理论室三十周年座谈会上的讲话

吴元迈

理论的成立是有一定历史前提的,不知道冯至先生在其他的论述当中是如何谈论理论研究的重要的,但我可以简单回忆一下外文所成立理论研究室的缘起和过程。

1966年的一天,在参加中宣部一次会议的途中,时任外文所所长的冯至先生对我说:“你是做理论的,要好好写些东西。”他的这句话有一定话语背景的,当时对“二月提纲”的理论论争非常多,而这次会议,也正是要传达林彪委托江青的“纪要”精神,而整个纪要正是要摧毁文论的。在这种时候,冯至先生和我强调理论建设的重要性,令我始终铭记在心。

到了打倒四人帮、拨乱反正以后,冯至重新就任外文所所长,加上当时的党总支书记吴介民,这两位同志考虑可以开始筹备文艺理论研究室。当时我正担任苏联文学室的副主任,冯至先生便希望由我来出任新组建的理论室主任,在当时的苏联文学室主任张羽的鼓励下,我承担了这一任务,带领刚刚硕士毕业的吴岳添和王齐建组成了三个人的理论室。不久,又加入了杨仲德和张孟恢两位年长的学者。

理论室建立的初衷,是建设从事中外文论研究的研究室,因此便从北大、人大分别引入了蒋卫杰、冯季庆等毕业生。外文所内的郭宏安、叶廷芳、章国峰等学者也先后加入。随着时间的推移,理论室的队伍不断地壮大。就个人来讲,我在理论室的十年,可以说与几位同仁结下了莫逆于心的深厚友谊,而世界上最宝贵的事物也莫过于此。

冯至先生曾提出,必须重视研究生的培养。于是我们就与研究生院沟通,为文艺理论研究室设立了硕士点,招收了吴晓都、金慧敏等五位硕士研究生,现在他们都做出了很大的贡献。当时因为种种原因,带五个研究生还是感到有些力不从心,我们就专门请文学所的老前辈蔡仪先生开班授课，宣讲文艺理论，甚至连开学典礼都是在蔡仪先生的家中举行的。五个研究生也是与文学所理论室钱中文等人合作培养的，因此外文所的理论室一直是与文学所理论室亲密联系的。

回首我在理论室的十年，还是做了不少工作，比如与吴岳添等同志一起编了一套文艺理论的研究资料，着重发展了马列文论研究在理论室建设当中的作用，也写了一些文章。但与理论室在启超主持下这几年的发展相比，还是小巫见大巫了，毕竟“一代人只做一代人的事”，现在是远远超过我们的。当然了，一个研究室如果不能做到青出于蓝，也不可能有真正的创新和发展。所以今天的会真的是历史性的。理论室历史上第一次这么多同仁聚在一起。既是继往开来的会议，又是一次朋友的聚会。

所以在这里，我也向理论室在职的各位同仁提出一个殷切的期望，或者说愿景，那就是“把握机遇，发展自己”，做清醒、坚定、有作为的文艺理论研究者。在我看来，如果说三十年前是中国开眼看世界，如今则可以说是世界看中国。百余年前的世纪之交，西方思想界各种思潮风起云涌，然而这个世纪之交，却几乎没有新的思潮、学派或代表性思想家再出现，就连世界文坛也是群龙无首。另一方面，现在学术研究的外部条件不断改善，无论是国家还是社科院，对研究的资助均在不断提高。在这种时候，我们除了不要盲目乐观，妄称“黄金时代”之外，最应当做到的，就是抓住这双重的机遇，停下“前仆后继”、苦苦追赶他人的脚步，静下心来反思自己、规划将来、构建美好的未来。

现在我们总是更多的谈文化的相异性、多样性，却越来越少讲共通性，在我看来，如果只讲相异会失去意义。所以作为理论工作者，我们要有自己独立的判断和见解，既不要一味追求相异性而导致意义的丧失，也不要重复、抄袭他人。

最后，我在这里也咱们理论室能够以这次继往开来的历史性会议为新的起点，再度出发。

（发言根据录音整理　未经本人审读）

整理人：王　涛

“坚持理想，关照现实”
——在外文所理论室三十周年座谈会上的讲话

章国峰

我是1984年进入理论室工作的，也是除吴元迈、王齐建、吴岳添、张孟恢、杨仲德五名最初成员之外最早加入的人。

说起我如何走上理论研究道路的，还要回溯到1979年，那时我研究生还未毕业，便随冯至、汝信、吴宝山等老同志组成的第一批赴西德访问团到德国访问，担任代表团的翻译。因为那时文化大革命刚刚结束不久，我们在拨乱反正之后刚刚进入一个新的决定性阶段。隔绝太久，我们对国外一切都感到陌生和新鲜。当时翻译的任务非常重，涉及领域很多，十几篇稿子翻译成德文，结果到了德国根本用不上。记得那次访问德方非常重视，我们代表团先后见到了哈贝马斯、伽达默尔、姚斯等大理论家，感觉落后别人几十年，触动很大。不过也搜集到了很多资料。当时冯至先生就对我说，如果不经过十几、二十几年的努力是很难赶上的，所以要痛下苦功进行研究。在代表团总结会上，我们深感文学理论研究方面的落后，首先的问题便是需要介绍西方的文学理论。我在整理了搜集来的资料，也受到了很大的、新的启发，所以便主动提出要去理论室，很快就获得批准。

当时国内普遍出现了译介国外新理论、新思潮的活动，可以说一种时代的迫切需要，如果没有当时的译介，也不会有现在的繁荣局面。虽然当时也不乏“食洋不化”、“照搬西方”一类的批评意见，但我觉得这也是一种必然经历的过程。

我的研究首先由接受美学的译介入手，在国内产生了一定的影响后，我对文学理论研究的兴趣更是不断增加，开始不断扩展自己的研究范围。到了90年代，理论室得到叶廷芳、郭宏安等同志的陆续加盟，又从北大、人大和本所培养的研究生中引进了不少人才，一度成为外文所规模最大、气氛最为活跃、人际关系最为融洽的研究室。

文艺理论研究如今处在一种什么样的状况，这是一个很现实、很值得思考的问题。

从上世纪60年代开始，文学本身就经历了一场危机，之前总提终结，而从那个时候起真的开始面临了一种"衰落"。以诺贝尔文学奖为例，50年代前得主都是非常有影响力的大师，60年代以后越来越不像样，最近几年得主的作品也是读来索然无味。读者面不断缩小，评选很勉强。说明世界文坛以及中国文坛的衰微，再也没有与当年的大师可以媲美的大家。出现的是畅销作家。文学本身已不是原来的文学，和娱乐、消费、消遣的关系愈发紧密，而与审美、反思渐行渐远。

相应的，现在的理论研究范围也越来越缩小到小圈子里，在"娱乐至上"的时代里，愈发显得与现实脱节，路子越来越窄。理论研究想要发展繁荣下去，一方面要坚持自己的理想，另一方面也要继续关照现实。

我认为，未来文学理论研究新的研究方向或研究的可能包括如下几点：

(1) 文艺与媒体之间的关系。这种研究应当不仅仅是停留在思想和审美的层面。很多时候，这种研究忽视了文学的物质性、物质层面，比如绘画的变化和物质性媒体(画布、颜料、光色形的感受等)。文学的形式最早是口头，后来则是图像和文字，到了现在的传媒时代，文字的方式继续延续，但其存在方式已经逐渐被电脑、图像排挤了，所以对媒体的研究也就越来越显得重要了。

(2) 文学与消费关系的问题。原来的文学是与读者的关系，现在的文学则是与消费者的关系。尽管这个时代不再产生伟大的作品，但却产生着妇孺皆知的消遣文学，比如哈利·波特系列。

(3) 不再局限在文学的边界之内，更多提倡跨文化、跨学科的研究。这种"跨"不只是空间的跨，比如中国的、国外的跨，也包括学科之间的跨，不能再局限于纯文学之内，认为纯文学之外的研究是"不务正业"，那是没有出路的。何况这种"跨"看似容易，其实还是要不断加强各方面的知识，打好基础；真正地深入进去，也绝非看起来那样简单。

理论室能够发展到今天，确实是经历了一个既艰难又美好的历程，希望在职的各位同仁，能够继承老吴开创的传统，也期待理论室发展得越来越好，真正适应时代的需要，产生更多、更好的创作和研究。

（发言根据录音整理 未经本人审读）

整理人：王 涛

“创造艺术,学会‘逃离’”

——在外文所理论室三十周年座谈会上的讲话

叶廷芳

可以说,正是在理论室工作期间,我真正确定了主要的研究方向。1983年,我从《世界文学》编辑部调至理论室,1994年调至中北欧室,直至1994年离开。在这期间,我首先开始重点进行的是卡夫卡和迪伦马特的研究。在当时我的研究很快引起社会上的良好反响,对我既是好事也是坏事,因为有太多出版社、学术杂志约稿和会议邀请,让我多少有些穷于应付。

当时,我在对现代派问题进行研究的过程中,遭遇了文学现象与文学理论到底应当以谁为主的问题。通过反复的思考,我有了自己的的顿悟:文学创作是第一性的,理论则是第二性的——每当一个时代面临美学转型时,都是创作者不拘泥于理论的固有训导,而是径直自行。

很多成功的文学家往往都是从文学外走进文学的,比如我在研究德国文学过程中,就发现了这样两个作家,一个是19世纪表现主义的开山鼻祖毕希纳,另一个就是卡夫卡,两人开始时都是非文学的,都无法用理论去衡量。所以可以说,真正的文学是根据时代的发展不断重新定义的,并不存在所谓永恒的艺术法则。

卢卡奇和布莱希特在30年代时,曾就表现主义进行过争论。卢卡奇以19世纪批判现实主义为典范,但这种以19世纪文学来衡量20世纪文学的方式,却被布莱希特质疑,并且提出,现实主义必须根据时代的发展来重新定义。古典主义的时代也是如此,将文艺复兴时期的艺术法则设置为永恒法则,后来被证明是想不通的,才会被浪漫主义所取代。

在研究过程当中,我还提出了“泛表现主义”的概念,从“想象”入手,辨析了“泛表现主义”和“浪漫主义”的区别。

由于研究迪伦马特，很多戏剧研究者也常常邀我参加学术讨论，我曾经撰写文章针对所谓的“人艺风格”提出了否定意见。我认为如果对艺术创作的风格加以定义、限定后，会束缚其发展，使其刻板化。艺术必须要随时更新，才能保持生命的活力，而不能固定在某种模式上，那样只会使其枯萎。流派可以学习，但绝不能复制、模仿。所以，真正的创造性艺术要学会“逃离”，到一定时候就要转移阵地。我曾经写过一篇文章叫《艺术家与匠人》，其大意就是提出模仿或重复是匠人的习性，而创造才是艺术家的特性。以此而观，可以说现在中国的艺术80％都是重复之作。

另外，关于后现代主义兴起之后对大众文化的思考，我认为不能从知识精英的角度一概否定。对此我也曾撰写过《平民美学的崛起》这样一篇文章，文中我们也曾倡导过平民文化，老百姓的文化；但那种平民文化是自上而下的，缺乏互动。而现在的大众文化则可以说是文化自觉的觉醒。

在理论室工作期间，我也开始了对西方现代文学思想进行梳理的工作，几十年来也一直在完善、思考。主要包括哲学与文学的联姻、审美视角的内向转移、想象向神话回归、风格走向多元、表现手段的多元化等五个问题。

当然，我刚才说的这些研究可能对于理论建设而言并没有太多价值，只是在这里和大家分享、回顾一下自己的学术历程。

（发言根据录音整理 未经本人审读）

整理人：王　涛

“心有定力，有所守成”

——在外文所理论室三十周年座谈会上的讲话

郭宏安

我是在1991年前后加入的理论室，这时老吴（吴元迈）已经打下了很好的基础，所以在我任主任期间，主要就是“汉承秦制”、萧规曹随，可以说并无多少创新，施行的是“无为而治”的方针。

我在理论室最大的一个感受，或者说理论室最大的特点是兼容并包，每个人都能自由地从事研究。无论是纯理论研究也好，文学作品与理论互释的批评式研究也好，都能得到保护和鼓励。我个人对纯理论研究并不那么热衷，更多感兴趣的是批评研究。当然，理论正是批评的基础，如果没有了理论的关照，也无从做好批评。也许正因为深知这一道理，理论室的这种包容性才一直被后来的吴岳添、周启超所继承发扬着。

正如众位所知，我们理论室曾经有一段时间是与比较室并立的，但后来汝信提出，社科院不能有两个比较室，于是1997年理论室便和比较室进行了合并。到现在，很多理论室的研究者也还是把“比较”当做一种研究的视角。

在我们外国文学研究的建设方面，受到人力、物质条件的限制，一个研究所不可能把外国文学所有的基础性研究都做好。几百年的时间理论、创作、思想层出不穷，单凭一个理论室也无法全部兼顾。我原先在科研处任职时曾有过这样的设想，想把所有西方的大的理论家、批评家都做出一本专著来，但后来限于人力，没能做成。在理论室期间，也曾设想把主要的批评流派、思潮都分门别类的著有一部专著，但限于当时研究室只有七八个人的现实，即便是只做20世纪的理论研究，也根本无力承担巨大的工作量。不过后来我自己还是完成了《从阅读到批评——日内瓦学派》的专著，也算是留下了一些成果。我认为理论室今后还是应当陆续的将这方面的工作或多或少的做下去，有一个基础性的积累,一代完成不了可以下一代完成。

在我看来,我们国家的理论研究建设存在的最大漏洞,不是不够全面,而是译介之后并没有留下太多痕迹,所以后续研究也要跟上。

理论室的另一个特点便是"心有定力,有所守成"。我们理论室的学者很少盲目跟风社会,一般都能够耐得住寂寞,其实在任何时代,都只有这样才能有所成就。要有所为有所不为,运用比较的眼光,不是仅局限在文学的范围之内。西方的大批评家,一般都是哲学、文学、艺术、社会学等等打通的,每个人的领域都非常宽。我们理论室在这方面做得不错,应当坚持下去。当然也不排斥专做理论,毕竟一个人的精力和能力都是有限的,每位学者的学术兴趣也绝不会是一致的,绝不能将自己的治学思想强加给别人。

(发言根据录音整理　未经本人审读)

整理人:王　涛

“学术研究，慢就是快”

——在外文所理论室三十周年座谈会上的讲话

吴岳添

作为建室时的最初成员，我是硕士研究生刚一毕业，便被分配到了理论室。回想建室之初，只有三名成员，办公条件简陋，研究资料短缺。面对这种情形，当时的我真的可以说是一筹莫展。

当时正是吴元迈先生的一句鼓励的话，重新唤起了我的信心。那就是，“学术研究，研究室发展，慢就是快”。可以说也正是凭借这份在清贫中坚守理想的执着，我们的理论室不但坚强地维系下来，而且更在之后的岁月里不断壮大、厚积薄发，获得了长足的发展，不断贡献出优秀的研究成果。

想到刚刚开始工作时所内的那些老一辈学者，他们无论是在治学，还是在为人方面，确实都值得我们这些后辈去学习，在这里也希望他们能够一直保持身体健康。对他们中的很多人，我真的是一直心存感激的。比如陈燊先生，真的是从内心信仰马克思主义的学者。我作为研究法国的学者，直到1985年都没有真正去过法国，后来院里推荐我去，但是需要3000法郎的费用。当时的我真的是无法支付，便起了放弃的念头。这时候陈燊先生听说了之后，为了照顾我的感受，便提出用预支稿费的方式，来支持我去法国访问。回国后，我的译著《论无边的现实主义》因特殊情况未能发表，当时的科研局情况还是支持出版的，陈燊先生这时又再次出手相助，写序介绍该书，以支持出版。这本书后来也成为国内社会学批评的根源，并且多次再版。当然，当年对我的这些支持，陈先生自己已经忘记了，而这恰恰说明他当时的帮助真的是无私的、全无功利性的。他的这种关爱和提携，对于我来说却是终身难忘。

虽然离开理论室之后，我逐渐地将研究的主攻方向转向了文学文本，不再专研理论，但在研究过程中，我还是常常深感任何文学研究其实都离不开理论研究。特别是后来撰写专著《法国现当代左翼文学》，在对左拉进行研究时，这种感触更是深刻而直接。

看到理论室这些年来欣欣向荣、人才济济、硕果累累的现状，我可以说是倍感欣慰。对于人才队伍建设的问题，我个人来讲还是持一种比较乐观的态度，毕竟，理论室也已经从最初的一度难以维系，历经万难，发展到了现在，如今的研究外部条件无论如何也要优于当年。队伍建设，还是应着力去寻找真正有志于学术研究、能够留得住的人才，不必盲目悲观或急于求成，因为无论是学术研究，还是研究室发展，慢都可以转化为快。

（发言根据录音整理 未经本人审读）

整理人：王 涛

“中国社会科学院外文所理论室建室三十周年座谈会暨研究室建设规划研讨会”纪要

王 涛

2011 年 12 月 14 至 16 日，由中国社会科学院外文所理论室主办的“中国社会科学院外国文学研究所理论室建室三十周年座谈会暨研究室建设规划研讨会”在京郊密云召开。外文所所领导党圣元研究员、董晓阳研究员、吴晓都研究员，曾在外文所理论室任职的资深研究员吴元迈、叶廷芳、章国峰、郭宏安、吴岳添等老专家，外文所理论室在职科研人员、曾在理论室工作过的学者，如《外国文学评论》的冯季庆编审、北京第二外国语学院的梁展教授、现从事出版业工作的蒋卫杰先生等共三十人，共聚一堂，庆祝外文所理论室建室三十周年。北京大学出版社外语编辑室主任张冰编审、中国社会科学出版社一编室主任郭沂纹编审、黑龙江人民出版社文史编辑室主任张晔明编审等多年支持外文所理论室工作的出版界友人，也出席了此次会议。

外文所理论室同仁用检阅、展览科研成果的形式，来庆祝理论室三十周年生日。会议期间的书展上，该室在职科研人员新近发表出版的部分论文与著作得到展示。在被展示、被检阅的科研成果中，有 4 部刚出炉的新书——两部文集：理论室同仁的集体成果《理论的记忆——中国社会科学院外国文学研究所理论室三十周年纪念论文集》和《跨文化的文学理论研究（第 4 辑）》，两部专著：周启超研究员的两部专著《跨文化视界中的文学作品/文本理论——当代欧陆文论与斯拉夫文论的一个轴心》和《现代斯拉夫文论导引》。

会议开幕时，理论室主任周启超研究员言简意赅地指出：本次会议负有继往开来的历史使命，外文所理论室新老同事一同“追忆历史，立足当下，展望未来”，而这也正对应了整个会议的三个环节。

在“追忆历史”这一环节中，曾在理论室任职的学者们纷纷忆起当年。三十年,仿佛只是弹指一挥间,然而对于中国社科院这样的国家科研机构来说,却意味着外国文论学科从无到有的建设,对于与会的几位理论室元老而言,也是值得怀念终身的学问人生。岁月荏苒,当年意气风发的青年学人如今已是著述丰赡、年高德劭的大家,回首当年创业,五位先生感慨系之,难掩激动,流年碎影中,尽管很多人和事早已不复当年模样,却总有些记忆却犹然历历在目,不曾褪色。

理论室现任主任周启超研究员也回顾了他自比较文学研究室进入理论室之后,由俄国象征派文学理论研究而开启文学理论研究之路的学术经历,感叹自从2000年开始主持理论室工作至今,也是忽忽十一年岁月。十一年来,他与理论室同仁一道,坚持"跨文化的文学理论研究"这一路向,致力于外国文学理论学科的建设与发展,先后搭建了"中国社会科学院文学理论研究中心"、"中国巴赫金研究会"、"外国文论与比较诗学研究会"等几大平台,几年来获得了不少可喜的成绩:国家社科基金十一五重点项目"比较诗学研究"顺利结项,院重大课题A类项目"跨文化的文学理论研究"最终成果7部专著获得优秀的鉴定等级,广受同行专家的好评与肯定;成功创建院重点学科——外国文艺理论,并以优异成绩通过第一期(2004—2008)验收;成功创办本学科的学刊《跨文化的文学理论研究》,截至2011年,已出版4辑。值此机会,周启超研究员也对吴晓都、史忠义两位先后担任副主任的研究员多年来在工作上的辅佐和帮助,表示了由衷的感谢。

座谈会上,如今已不在理论室就职的冯季庆、蒋卫杰也纷纷回忆了当年在理论室工作期间的收获与成长。冯季庆感慨理论室为学术界提供了一大批启发思想的科研成果,这些具有前瞻性、不可替代性的优秀成果,可谓汇集了几代人思想的结晶,而自己正是众多受益者中的一员。蒋卫杰更是回忆起自己当年辅助吴元迈先生等外文所杰出学者,一起出版当时规模最大的一套外国文学评价丛书"世界文学评介丛书"的特殊经历。

外文所党委书记党圣元和副所长董晓阳、吴晓都对理论室建室三十周年表示祝贺,认为此次会议筹划得早,筹备充分,值得全所学习,会议采取的形式及三个环节讨论的内容也都很有意义。作为特邀贵宾出席此次会议的北京大学出版社外语编辑室主任张冰、黑龙江人民出版社文史编辑室主任张烨明、中国社会科学出版社一编室主任郭沂纹也纷纷对理论室建室三十周年表示祝贺。

在"立足当下"这一环节中,与会者围绕"创新工程"的议题进行了讨论。即将从科研处调入理论室的王涛博士较为系统地介绍了我院正在有条不紊地开展的创新工程相关工作,并结合自己辅助外文所申请以项目形式进入 2012 年院创新工程试点单位、编制创新方案的实践经验,介绍了外文所 2012 年的创新方案,以及三大创新领域下设计的七个创新项目。作为 2012 年创新项目的主要成员,理论室的徐德林和庄焰也向与会者介绍了所在创新项目在设计论证方面的一些具体情况。

在此基础上,理论室现职人员分别就如何设计理论室的创新项目、自己与创新工程的关系、自己拟设计的创新子项目等问题发表了意见。经过讨论,初步确定了由周启超研究员提出,史忠义研究员建议修正的“跨文化、跨学科的现当代外国文论范式与思想研究”,为理论室拟申请院 2013 年创新工程的研究课题,并初步确定了理论室部分学者在这一项目框架下主攻的子项目研究方向。

这些讨论,自然而然地将会议带入到了对理论室未来发展进行规划的“展望未来”环节之中。周启超研究员首先提出,理论室应继续发扬三十年来几代学者共同培养的团结进取勤于开拓的优良风气,共同营造的融洽自由乐于合作的学术氛围,共同涵养的思想活跃敢于担当的人文精神,一方面继续“拿来”,发挥多语种的语言优势,继续坚持对优秀的外国文论原著的译介,另一方面则要继续坚持研究室新世纪以来大力倡导当下发展态势良好的跨文化、跨学科的文学理论研究这一路向。他强调,作为一个学术团队,理论室应进一步加强相互间的合作;作为理论研究者,理论室的各位同仁应锐意创新、努力开拓;作为一个人文集群,理论室则更应葆有一种为建设人文家园而有所担当的学术使命感,进一步实现由国别文论研究向比较诗学和理论诗学双向联动发展的结构性转型。为此,理论室有必要进一步利用好已搭建好的三大平台,加强与高校同行的合作。甚至可以考虑恢复《世界文论》,或创办一份《外国文论与比较诗学》学刊,积极有效地深化外国文论学科建设,多方位地吸纳,有深度地开采,有所开放也有所恪守,有所解构也有所建构。

理论室副主任史忠义研究员也提出,理论室未来的研究要注重两点:一是要着力于中外文论比较研究,二是要重视文论与思想史的关系研究。其他与会者也从各自的经验和思考出发,提出理论室未来发展的具体建议。

与会者从各自的经验和思考出发,为外文所理论室的未来发展献计献策。而如何充实人才队伍、避免人才危机这一虽经多年的尝试和努力，却仍然困扰理论室的发展问题，则成为对理论室未来发展之展望中无法回避的问题。

外文所领导对理论室工作给予了充分肯定，并在创新工程的大背景下，对理论室的发展提出不少中肯而富有建设性的意见。党委书记党圣元研究员提出，研究室或学科的发展，最重要的是有资源和平台，理论室应考虑好今后如何充分挖掘现有人才的潜力，在创新工程的平台上构建好自己的研究。副所长董晓阳研究员认为，在这传承与创新的关键时期，如何处理好个性研究与集体研究之间的关系，处理好学者个人发展与研究室建设、重点学科建设之间的关系，是值得深思的问题。副所长吴晓都研究员则强调，理论研究既要关注前沿，又要注重传统理论资源，既要担负传承文明的使命，又要坚持理论创新，把握好政治方向。

通过对外文所理论室建室三十周年来所获成就的回顾与对未来发展的展望，有理由相信，外文所理论室必将能够以此次会议的召开为契机，继往开来，继续发扬多年涵养的优良传统与风气人气，在开放与恪守、创新与传承之中不断开拓，在理论创新的大潮中再度起锚，搏风击浪，扬帆远航于思想人文的深海之上。

学会剪影

“文学理论:跨文化与跨学科的对话”

——“外国文论与比较诗学研究会”第三届年会综述

西　文

由中国“外国文论与比较诗学研究会”与陕西师范大学文学院联合举办的“文学理论:跨文化与跨学科的对话”学术研讨会暨中国“外国文论与比较诗学研究会”第三届年会,于2011年10月28日至11月1日在西安召开。来自北京大学、中国人民大学、南京大学、四川大学、西南大学、吉林大学、黑龙江大学、山东大学、扬州大学、中山大学、暨南大学、深圳大学、西北大学、兰州大学、北京师范大学、华东师范大学、华南师范大学、湖南师范大学、首都师范大学、北京外国语大学、广州外语外贸大学、陕西师范大学、中国艺术研究院、中国社会科学院等三十余所高校和研究机构的九十余名学者与会。本届年会收到五十余篇论文。会上安排了三场大会发言和四场小组讨论。代表们围绕“文学理论:跨文化与跨学科对话”展开了交流。

一、文学理论与跨文化

“文学理论与跨文化”是本届年会议题之一。南京大学周宪在《法国话语理论批判》的发言中指出,话语理论对世界人文学科和社会科学的研究产生了极大的影响,在今天有必要对“话语理论”进行纠偏,通过不同理论的综合互补,扬长避短改造理论。文本话语与社会科学的田野调查、经验研究相结合,是深化话语理论的一个重要面向。中国社科院文学所金惠敏在《走向全球的对话主义》的发言中认为,全球性文化研究,必须以与时俱进的“全球化”概念作为理论基础,必须超越“现代性”文化研究。中国社科院外国文学研究所吴晓都在《重读俄苏文论经典的当代价值》的发言中提出,文化研究要注重对评价的再评价。在跨文化研究的语境中研究俄苏思想史对文学理论学科建设的整体推进有着积极的意义。首都师范大学陶东风在发言中指出，当前我国文化批评最迫切的工作是针对中国的消费主义和日常文化生活文化，建构具体的立足中国本土语境的政治批判话语。西北大学段建军在发言中认为，"对话"理论给我们今天文论的启示是，通过对话才能满足相互理解的欲求。陕西师范大学裴亚丽以跨文化的视角分析了祥林嫂、白毛女、李双双三个形象，强调跨文化研究文学作品的意义。四川大学阎嘉以"戴维·哈维与马克思主义文学批评传统"为题阐述了以哈维为代表的新马克思主义的文学批评传统与价值。山东大学杨建刚以"学术批评抑或政治斗争——马克思主义与形式主义之间的论争及其反思"为题论述了马克思主义与形式主义论争的原因、过程、结果及价值。深圳大学李健以"从文艺美学到文化美学的历史转折"为题论述了胡经之的文艺理论、美学研究。暨南大学黄汉平围绕"文化转向中的文学翻译理论研究"，论述从文化研究的视角理解文学翻译的重要性。黑龙江大学马汉广探讨了"福柯的异托邦思想与后现代文学的空间艺术"。中山大学王坤以"文学理论的双重性与西方思维批判"为题，对文学理论的学科属性与未来走向进行了反思。

二、文学理论与跨学科

中国社科院外文所周启超在《当代外国文论：在跨学科中发育，跨文化中旅行》的发言中提出，以跨文化的视界来积极探索现代文学理论在不同文化境域中的发育与流变，其研究范式在我国的外国文论研究实践中具有开创性意义。跨文化、跨学科不是对不同文化不同学科简单的跨界，更不是将文学理论跨出去，而是要将其他文化、其他学科的视野与资源吸纳进当代文学理论，充实文学理论自身。四川大学曹顺庆在《比较文学学科理论体系新思考》的发言中指出，比较文学学科理论发展存在缺陷与不足，比较文学变异学理论将进一步完善学科理论体系，中国学者将要承担起世界比较文学学科理论建设的重大责任。中国社科院文学所叶舒宪在《跨文化与跨学科：文学理论的人类学转向问题》的发言中认为，在文学人类学的冲击下，文学理论、文学批评和文学史均发生了范式变革，要追问文学理论的学术伦理蕴含，拓展出包括第四世界（殖民地与原住民）文学在内的人类文学全景观念。中国社科院外文所史忠义在《世界诗学视野中的〈文心雕龙〉》的发言中提出：在世界诗学的视野里《文心雕龙》的诸多原则具有普遍性,"诗言志"应是言万物生命意志,生生之理。以《文心雕龙》为代表的中国古代文论与现代文学理论具有互补性,它们之间的会通研究十分重要。广东外语外贸大学张弛在《重建诗学的基本价值与批判标准》的发言中认为,当前文学理论研究界存在着热闹空洞、层出不穷的理论游戏而无视文学作品的现象,只有重建人与"抽象理想最高之境"的联系,使存在具有意义之后,文学理论的分析才是启迪心智的。扬州大学姚文放提出从文化政治角度研究审美现象。南京大学汪正龙对文学中的爱情描写的美学进行了探讨。陕西师范大学李永平在《一个跨学科研究的尝试——"仙乡淹留"故事范型的再探讨》一文中,采用跨学科方法研究文学理论。陕西师范大学赵文细致剖析了《论模仿》的理论内涵与意蕴。华南师范大学朱涛在《个性与文学发展——扬·穆卡若夫斯基文学史初探》一文中,介绍了扬·穆卡若夫斯基的文学理论。华东师范大学朱康探讨了文学理论中语言逻辑转换的意义。还有一些学者以论文摘要的形式参加了"文学理论跨学科"的讨论。

三、文学理论的知识形态与理论范式

中国社科院文学所党圣元在《〈文心雕龙〉的"大文论"观及其当代意义》的发言中指出,要回到原生态的文论之中,探寻刘勰如何在《文心雕龙》中兼容文学话语、政治话语、伦理话语,从而发现我们所要的东西。西南大学代迅在《中国文论话语方式危机与变革》的发言中认为,中国传统文论面临深刻危机,需要改变"述而不作"、"依经据义"的传统,吸取西方文论严密的逻辑推理和科学的分析方法以丰富自身,强化中国文论对于当今现实文艺生活的提问和解答能力,提升中国文论在多元文化语境中的生存竞争能力以及向异质文论的辐射能力。华中师范大学胡亚敏在《关于文学批评价值判断标准的思考》的发言中提出,当前文艺理论研究必须深入思考文化繁荣中价值的失却和失范的根源,必须重新审视以"人"为核心的马克思主义美学。陕西师范大学尤西林在《作为人文学科的文学理论特性》的发言中指出,跨学科的文论研究不宜以伤害本体为代价,文学理论必须重视文学经验的研究,不以自然科学的研究范式来解释文学理论的特性,而在直观文学经验的基础上思考中国文学理论。文学理论必须成为实践性、动态性经验生成建构。陕西师范大学李西建在《理论之后:文学理论的知识图景与知识生产》的发言中指出，文学理论的知识图景不只是一个学科自足性的概念，而是一种既与学科知识谱系密切相关，又包含和融汇着其他学科的思想、理念与方法的多元知识系统。后理论时代，理论生产应承担更多更大的社会责任，应更加突出反思性。《文艺理论与批评》编辑部李云雷以“如何阐释中国与中国文学”，陕西师范大学张俊以“当代文学理论的跨界变迁——‘理论’与文化研究对文学理论知识图景的改造”、山东师范大学何磊以“回到原点——关于文艺学学科建设的思考”、吉林大学李龙以“语境还原：‘文学性’问题的发生”等论题，针对“文学理论的知识形态与理论范式”议题进行了探讨。

中国社科院外文所党委书记党圣元在闭幕词中指出，本届年会的研讨成果将对中国文论的未来发展产生积极影响，希望类似的研讨会能常态化，为文学理论学界搭起良好的“对话”平台。陕西师范大学文院院长李西建在总结发中强调，“跨文化”与“跨学科”的文学理论，要多方位地吸纳，有深度地开采为路径。“跨文化”与“跨学科”，不仅是一种视野，一种参照，一种会通之境，而且也孕育着文学理论需要坚守与秉承的一种观念、思想与精神。吸纳和开采多元文化和多种学科的资源与智慧，找到会通点，形成有自己话语特色、观念特征、思想取向与批评风格的当代文学理论范式，是摆在我们面前的一个更长远、更重要的任务。

“现代斯拉夫文论与比较诗学：新空间、新课题、新路径”

——“外国文论与比较诗学研究会”第四届年会纪要

杜常婧

以“现代斯拉夫文论与比较诗学：新空间、新课题、新路径”为主题的全国外国文论与比较诗学研究会第四届年会，于2012年5月25—28日在北京外国语大学举行。本届年会由全国外国文论与比较诗学学会主办、由北京外国语大学俄语学院承办，中国社会科学院文学理论研究中心、外语教学与研究出版社协办。这次会议旨在为斯拉夫文论领域的专家学者提供一个多方位交流的学术平台。来自北京大学、复旦大学、中国人民大学、南京大学、中山大学、黑龙江大学、辽宁大学、山东大学、河南大学、深圳大学、同济大学、北京师范大学、首都师范大学、南京师范大学、哈尔滨师范大学、湖南师范大学、浙江师范大学、中国艺术研究院、四川外语学院、北京外国语大学、中国社会科学院的五十多位学者，与来自莫斯科大学、圣彼得堡国立赫尔岑师范大学、俄罗斯科学院俄罗斯文学研究所、乌克兰顿涅茨克大学、爱沙尼亚塔林大学、波兰华沙大学、捷克查理大学的七位专家，相聚于外语教学与研究出版社。中国社会科学院荣誉学部委员钱中文研究员与吴元迈研究员，北京大学彭克巽教授、北京外国语大学白春任教授、莫斯科大学语文系副主任O.克林格教授出席了开幕式。钱中文先生代表中国中外文艺理论学会，吴元迈研究员代表中国马列文论学会，O.克林格教授代表外宾，先后在开幕式上致辞。会议安排五场大会发言、两场分会讨论。与会学者的发言与论文，既有对于现代斯拉夫文论的总体研究，也有对于大文论家的具体研究。后者又分为穆卡若夫斯基研究、英加登研究、雅各布森研究、洛特曼研究、巴赫金研究等若干单元。

（一）

中国社会科学院周启超作了题为《跨文化世界中的现代斯拉夫文

论》的主旨发言。他指出,现代斯拉夫文论是20世纪世界文论的重要组成部分,其思想的原创性、学说的丰富性、理论的辐射力,并不逊色于现代欧陆文论与现代英美文论。从20世纪文论思想史上的重大思潮、流脉、学派的发育谱系来看,现代斯拉夫文论是一个产生了广泛影响而颇具辐射力、超越性的活性因子,是文学理论跨文化的一个生动案例;从百年现代文论的变革动力、发展取向、基本范式的生成路径来看,现代斯拉夫文论也是文学理论在跨文化中生长的一个典型标本;现代斯拉夫文论更是今日文学理论在跨文化旅行中生存与发展这一具有普遍性命运形态的一个精彩缩影。圣彼得堡国立赫尔岑师范大学A.格里亚卡洛作了题为"当代文学与美学理论模式下的斯拉夫结构主义思想"的学术报告。格里亚卡洛夫认为,斯拉夫结构主义从本源上将文化与科学语境下的各种"客观分析"思维传统相结合,这种诗学原则和方法对文学和美学理论具有极其重要的意义,也对当今世界中人们之间对话关系的建立产生了积极的影响。北京大学凌建侯的发言论及俄国诗学学派对世界文论的贡献。乌克兰顿涅茨克大学A.科拉布廖夫对"顿涅茨克语文学派的文学理论"作了介绍。其中的"完整性"学说,是顿涅茨克语文学派的标志。浙江师范大学张法力图通过对"文艺学"、"文学学"、"文学科学"几个概念的细致分析,进入中俄文论互动中的概念清理。首都师范大学林精华教授则介绍了后苏联文学理论队伍的构成。

(二)

俄罗斯形式论学派文论,是现代斯拉夫文论探索的开端,在这次主题为现代斯拉夫文论的学术研究会上自然成为学者们讨论的一个重点。莫斯科大学的克林格的发言题目是:"形式论学派与俄罗斯象征派的文艺学研究"。克林格认为,俄罗斯象征主义者以其对诗学形式的巨大兴趣,以其对词汇的崭新研究视角,唤醒了俄罗斯形式主义者。他们是形式主义者的先驱。查理大学托马什·格兰茨的发言题目是"1935年雅各布森的形式主义"。格兰茨认为,在雅各布森的那个形式主义历史的版本中,文艺学的学说不仅被理解为一种分析方法,更是一种完整的世界观。中国社会科学院文学所丁国旗的论文是"什克洛夫斯基后期文艺思想研究"。他认为,什克洛夫斯基在后期已走出形式主义,走向对作品内容与精神的关注,而这一点却被当代文艺理论界所忽略或误解。苏州大学李冬梅评析了艾亨鲍姆的研究现状和研究意义,指出艾亨鲍姆研究史上存在的问题。复旦大学汪洪章将特尼亚诺夫的文艺美学思想与刘勰的《文心雕龙》加以比较,提出刘勰的文学史观和文学作品批评观既具有历时维度又具有共时维度。山东大学杨建刚梳理了"陌生化理论"的旅行与变异。

布拉格学派的文论,是现代斯拉夫文论发育中一个承先启后的重要环节。谈论布拉格学派,必然要谈论穆卡若夫斯基。中国社会科学院外文所杜常婧在其以"穆卡若夫斯基的结构诗学"为题的大会发言中,探讨了扬·穆卡若夫斯基在布拉格学派中的地位,他的结构诗学的基本特征。湖南师范大学张文初对穆卡若夫斯基的"foregrounding"论进行追问,认为将注意力从对于被言说、被书写的对象转移到言说本身上来,这是 20 世纪人文科学的重大转向。华南师范大学朱涛以穆卡若夫斯基为例,论述了俄苏学界对布拉格学派文论的接受。

同捷克的穆卡若夫斯基一样,为现代斯拉夫文论赢得世界声誉的还有波兰的英加登。《论文学作品》的汉译者、中国社会科学院外文所张振辉的发言题目是《论英加登论作者、读者和文学作品的关系》。复旦大学张旭曙在其发言中梳理了 20 世纪 80 年代以来,中国文论界对英加登的接受,批判性地反思中国学人读解、化用英加登思想时存在的种种不足,并就进一步深化英加登研究提出了具体方案。

如果说,布拉格学派是结构主义文论的摇篮,那么,塔尔图学派则是当代符号学文论的一个重镇。爱沙尼亚塔林大学塔·库佐夫基娜向与会学者介绍了洛特曼创作晚期(1989—1993)的历史语境,揭示出洛特曼晚期作品的特点。南京师范大学康澄在发言中认为,"文化意义的符号机制"是贯穿整个文化符号学的主线,是联系塔尔图—莫斯科符号学派众多理论家研究的灵魂,对它开展专题研究具有重要而迫切的现实意义。中山大学王坤探讨的则是洛特曼对文学理论的定位:"应用于文学研究的教学法"。正是课堂教学的现实背景,令洛特曼提出读者文本与学者文本两种文本的问题。北京外国语大学黄玫对 2004 年以来的中国洛特曼研究作了梳理,认为我国的洛特曼研究依然有很大空间。

为国际文论界瞩目的当代苏联文论家,有洛特曼,更有巴赫金 。本届年会上不少学者就巴赫金研究发表了自己的见解。中国人民大学陈奇佳在发言中认为,巴赫金的狂欢理论从根本上革新了人们对于喜剧文化的理解，这是一种高度强调批评性和现实干预性的理论，狂欢的笑声从本质上与当前消费主义至上的时代是格格不入的。南开大学李玉平提交的论文探讨了巴赫金的戏仿理论，指出巴赫金的戏仿研究是对俄国形式主义者戏仿理论的回应和发展。漳州师范学院罗益民在大会上的发言探讨了《陀思妥耶夫斯基诗学问题》中的终极问题，即神之存在的哲学问题。北京师范大学张冰勾勒出21世纪人文学科坐标系内的奥波亚兹与巴赫金学派，提供了一个可资参考的线索。哈尔滨师范大学赵晓彬对雅各布森和巴赫金的语言艺术理论加以比较，阐发二者之间的相通性和互补关系。北京师范大学夏忠宪关注的是巴赫金与中国老庄整体主义思维方式的相近性，强调东方的整体综合思维方式不仅不会妨碍按西方的分析逻辑思维所进行的科学探索，反而有助于对整体的理解。

会议期间，展出了以七卷本《巴赫金全集》等现代斯拉夫文论的几十种汉译著作与《现代斯拉夫文论导引》等上百种中国学者在现代斯拉夫文论研究领域的重要著作，引起了与会的外国学者的极大关注与高度赞扬。

作为外国文论与比较诗学领域一次重要的国际性学术盛会，本届年会集中探讨了20世纪以来广受学界关注的现代斯拉夫文论中的俄罗斯形式论学派、布拉格结构论学派，有深度地交流了什克洛夫斯基文论、雅各布森文论、英加登文论、穆卡若夫斯基文论、巴赫金文论、洛特曼文论在世界各国的研究成果。这一学术对话与文化交流，受到与会学者普遍的充分肯定。吴元迈先生指出，这样的以斯拉夫文论为主题的国际交流，在当代中国还是第一次；钱中文先生认为，这样的以斯拉夫文论整体为对象的学术对话，自当代中国乃是一种首创。与会代表深信：这一次学术研讨，书写了当代中国的外国文论与比较诗学研究新的一页，将对斯拉夫文论与比较诗学研究产生深远影响。

“外国文论的当代形态:实绩与问题”
——“外国文论与比较诗学研究会”第五届年会综述

任　昕

由中国外国文论与比较诗学研究会、黑龙江大学比较文学与文化研究中心主办,《求是学刊》、《学习与探索》杂志社等协办的“外国文论的当代形态:实绩与问题”学术研讨会暨第五届中国外国文论与比较诗学研究会年会于 2012 年 8 月 15—18 日在哈尔滨召开。来自北京大学、复旦大学、北京师范大学、中国人民大学、南京大学、四川大学、吉林大学、黑龙江大学、辽宁大学、苏州大学、扬州大学、安徽大学、厦门大学、暨南大学、深圳大学、中南民族大学、上海交通大学、北京语言大学、北京师范大学、首都师范大学、东北师范大学、华东师范大学、华中师范大学、浙江师范大学、陕西师范大学、中国社会科学院等高等院校和研究机构的学者共八十余人出席了此次会议。

会议安排了三场大会发言和四场小组讨论,五十多位学者各抒己见,畅所欲言。会议论文集收录论文 36 篇,涉及英、法、德、俄、日、汉等多个语种,研究领域涵盖英美文论、欧陆文论、俄罗斯斯拉夫文论、东方文论等,从中国外国文论的建构、外国文论动态考察、外国文论在中国的旅行及文论话语关键词的演变等方面,全方位对外国文论与比较诗学前沿动态和当下问题进行了异彩纷呈的学术探讨。

本次会议主题可概括为“理论的旅行与思想的命运”。围绕主题,与会学者关注的焦点主要集中在:1. 通过对外国文论在中国的话语建构及外国文论前沿动态的介绍,对外国文论在当代形态的实绩进行检阅;2. 通过对外国文论基本问题和重要现象的思考,对外国文论研究现状进行反思。对这些问题的关注表明,中国外国文论研究正在进入一个全面反思和寻求拓展的时期。

一、"理论的旅行":实绩与回顾

俄罗斯斯拉夫文论对中国文论构建的影响始终引发人们的关注。中国社会科学院周启超对现代俄罗斯文论与斯拉夫文论在当代中国的旅行进行了系统梳理,在分析了接受实绩与问题之后,对未来接受前景进行了展望。首都师范大学林精华在分析了后苏联时代文学批评家的构成后认为,俄罗斯文学传达了复杂多样的国家认同形式,在实践中重建了复杂多样的审美范式。上海交通大学夏中义概述了苏联理论模式在中国三十年的发展及其嬗变,着重分析了苏联日丹诺夫主义的起源及对中国文论构建的影响。

追根寻源探访理论远行的踪迹成为本届热议的主题。华中师范大学胡亚敏提出,要对外国文论关键词进行寻踪考察,厘清其在中国的传播、吸收、变异及融入中国文论批评的路线。四川大学冯宪光认为,我国在现象学文论研究中一直存在着"韦勒克化的英加登"现象,他主张应摆脱美国化的理论倾向,直接面对文论原典和理论的事实。陕西师范大学尤西林指出,当代中国对萨义德东方主义进行了一场民族主义的误读和改造,其主旨恰恰接受了西方殖民主义观念。北京师范大学钱翰以萨义德的"旅行理论"为依据,对"文本"概念的涵义及其中国化之旅做了追本溯源的考证和梳理。围绕这一话题的还有北京大学王建对文化记忆理论的产生及其在中国文化旅行过程中变异现象的论述。安徽大学吴家荣以文学实例分析了新历史主义理论对大陆文学创作的影响。中国社会科学院丁国旗从西方马克思主义在中国的译介、研究及近年来对"西马"文论的反思和评价等方面探讨了"西马"文论在中国的命运。

一些学者从文本着眼,或结合中国问题,或结合当下现实各抒己见。南京大学王加兴对《诗学:当代重要术语和概念辞典》在当代俄罗斯文论话语建构中的重要意义进行了评介。江西师范大学傅修延以博尔赫斯对济慈《夜莺颂》的理解为例,讨论了"穿越"这一现代叙事手段的意义。深圳大学王晓华通过对环境概念和生态范畴的历史梳理,证明生态批评概念超越环境主义立场的合理性。中南大学欧阳友权分析了网络文学兴起的现象及与后现代主义内在的关联性。北京语言大学张华解读了美学因素在乔纳森·爱德华兹神学思想中的重要性及对后世的影响。北京大学张冰从"体裁诗学"视角对俄罗斯汉学家李福清的中国民间故事文本研究进行剖析,认为李福清的研究在某种意义上弥补了形式主义理论的疏失。深圳大学庄锡华在考证了白璧德对中国自由派学人的影响后,探讨了自由派在与激进主义较量中的功过。

一些学者对当代外国文论的前沿问题发表了看法。清华大学王宁对"后理论时代"西方文学理论的态势和走向阐发了自己的见解,他认为理论共存的多元化将成为后理论时代的主要形态。中国社会科学院史忠义对后现代之后的当代性观念这一国外文论动态进行了介绍,并分析了这一观念对现代性危机因素的消解。中国社会科学院徐德林通过对文化研究中的"接合理论"在中国大陆发展错位的原因进行考察,探讨了西方文化理论与中国现实的接合抑或耦合的有效途径。

二、"思想的命运":反思与建构

对外国文论及其核心概念、基本问题的阐释和反思是文论研究永恒的主题。黑龙江大学马汉广对"文学性"概念在不同语境中的多重蕴涵进行了考察,指出这一概念对当下文学研究具有启迪意义。中国社会科学院吴晓都对"同中之异"与"异中之同"的多源共生现象进行了分析,认为作为辩证的、完整的比较文学研究,两者不宜片面割裂。黑龙江大学张政文认为,在德国古典哲学中,和解成为现代性的基本主题,而和解的主题又在德国古典美学中得到了最充分的表达。黑龙江大学于文秀指出,葛兰西理论的核心范畴和观念为当代批判理论的文化政治批判和意识形态批判提供了新锐的视角和研究范式。中国社会科学院王涛对阿多诺的"非同一性"理论进行了分析,指出其试图使自己成为一种"内在于同一性自身逻辑中的非同一性"的本质。中国社会科学院任昕通过探讨爱默生个人主义思想源流,指出其在塑造美国文化精神的同时也潜移默化地滋养了国家霸权主义的生成。黑龙江大学张奎志对德里达"补充"概念进行了探讨,认为"补充"概念从一种富有新意的角度对逻各斯中心主义进行了解构。黑龙江大学杜萌若通过对德国学者库尔提乌斯所著《欧洲文学与拉丁中世纪》进行研究,考察了欧洲文学传统中拉丁传统的核心地位。

对于理论话语的建构问题,北京师范大学夏忠宪以分析哲学为例,指出当下人们对宏大叙事的恐慌,提出整体主义应是对中心论和二元论的超越。扬州大学姚文放认为,理论话语的更新总是在本质主义和功能主义之间摆动,在文化研究的语境下,理论话语的更新更多表现出功能主义的倾向。中南民族大学彭修银通过考察近现代中日对西方文艺学、美学、艺术学接受的异同,探讨了理论话语接受过程中会通的可能。中国社会科学院董小英则以叙事学视角考察视觉语言,将理论话语与视觉艺术对接,揭示了视觉艺术语言与文学语言的关系。

针对目前学界现状和存在的问题,北京师范大学刘象愚着重强调了外国文论汉译的重要性,他援引实例批评目前国内一些文论翻译不够严谨的现象,呼吁和勉力大家要重视文论翻译。浙江师范大学张法通过对一些学科概念的溯源,指出学科关键词的梳理是文论建设的基础,而翻译也同样是一种文化建构。中国人民大学耿幼壮对在比较文学学科内如何使中文专业出身和外语专业出身的文论研究者打破隔阂,实现会通提出了中肯的建议。

中国文论研究的使命何在?复旦大学汪洪章认为,当代西方文论研究的目的意识亟需加强,西方文论研究者在促进当代中国社会、思想、艺术观念转型等方面大有可为。首都师范大学黄晞耘提出,中国理论家应有一种理论自觉和使命感,正如巴赫金将全部人生智慧注入到"狂欢"理论中,中国学者应构建自己的核心概念。

在闭幕式上,中国外国文论与比较诗学研究会会长周启超指出,以跨文化的文学理论研究为基本宗旨,促进国内外国文学研究界不同语种的文论研究者之间,国内外国语言文学界的文论研究者与中国语言文学界的文论研究者之间以及国内文论界与国外文论界之间的"三重会通"是本研究会基本的学术使命,"理论的旅行与思想的命运"这一主题将在今后通过对当代外国文论核心话语的深入反思而不断得到深化。他高度评价本届年会是一次精致的学术盛典,必将在研究会发展历程中留下鲜明的足迹。

“国外文论动态与前沿研究座谈会”综述

萧　莎

2012 年 5 月 4 日，中国社会科学院外国文学所理论室和《外国文学动态》编辑部联合举办“国外文论动态与前沿研究座谈会”。此次会议的宗旨在于：讨论如何在中国社会科学院“创新工程”的支持和指导下，运用外文所及国内文论界现有的力量，为综合介绍国外文论研究现状动态，推进国内文论前沿研究打造一个全新的学术平台。为论证创办《国外文论动态》这一专刊的学术价值和可行性，规划商讨刊物的出版方案，会议主办方还特意邀请了六位在京的主要外国文学学刊负责人与会，听取他们的意见。

中国社科院学部委员黄宝生和外文所所长、《外国文学评论》主编陈众议首先对理论室与《外国文学动态》的合作办刊尝试表示支持。黄宝生指出，环境商业化和消费文化的发展，使文学趋于边缘化。但只要我们始终坚持，做好这件事对提升大众文化有好处。陈众议提出，中国社科院从去年 8 月启动创新工程，在社会上已经产生很大的影响，但我们自己还在探索、尝试阶段；如何在人文学科内部，既鼓励个性化创造性劳动，又实现创新工程以项目为龙头、集团作战的要求，需要我们发挥学界的积极性共同来做这件事。

《外国文学》副主编马海良和《国外文学》主编刘峰在如何办刊方面提出了宝贵建议。马海良说，20 世纪以后，外国文论界始终非常活跃，但国内刊物上的消息零零星星，我们需要每一两年总结一下国外文论情况，作为国内学界与之对话的资料来源。作为读者，他非常强烈地希望看到这样一个刊物。他建议刊物可分三个方面来规划：一是整体式了解，通过语种板块和阶段板块来介绍斯拉夫、英美、欧陆文论或某个大家某个时期的研究状况；二是聚焦式了解，针对文论体系调整或重大问题做出深度总结；三是信息通报，可以用几百字把某些重要论文专著的重要观点总结出来供读者参考。这样不但可以形成一个专门的动态窗口，还可以带着问题消化吸收别人的东西。刘峰认为，国内外文论界目前的信息沟通并不畅通，建设《国外文论动态》这样一个集中的平台和窗口，会对整个学科产生触动。他除了对刊物的信息丰富性有所期待外，还指出“文论是现代思想史的一部分”，一种文论往往具有更广阔的思想史背景。在文论动态上持有这样的综合性视野，方能提供深入客观的信息，帮助我们建构自己的文学理论体系。

《俄罗斯文艺》主编夏忠宪、北京大学出版社外语编辑室主任张冰、北京外国语大学俄语学院副院长黄玫等也纷纷就“国外文论动态”专刊的定位和设计献计献策。夏忠宪指出，国家经济的腾飞使我们开始具备现实条件打造自己的软实力，外国文学界也责无旁贷。我们以往只顾埋头做学问，不太关心自己的国际学术影响力，在国际学术组织中的声音很弱，与世界一流大学及研究机构也缺乏实质性合作。《国外文论动态》专刊的创办，可以在学术国际化方面做一些实质性的工作。张冰认为，国家社科基金有一个当代项目以“大事记”命名，主要定位于介绍最近20年世界范围内文学创作和研究的成就。文论动态可以借鉴这个思路，采用“大事记”的方式梳理最近10年或20年的研究状况，这对整个文论学科都有资料价值。一种刊物要形成学术品牌，一定要有意识地发出中国的声音，对国外学术问题做出自己的价值判断。黄玫则强调，超前的学术眼光不管是对于译著出版还是刊物出版而言，都是至关重要的。以巴赫金研究为例，国内十年前就翻译出版了巴赫金全集，出版社的这种超前眼光无疑为国内的学术研究铺平了道路。《国外文论动态》也是同样道理，选择什么样的论文加以翻译引进、选择什么问题供读者思考，这都需要极高的学术眼光来把握。社科院外文所作为我国的顶级外国文学科研机构，办这样一份刊物具有得天独厚的条件。

北京大学外语学院副院长王建对《国外文论动态》专刊也表达了高度的期许。他指出，创立这样一个刊物对外国文学界是大好事，当代外国文论亟待系统全面的梳理。各语种重要的文学理论，最早几乎都是从刊物上的单篇论文而来，因此连续性关注国外有影响的学术刊物，筛选引进相关信息十分重要。此外，以往的外国文论译介，发生学原理介绍分析得不够，致使许多人误把文学理论当成数学公式来用，以为它们是放之四海皆能通用的东西。介绍外国文论必须带着问题意识来做，弄清楚文论的发生语境与中国语境的关联、影响、冲突，是研究文论的基础。

北京大学秦海鹰和北京师范大学钱翰为《国外文论动态》的规划提供了更具体的资料信息和建议。秦海鹰认为，中国社科院外文所发挥人文学科的核心牵头作用，以追踪外国文论动态，进行年度性的学术信息综述，是很有意义的工作。法国学界就设有专门的法英双语网站，提供重要的学术信息和专业书评，我们可以借鉴其经验，从中追踪法国文论的发展脉络。秦海鹰指出，国内法国文论研究有一个缺憾，就是大多跟着美国的研究动向走，一些很重要的法国思想，美国人没说，在我们这里就成为空白。我们应当发挥外语优势，有意识地大量翻译原典。除了关注新的人物、思潮外，一些重要文论家去世以后出版的讲义、笔记也非常重要。唯有准确把握这些信息，才能研究文论家后期思想和大众已经接受的思想之间的变化和差异。钱翰指出，国外文论研究主要有两种方式。一是以哲学家视角，借助文本阐发他的理论观点；一是聚焦文学，又跟哲学联系起来，以批评为主。针对国内文论界重视前者忽视后者的倾向，钱翰认为，文论要向批评开放一些。他说，国内外国文学研究的一个缺失是，作家介绍很多，对作家的批评介绍很少。因为缺少对批评的关注，外国文论在原文中是怎么用的，怎么跟文本相结合，我们不清楚，由此也很难掌握理论的核心。

中国社科院荣誉学部委员郭宏安和《外国文学评论》常务副主编程巍也围绕会议主题做了精彩发言。郭宏安认为，今天谈到的一些问题其实都是老问题。多年前我们就提出，国外文学文论动态很重要，各语种都应该有人关注跟踪研究现状，但实际上一直没人做这个事。就文论翻译而言，出版社比较喜欢出概论，出大面普及性的著作，用一个具体方法分析具体问题的书，则很少出版。事实上，西方的纯理论大多是二流批评家对一流批评家的总结。国内因为对批评对象不了解，没人看，出版社也没出版兴趣。这对于学界而言是一个重大缺失。此外，国内研究普遍对前沿比较重视，相对忽略传统的东西。实际上，传统比新的东西影响大。还有就是书评。大家都认为书评很重要，但做起来很难。法国刊物通常有一半篇幅用于书评。如果我们能多推出书评，就能对大量暂时不能翻译过来的书进行介绍。如果《国外文论动态》能够尝试解决这些老问题，重视对国外研究现状进行跟踪，倡导对批评家的思想著作加以研究，丰富对重要著作的评论，则功莫大焉。程巍主要从美国对欧洲理论的改写谈到了外文所在创新工程上的优势。程巍指出，中国社科院创新工程的根本立意在于帮助国家确立自身的文化价值和话语方式。人们通常认为,中国的文化价值似乎应由研究中国文学的学者来探索,但事实上,由于一些中国文学学者所掌握的西方理论过度简化,他们用来参考的价值坐标系并不准确,因而常常得出一些似是而非的结论。相反,从事外国文学研究的人,了解理论背后更大的语境,了解理论在接受史上遭遇的问题,清楚理论在旅行过程中被改写的历史,因此,他们真正懂得理论的复杂性,能够兼顾中外两边的问题,真正看到我们的问题所在。

理论室主任周启超在总结发言中指出,启动"国外文论动态"专刊,既是承接外文所前辈学者开创的理论译介出版传统,又是当代中国在国外文论研究中的一项基础建设工程;办好这个刊物,这是一种学术职责,也是一种人文担当。他表示,理论室将积极与相关刊物精诚合作,力争在外国文论学刊建设上有新的开拓。

2012年外国文艺理论学科年度发展报告

任 昕

2012年，随着中国社会科学院创新工程项目的开展，本学科在继续推进学科建设的基础上，充分利用现有学科资源，将创新工程项目与外国文艺理论重点学科建设项目有机结合，使之相互促进，协调发展。除此之外，本学科在开展国际国内学术交流，按期完成各项科研任务，开展学科基本建设，落实各项具体计划等方面均取得了较好的成绩。

本报告分别从创新工程项目论证筹备、学术交流及学术资源整合、科研项目进展和主要科研成果、学科基本建设以及未来发展思路五个方面对本年度学科工作进行汇报。

一、创新工程与本学科发展的会通

自2011年中国社科院创新工程项目正式启动以来，本学科围绕创新工程议题的选定、总体框架设计和具体项目安排、人员聘用、发展设想及具体工作的落实等方面多次召开会议，邀请文论研究领域专家及一线学者，广泛征求各方意见，前后拟定数稿，反复修改论证，力图使创新工程项目与本学科建设、理论室未来发展规划、科研创新等有机融合、协调发展，充分利用本学科的区位优势和多语种的资源优势，同时以创新工程为契机，促进、带动本学科的进一步发展。

2012年5月4日，为广泛征集各方意见，进一步推进创新工程项目论证工作，本学科与《外国文学动态》编辑部联合主办了“国外文论现状动态研究座谈会”。《国外文学》、《外国文学》、《俄罗斯文艺》、《外国文学评论》、《世界文学》、《外国文学动态》六大知名外国文学研究刊物主编以及北京大学、北京师范大学、北京外国语大学在外国文论一线工作的有关学者参加了会议。这次会议旨在商议与《外国文学动态》杂志联合主办一份以译介和研究外国文论为主的学刊作为中国外国文论研究阵地,为中国外国文论研究提供动态信息和前沿报道,同时将此刊物作为重要组成部分纳入本学科创新工程项目。本学科负责人、外文所理论室主任周启超认为,外国文论发展至今,已越来越迫切地要求我们建立一个以译介和研究外国文论为主的学刊作为中国外国文论研究阵地。社科院外文所作为国家顶级学术机构,可以充分利用现有人力资源和多语种优势,传承外文所译介传统,担当起译介、研究外国文论,开发学术资源的责任,为此,本学科可与《外国文学动态》编辑部以每年一期的形式合作创办"外国文论动态专刊"。这一设想得到与会者的一致赞同,与会者还对办刊方向、刊物内容、具体操作方法等提出了许多建设性意见。

目前,本学科创新工程项目"外国文学理论核心话语反思"作为外文所创新工程项目"跨国资本主义时代的外国文学与批评"下设项目之一已经院审核批准,于2013年1月开始实施。该项目以"跨文化的文学理论"为研究视角,从"核心话语"这一层面切入,旨在清理外国文论核心话语的原点意义,反思这些核心话语在当代中国的旅行轨迹,对于梳理外国文学理论的嬗变历程,审视当代中国文学研究话语实践中的现实问题,具有重要的学术史价值和思想史意义。

该项目包括三方面内容:

1. 专题研究:"外国文论核心话语之反思",包括"'对话'"与'狂欢':巴赫金文论核心话语研究"(由周启超撰写),"'文本'与'作品'之间:巴尔特文论核心话语研究"(由钱翰撰写),"'审美意识形态':伊格尔顿文论核心话语研究"(由马海良撰写),"从心灵'超验'到'自我信赖':爱默生文论核心话语研究"(由任昕撰写)四个部分,研究成果将以专著形式完成。

2. 学刊编辑:《外国文论与比较诗学》,拟每年推出学刊两卷,一卷侧重于国外文论动态现状研究(可以《外国文学动态》每年一期"文论专刊"形式出版),一卷侧重于国外文论前沿问题研究,争取做到前沿性译介与基础性研究并重。该学刊的创办,将在当代中国开辟一个多方位覆盖且及时准确报道世界文论动态的窗口。学刊团队成员为:周启超研究员、萧莎副研究员、任昕副研究员、张锦编辑、杜常婧助理研究员,学刊编辑工作由萧莎担任。

3. 文论编选翻译:"外国文论大家论文学"(拟由周启超编选,杜常婧等据原文翻译)与"当代国外大家论文学文本/作品"(拟由周启超、马海良、钱翰等编选)。这两套译著的编选翻译,将发扬外文所自钱钟书、冯至、袁可嘉、陈燊等老前辈开创的精选精译外国文论名著的学术传统，发挥本学科作为外国文论研究国家队应有的作用，以回应国内文论界对外国文论大家名著直译本的现实需求。

专题研究、学刊编辑、文论编选翻译这三项工作互相关联互为支撑。透过文论大家原著文本之精读与翻译来进行研究，以研究来带动文论译介，以研究的眼光来推进文论翻译，是外文所从事文论研究的学者应具备的基本功。经过研究、编辑、翻译这样三位一体的练历，外文所理论室的青年学者可望更为健壮地成长起来，理论室的建设可望得到切实加强，外国文论研究这一重点学科的发展可望出现新的起色。

二、学术交流与学术资源整合

（一）召开外国文论与比较诗学年会，积极开展国内与国际学术交流，广泛整合文论研究资源，建立交流互动平台。

外国文论与比较诗学学会是由本学科倡议牵头，联合全国高校及研究机构的外国文论研究领域的专家学者成立的组织。学会于2009年成立至今已召开五届年会，在联合全国高校和研究机构从事外国文论研究的专家学者，开展文论研究的跨语种、跨文化、跨区域的会通研究，推动国内与国际学术交流方面发挥了积极的作用。2012年，根据国内学界情况和工作需要，召开了第四届和第五届两届年会。

1. 外国文论与比较诗学研究会第四届年会："斯拉夫文论与比较诗学：新空间、新课题、新路径"

2012年5月25—28日，本学科与北京外国语大学在北京共同主办以"现代斯拉夫文论与比较诗学：新空间、新课题、新路径"为主题的全国外国文论与比较诗学研究会第四届年会。本届年会由外国文论与比较诗学学会主办，北京外国语大学俄语学院承办，中国社会科学院文学理论研究中心、外语教学与研究出版社协办。来自北京大学、复旦大学、中国人民大学、南京大学、中山大学、黑龙江大学、辽宁大学、山东大学、河南大学、深圳大学、同济大学、北京师范大学、首都师范大学、南京师范大学、哈尔滨师范大学、湖南师范大学、浙江师范大学、中国艺术研究院、四川外语学院、北京外国语大学、中国社会科学院的五十多位学者，与来自莫斯科大学、圣彼得堡国立赫尔岑师范大学、俄罗斯科学院俄罗斯文学研究所、乌克兰顿涅茨克大学、爱沙尼亚塔林大学、波兰华沙大学、捷克查理大学的7位学者出席了会议。会议集中探讨了20世纪以来斯拉夫文论在世界的研究成果，与会学者的发言与论文，既有对于现代斯拉夫文论的总体研究，也有对于大文论家的具体研究，是一次既有广泛覆盖面又颇具深度的跨文化对话。

会议期间，展出了七卷本《巴赫金全集》等几十种现代斯拉夫文论汉译著作与《现代斯拉夫文论导引》等上百种中国学者在现代斯拉夫文论研究领域的重要著作，引起了与会的外国学者的极大关注与高度赞扬。

作为外国文论与比较诗学领域一次重要的国际性学术盛会，本届年会集中探讨了20世纪以来广受学界关注的现代斯拉夫文论中的俄罗斯形式论学派、布拉格结构论学派，有深度地交流了什克洛夫斯基文论、雅各布森文论、英加登文论、穆卡若夫斯基文论、巴赫金文论、洛特曼文论在世界各国的研究成果。这一学术对话与文化交流，受到与会学者的充分肯定。吴元迈先生认为，这样以斯拉夫文论为主题的国际交流在当代中国还是第一次。钱中文先生认为，以斯拉夫文论整体为对象的学术对话，在当代中国乃是一种首创。与会代表深信：这次学术研讨，书写了当代中国外国文论与比较诗学研究新的一页，将对斯拉夫文论与比较诗学研究产生深远影响。

本学科成员周启超、史忠义、董小英等出席了会议并在会上发言。

2. 外国文论与比较诗学研究会第五届年会：“外国文论的当代形态：实绩与问题”

由外国文论与比较诗学研究会、黑龙江大学比较文学与文化研究中心主办，《求是学刊》、《学习与探索》杂志社等协办的“外国文论的当代形态：实绩与问题”学术研讨会暨第五届中国外国文论与比较诗学研究会年会于2012年8月15—18日在哈尔滨召开。来自北京大学、复旦大学、北京师范大学、中国人民大学、南京大学、四川大学、吉林大学、黑龙江大学、辽宁大学、苏州大学、扬州大学、安徽大学、厦门大学、暨南大学、深圳大学、中南民族大学、上海交通大学、北京语言大学、北京师范大学、首都师范大学、东北师范大学、华东师范大学、华中师范大学、浙江师范大学、陕西师范大学、中国社会科学院等高等院校和研究机构的学者共八十余人出席了此次会议。

会议论文集收录论文36篇，涉及英、法、德、俄、日、汉等多个语种，研究领域涵盖英美文论、欧陆文论、俄罗斯斯拉夫文论、东方文论等，从中国外国文论的建构、外国文论动态考察、外国文论在中国的旅行及文论话语关键词的演变等方面，全方位对外国文论与比较诗学前沿动态和当下问题进行了异彩纷呈的学术探讨。

本次会议主题可概括为“理论的旅行与思想的命运”。围绕主题，与会学者关注的焦点主要集中在：1. 通过对外国文论在中国的话语建构及外国文论前沿动态的介绍，对外国文论在当代形态的实绩进行检阅；2. 通过对外国文论基本问题和重要现象的思考，对外国文论研究现状进行反思。

在闭幕式上，本学科负责人、外国文论与比较诗学研究会会长周启超指出，以跨文化的文学理论研究为基本宗旨，促进国内外国文学研究界不同语种的文论研究者之间，国内外国语言文学界的文论研究者与中国语言文学界的文论研究者之间以及国内文论界与国外文论界之间的“三重会通”是本研究会基本的学术使命，“理论的旅行与思想的命运”这一主题将在今后通过对当代外国文论核心话语的深入反思而不断得到深化。他高度评价本届年会是一次精致的学术盛典，必将在研究会发展历程中留下鲜明的足迹。

本学科部分成员周启超、史忠义、董小英、任昕、徐德林、王涛等出席会议并在会上发言。

（二）举办系列学术讲座，及时介绍国内外文论研究动态，加强学术交流和信息沟通。

今年，本学科在以往基础上继续举办以“理论前沿”为主题的系列学术讲座，受邀学者皆为活跃在外国文论研究一线并在某一领域成绩斐然的学者，他们带来了在这一领域内的多年研究成果和最新信息，起到了很好的学术交流作用。

2012年9月25日，本学科邀请北京师范大学文艺学研究中心研究员钱翰举办了以“对理论时代的反思以及理论之后的巴尔特”为题的学术讲座。钱翰从法国二战之后的社会生活和文化背景谈起，分析了巴尔特后期思想转变的成因和表现，指出巴尔特前期主要关注话语，而后期更注重实践，而前后一以贯之的则是他的非意识形态的“中性观”。

10月23日，本学科邀请国内巴赫金研究著名学者、北京大学外语学院教授凌建侯在中国社科院外文所举办了题为“巴赫金话语理论与人文科学方法论”的讲座。凌建侯总结了巴赫金话语理论中关于“话语”的五种表述形式，分析了话语所包含的对话本质，指出巴赫金将人的存在、语言、文化三方面结合起来考察，与克里斯蒂娃的“互文性”及巴黎结构主义与后结构主义追求客观、忽视主体的思维倾向有所不同。

（三）学术交流与出访活动

本学科一直保持着较好的学术交流传统，注重对国内外前沿动态讯息的及时捕捉，学科成员及时汇报课题进展和最新成果，互通有无，或就某一问题展开讨论，形成了良好的学术氛围。2012 年 6 月 12 日，董小英研究员介绍了自己的在研课题“他类语言叙事”中的部分章节，就写作思路和进展情况与同行展开交流。6 月 19 日，史忠义研究员结合实例分析了当代外国小说的特征，对当代外国小说发展及小说研究方面的最新成果作了介绍。2012 年 9 月 11 日，本学科召开理论前沿信息交流会。会上，王涛助理研究员对近期参加的学术讲座的有关内容和运作机制等作了介绍；金成玉助理研究员通过汇报近期赴韩国访学的心得，概述了韩国文学研究领域现状；张锦编辑就近期卡勒的学术讲座“比较文学的挑战”发表了自己的看法。

本学科成员还积极参与国内外一些学术会议和活动。2012 年 9 月 20—22 日期间，徐德林副研究员参加了在江苏同里举办的“外国文学与中国的现代自我全国学术研讨会”，并在会上做了“接合理论研究的阿喀琉斯之踵”的发言；2012 年 10 月 20—21 日期间，参加了在北京大学举办的“想象未来”北京大学电影与文化研究中心年会，在会上做了“《呼啸山庄》：复仇，不只关乎爱别离”的发言。

金成玉作为韩国国际交流财团 2012 年度驻韩研究基金的受助者，于 2012 年 3 月—8 月前往韩国国立首尔大学进行为期 5 个月的研究活动，研究主题为《中韩家族小说比较研究》。在韩期间，她先后访问了首尔大学、高丽大学等几所大学的教授，对研究课题和研究方向进行了多方面、多角度的探讨，同时收集了大量相关资料。她还多次参加学术活动，2012 年 6 月 12 日，参加了在首尔举办的“首尔大学韩国语言文学第五届学术发表会”；7 月 27 日，参加了“2012 年万海庆典学术研讨会”，在会上发言并提交论文《民族或者“爱”的共同体的想象—中韩近代化的先驱梁启超和韩龙云的比较研究》；8 月 23—24 日，出席“首尔大学奎章韩国学研究院 Humanity Korea 事业团国际学术研讨会”。除此之外,她还出席了一系列学术交流活动,如2012年7月5日在首尔召开的“韩国国际交流财团第44届KF论坛”,7月19日召开的“2012年韩国公共外交国际论坛”,7月19日召开的“第11届东北亚未来论坛”等,与国外同行进行了广泛交流。

三、科研项目进展及主要科研成果

在本学科全体成员的共同努力下,今年科研工作取得了新的进展:

(一)结项课题与在研课题进展情况

2011年,徐德林、庄焰进入“跨国资本主义时代的外国文学与国家认同:1898—1930的西方文学译介与‘世界主义’的兴衰”创新工程课题组。2012年,徐德林顺利启动了院创新项目“跨国资本主义时代的外国文学与国家认同”的子课题“错位的他者——知识考古学视野下的中英文学关系(1898—1930)”,目前尚在按计划进行资料收集;同时较好地按计划推进了院重点课题“英国文学批评观念的演变——从阿诺德到威廉姆斯”,目前资料收集与阅读整理工作基本结束,即将进入写作阶段。除此之外,王涛也于2011年进入“马克思主义文艺理论与外国文学批评:文学史体现的资本语境与诗性资源”创新工程课题组,目前在研课题和其他科研活动正按计划进行。

董小英、任昕、萧莎、金成玉已于2012年底按计划完成各自课题或写作计划。

董小英的课题《他类语言叙事》从叙事学角度对非语言类的艺术进行了研究。她认为,既然艺术门类的共同点是叙事,是其他从审美角度研究的学者研究的盲点,而叙事由语言表述,语言的用途是交流,传达信息,它传达信息的媒介是语音和文字,这是我们大家都知道的道理。反推,只要是具有交流和传达信息的作用,我们就可以认为是另外一类语言,只是使用的媒介不同罢了。

在日常语言之外的交流媒介,如手语、旗语,这已经被认可了,绘画、雕塑、建筑、音乐等都可以传达信息,起到媒介的作用,具有同样的叙事功能,舞蹈,舞剧、戏剧会记录形体语言,或用形体语言叙事,因此我们说,它们都是一种语言。所以本书的主题和书名是“语言叙事”,因为用色彩和形体叙事的视听艺术有别于文字,所以叫“他类语言叙事”。

他类语言与语言有相同与不同之处。既然艺术作品的目的是叙事,就必然像语言一样,有“音、形、义”三个大的范畴,才可能作为一个表意系统来叙事,既然创作者创作出来的艺术语言,可以被大众接受和理解,达到他传达意义的目的,那么我们做研究就要按照“音、形、义”的思路来观察、分析这些艺术语言。画或图的叙事功能是在它一诞生就被确定了的,或者说画作为语言叙事是人类仅次于语音语言的发明。与语言不同的是他类语言的“音、形、义”的元素是不完全的。因为有了叙事这个视角,对叙事就非常敏感了,就到处去捕捉,所以,捕捉到的东西都是与审美的东西同时存在的,这就是要从叙事的角度来写艺术哲学的原因。

在其著作《叙述学》的前言里,董小英将自己的志向概括为盖学术大厦。大厦的基础或叫地基是语法、修辞、逻辑和叙事学,是大厦的四根支柱。之后往上走,语言是第一层,文学是第二层,第三层是文化,文化之中的文明是由绘画、雕塑、工艺美术、建筑等原来被划到美学里的艺术品,即他类语言表现的,再往上就是哲学,涉及到的范畴是意识形态和思维方式。当然,不论在研究的时候,还是在表述的时候,这些层次的认识、知识都是互相支持的,大厦是一个整体,只是在著作的时候,有所侧重。本课题的研究对象就是艺术品,着重研究艺术哲学、语言哲学,以及由此涉及到的思维方式。

任昕的课题《从“逍遥游”到“诗意地栖居”:庄子与海德格尔》试图从诗性的或审美的角度来把握庄子与海德格尔这两位对人类思想产生了重要影响的思想家的学说,主要将海德格尔哲学的诗学部分与庄子思想中相通、相近的部分联系起来进行思考。这种比较基于这样一些条件:首先,海德格尔思想的确受到过来自东方尤其是庄子思想的影响,这种影响或明或暗地体现在海德格尔转向后的思想中,尤其体现在海德格尔诗化哲学或诗学思想中。其次,海德格尔哲学与庄子哲学在一些基本问题,如世界本体的观念,对生命本体及人的问题的关怀,试图超越人生有限性等问题上,都存在着不期而然的相通之处。而在这些相通之处背后,是一种试图以诗性的精神来把握、对待世界和生命的基本态度,这构成了庄子和海德格尔思想中最根本的契合点。本课题正是在此基础上,围绕以下几点问题展开思考:

1. 对哲学核心问题的提出和对哲学基本问题的看法。无论庄子还是海德格尔,都认为世界存在着一个本源,在庄子为“道”,海德格尔则称之为“存在”。而无论“道”还是“存在”,在庄子和海德格尔看来都是不能被知识、概念和理性所认识和把握的，而需要以“虚静”之心去体悟，以“解蔽”的方式去“澄明”，而这种对世界本源问题的理解恰恰构成了“非概念性”、“非理性”的哲学前提，使他们的哲学从基点上便具有了诗性的气质，审美的倾向。2. 人生关怀。对人的问题的关注、对生命意义的思考、对人生在世的苦难的悲悯以及试图超越人生有限性、追求生命自由和谐的强烈愿望，构成了庄子和海德格尔思想的最华彩部分。3. 生命问题是不能以知识和概念来衡量和把握的，而思想本身也不能被知识和概念所分析和穷尽。4. 知识和文明，尤其是技术的进步将为人类带来灾难。5. 人类生存的理想图景是人与天地万物的融合相处，人类不能与其所生存的环境脱离，不能与自然分离。6. 人生的超越实则是一种诗性的或审美的境界。7. 追求思维的源始性、整体性，反对思维的概念化、分析化，而这种思维正是一种诗性的、审美的思维形式。在所有上述相似相通之处的背后，海德格尔哲学与庄子思想在一个基本点上存在着高度的一致，那就是庄子哲学和海德格尔哲学中的诗性，正是这种诗性的特质、诗性的精神以及对诗性的自觉追求，使他们的思想得以在跨越历史的隔阂和文化的差异后达到思想汇通的可能。

箫莎的课题《英国的文学知识分子(1870—1939)》从1870年这个在英国历史上的一个重要年份切入开展研究。这一年6月，一代文豪查尔斯·狄更斯去世。这位小说家、社会批评家的离世，不仅标志着19世纪英国现实主义小说创作告别巅峰阶段，也意味着维多利亚时代失去了代言人。狄更斯一生批判过维多利亚时代英国的各种制度，抨击过这个时代的各种黑暗，然而，正是在他去世这一年，三个划时代的法案获得通过，英国的制度改革进入加速通道。《教育法》意味着义务制国民教育时代开启，它将大幅提高底层劳动者的文化程度，从而为英国政治民主化(劳工阶层参政)、文化民主化(大众文化消费市场形成)铺平道路；文官考选制确立，意味着竞争伦理从下至上涤荡所有阶层，并已主导英国中央行政机构；《已婚妇女财产法》意味着妇女独立的法律和社会地位开始建立，为日后男女平权奠定了最根本的基础。

1870—1939年，可以看作是英国完成现代化、福利化制度转型的关键时段。其中问题值得我们思考：一、英国知识界在社会制度的转型中扮演了怎样的角色？不同的思想话语如何与社会现实发生冲撞，两者如何互动？二、所谓的社会进步本身，从来不是一个单向的潮流。在此过程中，总会有个人、群体和利益为它让路，付出巨大代价。此外,社会物质形态发生改变,社会心灵必然是变化的先行者。在一个变革的时代,人类精神世界会面临怎样的两难、苦痛、创伤?三、文学家作为知识界当中以人为观察对象的特殊群体,作为对时代进步和时代痛苦最敏感的群体,其文学话语如何被历史的智识的语境所塑造,同时又如何通过创作参与塑造了转型期的社会?解答这些问题,无疑对我们认识今天正处于变革期的中国社会大有益处。

项目包括两部分:第一部分,把英国知识界放在社会历史语境内,重绘1870—1939年间的英国智识图景;第二部分,选取几位有代表性的英国文学家,从他们关心的具体社会—文学问题入手,研讨他们与智识语境和社会语境之间的关系。

金成玉的课题为《现代转型期中韩家族叙事与共同体的想象》,已完成初稿十万多字。巴金(1904—2005)和廉想涉(1897—1963)分别是中国现代文学史和韩国现代文学史上具有代表性的现实主义作家。研究参照班纳迪克·安德森的《想象的共同体》理论,对巴金和廉想涉的代表作《家》和《三代》进行了比较研究。1919年正值现代转型期,巴金和廉想涉经历了反帝反封建的"五四运动"和争取民族独立的"三一运动",成为无政府主义者和民族主义者。但是,巴金的无政府主义根源于对人类的爱,而廉想涉的民族主义则根源于对受压迫的本民族的爱,因此可以说都是基于对人类的爱的人道主义。他们作为立足于这种思想的时代的共谋者开始了社会活动,但却未能克服理想和现实之间的矛盾,于是便形成了双重性格。他们进行文学创作,将文学作为实践自己思想的手段,从而实现了身份的转换,并将对人生和社会的探索与文学创作相结合,创作出了通过现实主义反映时代精神的家族小说。

在《家》和《三代》中,两位作家都通过家族叙事,展现了处于现代转型期,根据儒教"孝"的伦理思想而构建的家族共同体的解体和新一代的成长过程。但不同的是,《家》通过展现新旧两代之间不可调和的矛盾,强调了主人公等新一代对封建专制统治的反抗;《三代》则通过新一代民族主义者的主人公形象,试图在祖、父、子三代人之间,以及有产者和无产者之间进行调和和统合,来应对殖民地化的现实。虽然两位作家的侧重点不同,但在再现转型期中国和韩国乃至东亚面临的最重要课题,即反帝反封建的主题方面,具有积极的意义。

同时,两部作品都通过长子的双重性格和新一代叛逆者的激进性格,生动地再现了中韩两国知识分子在现代转型期对现代国家和现代社会所进行的多种探索，以及相互之间的影响。长子的双重性格为新一代的自我反省提供了可能性，从而摆脱了单纯的二元对立结构，展现了对客观现实多层次多角度的认识。小说通过新一代叛逆者的激进性，切实地体现了反封建斗争精神和抗日精神。但是，长子们的性格差异和反抗者们不同的理念选择，使他们对现代民族国家各自怀有不同的想象。

(二) 主要科研成果

本学科今年共发表专著3部，文集1部，论文20篇，一般文章3篇，译著1部，译文2篇。

周启超发表了2部专著：《现代斯拉夫文论导引》(河南大学出版社，2011年12月，34.8万字)及《跨文化视界中的文学文本/作品理论——当代欧陆文论与斯拉夫文论的一个轴心》(中国社会科学出版社，2012年10月，46.3万字)。

在《现代斯拉夫文论导引》中，作者指出，现代斯拉夫文论以其思想的原创性、学说的丰富性、理论的辐射力，在现代世界文论的版图上，构成了堪与现代欧陆文论、现代英美文论鼎足而立的一大板块。长期以来，我们对现代世界文论中这一板块的境况若明若暗。本书针对当代中国的国外文论研究中的这一缺失，对现代斯拉夫文论的三大学派(俄罗斯形式论、布拉格结构论、塔尔图符号论)与六大名家(穆卡若夫斯基、英加登、什克洛夫斯基、巴赫金、雅各布森、洛特曼)的主要建树，对他们在现代文论的“科学化”与“学科化”进程中的独特探索。展开了较为系统的勘察，对这几位文论大家在“文学性”这一现代文论核心命题上的入思路径，在“文学作品/文学文本理论”这样的现代文论轴心论题上的独特见解，进行了较为集中的梳理。

本书是作者这些年来践行“跨文化的文学理论研究”这一学术理念的最新成果。作者在文论著作的写法上也有一己的追求，立意尝试一种既不同于当下流行的《外国文论史》(或《西方文论史》教科书那样宏观而宽泛的概述，又有别于国别文论史那样微观而琐细的论述之第三条线路：力图以穿越国别疆界、穿越民族区隔的“文化圈”为视界，来展开国外文学理论资源的系统清理与深度反思。这是一部名副其实的填补空白而颇具开拓性的理论著作，是一部有助于文学研究者拓展理论视野与思维空间而颇具引领性的学术专著。本书系中国社会科学院重大课题(A类)项目“跨文化的文学理论研究”的最终成果之一，

2009年结项，经专家组鉴定为优秀。

《跨文化视界中的文学文本/作品理论——当代欧陆文论与斯拉夫文论的一个轴心》以比较诗学的视界，进入当代国外文学文本/作品理论资源的系统勘察。作者聚焦于近五十年来欧陆文论界与斯拉夫文论界在文学文本/作品理论上最为突出的七位大家——翁贝尔托·埃科、米哈伊尔·巴赫金、尤里·洛特曼、沃尔夫冈·伊瑟尔、茱莉娅·克里斯特瓦、罗兰·巴尔特、热拉尔·热奈特的文学文本观/文学作品观，展开细致精微的梳理和辨析，清晰地呈现出“作品大于文本”、“作品小于文本”之不同的景观与成因，阐释了文学作品理论/文学文本理论追求自立、获得自主、向外扩张，由“小写的文本”变成“大写的文本”之流变轨迹。

针对偏执与“偏食”所导致的理论生态失衡之现实，作者追求对国外文学理论资源的多方位吸纳；针对域外文论借鉴中的“线性进化”思维，作者追求对国外文学理论的深度发掘。本书系中国社会科学院重大课题(A类)项目“跨文化的文学理论研究”的最终成果之一，2009年结项，经专家组鉴定为优秀。2010年入选《中国社会科学院文库》。

金成玉在其专著《崔曙海小说研究》(韩文，21万字，韩国知识与教养出版社，2012年10月)中指出，崔曙海(1901—1932)是韩国无产阶级文学初创时期出现的著名作家，大部分研究者都认为其文学成果是韩国现实主义文学的成就，但是，这仅仅肯定了其基于自身经历而写就的小说的意义，却忽略了其表现的真实性。因此，该书运用米克·巴尔(Mieke bal)等的现代叙事学理论，从叙事学的角度全面深入地研究了崔曙海的小说。作为叙事分析的核心，在叙述者的叙述方式和聚焦方法中，聚焦方法其实是由叙述者来选择的，因此，第二章对叙述者的位置和叙述方式进行了一次深入的研究。在探讨叙述者的位置和叙述方式的基础上，第三章考察了崔曙海的小说表现出的聚焦样态及其意义。第四章探讨了由叙述者的叙述方法和聚焦方法结合而形成的叙事结构的特点及其美学价值。本章主要根据米克·巴尔(Mieke bal)等的叙事理论，以人物和时空间的构成为中心，分析了崔曙海小说中出现的叙事构造。崔曙海的小说由于叙述者的公众位置和叙述方法的独创性，将个人的体验上升为全社会的层次，同时通过聚焦方法执著地追求了小说的真实性；不仅如此，通过叙述者的作用和小说的多种要素的结合，小说形成了有机的统一体，构成了复合性的叙事结构，实现了小说的美学升华。

在翻译成果方面则有徐德林的译著《奥林匹亚》(北京大学出版社,2012年10月,10万字),本书是对"美,即为有意味的形式"的最佳诠释,它是纪录片的巅峰之作,也是所有电影的范本。在一位传奇女性的主导下,它采用超越性的视角,以展现人体之美为目标,如此宏大和澎湃,给人留下了无尽的探讨空间。本书解读了这部壮美作品的诞生过程和内在意涵,从中可以清晰地看到,创作者如何把他们所拥有的资源和所受到的诸种制约,极具想象力地转化成表现人体、运动、激情的动力泉源。

周启超发表的论文有以下几篇:

在《当代欧陆与英美文论界视野中的尤里·洛特曼——尤里·洛特曼的文学文本理论之跨文化旅行》(载《西北大学学报(哲学社会科学版)》2102/3)一文中,作者认为,当代文论是在跨学科之中发育的,是在跨文化之中旅行的。尤里·洛特曼的文学文本理论之跨国界跨文化的传播与解读,[德]卡尔·艾梅马歇尔、[荷兰]杜威·佛克马、[法]让—伊夫·塔迪埃、[意大利]翁伯特·埃科这些欧陆学者对洛特曼文学文本理论的诠释、安·舒克曼、特里·伊格尔顿、拉曼·塞尔登这些英美学者对洛特曼文学文本理论的诠释,可谓当代苏联文论之跨文化旅行的一道亮丽风景。洛特曼之文学作品建构于"文本结构与文本外结构之互动共生"的"内外互生"理论,与埃科之"开放的艺术作品"理论,与伊瑟尔之"具有召唤结构的文学文本"、"具有艺术极与审美极的文学作品"理论,与巴尔特之"由作品走向文本"、"可读的文本和可写的文本"理论,与克里斯特瓦的"现象文本"与"基因文本"、"具有生产性的文本"理论一样,共同参与了当代国外文学文本/文学作品理论的革新,参与了当代"文学"概念的更新与当代文学研究视界在《思潮·范式·文本——对当代中国外国文学研究的一点反思》(载《山东师范大学学报(人文社会科学版)》2012/5)中,作者指出,长期以来,我们的外国文学研究习惯于从思潮入手,追问主义,不太关心支配着思潮交替的范式。由此导致我们的外国文学研究偏爱一味跟风,追求"接轨",自主性缺失。外国文学研究的深化,要求我们守持自觉的"外位性"立场——高扬主体性,尊重差异性,追求对话性,着力涵养超越思潮而包容多种范式的眼光,着力培养沉潜于文本而建构作品的能力,着力提升由作品的文学世界而入跨文化交流的学养。

另一篇论文《作品的"开放性"与"文本的权利"——试论埃科的文学作品/文本理论》(载《中国人民大学学报(哲学社会科学版)》2012/5)

认为,从艺术作品的"开放性"到文学"文本的权利",从文学"文本意图"的提出到文学文本的"使用"与文学文本的"诠释"之区分,这一切都大大地丰富了、深化了当代文学作品/文学文本理论。"开放性"理论开启了当代文学作品/文学文本理论建构的新路径。"开放性"理论进入了文学文本固有的生命机制的探究。"开放性"引领着我们对"文本意图"之控制力的考量。"开放性"理论在当代欧陆文论界、当代斯拉夫文论界、当代英美文论界与当代中国文论界已产生深远影响,而已在当代文学理论的跨文化旅行之中刻下鲜明印迹。

在《当代外国文论:在跨学科中发育,在跨文化旅行——以罗曼·雅各布森的文论思想为中心》(载《学习与探索》2012年第3期)一文中,作者指出,当代欧陆文论、英美文论、斯拉夫文论中的重大学派与知名大家的文学理论探索,大多发育于语言学、哲学、美学、诗学、社会学、心理学、人类学等诸多学科的交融之中,大多发育于语言哲学、现象学、符号学、修辞学、解释学、文学人类学、话语诗学等诸多学科的交接点上,大多行进于穿越民族、国界、语言、文化的跨文化旅行之中。当代斯拉夫文论中的几个重大学派——俄罗斯形式论学派、布拉格结构论学派、塔尔图—莫斯科符号论学派——的文论,当代斯拉夫文论中的几位知名大家——罗曼·英加登、扬·穆卡若夫斯基、米哈伊尔·巴赫金、尤里·洛特曼——的文论,都是在在跨学科中发育、在跨文化中旅行的,罗曼·雅各布森的文论探索堪称当代文学理论之跨学科跨文化这一基本特征之最具典型性的一个个案。

董小英的论文《从秘索思到逻各斯,到科学——思维模式的演变》(载《跨文化的文学理论研究》第4辑,河南大学出版社,2011年11月,3.4万字)认为,人类思维发展经历了从秘索思(mythos)、逻各斯(logos)到科学三个发展阶段。从思维方式的角度,给秘索思下定义,则秘索思是任意因果的,是主观臆想的,它的想法不需要跟客观世界相吻合,而只是描述它自己对客观世界的理解和认知。逻各斯则是推理的过程。科学则需要将主观与客观实际相验证,它可以利用已经掌握的规则制造物品。这个过程证明秘索思、逻各斯和科学都有独立的发生和发展的轨迹,因此,人类的基本思维方式是三元的,而不是二元的。从秘索思到逻各斯,再到科学有一个漫长的复杂过程。文章从不同文化视角,以多种实例对三种思维方式做了分析和区分,并指出其在人类不同发展阶段的意义,以及科学思维对当下中国发展的现实意义。

金成玉今年的发表的文章有:《不同寻常的选择与实践—韩国现代作家廉想涉的文学与现实主义》(载《跨文化的文艺理论研究》第 4 辑,河北大学出版社,2011 年 11 月),文中认为,廉想涉是韩国现代文学史上的现实主义代表作家。他亲历韩国遭受殖民统治的悲哀和争取民族独立的"三一运动",通过文学表现抗日和独立的心愿,他的文学与现实主义可谓是不同寻常的选择与实践。本文旨在通过考察廉想涉的成长过程和初期思想的形成,以及包括其民族文学论之性质和对现实主义之探求的文学活动之全貌,揭示其文学的本质和意义。

在另一篇论文《〈家〉和〈三代〉的叛逆者形象之比较》(载《理论的记忆—中国社会科学院外国文学研究所理论室成立三十周年纪念论文集》,黑龙江人民出版社,2011 年 11 月)中,作者对中国和韩国的现实主义作家巴金和廉想涉的家族小说《家》和《三代》中的新一代叛逆者形象进行了比较研究,认为两位作家通过新一代叛逆者的形象,分别展现了当时作为中韩两国时代精神的"五四"精神和"三一"精神,真实地再现了他们对于"反抗"和"斗争"的理念的向往,以及对于以"同志爱"为模式的社会共同体或人类共同体的构想。更可贵的是,两位作家通过叛逆者所揭示的"反抗"理念和"斗争"理念并不停留于单纯地提倡反抗精神或斗争精神,而是在宣扬和克服悲剧意识的过程中,蕴含着丰富的内涵并引导新一代付诸实践。

《民族或者"爱"的共同体的想象—中韩近代化的先驱梁启超和韩龙云的比较研究》(载韩国《万海学报》第 12 辑,2012 年 7 月)一文以东亚视角为出发点,对中国和韩国的近代化先驱者梁启超(1873 年~1929 年)和韩龙云(1879~1944) 的改革思想及其实践,做了一次概括性的比较研究。梁启超和韩龙云均在从西方接受进化论的同时继承优秀的民族文化,构想了以新民思想和万人平等的思想为基础的近代民族共同体,为实现近代民族国家而奋斗了终身。作为近代思想家、政治活动家、文学家的梁启超,拟建设以进步知识分子为其代表、以中华民族为其成员的政治共同体;而作为李朝末期僧侣、民族独立运动家、文学家的韩龙云,则面对日本帝国主义的黑暗统治,谋求全民族以"爱"团结在一起的心理共同体,来实现民族独立大业。虽然他们均有脱离民众或者与世俗保持距离的局限性,但在东亚反帝反封建的运动中共同站在前列,并共同抱有以东洋社会所重视的如同"兄弟"般的"爱"实现人类共同体的远大目标,是给后世留下的重大启发和精神遗产。同时,通过他们的文学作品再一次确认到:中国和韩国在走向现代化的过程中，都曾有过试图通过文学的力量，拯救民族共同体的构想和探求。

王涛在论文《当代“书写”理论中的犹太思想痕迹初探》（载《跨文化的文学理论研究（第4辑）》，河南大学出版社，2011年11月，2.6万字）中认为，在后结构主义理论和犹太思想中，“书写”同样具有十分特殊的重要地位，这是否可以说明这两者之间可能存在着某种关联？本文试图借鉴当代女学者苏珊·汉德尔曼、神学家大卫·特雷西等人的思考，以一种跨学科的理论探讨，从三个方面对于当代“书写”理论中存在的犹太思想痕迹进行梳理：首先，从德里达的“痕迹”论及犹太思想中上帝的“隐退”或“痕迹”，再由犹太教对文本进行多重阐释的传统对比巴尔特的取消深度及文本观念，以此说明犹太思想书写观中的碎片性正与当代西方思想的精神气质吻合；其次，通过对两者共同带有的“弑父”理论色彩的解读，来说明这恰恰是变更的理论和时代背景下所采取的一种特殊方式，使传统在更新中得以传承；最后，探讨了德里达等人书写理论中带有伦理学转向，正是受到了犹太神学家莱维纳斯的影响，而后者的理论又有布朗肖的“文学理论”在他者的问题上与之呼应，这些理论共同形成了书写“面向他者”的特性。

在《非同一性的乌托邦——试论阿多诺的文化理论诉求及其现实意义》（载《马克思主义文学观与外国文学研究》陈众议主编，北京大学出版社，2012年6月，2.2万字）一文中，王涛认为，西方马克思主义著名理论家阿多诺的“文化工业”批判的理论，不仅是为破除启蒙理性所构建的同一性幻象，更是为了提倡一种“非同一性”的概念，承认差异和他者的存在，从而在某种意义上成为后结构主义理论的前奏。在表面上日趋多元化的今时今日，阿多诺的文化批判理论并未真正过时，因为如果借用他的理论分析当下，就不难发现，虽然经历了无数“狂欢”的喧嚣，左右人们日常生活的，却仍然是利用“欲望叙事”提供虚假幻象、制造“公众意见”以支配人们的，别样的“意识形态”。在信息“内爆”，每个人都在追求、张扬自己个性的今天，由于过度的商业化，即使是那些看似最为先锋、前卫，乃至“后现代”文化产品提供的，往往也是一种“伪个体性”，人们在追求“与众不同”的同时反而更加趋同，而真正得以大行其道的，却很可能是跨国资本的扩张。因而，阿多诺经由文化批判所倡导的“非同一性”，并非是对同一性的简单拒绝或破坏，而是试图使自己成为一种“内在于同一性自身逻辑中的非同一性”，在拒绝将这种非同一性拥上同一性空出的至高地位，同时又承认矛盾和差别的前提下，达到一种最低限度的和谐，在本雅明式的“星丛”状态下企及一种不断“延异”的乌托邦。

任昕在论文《从“逍遥游”到“诗意地栖居”》（载《跨文化的文学理论研究》第 4 辑，河南大学出版社，2011 年 11 月，2.4 万字）中将庄子哲学与海德格尔哲学从诗性的角度切入进行跨文化的比较研究。庄子哲学与海德格尔哲学都始于对世界本源的追问，而最终都落实到人生关怀上。他们都认识到人生的有限与无奈，都试图寻找超越的道路，并不约而同走向了诗意的人生之境。这种将生命作为哲学思考的基点并始终将思想与人生紧密结合在一起的思考方式，这种试图以诗性的或审美的精神来超越生命有限性的努力，构成了庄子和海德格尔哲学的本质特征，也构成了比较的基点。文章从庄子将人生比作“倒悬”之苦，海德格尔以“沉沦”形容此在在世生存状态开始，进入到庄子的人与世界浑然融合的“齐万物，一死生”的理想生存状态和海德格尔对天、地、神、人“四方一体”的构想，进而指出庄子的“逍遥游”、海德格尔的“诗意地栖居”都是两位哲人为试图超越生命有限性所提出的人生最高的生存境界，而这样的生存境界是心灵在摆脱了生存有限性束缚后所达到的高度自由的审美境界，这样的人生因而也是诗意的人生。

徐德林在论文《文化研究的语言学转向》（载《跨文化的文学理论研究》第四辑，2011 年 11 月，2 万字）中认为，“转向”是 20 世纪西方文论发展的一个显在特征；在 20 世纪西方文论所经历的诸多转向中，“文化转向”的意义、影响尤为重大，但很少为人关注的是，文化转向的发生源于文化研究的“语言学转向”。所以，本文以伯明翰学派文化研究为对象，考察了文化研究语言学转向的动力与过程：英国新左派的内部论争以及随之发生的新左运动话语权的转移，引发了作为新左运动产物的文化研究实行语言学转向，遭遇文化主义—结构主义论争，最终选择放逐经验、追逐理论的发展策略。尽管人们至今依旧对文化研究是一门学科还是一种策略见仁见智，但应该达成共识的是，文化研究当初的语言学转向不仅形塑了它自身的未来发展态势，而且定格了二战后的西方文论甚至整个人文学科的文化转向。

作者在另一篇论文《澳大利亚文化研究的系谱学考察》（《中国图书评论》2012 年第 8 期，0.7 万字）中指出，随着伯明翰当代文化研究中心等具有实体性质的文化研究机构的消失，在 1980 年代末 1990 年代初，文化研究史书写中出现了一种“去中心化”的趋势，澳大利亚文化研究因此被屏显在了与英国文化研究、美国文化研究联袂组成的支配着全球文化研究的“三A轴心”帝国之中。表面上，澳大利亚文化研究获得了与之前频繁作为文化研究源头与中心被人论及的英国文化研究、时常作为文化理论输出地被人言说的美国文化研究大致相同的能见度，但实际上，它所获得的是一种与遮蔽相伴生的屏显。澳大利亚文化研究中被屏显/遮蔽的是什么？被屏显/遮蔽的原因何在？如何看待作为一个同质性术语的澳大利亚文化研究？这些既是本文试图要回答的问题，也是本文的要旨所在。

徐德林在书评《〈明星〉：明星研究的明星》（《博览群书》2012年第1期，0.6万字）一文中认为，理查·戴尔在明星研究领域的影响之所以持久不衰，在很大程度上是因为他所建构的研究方法的有效性，而其方法的有效性则是源自他的明星研究乃“某种特殊的政治介入”这一在地性需求。这便是戴尔给处于“后发展型”之中的我们的启示所在。鉴于众多中国明星通过《中国国家形象片——人物篇》在纽约时报广场登上了世界秀场的中心舞台，鉴于“冲击奥斯卡”屡屡受挫的中国电影人义无反顾地采取“推明星”的策略，面对让·鲍德里亚所谓的“明星是空洞的形象”这一新的文化现实，如何把明星置于特定的政治、社会与文化语境之中，耦合明星个人的小历史与其置身于其间的大历史进行考察，如何通过明星的诞生考察特定的社会情境/情感结构，思考明星的时代与时代的明星之间的复杂纠缠等一系列问题，已然凸显在了在当下从事明星研究的我们面前。如何才能顺利而有效地解决这些问题？倘若我们能够“视其所以，观其所由，察其所安”，调整既有研究思路，视明星研究为介质，我们就会发现，希望就在前方。所以，《明星》当是明星研究之鉴，抑或明星研究的明星，虽然我们必须于其间克服视西方为圭臬之大忌。

此外，徐德林还发表了《重温“文化研究宣言”》（《外国文学评论》2012年第2期，0.7万字），《传统与变革：影像内外的英国女王》（《世界知识》2012年第10期，0.32字万），《好莱坞：中国电影的敌人？》（《世界知识》2012年第7期，0.32万字），《经济问题需要文化解决办法——澳大利亚文化研究巡礼》（《中国社会科学报》2012年2月22日，B—05版，0.35万字），《难载厚望的奥斯卡新规则》（《新闻研究导刊》2011年第11期，0.25万）等文章。

箫莎今年在《光明日报》上发表了系列文章：《多面人狄更斯》（载《光明日报》2012年2月27日，0.3万字），文章是对狄更斯与19世纪英国小说形式发展之关系的研讨和评论;《英伦的读书风尚》(载《光明日报》2012年4月23日,0.3万字),讨论阅读与民族文化、民族精神建构之间的关系;《那些写给童年的故事》(载《光明日报》5月28日,0.3万字)则剖析了英国儿童文学在19世纪转型及发展的状况及缘由。

四、学科建设和主要活动

(一)纪念理论室成立三十周年活动

2011年12月14—16日,中国社会科学院外国文学研究所理论室建室三十周年座谈会暨研究室建设规划研讨会在北京密云召开。会议特别邀请到曾为外文所理论室建设做出开创性贡献的五位元老:吴元迈、叶廷芳、章国锋、郭宏安、吴岳添先生。曾在外文所理论室工作与理论室在职研究人员共20多位同仁与会;北京大学出版社、黑龙江人民出版社、中国社会科学出版社等多年支持理论室工作的出版界友人作为特邀嘉宾莅临这次座谈会。

早在1966年,冯至先生有感于当时文学研究理论建设紊乱,认识到外国文学研究亟待建立自己的理论队伍,遂提议建立理论室。但此提议直至粉碎"四人帮"后,国家拨乱反正之际,方得以成行。1981年秋,中国社会科学院外国文学研究所理论室成立。可以说,理论室成立的最初动因正是来自前辈学者对国家和民族的文化使命感。上世纪80年代,外文所理论室前辈在外国文论的译介和研究方面做出了卓越贡献,由他们翻译的外国文论著作与外文所其他学者所选译的外国文学名著研究资料一道,已成为改革开放后中国文化现象的一种标志,许多人就是在阅读他们的译著和著作中成长起来的。

经过几代学者的共同努力,外文所理论室已成为多语种多领域的文学理论研究机构,既有马列文论研究、俄苏文论研究以及英美德法文论研究这样的传统研究方向,也有欧陆文论研究、斯拉夫文论研究、美英文论研究、比较诗学这样的前沿研究方向,在国内外国文论界发挥了良好的引领作用。这些年来,外文所理论室与院内同行、国内同行携手合作,相继建立了"中国社会科学院文学理论研究中心","中国中外文艺理论学会巴赫金研究分会"、"全国外国文论与比较诗学学会",在开拓外国文论研究平台、整合国内外国文论研究资源,构建多重会通的外国文学理论学科格局,深化外国文论与比较诗学研究,介入当代中国文学研究的话语实践等方面做出了积极贡献。外文所理论室于2001、2002年先后承担起“比较诗学研究”(国家社科基金十一五规划重点项目)和“跨文化的文学理论研究”(院A类重大课题项目)两大科研项目;2004年,外文所理论室成功创建中国社会科学院重点学科。2005年,理论室独立创办外国文学理论学科学刊《跨文化的文学理论研究》。2009年,外文所理论室圆满完成两大集体项目,“跨文化的文学理论研究”最终成果7部专著被专家组一致鉴定为优秀。2010年,《跨文化视界中的文学文本/文学作品理论》一书,经评审成为院文学语言片首批入选“中国社会科学院优秀成果文库”的专著之一。

关于外文所理论室未来的发展,周启超主任提出,要继续发挥理论室团结进取、不断开拓的优良传统,继续培养乐于合作意识、勤于开拓意识和敢于担当意识,继续坚持跨文化的文学理论研究路向,多方位地吸纳,有深度地开采,努力实现由国别文论研究走向跨文化的文学理论研究之结构转型,积极发挥在全国外国文论界的学术牵引作用,不断提升对于全国文学理论建设的学术影响力。史忠义副主任提出,理论室未来的研究要注重两点:一是要着力于中外文论比较研究,二是要重视文论与思想史的关系研究。

外文所理论室同仁以书展的方式来庆祝自己的三十岁生日。外文所理论室在职人员新近发表出版的部分论文与4部刚出炉的著作——学刊《跨文化的文学理论研究》第4辑、专为纪念外文所理论室三十周年而组织编写的文集《理论的记忆》,周启超研究员的两部专著《跨文化视界中的文学文本/作品理论》、《现代斯拉夫文论导引》,在这次会上首次展出。这些文章与著作,作为实实在在的科研成果,更是外文所理论室探索印迹的一种美好记忆——看似无声实则富有生命的美好记忆。

(二) 编辑出版《理论的记忆——中国社会科学院外国文学研究所理论室建室三十周年论文集》

这本论文集是中国社会科学院外国文学研究所理论室为庆祝建室三十周年而编辑出版的一本论文集,理论室人以此作为庆祝理论室三十周年生日的贺礼,并以此向那些曾为理论室建设开筚路蓝缕之功的前辈以及为中国外国文论建设做出贡献的人们致敬。论文集收录了自理论室建室至今十七位成员的十九篇论文,其中包括吴元迈、叶廷芳、章国锋、郭宏安、吴岳添等学问卓著的前辈,还收录了由中国社科院外文所学者主持、编选、翻译的外国文论名著、丛书、资料书目与提要。论文集已由黑龙江人民出版社于2011年12月出版。

(三)编辑、出版《跨文化的文学理论研究》

《跨文化的文学理论研究》是由理论室主编的一部论文集,至今已出版4辑。本书以"跨文化"的视界检阅当代国外文论,分析其差异性与多形态性、互动性与共通性,专注于当代欧陆文论、斯拉夫文论、英美文论前沿问题研究与核心话语之反思,专注于法、德、俄苏、英、美、意、日等文学理论名家名说在当代中国的传播与影响之清理,专注于探讨文学理论作为人文学科,文学理论作为话语实践以及文学理论作为跨文化旅行等一些核心课题的研究,努力呈现中国社会科学院从事外国文论研究的学者们承接钱钟书先生的遗训,在跨文化的文学理论园地坚守耕耘,在比较诗学的深度拓展上有所作为的最新印迹。

《跨文化的文学理论研究》(第4辑)由河南大学出版社于2011年12月出版。内收论文18篇,共计42万字,其中本学科成员提供论文11篇。

2012年,本学科继续写作、编辑《跨文化的文学理论研究》(第5辑)。2012年的论文集共收录论文17篇,内容涵盖欧陆文论、斯拉夫文论、英美文论、亚洲文论以及中国古代文论、比较诗学等领域,共计约30万字,其中本学科成员提交论文10篇。本论文集书稿已交北京大学出版社,预计2013年6月出版。

(四)理论室建设会议

外文所理论室近年来在科室建设和科研方面,通过扎扎实实的工作取得了一系列成绩,在学术领域产生了积极影响。随着理论室工作的深入开展和创新工程的实施,理论室未来发展也面临着新的机遇和挑战。如何在原有科室建设和学科发展基础上继续落实和深化各项科研工作,如何凭借创新工程,进一步拓展和推进理论室建设,不仅是理论室未来发展目标,也是今后工作的重点。2012年7月23—24日,"外文所理论室建设研讨会"在京郊密云召开。此次研讨会着眼于理论室建设和未来发展,围绕三项议题展开:(1)理论室2012年度结项课题进展汇报。(2)《跨文化的文学理论研究》第五辑论文选题及出版方案研讨;(3)理论室创新工程项目再论证。

(五)继续加强图书资料建设,购买学科相关书籍近六十部。

五、未来发展思路与工作规划

凭借创新工程项目带动学科发展和研究室建设，使之相互促进，充分发挥外文所区位优势和语言、人才等资源优势，继续为中国外国文论建设做出应有贡献，将是理论室今后工作的重点。

本学科创新工程项目"外国文学理论核心话语反思"以三年为限（2013年—2015年），初步拟定的阶段性成果以及最终成果形式为：专著2—4部（其中2部为本所在编项目组成员承担，2部为院外兼职专家负责）；译著2部（在版权解决的前提下，为本所在编项目组成员承担）；学刊若干卷：《外国文论与比较诗学·动态现状研究》学刊1—3卷（若仍有余力，且在出版经费与编译人员等条件得到保障之前提下，力争再行完成《外国文论与比较诗学·前沿问题研究》1—3卷）；相关学术论文15—21篇。

2013年该项目将在获批后全面启动，全面投入国内外相关资料的普查、收集、整理，专题研究的问题、思路讨论与论证，学刊选题设计、稿源准备、译者物色等工作。专题研究进入巴赫金研究、巴尔特研究、伊格尔登研究、爱默生研究之编选与翻译；学刊编辑在出版资助得以落实的前提下，力争编出《外国文论与比较诗学·动态现状研究》1卷；翻译工作在版权解决之后，立即进入《穆卡若夫斯基论文学》翻译。项目组若干位成员分别赴对象国出席相关国际学术研讨会，并随机访问相关学者，充实相关专题最新资料，购买相关专题最新书籍。

根据创新工程项目论证书的总体构想，围绕"三大板块"的设计方案，2013年的具体工作计划如下：

1. 前期资料准备。充分调查国内已有的相关研究与翻译成果；广泛收集、整理国内外相关研究材料；初步为本项目组建立一个比较全面的中外文资料库，并可服务于后续研究。

2. 项目讨论会。为落实和推进项目进行，拟召开两次小型讨论会：(1)"外国文论核心话语之反思"暨项目启动会；(2)《外国文论与比较诗学》学刊筹备组稿会。每次会议均将邀请国内相关同行专家出席，充分听取他们的意见和建议。

3. 研究成果。项目组拟在当年完成相关研究论文5—7篇，并力争在较有影响的刊物或学术专辑中发表。

4. 学刊编辑。为创办《外国文论与比较诗学》学刊奠定前期学术资料基础;争取选定《外国文论与比较诗学 ·动态现状研究》2013 年卷稿件。

5. 文论翻译。翻译穆卡若夫斯基文论著作约五万字;翻译爱默生散文诗歌约五万字;编选《巴赫金研究读本》资料约五万字。